FATAL JEOPARDY – LASS MICH NICHT LOS

FATAL SERIE 7

MARIE FORCE

Die Fatal Serie

One Night With You – Wie alles begann (Fatal Serie Novelle)
Fatal Affair – Nur mit dir (Fatal Serie 1)
Fatal Justice – Wenn du mich liebst (Fatal Serie 2)
Fatal Consequences – Halt mich fest (Fatal Serie 3)
Fatal Destiny – Die Liebe in uns (Fatal Serie 3.5)
Fatal Flaw – Für immer die Deine (Fatal Serie 4)
Fatal Deception – Verlasse mich nicht (Fatal Serie 5)
Fatal Mistake – Dein und mein Herz (Fatal Serie 6)
Fatal Jeopardy – Lass mich nicht los (Fatal Serie 7)
Fatal Scandal – Du an meiner Seite (Fatal Serie 8)
Fatal Frenzy – Liebe mich jetzt (Fatal Serie 9)
Fatal Identity – Nichts kann uns trennen (Fatal Serie 10)
Fatal Threat – Ich glaub an dich (Fatal Serie 11)
Fatal Chaos – Allein unsere Liebe (Fatal Series 12)
Fatal Invasion – Wir gehören zusammen (Fatal Serie 13)
Fatal Reckoning – Solange wir uns lieben (Fatal Serie 14)
Fatal Accusation – Mein Glück bist du (Fatal Serie 15)
Fatal Fraud – Nur in deinen Armen (Fatal Serie 16)

ÜBER DAS BUCH

Sam Holland, Lieutenant bei der Polizei in Washington D.C., und ihr Ehemann US-Senator Nick Cappuano hatten sich eigentlich auf ein ruhiges Thanksgiving-Fest mit ihrem Sohn gefreut. Doch alle Hoffnungen auf einen schönen Feiertag im Kreise ihrer Familie zerplatzen jäh, als Sam und Nick bei ihrer Rückkehr nach Hause Sams siebzehnjährige Nichte Brooke bewusstlos, nackt in ein Laken gewickelt und blutverschmiert auf den Eingangsstufen ihres Hauses vorfinden.

Während Sam noch damit beschäftigt ist, herauszufinden, was ihrer Nichte zugestoßen ist, wird die Polizei zum Schauplatz eines schrecklichen Verbrechens gerufen. Nachdem klar wird, dass in diesem emotional aufgeladenen, zutiefst persönlichen Fall die Grenzen zwischen Privatem und Beruf verschwimmen, ist Sam mehr denn je auf Nicks Unterstützung angewiesen. Als er aber ihre Vorgehensweise – und ihre Moral – infrage stellt, muss Sam entscheiden, wie weit sie gehen will, um zu beweisen, dass Brooke in diesem Fall nicht die Mörderin, sondern das Opfer ist …

KAPITEL 1

Der Puck sauste so schnell hin und her, dass Sam ihm kaum mit den Augen folgen konnte. Neben ihr hüpfte Scotty vor Aufregung auf und ab, während sie Nick dabei zuschauten, wie er mit bemerkenswertem Geschick und enormer Ausdauer über die Eisfläche schoss. Eigentlich hätte es sie nicht überraschen dürfen, dass er so gut war. Er hatte nicht nur als jüngerer Mann jahrelang Eishockey gespielt, sondern stellte sein Stehvermögen auch in anderen Bereichen regelmäßig unter Beweis.

Sam lächelte über ihren eigenen Witz und versuchte, seinen weißen Helm und das grüne Trikot mit der Rückennummer 22 im Blick zu behalten. Nach seinem Erdrutschsieg am Ende eines anstrengenden Wahlkampfs blieb ihm nun genug Zeit, sich dem Eishockey zu widmen, und er war jetzt wieder Teil der Mannschaft, in der er schon gespielt hatte, ehe sein Leben beinahe ein Jahr zuvor eine unerwartete Wendung genommen hatte.

Damals war sein bester Freund und Arbeitgeber Senator John O'Connor ermordet worden. Diese schreckliche Tragödie hatte zwei interessante Konsequenzen gehabt: ihre Beziehung und Nicks Nachrücken in den Senat, wo er auch jetzt wieder für Virginia saß.

„Er ist so gut", rief Scotty, begeistert von Nicks Leistung auf dem Eis. „So toll werde ich das nie hinbekommen."

Sam legte den Arm um den Zwölfjährigen, den Nick und sie

gerade aus einem Heim in Virginia adoptierten, und zog ihn an sich, um ihm einen Kuss auf den Scheitel zu geben. „Aber klar doch. Wenn du weiter hart trainierst und es so machst, wie Nick es dir zeigt, wirst du ihn im Handumdrehen eingeholt haben."

„Ich weiß nicht", antwortete Scotty zögernd, ohne Nick aus den Augen zu lassen. „Die anderen Jungs sind viel besser als ich."

Das lag daran, dass sie schon von Kindesbeinen an auf Schlittschuhen gestanden und Eishockey gespielt hatten, während es Scotty zwar an nichts gefehlt hatte, er allerdings auch nicht gerade mit einem goldenen Löffel im Mund geboren worden war. „Ich vertraue auf dich und Nick. Wenn ihr weiter so intensiv trainiert wie in letzter Zeit, hast du das ganz schnell ebenfalls drauf."

Nick hatte keine Kosten und Mühen gescheut und Scotty mit den besten Eishockeyschlittschuhen und der erforderlichen Schutzkleidung ausgestattet. Sam hatte scherzhaft angemerkt, seine Sporttasche überrage den Jungen, aber Nick hatte ihr versichert, die der anderen seien genauso groß. Eishockey erforderte, wie sie gerade aus erster Hand erfuhr, viel Zeit, Ausrüstung und Geld – ganz zu schweigen von der wärmsten Jacke aus ihrem Kleiderschrank, die sie jedes Mal im Eisstadion trug.

„Ich hoffe, du hast recht", sagte Scotty.

„Ich habe immer recht."

Das brachte den Jungen wie erwartet dazu, prustend zu lachen. „Außerdem bist du ganz schön von dir überzeugt."

Sam nahm ihn spielerisch in den Schwitzkasten, woraufhin er nur lauter lachte.

Sie erstarrten, als Nick von einem der Gegenspieler hart gegen die Bande geschmettert wurde und mit solcher Wucht aufs Eis krachte, dass Sam fürchtete, er hätte keinen heilen Knochen mehr im Leib.

Sam keuchte und wollte aufspringen, um näher an ihn heranzukommen, doch Scotty hielt sie zurück.

„Nicht. Er würde nicht wollen, dass du vor den anderen so ein Riesending daraus machst."

Seit wann kannte er sich in solchen Dingen so gut aus? Sie starrte gebannt aufs Eis und wartete atemlos auf ein

Lebenszeichen ihres Mannes. Ungebeten drängte sich die Erinnerung an ihren Vater auf, der seit einer schweren Schussverletzung vor drei Jahren querschnittsgelähmt war.

Der Trainer und mehrere andere Spieler versammelten sich um Nick, sodass Sam nicht sehen konnte, was genau vor sich ging. Die Ehefrau eines anderen Spielers warf ihr einen teilnahmsvollen Blick zu, der sie noch nervöser werden ließ. „Komm schon, komm schon", flüsterte sie. „Steh auf."

Scotty legte ihr eine Hand auf den Arm und Sam war nicht sicher, ob er sie trösten wollte oder selbst Trost suchte.

Nach einer gefühlten Ewigkeit wichen die anderen Spieler und der Trainer zurück, und einer von ihnen half Nick auf. Überall auf den Rängen ertönte Applaus, als er sich – langsam – Richtung Bank bewegte. Es brachte sie fast um, nicht zu wissen, wie schwer er verletzt war, aber zumindest konnte sie jetzt, wo sie sah, wie er von Trainern flankiert übers Eis glitt, wieder atmen.

Er bewegte sich, das war die Hauptsache.

Sam seufzte tief. „Super Aktion. Das brauch ich ganz dringend bald noch mal."

„Jetzt hab dich nicht so, Sam. Eishockey ist eben eine Vollkontaktsportart. Wir wollen nicht, dass man uns wie Babys behandelt."

„Ach ja?"

„Nick wird wahrscheinlich vor allem darüber sauer sein, dass er nicht weiterspielen kann. Ich an deiner Stelle wäre also vorsichtig mit dem, was ich sage."

„Kriege ich jetzt Ehetipps von einem Zwölfjährigen?"

„Ich werde bald dreizehn", erwiderte Scotty mit dem ansteckenden Grinsen, das Nick und sie von Anfang an so geliebt hatten.

„Aah, stimmt ja. Ich schätze, dann muss ich wohl einen Kuchen besorgen oder so, hm?"

Er sah sie an und verdrehte die Augen. „Von Mrs. L habe ich jedes Jahr eine Eistorte bekommen", erzählte er dann. „Mrs. L" war die Leiterin des Heims, in dem er aufgewachsen war. „Das ist mein Lieblingskuchen."

„Mit Mrs. L kann ich nicht mithalten. Ich vermassle bestimmt wieder irgendetwas Entscheidendes. Das ist dir auch klar, oder?"

„Du musst mit gar niemandem mithalten. Du und Nick, ihr habt schon so viel für mich getan. Ich brauche keine Eistorte."

Der Junge war manchmal einfach unglaublich. Sam legte beide Arme um ihn. Ihre Standardregeln für öffentliche Zuneigungsbekundungen galten nicht für ihren einzigen Sohn, den sie über alles liebte. „Du hast uns so viel mehr gegeben, als wir dir je geben könnten."

„Das wage ich zu bezweifeln", sagte er in genau dem trockenen Tonfall, den sie erwartet hatte.

Sam hielt ihn im Arm, bis das Spiel endete und sie nach Nick schauen konnte – natürlich ohne ein Riesending daraus zu machen. Sie wollte sich schließlich nicht vorwerfen lassen, überfürsorglich zu sein oder eine dieser typischen „Mädchenverhaltensweisen" an den Tag zu legen.

Sie warteten zusammen mit mehreren Ehefrauen und Familienmitgliedern anderer Spieler vor der Umkleidekabine. Nick kam als einer der Letzten heraus, verschwitzt und mit vor Anstrengung gerötetem und vor Schmerz verzerrtem Gesicht. Beinahe wäre sie auf ihn zugerannt, beherzigte jedoch Scottys Rat und wartete einfach, bis er bei ihnen war.

„Tolles Spiel", sagte Scotty strahlend zu ihm. „Du bist so gut! Wenn wir üben, läufst du nie so Schlittschuh."

Nicks Lächeln, als er Scotty durch das Haar wuschelte, geriet zur Grimasse. „Weil es bei unserem Training um dich geht, nicht um mich." Er sah Sam an, die sofort merkte, dass er Schmerzen hatte, sich aber alle Mühe gab, es vor ihnen zu verbergen. „Wer will Pizza?"

„Ich!", rief Scotty. „Kann ich vorher eine heiße Schokolade haben?"

„Klar." Sam drückte ihm einen Fünf-Dollar-Schein in die Hand und schaute ihm nach, während er zum Imbissstand rannte. Noch vor ein paar Monaten hätte er sie niemals um etwas gebeten. Sie hatten sich seither sehr bemüht, ihm deutlich zu machen, dass es völlig in Ordnung war, wie andere Kinder Dinge von seinen Eltern einzufordern. Scotty würde nie wie andere Kinder sein, doch für Sam war die Bitte um heiße Schokolade ein gutes Zeichen. Offenbar verstand er langsam, dass alles, was ihnen gehörte, auch ihm gehörte.

Sie sah zu Nick auf. „Was ist passiert?“

„Ich habe einen Schlag auf die Rippe abgekriegt, die ich mir letzten Winter gebrochen habe, und erst mal keine Luft bekommen.“

Sam zuckte zusammen. „Die Rippe, die so ewig nicht heilen wollte?“

„Genau die.“

„Wir sollten auf dem Heimweg bei der Notaufnahme vorbeifahren.“

„Nicht nötig. Es ist nur eine Prellung.“

Sam musterte ihn mit ihrem besten Polizistinnenblick. „Was würdest du antworten, wenn ich das zu dir sagen würde?“

Man musste ihm zugutehalten, dass er den Anstand besaß, sich unbehaglich zu winden. „Ich, ähm …“

„Wir setzen Scotty auf dem Weg zum Krankenhaus bei Dad und Celia ab.“

„Nach der Pizza. Ich bin am Verhungern.“

Scotty kam zurück, eine dampfende Tasse heiße Schokolade in der Hand, die eine ansehnliche Krone aus Schlagsahne hatte. „Sieht aus, als nähme da jemand die Nachspeise vor dem Hauptgericht zu sich“, bemerkte Sam.

Scotty gab unaufgefordert das Wechselgeld zurück. „Keine Sorge. Ich kann trotzdem noch tonnenweise Pizza essen.“ Mit der freien Hand schnappte er sich Nicks Sporttasche und zog sie hinter sich her zur Tür. Über die Schulter erklärte er: „Ich nehm die, aber nur, weil du verletzt bist.“

„Danke, Kumpel.“ Nick lehnte sich zu Sam und flüsterte ihr ins Ohr: „Ich bestehe immer darauf, dass er gut auf seine Sachen aufpasst und sie selbst trägt. Das kann er gar nicht früh genug lernen.“

Auf dem Weg durch das voll besetzte Eisstadion bemerkte Sam, dass die Menschen sie mit einer Mischung aus Neugier und Neid beobachteten. Die Neugier lag in ihrem Prominentenstatus begründet. Neid schlug ihr von Frauen entgegen, die Nick besonders eingehend in Augenschein nahmen. Mit seinen von der sportlichen Betätigung in der kalten Luft geröteten Wangen und dem vom Helm zerzausten Haar sah er noch heißer aus als sonst.

Sam umfasste besitzergreifend seinen Arm und lächelte

zufrieden, als er ihn hob, ihr um die Schultern legte und sie eng an seine unverletzte Seite zog. Im Arm ihres Mannes erlebte sie einen seltenen Moment völliger Zufriedenheit, vor allem, weil ihr Sohn vor ihnen herlief und sie eine ganze gemeinsame Woche vor sich hatten, ehe sich die unschöne Realität mit der Operation ihres Vaters wieder in den Vordergrund drängen würde.

Sollen sie gaffen, dachte sie, als eine Gruppe von Frauen ihre Unterhaltung abrupt einstellte, um ihnen nachzustarren. Eine davon brachte es doch tatsächlich fertig, sich die Lippen zu lecken. *Der gehört mir allein.* Das Lustige – wenn man es denn so nennen wollte – war, dass er nicht einmal mitbekam, wie die Frauen ihn abcheckten. Er behielt nur Scotty im Blick, wie er das immer tat.

Als sie sich jetzt an ihn schmiegte, fiel Sam auf, dass er seine linke Seite schonte, was bedeutete, dass er wahrscheinlich schwerer verletzt war, als er zugab. Sie zog das Handy aus der Jackentasche, scrollte in der Kontaktliste bis zur Telefonnummer ihres Freundes Harry und rief ihn an, ehe Nick sie daran hindern konnte.

„Hi", begrüßte Sam Harry, als dieser sich meldete. „Störe ich gerade?"

„Überhaupt nicht. Was ist?"

„Dein Kumpel Nick hat gerade bei einem Eishockeyspiel einen heftigen Treffer in die linke Seite bekommen, auf der Höhe der gebrochenen Rippe vom letzten Jahr. Ich habe mich gefragt, ob wir uns in etwa neunzig Minuten in der Notaufnahme treffen könnten."

„Warum erst dann?"

„Er sagt, ich müsse ihn erst füttern."

Nick schaute sie mit spielerisch gerunzelter Stirn an, doch der Schmerz in seinen braunen Augen war unverkennbar.

„Er soll bloß vorsichtig sein", wies Harry sie an. „Er will sicher nicht noch mal erleben, wie seine Lunge kollabiert."

„So schlimm ist es nicht", verkündete Nick in Richtung des Handys, damit Harry ihn hörte.

„Wir sehen uns in anderthalb Stunden", erwiderte der Internist.

„Danke, Harry."

„Gern. Allein mit euch beiden als Patienten hätte ich alle Hände voll zu tun.“

„Sehr witzig.“ Harry lachte immer noch, als Sam die Verbindung unterbrach und das Handy in die Hosentasche schob. „Was für ein Komiker.“

Als sie Nicks schwarzen BMW erreichten, hielt er ihr die Beifahrertür auf.

„Kommt nicht infrage, Freundchen. Ich fahre. Steig ein.“

„Ich erinnere dich daran, wenn du mir beim nächsten Mal mit blutüberströmtem Gesicht erzählen willst, es sei alles in Ordnung und du bräuchtest keinen Arzt.“ Mit diesen Worten setzte er sich vorsichtig in den Wagen.

Scotty prustete hinter vorgehaltener Hand und kletterte auf den Rücksitz, nachdem er Nicks Sporttasche und den Eishockeyschläger im Kofferraum verstaut hatte.

„Das hab ich gehört“, meinte Sam zu Scotty, während sie auf dem Fahrersitz Platz nahm. Sie liebte es, Nicks Auto zu fahren. Es war wie Urlaub von ihrem langweiligen Mittelklasse-Dienstwagen. Wenn sie in seinem Auto Gas gab, passierte wenigstens was.

Sie aßen Pizza in dem Restaurant, in das Nick sie bei ihrer ersten Begegnung im Rahmen des O’Connor-Falls eingeladen hatte. Sobald sie sich gesetzt hatten, griff er unter dem Tisch nach ihrer Hand, zwinkerte ihr zu und erinnerte sie damit an den Abend, an dem sie im Schutz des Tischtuchs Händchen gehalten hatten, weil ihre Beziehung zu diesem Zeitpunkt in Washington noch nicht bekannt werden sollte.

Damals hätte es ihre Karriere gefährdet, wenn man sie in der Öffentlichkeit beim Händchenhalten mit ihm erwischt hätte, weil er ein Zeuge im O’Connor-Fall gewesen war, in dem sie ermittelt hatte. Jetzt konnte sie ihn berühren, ihn küssen, mit ihm schlafen und leben und jederzeit mit ihm zusammen sein, wenn ihr danach war. Wie weit sie doch in elf Monaten gekommen waren! Er sah sie an und sie wusste, dass auch er an ihren ersten Besuch hier dachte und an die zahlreichen Veränderungen seither.

Nick drückte ihre Hand, und sie legte den Kopf an seine Schulter, um stolz in aller Öffentlichkeit zu demonstrieren, wie sehr sie ihn liebte – was sie gern tat, solange keine Polizisten in der

Nähe waren. Ihre Regeln bezüglich des Austauschs von Zärtlichkeiten vor Kollegen hatten nach wie vor ihre Gültigkeit.

Nachdem Scotty und Nick eine große und eine kleine Pizza verputzt hatten, während sich Sam mit einem Salat begnügt hatte, setzten sie ihren Sohn bei Samanthas Vater ab, der nur drei Häuser von ihnen entfernt in der Ninth Street lebte.

„Wir werden in der Notaufnahme vermutlich eine Weile brauchen", bemerkte Sam. „Wir sehen uns morgen. Okay?"

„Ist mir recht", antwortete Scotty. „Abby und Ethan schlafen auch hier. Das wird bestimmt lustig."

„Dann viel Spaß mit deiner Cousine und deinem Cousin, Kumpel", meinte Nick.

„Ich hoffe, das mit deinen Rippen ist nichts Ernstes, Nick. Schickt ihr mir eine SMS, damit ich weiß, was Harry gesagt hat?"

„Klar doch", versprach Nick. „Es ist nicht so schlimm wie beim letzten Mal, also kein Grund zur Sorge."

„Okay."

Sam schaute Scotty nach, während der die Auffahrt zu Skips und Celias Haus hochflitzte, wo er jeden Tag zu Besuch war. Scotty und ihr Vater hatten sich rasch angefreundet und konnten sich stundenlang über Gott und die Welt unterhalten. Sam beobachtete die beiden gern zusammen und hatte Scotty noch fester ins Herz geschlossen, weil er Skip zu einem wichtigen Bestandteil seines neuen Lebens gemacht hatte.

„Der Junge hat sich wirklich gut eingelebt", bemerkte Nick, während Sam sich in den fließenden Verkehr einfädelte und Richtung George Washington University Hospital in der 23rd Street fuhr, wo sie praktisch Stammgast war.

„Das habe ich auch gerade gedacht, als er zu Skip reingestürmt ist, als sei er dort zu Hause."

„Ja, toll, oder?"

„Und wie", pflichtete Sam ihm bei. „Hast du von Andy etwas zum Thema Adoption gehört? Ich bin so froh, wenn wir das endlich in trockenen Tüchern haben."

„Ich auch. Anfang der kommenden Woche muss ich über mehrere Dinge mit ihm reden, und das steht ganz oben auf meiner Liste."

„Gonzo hat er im Sorgerechtsstreit um Alex bisher

hervorragend vertreten. Ich kann nicht glauben, dass die Verhandlung ausgerechnet in der Woche vor Thanksgiving ist. Hoffentlich gewinnt er den Prozess. Ich will mir gar nicht ausmalen, was sonst passiert."

„Ich bin sicher, das nimmt ein gutes Ende", beruhigte Nick sie. „Immerhin hat er schon eine ganze Weile das Sorgerecht, das sollte am Ende ausschlaggebend sein."

„Ich hoffe es." Der kleine Alex war letzten Winter in Detective Tommy „Gonzo" Gonzales' Leben getreten, als ihn eine Frau aus seiner Vergangenheit damit konfrontiert hatte, dass er Vater war. Die Mutter des Kindes hatte in der Zwischenzeit einen Entzug gemacht, ihren Mistkerl von Freund vor die Tür gesetzt und war jetzt erneut auf der Bildfläche erschienen. Dass Sam befürchtete, die Mutter des Kleinen könne das Sorgerecht bekommen, weil sie sich solche Mühe gegeben hatte, ihr Leben in geordnete Bahnen zu lenken, hätte sie Gonzo gegenüber nie zugegeben.

Bei der Notaufnahme eingetroffen bestand Nick darauf, dass er selbst hineingehen könne und nicht von Pflegern am Auto in Empfang genommen werden müsse.

„Daran erinnere ich dich dann bei meiner nächsten Verletzung. Als Patient bist du eine Katastrophe."

„Das sagt die Richtige", erwiderte er spöttisch. „Mir fehlt nichts. Du reagierst total übertrieben, und ich bin nur um des lieben Friedens willen hier. Das wäre vielleicht auch was für dich. Ist echt gut für das Eheklima."

„Wenn du nicht schon verletzt wärst, würde dir dieser Spruch einen Rippenstoß einbringen. ‚Um des lieben Friedens willen' musst du gar nichts tun."

„Wenn du das gerne glauben möchtest, Liebste."

Sam blickte ihn noch immer finster an, während sie durch die automatische Tür die Notaufnahme betraten, genauer gesagt das Wartezimmer, das wie immer einem Irrenhaus glich. Sie war doppelt froh, ihren Besuch telefonisch angekündigt zu haben, als sie Harry an der Aufnahme auf sie warten sah.

Als er sie hereinwinkte, entging Sam Nicks Zögern nicht. Zweifellos machte er sich Sorgen darüber, wie es wirken musste, wenn sie einfach hineinmarschierten, während jede Menge Leute geduldig warteten, bis sie an die Reihe kamen – ein weiterer Nachteil davon, überall erkannt zu werden.

„Schön, dass Sie es einrichten konnten", empfing Harry sie jovial mit lauter Stimme. „Die Formulare, die Sie benötigen, sind in meinem Büro. Hier entlang."

„Sehr clever gelöst, Dr. Flynn", stellte Sam fest und lächelte ihren guten Freund an.

„Extrem clever", bestätigte Nick. „Danke."

„Ich weiß doch, wie unser Politiker von nebenan tickt." Harry grinste und geleitete sie in ein Untersuchungszimmer. „Jetzt zeig uns mal dein Aua, damit wir alle schnell wieder nach Hause können."

Nick verdrehte die Augen, zog die Jacke aus und griff nach dem Saum seines langärmeligen Poloshirts.

Daran, wie er sich bewegte, erkannte Sam, dass er ziemlich große Schmerzen hatte, und als er seinen Oberkörper entblößte, entdeckte sie auch, warum. Sie schnappte angesichts der dunkelvioletten Verfärbungen, die seine linke Seite überzogen, entsetzt nach Luft. „Himmel! Wenn ich das gewusst hätte, wären wir nicht vorher Pizza essen gegangen!"

„Schon gut, Babe. Das sieht schlimmer aus, als es sich anfühlt. Ehrlich."

Harry beugte sich vor, um die Hämatome genauer zu betrachten, und drückte dann mit dem Finger vorsichtig gegen Nicks Seite, woraufhin dieser scharf einatmete. „Das müssen wir röntgen, um auszuschließen, dass etwas gebrochen ist. Ich kümmere mich darum. Bin gleich wieder da."

Sobald sie allein waren, erklärte Sam: „Nur für die Akten: Du hast das total heruntergespielt, und das machst du nie wieder. Verstanden?"

Er lächelte und streckte auf der Untersuchungsliege die Arme nach ihr aus. „Komm her."

„Vergiss es. Ich bin stinksauer auf dich."

„Samantha ... Ich brauche dich."

„Oh, komm mir jetzt bloß nicht so! Ich versuche gerade, so richtig sauer auf dich zu sein."

„Bitte?"

Sie starrte das attraktive Gesicht an, das sie mehr liebte als das Leben selbst, und schmiegte sich dann in seine Arme.

„Schon viel besser", murmelte er.

„Warum tröstest du mich? Du bist doch verletzt."

„Weil ich aus eigener Erfahrung weiß, dass es schwerer ist, einen geliebten Menschen verletzt zu sehen, als selbst verletzt zu sein."

Sam seufzte dramatisch. „Das ist alles Berechnung, oder?"

„Was denn?"

„Dass du Dinge sagst, die mich aus dem Konzept bringen, obwohl ich eigentlich sauer auf dich sein will."

Sein leises Lachen entlockte ihr ein Lächeln, während sie es sich in seinen Armen – an ihrem Lieblingsplatz – bequem machte.

„Könnt ihr beide eigentlich überhaupt nicht die Finger voneinander lassen?", fragte Harry, als er sie bei seiner Rückkehr so vorfand.

„Nur unter größten Schwierigkeiten", erwiderte Nick. „Wir haben diese Woche Urlaub, also lass uns."

„Mit dem größten Vergnügen; allerdings erst, wenn ich eine Röntgenaufnahme von deinen Rippen habe." Eine Schwester schob einen Rollstuhl in den Raum.

Nick stöhnte protestierend auf. „Den brauche ich nicht."

„Krankenhausvorschriften", sagten Sam und Harry im Chor.

„Sie kennt sich damit aus", fügte Harry hinzu und zeigte mit dem Daumen auf Sam.

Sie überredeten Nick, sich in den Rollstuhl zu setzen, und Harry röntgte ihn in Rekordzeit. Als sich Nick für die Rückfahrt zur Notaufnahme wieder im Rollstuhl niederließ, war er schweißgebadet und keuchte, weil ihm die Bewegungen, die ihm Harry auf dem Röntgentisch abverlangt hatte, offenbar wehgetan hatten.

„Es ist schlimmer, als du zugegeben hast", stellte Sam fest.

„Nein."

„Doch."

„Nicht zanken, Kinder", schaltete sich Harry ein. „Die Wahrheit sehen wir auf den Aufnahmen." Im Untersuchungsraum klemmte er die Röntgenbilder vor einen Leuchtkasten und betrachtete Nicks Rippen darauf eingehend. „Diesmal ist nichts gebrochen." Er deutete auf einen etwas dunkleren Bereich. „Hier war der Bruch, aber der ist gut verheilt. Diesmal diagnostiziere ich eine schwere Prellung und verordne eine Woche Schonung. Ich verschreibe dir etwas gegen die Schmerzen."

„Schonung wird kein Problem sein", versicherte Nick und lächelte Sam selbstgefällig an. „Die stand diese Woche ohnehin auf dem Programm."

„Hervorragend." Harry schaltete den Leuchtkasten aus. „Ich würde auch ein paar Wochen ohne Eishockey empfehlen. Vielleicht ist dies der Zeitpunkt, dir einzugestehen, dass du nicht mehr der Jüngste bist."

„He! Ich bin noch nicht mal siebenunddreißig."

„Aber bald, mein Freund." An Sam gewandt erklärte Harry: „Sorg dafür, dass er für eine Woche, besser noch zehn Tage, die Füße still hält."

„So viel zu meinem Plan, in unserer Urlaubswoche ununterbrochen Sex zu haben", seufzte sie mit einem Schmollen, das beide Männer zum Lachen brachte.

„Solange du die ganze Arbeit machst, Baby ..."

„Und damit", meldete sich Harry, unterzeichnete ein Formular und überreichte es Sam zusammen mit einem Rezept für Schmerzmittel, „seid ihr entlassen. Ruf mich an, wenn die Schmerzen schlimmer werden, und zwar ohne vorher noch schnell eine Pizza zu essen. Klar?"

„Jawohl, Sir", sagte Nick. „Lass uns diese Woche mal wieder einen Männerabend veranstalten. Das haben wir viel zu lange nicht getan."

„Sehr gern."

„Es war echt nett, dass du extra unseretwegen hergekommen bist", bedankte sich Sam.

Harry gab ihr im Vorbeigehen ein Küsschen auf die Wange. „Für euch tue ich doch alles."

Sam half Nick, Shirt und Jacke wieder anzuziehen, und nahm auf dem Rückweg zum Auto seine Hand. Sie hielt ihm die Tür auf und wartete, bis er saß, dann lief sie um den Wagen herum auf die Fahrerseite.

„Ich sage ja nur ungern ‚Ich habe es dir gesagt', Babe, aber ..."

Sam warf ihm einen Seitenblick zu. „In diesem Fall hab ich

gern unrecht. Wir haben uns im vergangenen Jahr genügend ernsthafte Verletzungen für ein ganzes Leben zugezogen. Mit einer schweren Prellung komme ich klar, und die werde ich diese Woche bei jeder sich bietenden Gelegenheit küssen, damit sie schneller verheilt."

„Ach ja?"

„Mhm."

„Da lohnt sich die Verletzung ja schon beinahe. Mir schwebt vor, möglichst viel auf dem Rücken zu liegen und dir dabei zuzusehen, wie du das tust, was du am besten kannst."

„Sie haben so eine schmutzige Fantasie, Senator", entgegnete sie lachend.

„Du inspirierst mich einfach. Apropos Inspiration, der Junge übernachtet bei Skip, wir können also so laut sein wie in den guten alten Tagen."

„Heute Nacht läuft gar nichts. Du bist verletzt."

„O doch. Harry hat gesagt, es geht mir gut."

„Die ärztliche Anweisung lautete, dass du dich schonen sollst."

„Das tue ich ja auch. Und lege den Fortgang der Nacht vertrauensvoll in deine Hände."

Sie setzten ihren „Streit" in der Apotheke fort, während sie auf das Medikament warteten. Daheim parkte Sam am Straßenrand vor dem Haus und hielt Nick die Beifahrertür auf, als sie aus dem Augenwinkel ein seltsames Bündel auf der Eingangstreppe bemerkte und innehielt.

„Was zum Teufel …?", entfuhr es ihr.

Mit der Taschenlampe seines Handys leuchtete Nick den Bereich rings um die Stufen aus. Beide zuckten zusammen, als das Bündel stöhnte. „Ist das Blut?"

Sam kniete sich hin und beugte sich vor, um mehr herauszufinden. Sie schob der Gestalt auf ihrer Schwelle das dunkle Haar aus dem Gesicht und schrie entsetzt auf, als sie das Mädchen unter all dem Blut und den blauen Flecken erkannte. „O mein Gott! Es ist Brooke!"

KAPITEL 2

Ruf einen Krankenwagen." Sam hob das dünne Laken an, mit dem ihre Nichte bedeckt war, und stellte fest, dass sie darunter nackt war. „Heilige Scheiße", flüsterte sie. Brooke zitterte unkontrolliert, während Sam vorsichtig herauszufinden versuchte, wo das Blut herkam. Sie tastete alle Stellen an Brookes Körper ab, die sie erreichen konnte, ohne das Mädchen zu bewegen, fand allerdings keine offene Wunde. Schnell schlüpfte Sam aus ihrer Jacke und deckte ihre Nichte, die nach Alkohol und Erbrochenem stank, damit zu.

„Brooke, ich bin es, Tante Sam. Kannst du mich hören? Sag doch was." Sam bekam mit, wie Nick im Hintergrund erst den Notarzt rief und dann Harry verständigte, damit der so schnell wie möglich ins Krankenhaus zurückfahren konnte.

„Es geht um Sams Nichte", hörte sie ihn sagen, obwohl ihr der Herzschlag laut in den Ohren dröhnte. „Wir haben sie beim Nachhausekommen blutüberströmt und bewusstlos auf unseren Eingangsstufen gefunden."

„Würdest du das Verandalicht anmachen und mir ein paar Decken bringen?", bat Sam Nick, als der sein Telefonat mit Harry beendet hatte. „Ich muss Tracy informieren." Sams Gedanken rasten fast so schnell wie ihr Herz. Unzählige Fragen schossen ihr durch den Kopf.

„Können wir sie reinschaffen?"

„Nein. Wir sollten sie nicht bewegen, bevor der Notarzt hier ist. Wieso dauert das so lange?"

„Ich hole Decken und rufe Tracy an. Was soll ich ihr sagen?"

„Dass Brooke hier ist und es ihr nicht gut geht. Sie soll sich in der Notaufnahme im George Washington mit uns treffen."

Das Verandalicht ging an, und Sam zuckte beim Anblick von Brookes blutunterlaufenem, geschwollenem Gesicht zusammen. „Mein Gott, was ist dir bloß passiert, und wo zur Hölle bleibt der Krankenwagen?" Schließlich hörte sie Sirenen in der Ferne, die sich näherten. „Halt durch, Süße."

Nick kam mit ein paar Decken aus dem Haus. „Tracy ist völlig außer sich. Sie wollte herkommen, aber ich habe ihr gesagt, sie soll ins Krankenhaus fahren. Mike ist bei ihr und wird sie hinbringen."

Sam nickte und half ihm, Brooke zuzudecken.

„Wo kommt das ganze Blut her?", fragte Nick.

„Keine Ahnung, ich traue mich nicht, sie zu bewegen." Sam zog ihr Handy aus der Tasche und stellte fest, dass sie so stark zitterte, dass sie nicht einmal ihren Partner benachrichtigen konnte.

Nick nahm ihr das Telefon aus der Hand. „Wen willst du anrufen?"

„Freddie."

Nick wählte und gab ihr das Handy zurück.

„Wir sind im Urlaub", stöhnte Freddie mit einem Gähnen.

„Ich brauche dich."

„Was ist passiert?", fragte er, augenblicklich hellwach.

Sam setzte ihn rasch ins Bild. „Jemand muss sich in meiner Nachbarschaft umhören, um herauszufinden, wie sie hergekommen ist. Dafür brauche ich jemanden, der im Anschluss nicht überall herumerzählt, dass ich meine Nichte nackt und blutend auf meiner Schwelle gefunden habe. Ich brauche *dich*, Freddie."

„Ich komme. Natürlich komme ich. Ich bringe Gonzo mit. Wenn jemandem was aufgefallen ist, werden wir es bald wissen."

„Das alles muss für den Moment unter uns bleiben. Wenn nötig, bezahle ich euch aus eigener Tasche."

„Für dich würden wir das auch umsonst machen, das weißt du doch."

„Danke", antwortete sie mit erstickter Stimme.

„Ich melde mich."

Nick zog Sam an sich. „Sie lebt, und das ist das Einzige, was zählt. Den Rest kriegen wir irgendwie hin."

Sam nahm sich eine Sekunde Zeit, um diesen Moment des Trostes zu genießen, den nur er ihr spenden konnte. Dann fuhr mit blinkenden Lichtern und kreischender Sirene ein Krankenwagen vor, gefolgt von einem Feuerwehrauto, dessen Lichter die Ninth Street erhellten.

„Bleib bei ihr", bat Sam Nick. Sie trat auf den Bürgersteig, um den uniformierten Polizisten, der gleichzeitig mit dem Krankenwagen eingetroffen war, daran zu hindern, weiter die Rampe hochzukommen, die Nick für den Rollstuhl von Sams Vater hatte errichten lassen. „Hallo. Ich hab hier alles im Griff."

„Oh, Lieutenant Holland. Ich habe Sie im Dunkeln gar nicht erkannt. Sind Sie sich da sicher?"

„Ja. Sie können wieder fahren und diesen Einsatz in Ihrem Bericht als überflüssige Anfahrt verbuchen."

„Oh, äh, okay."

Während sie mit dem Einsatzleiter der Sanitäter zusammen die Rampe emporhastete, warf Sam einen Blick über die Schulter, um sich zu vergewissern, dass der Streifenpolizist ihre Anweisung befolgte. „Was liegt an, Lieutenant?", fragte der Einsatzleiter.

Sam kannte den Sanitäter und gab ihm alle Informationen, über die sie im Moment verfügte. „Sie ist meine Nichte", erklärte sie leise. „Ich stünde tief in Ihrer Schuld, wenn Sie so diskret wie möglich vorgehen könnten."

„Natürlich, Ma'am. Das verstehe ich, aber Sie müssen uns jetzt erst einmal Platz machen."

„Komm, Babe." Nick nahm Sams Hand und zog sie von Brooke weg. „Lass die Leute ihre Arbeit tun."

„Sam! Nick! Was ist los?" Sams Stiefmutter Celia kam über die Rampe zu ihnen geeilt.

Sam löste sich aus Nicks Armen, ging ihrer Stiefmutter entgegen und führte sie zurück zum Bürgersteig. „Es ist Brooke."

„Wie? Was macht sie denn hier? Ich dachte, sie sei in Virginia im Internat."

„Ich auch. Wir haben sie blutverschmiert und nur mit einem Laken bekleidet auf unserer Schwelle gefunden. Mehr weiß ich auch nicht."

„O mein Gott. Wird sie wieder gesund? Habt ihr mit Tracy gesprochen?"

„Ja, sie kommt ins Krankenhaus. Scotty hat erzählt, Abby und Ethan seien bei euch?", erkundigte sich Sam nach Tracys jüngeren Kindern. „Könnt ihr weiter auf sie aufpassen, bis wir mehr wissen?"

„Ja, natürlich. Sie können alle so lange bei uns bleiben, wie es nötig ist. Auch Scotty."

„Danke, Celia."

Die Sanitäter hatten Brooke auf eine Trage geschnallt und kamen mit ihr die Rampe herunter. Nick folgte ihnen und trat zu Sam auf den Bürgersteig. „Sie sagen, wir können mitfahren."

Da Sam nicht vergessen hatte, dass er verletzt war, setzte sie an: „Du musst nicht …"

„Denk nicht mal daran, Samantha. Sie ist auch meine Nichte. Auf geht's."

„Ich bleibe hier bei den Kindern", erklärte Celia. „Meldet euch, sobald ihr mehr wisst."

„Machen wir", versprach Nick.

Sam und er stiegen hinten in den Krankenwagen ein und setzten sich auf die Liege gegenüber der, auf der die beiden Sanitäter Brookes Zustand prüften.

„Keine Ahnung, wo das ganze Blut herkommt", meinte einer der beiden.

„Vielleicht ist es nicht ihres", mutmaßte der andere. Zu Sam gewandt fragte er: „Nimmt sie Drogen?"

„Nein." Doch schon während sie das sagte, wurde Sam klar, dass sie die Antwort auf die Frage eigentlich gar nicht kannte. Ihre Nichte hatte sich im zurückliegenden Jahr bis zur Unkenntlichkeit verändert, und ihre Eltern hatten sie auf ein spezielles Internat in Virginia geschickt, in der Hoffnung, so den Kontakt zu ihren Freunden zu unterbinden, die einen schlechten Einfluss auf sie gehabt hatten. „Zumindest glaube ich das nicht."

„Sie hat definitiv etwas genommen."

Sam hatte das Gefühl, den Boden unter den Füßen zu verlieren. Die Vorstellung, ihre süße kleine Brooke könnte freiwillig Drogen nehmen, wollte ihr einfach nicht in den Kopf. Nicks Hand auf ihrem Bein schenkte ihr die dringend erforderliche Ruhe, während sie zusah, wie die Sanitäter sich bemühten, Brookes Zustand zu stabilisieren.

„Was geben Sie ihr?", fragte Sam, als sie eine Infusion legten.

„Narcan. Das macht Opiate im Blutkreislauf unschädlich. Wenn sie kein Opiat genommen hat, wirkt es zwar nicht, aber auch das bringt uns einen Schritt weiter, herauszufinden, was es ist."

„Ich dachte, sie wäre in Virginia", sagte Nick leise und beobachtete, wie der Sanitäter Brooke einen Zugang legte. Während der gesamten Prozedur regte sich das Mädchen nicht.

„Ich auch. Trace wollte sie morgen für Thanksgiving dort abholen, deshalb sind die Kinder bei Dad und Celia. Sie und Mike wollten ganz früh aufbrechen."

„Warum ist Brooke dann schon heute Nacht in Washington, und wo hält sie sich nach Meinung der Leute vom Internat, für das ihr alle so viel Geld bezahlt, gerade auf?"

„Das sind sehr gute Fragen", erwiderte Sam. „Die ich ihnen sofort stellen werde, sobald wir sicher sein können, dass es ihr besser geht. Ich wüsste auch gerne, wie sie bei uns gelandet ist."

„Allerdings, ich auch." Sein Blick war starr auf Brooke gerichtet. „So etwas macht mir als Vater eine Heidenangst."

„Ja." Während Sam Brookes blutverschmiertes, grün und blau geschlagenes Gesicht anstarrte, versuchte sie, sich Scotty als mürrischen Siebzehnjährigen vorzustellen, der Drogen nahm und aus einem Internat ausriss. In ihren schlimmsten Albträumen konnte sie sich nicht ausmalen, dass Scottys Leben so eine Richtung nehmen könnte. Aber andererseits hätte sie auch bei Brooke nie damit gerechnet.

Wobei das nicht ganz stimmte. Tatsächlich war Brooke von Geburt an temperamentvoll gewesen und hatte ständig Stress für Tracys Familie bedeutet. Brookes leiblicher Vater hatte sich aus dem Staub gemacht, sobald er von Tracys Schwangerschaft erfahren hatte, und nie wieder von sich hören lassen. Vielleicht war das Wissen, dass einer ihrer Elternteile nichts mit ihr zu tun haben wollte, mitverantwortlich für ihre Ausraster.

Tracys Ehemann Mike war in ihr Leben getreten, als Brooke ein Kleinkind gewesen war, und hatte das Mädchen zusammen mit Abby und Ethan, seinen Kindern mit Tracy, wie sein eigen Fleisch und Blut aufgezogen. Doch unlängst hatte Mike ein Brooke betreffendes Ultimatum gestellt: Er wollte nicht, dass Abby und Ethan noch länger mit ihrer wilden, unkontrollierbaren älteren Schwester unter einem Dach lebten.

Sie hatten sich nicht mehr anders zu helfen gewusst und Brooke auf ein strenges Internat in Virginia geschickt, das sie sich nur dank Sams finanzieller Unterstützung leisten konnten. Ihre gesamte Hoffnung ruhte nun auf dieser Schule, die allgemein in dem Ruf stand, schwer erziehbare Mädchen wieder hinzubiegen – sich das aber auch teuer bezahlen ließ.

Sam seufzte tief, während ihr tausend Fragen durch den Kopf schossen.

Sie erreichten das Krankenhaus, und die Sanitäter schafften Brooke nach drinnen. Sam und Nick folgten ihnen. Sam war nicht überrascht, dass ihre andere Schwester Angela bereits mit Tracy und Mike da war. Als Tracy versuchte, Brooke in den Untersuchungsraum zu folgen, hielten die Krankenschwestern sie davon ab und baten sie, draußen zu warten.

Sam legte einen Arm um ihre ältere Schwester.

„Ich verstehe das nicht", schluchzte Tracy. „Wieso ist sie überhaupt hier?"

„Das wüsste ich auch gern", sagte Sam.

„Ich rufe im Internat an", verkündete Mike.

„Tu mir den Gefallen und warte damit noch ein bisschen", bat Sam. „Ich würde diese ganze Sache gerne genauso angehen wie eine Ermittlung. Deshalb möchte ich nicht, dass du sie vorwarnst, ehe ich mich in meiner Funktion als Polizistin an sie wenden kann."

Mike dachte kurz darüber nach und nickte dann. „Okay."

„Konzentrieren wir uns erst mal auf Brooke", schlug Sam vor. „Ich verspreche, sobald wir wissen, dass sie wieder gesund wird, werde ich herausfinden, was heute Nacht passiert ist."

Dann tauchte eine Schwester mit Formularen auf, die Tracy

unterschreiben musste, um der Behandlung zuzustimmen, und in die sie ihre Versicherungsinformationen eintragen sollte.

Während Tracy und Mike mit den Formularen zugange waren, trat Angela zu Sam. „Was zum Teufel ist hier passiert …?"

„Ich weiß es nicht. Keine Ahnung."

„Wie ist sie bei euch gelandet?"

„Auch das weiß ich nicht."

Angela, die einige Monate zuvor ihr zweites Kind, eine Tochter namens Ella, geboren hatte, erschauerte. „In was ist sie diesmal wieder reingeraten?"

„Laut den Sanitätern hat sie definitiv etwas genommen."

„O Gott … die arme Tracy. Das wird sie umbringen. Nach allem, was sie für dieses Mädchen getan hat …"

Nick trat hinter Sam und legte ihr die Hände auf die Schultern.

„Du sollst dich schonen", sagte sie knapp.

„Was hast du denn?", fragte Angela ihren Schwager.

„Er wurde vorhin bei einem Eishockeyspiel massiv gefoult", antwortete Sam für ihn. „Wir waren heute Abend schon mal hier."

„Es geht mir gut", beschwichtigte Nick. „Macht euch um mich keine Sorgen."

„Ich mache mir aber Sorgen um dich, und du solltest dich hinsetzen."

„Gut, ich setze mich hin", lenkte Nick ein und ließ sich auf einem Stuhl nieder. „Zufrieden?"

Sam nickte. „Jetzt bleib, wo du bist."

Ein Arzt trat auf der Suche nach Brookes Eltern durch die Doppeltür.

Tracy winkte Sam und Angela zu sich herüber. „Das sind meine Schwestern Sam Holland und Angela Radcliffe."

Der Arzt nickte Sam zu. „Wusste ich doch, dass ich Sie kenne."

„Wir verstehen gar nicht, wie das passieren konnte", schluchzte Tracy, deren Augen sich wieder mit Tränen füllten. „Brooke sollte eigentlich in Virginia im Internat sein."

„Das kann ich Ihnen leider auch nicht erklären", sagte der Arzt. „Aber der Drogentest war positiv, was Methamphetamine angeht. Wir warten auf weitere Informationen aus dem Labor. Aufgrund der Tatsache, dass sie bewusstlos ist, tippen wir auf eine

Form von Molly, es könnte allerdings ebenso ein Cocktail mit GHB sein."

„K.-o.-Tropfen", übersetzte Sam, der bei dieser Information ganz anders wurde. Wenn man Brooke GHB gegeben hatte, würde sie kaum noch Erinnerungen an das haben, was ihr widerfahren war.

„Richtig. Wir haben ihr über eine Nasensonde Aktivkohle verabreicht, die den Effekt der Methamphetamine neutralisieren wird. Außerdem haben wir einen Blasenkatheter gelegt, um ihren Urin untersuchen zu können. Die größte Sorge bereitet uns derzeit die Gefahr einer Hyperthermie oder eines Hitzschlags."

Mike hielt Tracy weiterhin im Arm, während sie die einzelnen Informationen verarbeiteten. „Hitzschlag?", fragte er.

„Eine Nebenwirkung der Droge, die dazu führt, dass ihre Körpertemperatur auf fast vierzig Grad angestiegen ist. Wir arbeiten daran, sie wieder zu senken, innerlich mit gekühlter Kochsalzlösung, äußerlich mit Eisbeuteln. Sie war kurz bei Bewusstsein und hat paranoid auf unsere Maßnahmen reagiert, wusste nicht, wo sie ist und warum sie nichts anhat. Aber sie konnte uns nicht sagen, was sie genommen hat oder was geschehen ist."

„Was ist mit dem ganzen Blut?", fragte Sam.

„Wir vermuten, dass das meiste davon nicht ihres ist. Wir haben keine offene Wunde gefunden, die eine derartige Menge Blut rechtfertigt. Wir müssen noch feststellen, ob sie vergewaltigt worden ist, denn es gibt Hinweise auf sexuelle Aktivitäten."

Nur die Tatsache, dass Mike den Arm um Tracy gelegt hatte, verhinderte, dass sie bei dieser Nachricht zusammenbrach.

„Was für Hinweise?", hakte Sam nach, die sich alle Mühe geben musste, nicht selbst hysterisch zu werden.

„Als eine der Schwestern den Katheter gelegt hat, ist ihr ein blauer Fleck aufgefallen. Bei genauerer Überprüfung haben wir vaginale Hämatome, Einrisse und Sekrete gefunden, die auf intensive sexuelle Aktivitäten hindeuten. Ob es sich um eine Vergewaltigung gehandelt hat, kann uns nur Brooke selbst sagen, aber es besteht die Gefahr, dass sie sich aufgrund des GHB nicht mehr erinnert."

Tracy brach haltlos schluchzend zusammen, während Sam mit aller Kraft dagegen ankämpfte, es ihr gleichzutun.

„Ich komme wieder, wenn wir mehr wissen."

„Wann können wir sie sehen?", fragte Angela.

„Sobald sie stabilisiert ist und wir sie auf Spuren einer Vergewaltigung untersucht haben."

„Unser Familienarzt, Harry Flynn, ist auf dem Weg hierher", sagte Sam.

„Natürlich", antwortete der Arzt. „Kein Problem. Wir werden Sie auf dem Laufenden halten."

Sams Handy klingelte, und Freddies Name leuchtete auf dem Display auf. „Was habt ihr?"

„Die Befragungen haben nichts ergeben, aber wir haben gerade mitgehört, wie die Einsatzleitung Carlucci und Dominguez zu einem Mord oben am MacArthur Boulevard Northwest geschickt hat. Nach dem, was wir mitbekommen haben, ist jemand mit einem Messer über eine Gruppe Teenager hergefallen."

Diese Nachricht versetzte Sam einen Stich ins Herz.

„Was sollen wir tun? Die Befragung fortsetzen oder den beiden helfen?"

Sams Gehirn weigerte sich, die zahlreichen Auswirkungen dieser Information zu verarbeiten.

„Fahrt da hin und schaut nach, was los ist. Ich kann hier nicht weg, also halte mich auf dem Laufenden."

„Mach ich."

„Freddie."

„Ja?"

„Glaubst du ... ich meine ... glaubst du, das hat etwas mit Brooke zu tun?"

„Das können wir nicht wissen, Sam, also denk gar nicht erst darüber nach. Zumindest noch nicht."

„Du hast recht. Okay, ruf mich an, sobald du etwas weißt."

„Werde ich."

Er unterbrach die Verbindung, und sie schob das Handy in die Tasche und setzte sich neben Nick.

„Worum ging's da eben?"

„Mord am MacArthur Boulevard. Jemand hat offenbar ein paar Teenager niedergestochen."

Nick riss die Augen auf, als auch ihm der mögliche Zusammenhang klar wurde. „O Gott. Glaubst du, die beiden Vorfälle haben etwas miteinander zu tun?"

„Ich weiß nicht, aber wenn nicht, wäre das ein verdammt großer Zufall." Es laut auszusprechen erfüllte Sam mit dem überwältigenden Gefühl einer bösen Vorahnung – und Angst.

Freddie und Gonzo erreichten den Tatort am MacArthur Boulevard und mussten um die Ecke parken, weil die Einsatzfahrzeuge die Straße blockierten. Sie zeigten dem Streifenpolizisten, der am gelben Absperrband Wache stand, ihre Dienstmarken, duckten sich darunter hindurch und gingen in Richtung des Eingangs eines hübschen Backsteinhauses in einem exklusiven Neubaugebiet.

„Nette Hütte", murmelte Freddie.

„Was du nicht sagst. Aber außerhalb meiner finanziellen Möglichkeiten."

Drinnen waren Dominguez und Carlucci gerade damit beschäftigt, einen schauerlichen Tatort im Partykeller in Augenschein zu nehmen. Es gab sechs Leichen, alle nackt, die meisten ganz offenbar mitten im Geschlechtsakt ermordet. Sie lagen paarweise in drei Ecken des großen Raumes.

„Was zum ..." Gonzo unterbrach sich mitten im Satz. „Ist es das, was die jungen Leute heutzutage unter Spaß verstehen?"

„Das haben wir uns auch gefragt", erwiderte Dani Carlucci. Sie war groß, blond und gut gebaut – nicht, dass Freddie so etwas aufgefallen wäre. Definitiv nicht, solange er daheim mit der unglaublich attraktiven Elin das Bett teilte. Danis Partnerin Gigi Dominguez wirkte neben ihrer amazonengleichen Kollegin winzig, doch mit ihrem dunklen Haar und dem olivfarbenen Teint sah sie genauso gut aus.

„Was haben wir bisher?", fragte Gonzo. Man hatte ihn jüngst zum Detective Sergeant befördert, was ihn zum ranghöchsten Beamten am Tatort machte.

Carlucci warf einen Blick in ihr Notizbuch. „Das Haus gehört William und Marissa Springer. Der Hausangestellten zufolge, die mit einem Streifenpolizisten oben ist, sind die Eltern dieses Wochenende in ihrem Chalet in Aspen. Die Frau hat bestätigt, dass der siebzehnjährige Sohn der Familie, Hugo, unter den Opfern ist." Carlucci deutete auf einen jungen Mann mit straffem, muskulösem Körper, dem man beim Geschlechtsverkehr mit einem weiblichen Opfer, das tot unter ihm auf einem der Sofas lag, mehrfach in den Rücken gestochen hatte.

„Wir haben Drogenutensilien und jede Menge Alkohol gefunden", fuhr Carlucci fort und deutete auf einen mit Flaschen, Pfeifen und Pillen übersäten Billardtisch. Der Boden und die Möbel waren voller Kleidungsstücke, Becher und Flaschen. „Wir glauben, sie waren alle high und so abgelenkt, dass sie den Angriff nicht kommen gesehen haben."

„Mich würde ja mal interessieren", warf Freddie ein, „wie man so viele Menschen erstechen kann, ohne dass die anderen die ersten Opfer hören."

„Sie waren high, betrunken, haben sich gegenseitig befummelt und sonst auf nichts mehr geachtet", antwortete Dominguez unverblümt. „Außerdem hat die Hausangestellte ausgesagt, dass bei ihrer Heimkehr fast alle Lichter aus waren und die Musik dröhnte. Was auch immer hier passiert ist, es geschah weitestgehend im Dunkeln."

„Gibt es Spuren gewaltsamen Eindringens?", fragte Gonzo.

„Wir haben an den Türen keine festgestellt, und alle Fenster im Erdgeschoss sind verschlossen", erwiderte Carlucci.

„Es könnte also ein Gast auf der Party gewesen sein", fügte Freddie hinzu, dem die ihm bevorstehende Aufgabe, die Eltern zu informieren, schwer im Magen lag. Der Umgang mit den Familien der Opfer war einer der schwierigsten Aspekte eines schwierigen Jobs, besonders, wenn es sich um junge Menschen handelte.

„Wir haben Dr. McNamara angefordert und sie gebeten, noch Hilfe mitzubringen", meldete Carlucci. Washingtons leitende Gerichtsmedizinerin machte eigentlich keinen Wochenenddienst. „Die Spurensicherung ist unterwegs."

„Habt ihr die Leute informiert, denen das Haus gehört?", fragte Gonzo.

„Ja, die Hausangestellte hat uns die Nummer gegeben, und wir haben sie angerufen", sagte Dominguez. „Es war furchtbar."

„Ich frage mich, was sie sich dabei gedacht haben, ihren siebzehnjährigen Sohn allein zu Hause zu lassen", brummte Freddie.

„Offenbar haben sie das nicht. Er hätte bei einem seiner Freunde sein sollen." Carlucci warf einen Blick auf ihre Notizen. „Michael Chastain. Der Beschreibung nach, die wir von den Springers bekommen haben, glauben wir, dass er das ist." Sie deutete auf einen blonden Jungen, der mehrere Stichwunden in Brust und Hals hatte. Es hatte ganz den Anschein, als hätte ihm ein dunkelhaariges Mädchen gerade einen geblasen, als die beiden getötet worden waren.

Die Sinnlosigkeit von alldem bedrückte Freddie, wie so oft. Morde an Erwachsenen waren schon schwer genug zu verkraften, bei jugendlichen Opfern gingen sie an seine Belastungsgrenze.

Dr. Lindsey McNamara traf einige Minuten später zusammen mit ihrem direkten Stellvertreter Dr. Byron Tomlinson ein. Beim Anblick des grauenhaften Tatorts traten ihr Tränen in die grünen Augen. „O mein Gott."

„Heilige Scheiße", entfuhr es Tomlinson.

Während Carlucci und Dominguez die beiden Rechtsmediziner ins Bild setzten, nahm Gonzo Freddie beiseite. „Ich glaube, das hat etwas mit der Nichte des Lieutenants zu tun."

„Genau das denke ich auch."

„Trotzdem gehst du nicht davon aus, dass ihre Nichte hier ausgerastet ist und zum Messer gegriffen hat, oder?"

„Auch wenn ich Brooke nicht besonders gut kenne", sagte Freddie, „scheint es mir doch undenkbar, dass sie zu so etwas fähig wäre."

„Wenn man auf Drogen ist, kann das schon mal passieren." Gonzo warf Freddie einen bedeutungsvollen Blick zu. „Wir verstoßen gegen zahllose Dienstvorschriften, wenn wir die mögliche Verbindung verschweigen."

„Ich weiß, aber genau das werden wir tun, richtig?"

„Zumindest, solange wir können. Wenn irgendetwas auf ihre Anwesenheit hier hindeutet, haben wir es nicht mehr in der Hand."

Freddie war sich darüber im Klaren, was das für Sam und ihre Familie hieß, und dieses Wissen belastete ihn sehr, während er seine Tatort-Routine abspulte.

Während sie auf Nachricht von den Ärzten warteten, die sich um Brooke kümmerten, saß Sam bei Tracy, die noch immer unkontrolliert schluchzte.

„Ich wusste, dass so etwas passieren würde", stieß sie unter Tränen hervor. „Deshalb habe ich sie ja weggeschickt. Ich verstehe nicht, warum sie wieder hier ist."

„Das ist das Erste, was ich herausfinden werde", versicherte ihr Sam. „Wie heißt der Internatsleiter?"

„Gideon Young. Er war so nett zu uns und hat uns jede Woche berichtet, wie es ihr ging."

„Habt ihr die Nummer des Internats?"

Tracy zog ihr Handy aus der Manteltasche und suchte sie heraus.

Sam schrieb sie sich auf. „Ich rufe da nachher an. Außerdem brauche ich die Namen ihrer Freundinnen hier in D. C. Wir haben mal über ein Mädchen gesprochen, das du nicht mochtest. Mir ist bloß der Name entfallen."

„Hoda", antwortete Tracy abschätzig. „Ihren Nachnamen kenne ich nicht. Laut Brooke heißt sie nur Hoda, so wie Pink oder Cher."

„Ist sie auch siebzehn?"

„Ja, oder achtzehn. Sie war mit Brooke auf der Schule."

„Ich erkundige mich dort nach ihr. Sollte ich sonst noch mit jemandem sprechen, der wissen könnte, wo sie heute Abend war?"

„Ich gebe es ja nur ungern zu, aber ich kenne nicht viele ihrer anderen Freunde. Als sich unser Verhältnis verschlechtert hat, hat sie aufgehört, uns von ihren Freunden zu erzählen, weil sie wusste, wir würden mit ihrem Umgang nicht einverstanden sein."

„Ich finde heraus, was hier los ist, Trace. Versprochen."

Harry kam durch die Tür in den Behandlungsbereich. „Sie überprüfen jetzt gleich, ob sie vergewaltigt wurde, und da sie minderjährig ist, benötigen sie dafür einen Elternteil oder einen Erziehungsberechtigten."

„Ich kann das nicht", schluchzte Tracy. Wieder rannen ihr Tränen über die Wangen. „Sie braucht jemanden, der sich im Griff hat, und das kann ich im Moment einfach nicht leisten."

„Dann übernehme ich das", erklärte Sam und blickte zu ihrem Schwager, der zustimmend nickte. Vor Angst und Nervosität wurde ihr flau im Magen, als sie sich daran erinnerte, wie sie ihrer Untergebenen und Freundin Jeannie McBride Anfang des Jahres die Hand gehalten hatte, während bei ihr nach einer brutalen Vergewaltigung die Beweissicherung durchgeführt worden war.

„Bist du sicher?", fragte Tracy.

„Ich krieg das schon hin, Trace. Versuch, dich zu beruhigen. Wenn sie aufwacht, wird sie dich brauchen."

„Ich weiß." Tracy wischte sich die Tränen aus dem Gesicht. „Du hast recht."

Mike legte den Arm um seine Frau, die sich an ihn schmiegte.

Sam erhob sich und wischte sich die verschwitzten Handflächen an den Jeans ab. Nick trat zu ihr. „Bist du dir wirklich ganz sicher, dass du das schaffst, Baby?"

„Nein, verdammt, aber ich hätte gerne ein Auge darauf, dass die das richtig machen."

„Harry ist da drin, dafür kann er sorgen. Die beiden können ihn genauso als ihren Vertreter benennen wie dich."

Sam schüttelte den Kopf. „Sie braucht jetzt ihre Familie um sich."

„Harry hat doch gesagt, sie sei gar nicht richtig bei Bewusstsein."

„Trotzdem. Was ist, wenn sie ausgerechnet bei dieser Untersuchung plötzlich zu sich kommt? Sie braucht jemanden an ihrer Seite."

Ihr Handy piepste. Eine SMS von Freddie.

Sechs tote Teenager, alle nackt und beim Sex erstochen. Überall Drogenzubehör und Alkohol. Zwei identifizierte Opfer: Hugo Springer, Sohn der Hausbesitzer William und Marissa Springer, und Michael Chastain. Halte dich auf dem Laufenden.

Sam wurde vor Angst um ihre Nichte eiskalt, als sie die Zeilen ein zweites Mal las.

„Was ist?", fragte Nick. Sie zeigte ihm die Nachricht.

„Mein Gott. Du glaubst doch nicht etwa wirklich ... Brooke ..."

Sam seufzte tief. „Im Augenblick weiß ich nicht, was ich denken soll. William Springer ist Anwalt. Er verteidigt immer die Drecksäcke, die ich festnehme, und jetzt ist sein Sohn tot, und meine Nichte liegt im Krankenhaus."

„Hör zu, Babe. Ich weiß, du hast das Gefühl, du müsstest das hier für Tracy und Brooke tun, aber das stimmt nicht. Sosehr du sie auch liebst, sie ist nicht deine Tochter, und ich hasse es, mit ansehen zu müssen, wie du dir das antust."

Wenn Sam ihrem ersten Impuls gefolgt wäre, hätte sie ihn angefahren, doch als sie seine besorgte Miene bemerkte, hielt sie sich zurück. „Tracy tut alles für mich. Immer schon. Jetzt kann ich mal was für sie tun. Schau sie dir nur an. Sie ist völlig hysterisch und kommt mit der Situation einfach nicht klar."

„Und was ist mit dir? Was ist mit der Belastung, die das für dich bedeutet?"

„Damit kann ich umgehen", sagte Sam mit mehr Zuversicht, als sie eigentlich empfand. „Ich weiß deine Besorgnis zu schätzen, aber ich muss das jetzt tun."

Harry kehrte ins Wartezimmer zurück. „Sam? Kommst du?"

Sie drückte Nicks Arm und folgte Harry durch die Doppeltür in den Gang, der zu den Untersuchungsräumen führte, in denen sie im zurückliegenden Jahr viel zu viel Zeit zugebracht hatte. Sam, die Spritzen und alles, was mit Medizin zu tun hatte, hasste, stellte fest, dass ihr gereiztes Nervensystem ungeahnte Kräfte mobilisierte, wenn jemand, den sie liebte, in einem der Betten lag.

Man hatte Brooke das Blut aus dem Gesicht gewischt, wodurch deutlicher zu erkennen war, wie stark ihre linke Wange und die Lippen geschwollen waren. Auf den ersten Blick wirkte es auf Sam, als hätte jemand sie geschlagen. Die nicht mit Hämatomen übersäten Hautpartien waren so weiß wie das Tuch unter ihr, ihre Sommersprossen bildeten einen krassen Kontrast dazu. Eine grauweiße Speichelspur zog sich über ihre Unterlippe und ihr Kinn.

„Haben Sie das Laken, in das sie gewickelt war, für die Spurensicherung aufgehoben?", fragte Sam.

„Das ist Lieutenant Holland vom MPD", stellte Harry sie dem medizinischen Personal vor, das sich um Brooke kümmerte. „Sie ist die Tante der Patientin."

Eine der Schwestern deutete auf eine Papiertüte auf einem Metalltisch neben Brookes Bett.

„Danke", sagte Sam und musterte die Tüte beklommen. Was würde das Labor über eine potenzielle Beteiligung von Brooke an den Geschehnissen am MacArthur Boulevard herausfinden? Mit wessen Blut war sie verschmiert gewesen? Was würde Sam tun, wenn sie feststellte, dass ihre eigene Nichte eine Massenmörderin war? Nein, dachte sie und verwarf diesen Gedanken, kaum dass er aufgetaucht war. Das konnte nicht sein.

„Was hat der Drogentest ergeben?", fragte Sam den leitenden Arzt.

„Sie ist randvoll mit Molly", erwiderte der, „dazu kommen noch GHB und Wodka. Letzteres vermuten wir wegen des Geruchs. Ihr Blutalkohol beträgt 1,6 Promille."

Molly, dachte Sam und versuchte verzweifelt, sich an die Einzelheiten eines Vortrags zu entsinnen, den sie erst vor Kurzem bei der Polizei über diese Droge gehört hatte, die unter jungen Leuten gerade der letzte Schrei war und bereits zu mehreren Drogentoten geführt hatte. MDMA, erinnerte sie sich, der chemische Hauptbestandteil von Ecstasy.

Während die Krankenschwestern Brooke auf die Untersuchung hinsichtlich einer möglichen Vergewaltigung vorbereiteten, trat Sam ans Kopfende des Bettes, wo sie einerseits nah bei ihrer Nichte war, wenn die sie brauchte, andererseits aber auch die Schwestern gut im Auge behalten konnte.

„Wir werden jetzt anfangen, ihre Verletzungen zu fotografieren und unter ihren Fingernägeln nach Spuren zu suchen", erklärte die für die Untersuchung zuständige Schwester Sam. „Wir schneiden ihr die Nägel und heben die Abschnitte als Beweis auf. Dann machen wir einen Abstrich der Mundschleimhaut, suchen mit UV-Licht nach Spermaspuren und nehmen Proben, wenn wir welche entdecken. Außerdem noch Haarproben, damit wir ihre DNA haben, und wir kämmen ihr Haupt- und Schamhaar, um fremde Haare zu finden. Danach untersuchen wir sie gynäkologisch auf Verletzungen und nehmen Vaginal- und Analabstriche. Wenn Sie Fragen haben, immer heraus damit."

Sam nickte und stellte sich darauf ein, Zeugin von stundenlanger Kleinarbeit zur Beweissammlung zu werden. Es war richtig gewesen, Tracy dem nicht auszusetzen, doch auch ihr fiel es nicht leicht, dabei zuzusehen.

Zum Glück war Brooke weiter bewusstlos, als zwei Schwestern ihre Füße in Fußstützen legten und dann die Decke anhoben, um eventuelle Verletzungen ihrer Genitalien fotografieren zu können.

Bei jedem Blitz zuckte Sam zusammen. Sie hatte das schon einmal erlebt und wusste, dass die Untersuchung genauso invasiv sein konnte wie die Tat selbst. Sie drehten Brooke um und fotografierten sie von allen Seiten, bis Sam am liebsten geschrien hätte. Aber sie hielt die Klappe und ließ die Experten ihren Job erledigen. Nach fast dreizehn Jahren im Polizeidienst war Sam klar, dass eine einzelne Wimper oder eine winzige Faser einen Fall entscheiden konnte.

Brooke lag die ganze Zeit reglos da, so reglos, dass Sam immer wieder nachschaute, ob sich die Brust ihrer Nichte hob und senkte, um sich zu versichern, ob sie noch atmete. Doch als die Schwester das Spekulum einführte, kam Brooke schreiend und um sich schlagend zu sich.

Sam packte ihre Schultern, während Harry und eine der Schwestern je einen Arm und ein Bein festhielten. „Schon gut, Brooke. Ich bin's, Tante Sam. Keine Angst, ich bin bei dir, und die Ärzte und Schwestern versuchen nur, dir zu helfen."

Brooke zuckte am gesamten Körper, krampfte und zitterte heftig. „Das tut weh! Die sollen aufhören! Was machen die da?"

Der Notfallmediziner verlangte nach einer intravenösen Ativan-Gabe.

„Brooke, Süße, du musst dich entspannen und versuchen, ruhig liegen zu bleiben", sagte Sam und bemühte sich, ihre Nichte so gut wie möglich festzuhalten, ohne ihr dabei weitere Verletzungen zuzufügen. „Jemand hat dir was angetan, und wir suchen nach Spuren ..."

„Nein!", schrie Brooke aus vollem Hals und wehrte sich nach Kräften gegen die Hände, die sie festhielten. „Fasst mich nicht an!"

Zwischendurch biss sie immer wieder die Zähne zusammen und leckte sich hektisch die Lippen.

„Das Ativan wirkt gleich", sagte der Arzt. „Warten wir solange."

Währenddessen schrie und schluchzte Brooke weiter, wand sich in ihrem Griff und biss heftig die Zähne zusammen, als ihre Tante sie zu beruhigen versuchte.

Sam wischte sich mit dem Ärmel die Tränen ab, die ihr die Sicht verschleierten, und versuchte weiter, dem Mädchen Trost zu spenden. „Schon okay", redete sie auf Brooke ein und strich ihr die Haare aus der verschwitzten Stirn. Sie merkte, dass Harry Blickkontakt zu ihr suchte, und sah ihn an.

Er nickte und ermutigte sie damit wortlos, weiter mit Brooke zu sprechen.

„Es wird alles gut." Sie war so verdammt erleichtert, weil Brooke wach war und redete, dass sie zur Not das Schreien und Weinen aushalten konnte, auch wenn ihr jeder Schrei, jede einzelne Träne das Herz zerriss.

„Sam, die sollen aufhören", wimmerte Brooke zwischen zwei Schluchzern. „Die tun mir weh."

„Das waren nicht sie, Süße. Vielmehr wird das, was sie gerade tun, uns helfen, den Täter zu finden. Das ist wichtig, sonst würde ich dich nicht bitten, es über dich ergehen zu lassen. Können sie jetzt weitermachen?"

Brooke musterte sie mit wildem Blick, biss sich auf die Lippe und nickte, während ihr Tränen aus den Augenwinkeln rannen.

Sam verfolgte, wie die behandelnde Schwester schnell, aber effizient arbeitete, Abstriche und Proben nahm und Brookes Verletzungen auflistete.

Brooke schrie erneut, als sie das Spekulum entfernte, und Sam sah, dass das Instrument blutverschmiert war.

Emotional vollkommen ausgelaugt küsste sie Brooke auf die Stirn. „Das Schlimmste hast du hinter dir, Süße."

„Wir werden sie nähen müssen", widersprach der Arzt prompt Sams Aussage.

„Nein", protestierte Brooke tränenüberströmt. „Lass nicht zu, dass sie mich da noch mal anfassen, Sam. Sie sollen aufhören!"

„Können wir sie sedieren?", fragte Sam.

„Ja.“

„Schon okay, Brooke. Du schläfst gleich kurz ein. Ehe du dichs versiehst, ist es vorbei.“

Das junge Mädchen schaute Sam mit großen, angsterfüllten Augen an. „Warum passiert mir das, Sam?“

„Ich hatte gehofft, die Frage könntest du mir beantworten.“

KAPITEL 3

Sam blieb während der gesamten qualvollen Prozedur bei Brooke, auch während unter Vollnarkose die Verletzungen ihrer Vagina genäht wurden. Erst nach drei Uhr morgens wurde das Mädchen in ein Zimmer auf der Intensivstation verlegt. Dankbar dafür, dass ihre Nichte ein Beruhigungsmittel bekommen hatte, das sie komplett ausgeknockt hatte, ließ sich Sam auf einen Stuhl neben dem Bett fallen und informierte Tracy per SMS über die Zimmernummer.

Während sie auf die Ankunft der anderen wartete, nutzte Sam die Zeit, um sich nach dem Höllenritt der vergangenen Stunden zu sammeln. Ihre Hände zitterten, ihre Beine und ihr Rücken schmerzten, und von ihrer legendären Cop-Coolness war nichts übrig. Alles war anders, wenn Verbrechen und Gewalt ins persönliche Umfeld eindrangen. Jemand hatte brutalen Sex mit Brooke gehabt, und es musste sich erst noch zeigen, ob sie ein Opfer oder freiwillig daran beteiligt gewesen war.

Harry hatte Brookes Eltern den ganzen Abend über informiert gehalten, sodass Sam nicht alles ein weiteres Mal erzählen musste, als Tracy, Mike, Angela und Nick wenig später das Zimmer betraten.

Nick kam direkt zu ihr, während die anderen sich um Brookes Bett scharten.

Sam stand auf und begab sich mit ihm auf den Korridor.

Er küsste sie auf den Scheitel und hielt sie ganz fest, sodass ihr Zittern allmählich nachließ.

„Wie geht es deinen Rippen?", fragte sie.

„Gut. Ich mache mir viel mehr Sorgen um dich."

„Jetzt, wo sie schläft und ein Zimmer hat, ist es schon viel besser."

„Wir haben ihre Schreie sogar im Wartezimmer gehört."

„Es war ziemlich heftig da drin. Sie ist während der Vaginaluntersuchung plötzlich zu sich gekommen und erst mal in Panik geraten. Soweit ich weiß, war das ihre erste gynäkologische Untersuchung. Hoffentlich erinnert sie sich morgen nicht mehr daran."

„Die Presse hat Wind von den MacArthur-Morden bekommen."

„Verdammt." Sam fuhr sich durchs Haar und versuchte es nach der langen Nacht einigermaßen mit den Fingern in Form zu kämmen. „Wir haben also bereits die Kontrolle über die Geschichte verloren, bevor wir überhaupt mit unseren Ermittlungen begonnen haben."

„Zum Glück ist das diesmal nicht unser Problem."

Sie flüsterte, damit die Schwestern, die sie im Vorbeigehen erkannten und interessiert musterten, ihr Gespräch nicht mithören konnten. „Was meinst du damit?"

„Du hast Urlaub."

„Äh, ich habe mir selbst den Urlaub gestrichen, als ich meine Nichte nackt und blutverschmiert vor unserem Haus gefunden habe. Spätestens aber, als wir von der Ermordung von sechs Teenagern in meiner Stadt erfahren haben."

„Dein Team kann sich auch ohne dich darum kümmern."

„Kommt überhaupt nicht infrage. Hast du eine Vorstellung davon, wie brisant dieser Fall werden wird? Sechs tote, zugedröhnte Jugendliche, die jemand beim Sex im Keller des Hauses eines prominenten Anwalts erstochen hat."

„Was wäre, wenn wir gestern Abend schon nach Frankreich, Italien oder sonst wohin aufgebrochen wären?"

„Dann wäre ich jetzt auf dem Rückweg."

Er löste sich von ihr und trat unverkennbar verärgert einen Schritt zurück.

„Was soll ich sagen? Das ist mein Beruf. Sie ist meine Nichte. Ich muss wissen, was ihr zugestoßen ist. Ihr zuliebe und um Tracys willen. Außerdem muss ich sie vor den Dingen beschützen, die die Ermittlungen möglicherweise ans Tageslicht bringen werden."

„Das musst du nicht persönlich tun, Sam."

Aus ihrem tiefen Seufzer sprach zu gleichen Teilen Erschöpfung und Ungläubigkeit. „Kennst du mich eigentlich?"

„Was zum Teufel ist das denn für eine Frage?", entgegnete er und bemühte sich nicht mehr, leise zu sprechen.

„Eine direkte. Wenn du mich auch nur etwas kennen würdest – und eigentlich habe ich gedacht, du kennst mich besser als jeder andere –, wäre dir völlig klar, dass ich diesen Fall übernehmen muss."

„Dem widerspreche ich entschieden. Jeder braucht mal eine Pause, selbst du. *Wir* brauchen eine Pause. Ich habe diese Tretmühle, in der wir leben, so verdammt satt. Ich will eine gottverdammte Woche Urlaub, und zwar zusammen mit meiner Frau. Wir hatten Pläne."

„Du bist mit einer Ermittlerin der Mordkommission verheiratet, Nick. Du weißt, wie das läuft. Wie um alles in der Welt könnte ich ausgerechnet diesen Fall nicht übernehmen?"

„Ich erwarte, dass du unsere gemeinsamen Pläne einhältst."

„Das ist unglaublich! Von dir würde ich so etwas nie verlangen."

„Komm schon, Sam", flehte er. „Wir hatten ein schreckliches Jahr, jeden Tag nichts als Arbeit und Wahnsinn. Wir hatten einen Autounfall, haben ein Baby verloren, man hat uns beinahe in unserem eigenen Haus in die Luft gejagt, wir haben mehrere Verletzungen erlitten – einige davon schwer –, einige enge Freunde verloren, die Medien haben uns auf Schritt und Tritt verfolgt, wir haben einen Wahlkampf geführt, geheiratet und einen Sohn adoptiert. Wie kann es nach alldem falsch sein, eine Woche ungestörten Urlaub mit meiner Familie zu brauchen?"

„Es ist nicht falsch." Nachdem er die Liste durchgegangen war, konnte sie seiner Logik kaum etwas entgegensetzen. „Aber ich kann mich nicht entspannen und meinen Urlaub genießen, wenn ich in Gedanken bei sechs toten Jugendlichen bin und meine

Nichte, die jemand unter Drogen gesetzt und vergewaltigt hat, im Krankenhaus liegt, ohne dass irgendwer weiß, was genau ihr widerfahren ist. Wenn ich diesen Fall nicht bearbeiten kann, werde ich wahnsinnig."

„Tu, was du nicht lassen kannst. Ich gehe jetzt heim zu unserem Sohn. Sag Tracy und Mike, ich helfe Celia mit Abby und Ethan, solange es nötig ist."

Erschüttert von dieser seltenen Auseinandersetzung, ergriff Sam seinen Arm. „Ach komm, Nick. Geh nicht verärgert weg. Bitte."

Er küsste sie auf die Stirn und auf die Lippen. „Ich bin nicht verärgert, ich habe es einfach satt. Ich habe mich auf diese Zeit mit dir gefreut, Babe, und brauche sie wirklich. Aber ich schätze, daraus wird nichts. Wir sehen uns."

Sam schaute ihm ungläubig nach, als er sie stehen ließ, ohne ihr zu sagen, dass er sie liebte, ohne sie zu bitten, auf sich aufzupassen, oder sonst eine seiner üblichen Abschiedsfloskeln. An seinem Gang erkannte sie, dass er Schmerzen hatte, und seine hochgezogenen Schultern verrieten, dass er sauer war, auch wenn er etwas anderes behauptet hatte.

Großartig. Das hatte ihr gerade noch gefehlt. Sie holte tief Luft und betrat das Krankenzimmer, um mit ihren Schwestern und ihrem Schwager zu sprechen. „Ich fahre aufs Revier und versuche herauszufinden, was heute Nacht passiert ist. Ruft ihr mich an, wenn sie aufwacht?"

„Ja", erwiderte Tracy, die Brookes langes, dunkles Haar streichelte, ohne den Blick von ihrer Tochter zu wenden.

„Sie hat nicht gesagt, was passiert ist?", fragte Angela.

„Die meiste Zeit war sie zu panisch und dann sediert. Sie hatte ein paar wache Momente, hat aber größtenteils überhaupt nicht begriffen, was gerade passiert, und ich habe ihr nicht mehr Informationen gegeben als unbedingt nötig."

Mike kam herüber und umarmte Sam. „Danke vielmals, dass du ihr da drin geholfen hast."

„Gern, kein Problem." Sam versuchte, nicht an das Riesenproblem zu denken, das dieser Fall bereits für sie und Nick darstellte. „Nick hat mich gebeten, euch auszurichten, dass er Celia mit Abby und Ethan helfen wird, solange es nötig ist."

„Das ist großartig. Danke."

„Ich werde jetzt mal versuchen, mir ein Bild von der Gesamtsituation zu verschaffen."

„Lässt du uns wissen, was du herausfindest?"

„Ja, klar." Sie warf einen Blick auf Brooke in ihrem Bett, bleich, krank und von den Ereignissen des Vorabends für immer verändert. „Sagen euch die Namen Hugo Springer oder Michael Chastain etwas?"

Mike schüttelte den Kopf. „Sollten sie?"

„Das sind zwei der Jugendlichen, die man gestern Abend tot im Haus der Springers gefunden hat."

„Was hat das mit Brooke zu tun?"

„Das weiß ich noch nicht. Vielleicht gar nichts. Möglicherweise aber schon."

„Sam ... Was verschweigst du uns?"

„Sie war nackt, hatte Drogen konsumiert, hat überall Hämatome, man hat sie möglicherweise vergewaltigt und sie war mit Blut verschmiert, das nicht ihres war. Eine Stunde später findet man sechs Jugendliche aus ihrer Altersgruppe erstochen in einem Haus hier in der Stadt. Alle sind nackt, hatten ebenfalls Drogen konsumiert, sind blutverschmiert und beim Sex erstochen worden. Ich würde gerne glauben, dass es zwischen diesen beiden Ereignissen absolut keinen Zusammenhang gibt, nur ..."

Mikes bereits leichenblasses Gesicht wurde schneeweiß. „Wie kann es da keinen Zusammenhang geben?", fragte er. Seine Stimme war kaum mehr als ein Flüstern.

„Genau."

„Was bedeutet das für Brooke?"

„Ich wünschte, ich wüsste es. Lass mich meine Arbeit tun, dann finde ich vielleicht ein paar Antworten."

„Es ist zum Aus-der-Haut-Fahren. Ich weiß nicht, was ich tun soll. Tracy ... ist völlig fertig, und ich möchte sie gern trösten, und ich bin so verdammt sauer auf Brooke. Ich bin schon so lange sauer auf sie, dass ich manchmal vergesse, dass ich sie früher mal über alles geliebt habe." Mike schluchzte auf. Er bedeckte die Augen mit den Händen. „Ich komme mir wie ein Monster vor, weil ich das überhaupt ausspreche, aber was sie unserer Familie angetan hat ..."

Sam legte die Arme um ihren Schwager, der seit fünfzehn Jahren wie ein großer Bruder für sie war. „Mike, du bist kein Monster. Du bist ein Mensch, und sie war unbestreitbar absolut schrecklich. Das haben wir doch in den letzten ein, zwei Jahren alle erlebt."

„Ich dachte, dieses Internat wäre die Antwort auf unsere Gebete."

„Das dachte ich auch, und du kannst darauf wetten, dass ich herausfinden werde, was dort passiert ist." Sam trat einen Schritt zurück. „Das Beste, was du jetzt tun kannst, ist, mit Tracy hierzubleiben und ihr da durchzuhelfen. Brooke wird sich schrecklich fühlen, wenn sie zu sich kommt, und vor ihr liegt eine schwere Zeit. Sie werden dich beide brauchen."

Mike nickte, wischte sich die Augen und fuhr sich mit der Hand über das kurze, dunkelblonde Haar, das im letzten Jahr allmählich ergraut war. „Nick hat vorhin sauer gewirkt. Nicht gut drauf. Das sieht ihm gar nicht ähnlich. Ist alles in Ordnung?"

„Das wird schon wieder." Sam hoffte es zumindest. Sie hatten nicht viel Erfahrung damit, ernsthaft zerstritten zu sein. „Er hat Schmerzen von der Rippenprellung. Das und die Sache mit Brooke ... Wir sind alle irgendwie nicht gut drauf. Ich komme wieder, sobald ich kann. Haltet mich über ihren Zustand auf dem Laufenden."

„Natürlich."

Sam umarmte ihre beiden Schwestern und versprach auch ihnen, bald zurückzukommen.

„Finde heraus, was passiert ist, Sam", sagte Tracy mit neuen Tränen in den rot geweinten Augen. „Bitte finde heraus, was meiner Kleinen zugestoßen ist."

„Das werde ich."

Im Aufzug fiel Sam ein, dass sie ohne Auto hier war. Normalerweise hätte sie Nick gebeten, sie zu fahren, aber er war im Moment wütend auf sie, also rief sie Freddie an. „Hey, wo bist du?"

„Noch immer am MacArthur."

„Kannst du mich am George Washington abholen? Ich würde mir den Tatort gerne mal ansehen."

„Ja, kann ich machen."

„Ich warte am Eingang der Notaufnahme auf dich."

„Bis gleich."

Während Sam im Wartezimmer auf und ab ging, ignorierte sie die neugierigen Blicke der Wartenden. Sie konzentrierte sich auf das Fernsehprogramm. Die MacArthur-Morde waren die Hauptmeldung der gerade laufenden Nachrichtensendung.

„Die Polizei hält sich hinsichtlich der Vorgänge im Stadthaus am MacArthur Boulevard bedeckt, wo der prominente Washingtoner Anwalt William Springer, seine Frau Marissa und ihr Sohn Hugo wohnen, der zu den gegen Mitternacht im Gebäude gefundenen Mordopfern gehören soll. Nach Informationen aus dem Polizeifunk sind in dem Haus mindestens sechs Tote gefunden worden. Mr. Springer und seine Frau waren Berichten zufolge in Aspen, wo sie ein Wochenendhaus besitzen, und sind derzeit auf dem Rückweg in die Stadt." Ein Foto des Anwalts, der schon häufig Sams Prozessgegner gewesen war, wurde eingeblendet. „Laut Mr. Springers Biografie auf der Homepage seiner Kanzlei ist Hugo das jüngste seiner fünf Kinder. Die anderen vier wohnen nicht mehr zu Hause."

Wenn die Nachrichtensender Springers Homepage und Biografie nutzten, um Sendezeit zu füllen, hatten Sams Leute die Einzelheiten des Falles gut unter Verschluss gehalten. Im Fernsehen sah sie Freddie aus dem Haus kommen. Sobald er unter dem Absperrband durch war, bestürmten ihn die Reporter. Er ignorierte sie und ging mit gesenktem Kopf zu seinem Wagen. Sie folgten ihm, schafften es allerdings nicht, ihm irgendwelche Antworten zu entlocken.

„Genau so", flüsterte Sam. „Gib ihnen erst etwas, wenn wir so weit sind."

„Was ist da los?", fragte eine Stimme hinter ihr.

Sam drehte sich zu Harry um. „Mord am MacArthur Boulevard. Sechs Teenager."

„O Gott. Wie?"

„Betrunken und zugedröhnt beim Sex erstochen."

Er begriff sofort und riss die Augen auf. „Du glaubst doch nicht etwa …"

„Ich weiß es nicht. Noch weiß ich gar nichts. Aber ich werde es herausfinden."

„Da bin ich mir sicher."

„Was ist aus den bei Brooke gesicherten Spuren geworden?"

„Die warten auf ihre Abholung."

„Ich könnte sie mitnehmen, ich fahre sowieso zum Hauptquartier."

„Davon würde ich abraten, Sam. Wenn es Probleme mit der Beweiskette gibt, könnte dir das auf die Füße fallen."

„Ja, du hast recht, und ich weiß es eigentlich auch besser. Ich will ehrlich zu dir sein. Momentan habe ich ein bisschen Angst davor, wohin diese Ermittlungen führen könnten."

„Aus gutem Grund."

„War das tröstend gemeint?"

„Sorry. Ich wollte deine Sorge nicht noch verschlimmern."

Sam seufzte tief. „Hast du nicht. Ich bin einfach total durch den Wind."

Er drückte ihr voller Zuneigung die Schulter. „Das da drin war echt schwierig. Ich konnte es kaum ertragen, das mit anzusehen, von daher kann ich mir vorstellen, wie es sich für dich angefühlt haben muss. Sei nicht so hart zu dir selbst. Auch wenn die Presseberichte etwas anderes behaupten, bist du nicht Superwoman."

„Erzähl's niemandem. Ich habe einen Ruf zu verlieren."

„Dein Geheimnis ist bei mir sicher."

„Danke, dass du hergekommen bist. Gleich zweimal."

„Kein Problem. Ist das deine Mitfahrgelegenheit?"

Durch die Glastür sah Sam Freddies klapprigen Mustang vor dem Krankenhaus anhalten. „Ja."

„Viel Glück bei dem Fall."

„Danke. Kann ich gebrauchen. Wir sehen uns." Sam trat durch die Doppeltür in die Kälte der sich ankündigenden Morgendämmerung hinaus und schloss auf dem Weg zu Freddies Auto den Reißverschluss ihrer Jacke.

Freddie beugte sich über den Beifahrersitz und öffnete ihr die quietschende Tür.

„Ist diese Schrottmühle überhaupt verkehrstauglich?"

„Der Wagen ist topfit." Er musterte sie, während er den Gang einlegte. „Wie geht es ihr?"

„Nicht gut. Sie hatte ausgerechnet Molly intus, und man hat sie vergewaltigt oder auf andere Art sexuell missbraucht, oder zumindest hatte sie so brutalen Sex, dass sie genäht werden musste."

Freddie verzog das Gesicht. „Heilige Scheiße. Ist sie wach? Konnte sie eine Aussage machen?"

„Während der Untersuchung ist sie mal kurz zu sich gekommen, aber da konnte ich sie nicht richtig befragen. Für das Nähen haben sie sie dann sediert. Ich rede später mit ihr, wenn sie wieder wach ist. Habt ihr bei der Befragung meiner Nachbarn irgendetwas erfahren, ehe man euch zum MacArthur gerufen hat?"

„Nichts Sinnvolles. Niemand hat etwas gesehen oder gehört. Deinen Vater und Celia haben wir übrigens nicht gestört. Wir dachten, die lassen es uns schon wissen, wenn sie etwas beobachtet haben."

„Warum habe ich nur das ungute Gefühl, diese ganze Sache wird uns direkt zurück zu meiner Nichte führen, die eigentlich gar nicht hätte hier sein sollen?" Bei diesen Worten schlug Sam mit der Faust gegen die Autotür, als sich Stunden der Frustration und der Qual endlich Bahn brachen.

„Äh, es besteht durchaus die Möglichkeit, dass die Tür einfach abfällt, wenn du so weitermachst."

„Gottverdammt, Freddie. Was zum Teufel hat sie sich dabei gedacht? Aus dem Internat abzuhauen. Drogen zu nehmen."

„Ich habe nicht den leisesten Schimmer." Die Tatsache, dass er sie nicht dafür tadelte, dass sie den Namen des Herrn missbraucht und geflucht hatte, verriet ihr, dass er verstand, wie sehr sie das alles aufregte. „Aber wir werden es herausfinden."

„Das mit dem Urlaub tut mir leid."

„Ist ja nicht deine Schuld."

„Nick ist sauer auf mich."

„Wieso?"

„Weil uns ein neuer Fall den Urlaub verhagelt."

Freddie warf ihr einen Blick von der Seite zu. „Er versteht schon, dass deine Nichte möglicherweise in die Sache verwickelt ist, oder?"

„Ja, das weiß er. Er ist trotzdem sauer."

„Elin ist auch nicht gerade begeistert, doch das ist nun mal unser Job. So ist das eben bei uns."

„Richtig, und wenn er das nicht einsieht, dann kennt er mich überhaupt nicht."

„Sam. Er kennt dich besser als jeder andere. Du kannst dem Mann keinen Vorwurf daraus machen, dass er mal eine Pause von dem ganzen Wahnsinn braucht."

„Ich mache ihm ja gar keinen Vorwurf, aber wie kann er mich vor die Wahl zwischen ihm und Brooke stellen? Ich würde mich sonst immer für ihn entscheiden. Nur ist es diesmal ... Diesmal ist es etwas anderes."

„Es ist etwas Persönliches."

„Genau."

Sie trafen am MacArthur Boulevard ein, als gerade die Sonne über der Stadt aufging. Noch immer standen überall Einsatzfahrzeuge, darunter zwei Wagen der Spurensicherung. Es wimmelte bloß so von Journalisten. Übertragungswagen säumten die Straße, durch die es kein Durchkommen mehr gab. Sie mussten über einen Block weit vom Tatort entfernt parken.

„Was für ein beschissener Zirkus", sagte Sam, während sie das Handy aus der Tasche zog und ihren Mentor und Vorgesetzten Captain Malone anrief.

„Ich dachte, Sie sind in Urlaub", begrüßte Malone sie ohne große Vorrede.

„Mir ist ein Massenmord dazwischengekommen."

„Ich war vorhin dort. Surreal."

„Das habe ich auch schon gehört. Ich werde mir gleich selbst ein Bild von der Lage vor Ort verschaffen. Die Streife hat hier allerdings komplett die Kontrolle verloren. Können Sie jemanden herschicken, der denen in den Hintern tritt?"

„Klar. Übernehmen Sie den Fall?"

Sams Gedanken drehten sich weiter um den Streit mit Nick, während sie mit Freddie auf das Absperrband zuschritt. Wenn Brooke nicht irgendwie in die Sache verwickelt wäre, würde sie alles problemlos an Gonzo abgeben. Aber angesichts der möglichen Verbindung zu ihrer Familie wollte Sam nichts dem Zufall überlassen. „Ja, ich kümmere mich darum." *Erzähl ihm von*

Brooke. Ausgerechnet jetzt musste Sams schlechtes Gewissen sein hässliches Haupt erheben. *Du musst es ihm sagen.*

Nein, muss ich noch nicht.

Doch.

„Wenn der junge Springer in die Sache verwickelt ist, wird es brisant. Halten Sie mich auf dem Laufenden."

„Mach ich." Sam schob ihr Handy in die Jackentasche, da ertönte aus der Gruppe der Schaulustigen, die sich jenseits des Absperrbandes versammelt hatten, ein markerschütternder Schrei. Ein knappes Nicken in Freddies Richtung genügte, und sie gingen zu der Stelle, wo eine Frau von zwei uniformierten Polizisten daran gehindert wurde, den Tatort zu stürmen.

„Was ist hier los?", fragte Sam einen der beiden.

„Eine Mrs. Chastain. Sie hat Grund zu der Annahme, ihr Sohn Michael gehöre zu den Opfern."

„Bitte kommen Sie mit, Mrs. Chastain", sagte Sam, fasste die Frau am Arm und führte sie unter dem Absperrband hindurch. „Ich bin Lieutenant Holland. Das ist mein Partner, Detective Cruz." Sie wandte sich an Freddie und fragte: „Wo können wir sie vor den Kameras in Sicherheit bringen?"

„Die Nachbarn waren so freundlich, uns ihr Wohnzimmer zur Verfügung zu stellen."

„Mein Michael", brachte die völlig aufgelöste Mutter zwischen zwei Schluchzern heraus, während Sam sie die Treppe zum Nachbarhaus hochführte. Eine Frau empfing sie an der Tür und begleitete sie mit mitleidsvollem Blick zu einer bequemen Sitzgruppe. „Er ist letzte Nacht nicht nach Hause gekommen. Dann habe ich in den Nachrichten gesehen, dass bei Hugo daheim etwas passiert ist. Die Reporter behaupten, es gäbe mehrere tote Jugendliche. Das ist nicht wahr, oder?" Sie packte Sam am Arm. „Sagen Sie mir, dass das nicht wahr ist."

In diesem Moment hasste Sam ihren Beruf aus tiefster Seele – nicht nur, weil sie der Frau, die sich an sie klammerte, unerträglichen Schmerz zufügen musste, sondern auch, weil er regelmäßig ihr Privatleben in Mitleidenschaft zog. Im Moment waren Mrs. Chastains Bedürfnisse allerdings wichtiger als ihre eigenen, und so würde es bleiben, bis Sam Antworten für sie und all die anderen Eltern hatte, die an diesem sonnigen Morgen unvorstellbar schreckliche Nachrichten erhalten würden.

„Es tut mir leid, Ihnen das sagen zu müssen, aber es ist wahr.“

Das herzzerreißende Weinen der anderen Frau würde Sam auch dann noch in den Ohren nachhallen, wenn dieser Fall schon längst abgeschlossen war. Den Arm um Mrs. Chastains Schultern gelegt, führte sie sie zu einem Sofa.

„Bitte nicht. Nicht mein Michael. Michael ist ein guter Junge.“

„Wir haben die Opfer noch nicht eindeutig identifiziert“, versuchte Sam, sie zu beruhigen, obgleich ihre Worte nur ein schwacher Trost für eine Mutter waren, die die grausame Wahrheit kannte, obgleich Sam ihre schlimmsten Befürchtungen bisher nicht bestätigen konnte. „Wann haben Sie das letzte Mal etwas von Michael gehört?“

„Gegen zehn. Er rief an, um Bescheid zu sagen, dass er bei Hugo übernachtet.“

„Wussten Sie, dass Hugos Eltern nicht in der Stadt waren?“

„Nein! Ich hatte keine Ahnung. Sonst hätte ich das nie erlaubt.“

„Der Aussage der Hausangestellten der Springers zufolge“, mischte sich Freddie ins Gespräch ein, „hat Hugo seinen Eltern erzählt, er würde während ihrer Abwesenheit bei Ihnen und Ihrem Sohn übernachten.“

„Davon hat Marissa mir gegenüber nichts erwähnt“, antwortete Mrs. Chastain und wischte sich die Tränen ab.

„Hätte sie das denn?“, fragte Sam. „Unter normalen Umständen?“

Sie nickte. „Hugo hat ab und zu bei uns geschlafen, wenn seine Eltern unterwegs waren. Das ist nichts Außergewöhnliches. Aber Marissa wäre nicht weggefahren, ohne mir vorher Bescheid zu geben. Ich verstehe das nicht.“ Sie blickte Sam fassungslos an. „Wie konnte das passieren?“

Sam hatte nicht vor, einer trauernden Mutter zu erklären, dass ihr Sohn einen der ältesten Teenager-Tricks der Welt angewandt hatte, um eine Nacht allein mit seinen Freunden verbringen zu können.

„Die Hausangestellte Edna arbeitet seit Jahren für die

Springers. Sie kennt meinen Michael. Hat sie gesagt, dass er hier war? Hat sie gesagt, dass er …"

Sam sah Freddie an, der nickte.

„Ich fürchte, Michael gehört zu den Opfern, die die Hausangestellte identifizieren konnte. Sie sind uns zuvorgekommen, anderenfalls hätte jemand von uns Sie in Kürze aufgesucht, um Ihnen das mitzuteilen."

Mrs. Chastain brach erneut zusammen und Sam gab sich Mühe, die verzweifelte Mutter zu trösten.

„Es tut uns so leid", versicherte sie ihr. „Wir möchten herausfinden, was passiert ist, und dazu brauchen wir Ihre Hilfe. Ich weiß, in einem so schrecklichen Augenblick ist das eine Zumutung …"

„Ich werde es versuchen."

„Welche Schule besucht Michael?", fragte Sam, mit Absicht im Präsens. Sie wusste aus Erfahrung, dass Familienmitglieder, die gerade vom Tod eines geliebten Menschen erfahren hatten, es nicht ertrugen, wenn man von diesem in der Vergangenheit sprach.

„Die Wilson High. Er macht dieses Jahr seinen Abschluss und will dann aufs College. Er ist ein guter Junge. Bereitet mir nie Kummer."

„Wo geht Hugo zur Schule?"

„Sidwell Friends."

Die prestigeträchtige Quäker-Schule in der Wisconsin Avenue war über die Grenzen der Hauptstadt hinaus bekannt.

„Woher kennen sich Michael und Hugo?"

„Bevor Bill beruflich so durchgestartet ist, waren wir in Friendship Heights unmittelbare Nachbarn. Sie sind dann hierhergezogen und haben Hugo auf diese Privatschule geschickt, aber die Jungs sind enge Freunde geblieben. Das wurde noch intensiver, seit beide einen Führerschein haben und sich jederzeit gegenseitig besuchen können."

„Haben sie Freundinnen?"

Die andere Frau schüttelte den Kopf. „Sie gehen beide oft mit Mädchen aus, sagen allerdings immer, sie wollen sich noch nicht binden. Dafür seien sie zu jung." Dann wurde ihr klar, dass beide nicht mehr älter werden würden, sich niemals ernsthaft verlieben oder eine feste Beziehung haben würden, und das Grauen dieses Gedankens spiegelte sich in ihrem Gesicht wider.

„Es waren drei Mädchen und drei Jungs“, erklärte Freddie. „Haben Sie eine Vermutung, wer die anderen gewesen sein könnten?“

Als ihr langsam dämmerte, dass andere junge Menschen, die sie wahrscheinlich gekannt hatte, ebenfalls ermordet worden waren, schüttelte Mrs. Chastain den Kopf. „Sechs. Mein Gott. Wer tut so etwas?“

„Das wüssten wir auch gern“, erwiderte Sam. „Haben Sie eine Ahnung, wer den Abend mit Michael und Hugo verbracht haben könnte?“

„Sie waren beide eng mit Todd Brantley befreundet.“

„Können Sie ihn beschreiben?“

„Groß, sehr muskulös, braunes Haar, braune Augen. Er ist der Kapitän des Football- und des Hockeyteams der Wilson.“

Sam sah zu Freddie auf, der den Kopf schüttelte. „Gott sei Dank.“

„Die Mädchen ... Haben Sie da eine Vermutung?“

„Nein. Ich habe Michael und seine Freunde immer damit aufgezogen, dass sie die Mädchen schneller wechseln als die Unterwäsche.“

Gonzo, der erschöpft wirkte und ungewohnt blass war, betrat auf der Suche nach ihnen das Haus. „Dr. McNamara möchte mit dem Abtransport beginnen, Lieutenant“, sagte er und warf einen Blick auf die Frau neben Sam auf dem Sofa.

„Mrs. Chastain, ich würde Sie gern nach Hause bringen lassen, bis wir neue Informationen für Sie haben. Können Sie jemanden anrufen, damit Sie nicht allein sind?“

„Ich ... Meine Nachbarin. Sie kommt sicher rüber.“

„Detective Cruz bleibt bis dahin bei Ihnen. Wir brauchen Ihre Adresse und Ihre Telefonnummer, damit wir uns melden können, sobald wir mehr wissen.“

„Danke, Lieutenant. Ich kenne Sie und Ihren Mann aus der Zeitung. Sie scheinen gute Menschen zu sein.“

„Vielen Dank.“ Sam konnte mit solchen Komplimenten in Arbeitszusammenhängen nicht umgehen. Wenn sie es sich aussuchen könnte, wüsste niemand, mit wem sie verheiratet war. „Ich melde mich, wenn ich etwas erfahre."

Sie folgte Gonzo nach nebenan und die Treppe hinunter, um sich den Tatort anzusehen, ehe die Leichen weggebracht wurden. „Ach du ...", flüsterte sie, als ihr Blick auf das Blutbad fiel, das Chaos, die Drogenutensilien, den Alkohol, die völlige Verschwendung von Menschenleben, während alles, was in irgendeiner Weise als Beweismaterial dienen könnte, vom Team der Spurensicherung systematisch erfasst und eingetütet wurde.

Der Gedanke, Brooke könnte an alldem beteiligt gewesen sein ... War sie hier gewesen? Wenn ja, wer hatte sie weggeschafft, ehe auch sie dem Mörder zum Opfer gefallen wäre? Wie knapp war sie dem Tod entronnen?

„Ich dachte, du hättest Urlaub", bemerkte Lindsey McNamara in Sams Richtung. Seit die beiden näher befreundet waren und sie sich wegen Lindseys Beziehung mit Nicks stellvertretendem Stabschef Terry auch privat öfter sahen, duzten sie sich.

„Dachte ich auch. Tu mir einen Gefallen und lass die Leichen noch nicht abtransportieren. Die Mutter eines der Opfer ist nebenan, und sie muss das nicht sehen. Malone schickt auch gerade weitere Streifenpolizisten, um die Presse im Zaum zu halten."

„Alles klar. Ich habe hier sowieso noch genug zu tun. Im hinteren Schlafzimmer liegen drei weitere Leichen."

„Drei weitere?", keuchte Sam.

„Hier hinten", sagte Gonzo grimmig und führte Sam in ein Schlafzimmer, in dem ein weiteres Paar erstochen worden war, vermutlich mitten im Geschlechtsakt. Der junge Mann lag auf einem weiblichen Opfer, dem man die Kehle durchgeschnitten hatte. Ihre blutüberströmten Körper waren auf groteske Weise ineinander verschlungen.

Nach Mrs. Chastains Beschreibung von Todd Brantley vermutete Sam, dass er wohl das männliche Opfer war. „Insgesamt sind es also acht?"

„Neun." Er deutete auf ein weiteres nacktes Mädchen auf dem Boden am Fußende des Bettes.

„Habt ihr den Rest des Hauses durchsucht?"

„Ja. Die Taten scheinen sich ausschließlich im Keller abgespielt zu haben."

„Hast du Handschuhe für mich?"

Gonzo zog ein Paar Latexhandschuhe aus der Manteltasche und reichte es ihr.

Nachdem Sam sich die Handschuhe übergestreift hatte, ging sie um das Bett herum, wozu sie über die Leiche des neunten Opfers steigen musste. Sie hob die Decke an und stellte fest, dass das Bett nur mit einem weißen Matratzenschoner bezogen war. Das Laken fehlte, und die Decke hing vom Bett, als hätte jemand heftig daran gezogen.

Sie sagte sich, dass das noch nicht bewies, dass Brooke in das fehlende Bettlaken gewickelt gewesen war. Sie konnte lediglich sicher sein, dass hier ein Laken fehlte.

„Wie weit sind wir mit der Identifikation der Opfer?", fragte sie Gonzo, der kommentarlos verfolgt hatte, wie sie das Bett inspizierte.

„Die Spurensicherung hat mehrere Brieftaschen und Handys gefunden." Er deutete auf den Billardtisch, auf dem sich die Beweisbeutel sammelten.

Sams Herz hämmerte vor Angst, als sie zum Billardtisch hinüberging und sich die Beutel ansah. Würde sie den Geldbeutel, die Brieftasche oder das Handy ihrer Nichte erkennen? Vermutlich nicht. Wie die meisten Mädchen ihres Alters besaß Brooke alle möglichen Taschen, Handyhüllen und ähnlichen Accessoires.

„Habt ihr eine Liste der Namen und Adressen der Opfer erstellt?"

Gonzo reichte ihr ein Notizbuch mit einer Liste, die aus neun Namen und Adressen bestand.

Sam überflog sie und war erleichtert, keinen der Namen zu kennen. „Gute Arbeit. Wurden die Eltern bereits benachrichtigt?"

„Carlucci und Dominguez kümmern sich darum."

„Was verrät das über mich als ihren Lieutenant, dass mein erster Gedanke bei deinen Worten ,*Gott sei Dank muss ich das nicht machen*' war?"

„Ich als ihr Sergeant habe genau das Gleiche gedacht. Was verrät das über uns beide?"

„Dass wir so etwas schon oft genug haben machen müssen und es diesmal getrost jemand anderem überlassen können.“

„Ich hasse das sowieso immer, aber wenn es Jugendliche sind ...“

„Ist es noch viel schlimmer.“

„Wie geht es Brooke?“

„Nicht gut.“ Sam sprach leise. „Sie liegt auf der Intensivstation.“

„Mein Gott, Sam. Was ist denn passiert?“

„Ich habe keine Ahnung. Sie war voll mit Molly, GHB und Alkohol. Außerdem hatte sie mit mindestens einem Partner ziemlich brutalen Sex.“ Über die Möglichkeit, dass Brooke mehr als einen Sexualpartner gehabt haben könnte, wollte Sam nicht einmal nachdenken. Sie konzentrierte ihre Aufmerksamkeit auf das Opfer, das Lindsey gerade in einen Leichensack packte – eine nackte junge Frau, vielleicht sechzehn oder siebzehn, mit dunklem Haar und dunkler Haut. Mehrere harte Hiebe in den Nacken hatten das auffallend schöne Mädchen das Leben gekostet. „Habt ihr Hinweise darauf gefunden, dass Brooke hier war?“

„Nein, aber das wird uns der DNA-Abgleich verraten.“

„Ich weiß nicht, was ich tun soll, Gonzo. Soll ich Malone sagen, dass ich es für möglich halte, dass sie hier war, und sie mit dieser Sache in Verbindung bringen, ehe wir Näheres wissen, oder soll ich erst mal abwarten?“

„Du musst es ihm sagen. Wenn du wartest und sich dann herausstellt, dass sie tatsächlich hier gewesen ist, wird das aussehen, als hättest du sie schützen wollen, indem du wichtige Informationen zurückgehalten hast.“

„Ich würde das wirklich gern vermeiden. Wenn es nicht notwendig ist, möchte ich ihr das ersparen.“

„Klar, nur wenn du nichts sagst ...“

„Könnte ich ihr damit mehr schaden als nützen.“

„Von den Folgen für deine weitere Karriere ganz zu schweigen. Es ist so oder so eine Scheißsituation.“

„Müsstest du nicht eigentlich bei Gericht sein?“

„Erst in zwei Stunden.“ Er schüttelte mit grimmigem Gesichtsausdruck den Kopf. „Wenn ich mir diese Jugendlichen anschaue – die ganzen Drogen, der Alkohol, der Sex –, dann denke ich: Was, wenn es eines Tages meinen Sohn erwischt? Was, wenn ich ihm alles gebe, was ich kann, und dann passiert ihm so etwas?"

„Dazu wird es nicht kommen, Gonzo. Du wirst ihn besser erziehen, als es den Eltern dieser Jugendlichen gelungen ist. Er wird die richtigen Entscheidungen treffen."

„Brookes Eltern haben sie richtig erzogen."

„Ja, aber sie war schon immer ein Problemkind. Diese ganze Sache schockiert uns zwar und ist viel schlimmer als alles, was wir uns je ausgemalt haben, doch dass sie eines Tages in Schwierigkeiten geraten würde, damit haben wir gerechnet."

Freddie kam die Treppe herunter. „Mrs. Chastain ist auf dem Heimweg, und wir haben Besuch." Er deutete auf Captain Malone und Chief Farnsworth, die er im Schlepptau hatte.

„Wer kann uns einen Überblick über das geben, was wir bisher wissen?", fragte Farnsworth. Obgleich seine Stimme barsch klang, sah Sam, dass ihn das Bild, das sich ihnen bot, genauso wenig kaltließ wie alle anderen auch.

„Ich, Sir", meldete sich Gonzo. „Um 23:45 Uhr ging der Notruf der Hausangestellten, einer Ms. Edna Chan, ein. Sie kam von einer Veranstaltung nach Hause und hörte laute Musik aus dem Keller. Ms. Chan ging hier herunter, machte Licht und entdeckte Hugo Springer, den Sohn der Hauseigentümer William und Marissa Springer, der mit mehreren Stichen ermordet worden war. Außerdem fand sie fünf weitere junge Erwachsene vor – zwei davon männlich, drei weiblich. Bei einer gründlichen Durchsuchung des Kellers und der oberen Stockwerke des Hauses stießen wir in einem Schlafzimmer im Keller auf drei weitere Opfer – einen jungen Mann und zwei junge Frauen. Außer den Leichen haben wir Drogenutensilien, darunter diverse Substanzen, Pillen und mehrere Pfeifen, sowie zahlreiche Flaschen mit hartem Alkohol und Bier gefunden. Der Hauseigentümer, der Anwalt William Springer, war mit seiner Frau für ein langes Wochenende in Aspen. Die Detectives Carlucci und Dominguez haben Kontakt mit den beiden aufgenommen, und sie sind auf dem Rückweg. Sie hatten angenommen, ihr Sohn übernachte bei Michael Chastain, einem weiteren Opfer."

„Ich habe mit Chastains Mutter gesprochen", berichtete Sam. „Ihr Sohn hat ihr gesagt, er wolle hier übernachten, doch sie wusste nicht, dass die Springers nicht in der Stadt sind."

„Wir haben also zwei männliche Teenager, die ihre Eltern ausgetrickst haben, um sturmfreie Bude zu haben, damit sie Party machen und herumvögeln konnten", fasste Farnsworth zusammen. „Was haben sie denn geglaubt, wo die hier im Haus lebende Hausangestellte sein würde?"

„Ms. Chan hatte eigentlich vor, über das Feiertagswochenende die Familie ihrer Schwester in New Jersey zu besuchen, hat die Reise aber im letzten Augenblick abgesagt, weil die Kinder ihrer Schwester einen Magen-Darm-Infekt haben", antwortete Gonzo.

„Hat Mrs. Springer nicht bei Mrs. Chastain nachgefragt, ob es in Ordnung ist, dass ihr Sohn dort übernachtet, solange sie und ihr Mann unterwegs sind?", fragte Malone.

„Offenbar hat sie das dieses eine Mal versäumt", erklärte Sam. „Die Familien sind seit Jahren befreundet, es ist also möglich, dass Hugo seiner Mutter einfach erzählt hat, er habe mit Michaels Mom alles abgeklärt und könne gerne das Wochenende dort verbringen. Wir werden mehr erfahren, wenn die Springers hier eintreffen."

„Bill Springer wird ein Riesenfass aufmachen und unsere Ermittlungen sehr genau im Auge behalten", prophezeite Farnsworth. „Alles, was wir tun, muss wasserdicht sein."

„Ja, Sir", sagte Gonzo. „Carlucci und Dominguez informieren die anderen Eltern."

„Um diese Aufgabe beneide ich sie nicht", seufzte Farnsworth. Zu Malone gewandt setzte er hinzu: „Wir sollten später im Hauptquartier für seelische Notfallbetreuung sorgen, falls jemand das braucht."

Malone nickte zustimmend.

„Sonst noch etwas?", fragte Farnsworth. Als niemand antwortete, sagte er: „Ich will jederzeit auf dem Laufenden sein."

Gonzo warf Sam einen fragenden Blick zu.

Sie räusperte sich. „Da ist tatsächlich noch etwas."

„Nämlich?"

„Ich halte es für möglich, dass meine Nichte Brooke Hogan irgendwann gestern Abend hier war."

Der Chief riss die Augen auf. „Tracys Tochter Brooke?"

„Ja."

„Wie kommen Sie darauf?", fragte Malone.

Sam setzte ihn ins Bild, von dem Augenblick, als Nick und sie gemeinsam nach Hause gekommen waren, bis zu dem Moment, in dem sie Brooke auf der Intensivstation zurückgelassen hatte, um an den Tatort zu eilen.

„Wird sie sich wieder erholen?", erkundigte sich Farnsworth.

„Ja, die Ärzte gehen davon aus – irgendwann."

Der Polizeichef seufzte tief, ehe er sich direkt an sie wandte. „Lieutenant, aufgrund des potenziellen Interessenkonfliktes ziehe ich Sie von diesem Fall ab und übertrage ihn Detective Sergeant Gonzales."

„Aber Sir ..."

„Keine Diskussion", fiel ihr Farnsworth ins Wort. „Wenn sich herausstellt, dass Ihre Nichte hier entweder Opfer oder Täterin war, dürfen Sie unter keinen Umständen auch nur in der Nähe der Ermittlung sein. Sie lassen die Finger von diesem Fall. Ist das klar?"

„Jawohl. Sir." Sam wünschte, sie könnte die letzten zehn Minuten ihres Lebens zurückspulen. Sie hätte einfach ihren blöden Mund halten sollen. Meistens bekam sie von dem Mann, den sie früher mal „Onkel Joe" genannt hatte, alles, was sie wollte. Diesmal offenbar nicht.

„Gehen Sie heim zu Ihrer Familie, und richten Sie Tracy meine besten Wünsche aus."

„Mach ich, Sir. Danke."

„Ich, äh ... übernehme die Ermittlung gern", meldete sich Gonzo mit einem zögerlichen Seitenblick zu Sam zu Wort, „aber ich muss um neun Uhr bei Gericht sein. Es geht um den Sorgerechtsprozess bezüglich Alex."

„Ich kümmere mich um alles, bis du wieder da bist", bot sich Freddie an. „Gleich kommt die Frühschicht, und wir bleiben einfach dran."

„Ich bleibe ebenfalls", verkündete Malone.

„Gut, dann wäre das ja geklärt", beendete Farnsworth das Gespräch. „Sergeant, viel Glück bei Ihrer Anhörung. Ich hoffe, Sie wissen, dass wir Ihnen alle die Daumen drücken."

„Danke, Sir.“
„Lieutenant“, fragte der Chief, „kann ich Sie heimfahren?“

KAPITEL 4

Nach dem Streit mit Sam lag Nick die ganze Nacht wach. Er hatte sie stehen gelassen, ohne ihr zu sagen, dass er sie liebte, oder sie zu ermahnen, vorsichtig zu sein – zwei Dinge, die er immer tat, weil ihm wichtig war, dass das die letzten Worte waren, die sie von ihm gehört hatte, falls das Schlimmste passierte.

Er war in dieser Hinsicht abergläubisch. Nick wollte, dass sie immer wusste, woran sie bei ihm war, deshalb missfiel es ihm, dass er diese Dinge nicht ausgesprochen hatte, ehe sie sich in ihren neuesten Fall gestürzt hatte. Was er nicht bereute, war, es nicht kommentarlos hingenommen zu haben, dass sie ihren lang geplanten, dringend erforderlichen Urlaub einfach so abgeblasen hatte.

Dann fiel ihm ein, dass sie außerdem ihre beiden Familien und viele Freunde zum Thanksgiving-Dinner bei ihnen zu Hause eingeladen hatten. Wie sollten sie das stemmen, wenn ihre Haushaltshilfe Shelby nicht in der Stadt war, weil sie ihre eigene Familie besuchte, und Sam wieder mal komplett mit Arbeit eingedeckt war? Es würde an ihm hängen bleiben – ein Gedanke, der seine Erschöpfung bloß verstärkte. Sam sagte gerne im Scherz, bei ihm wirke es immer völlig mühelos, wenn er mehrere Bälle gleichzeitig jonglierte, dennoch war selbst er nach Monaten, die nur aus endlosen Verpflichtungen bestanden hatten, ausgebrannt.

Der Wahlkampf hatte viel Kraft gekostet, und er hatte noch

immer nicht das Gefühl, sich richtig davon erholt zu haben, weswegen er am Vorabend vielleicht auch besser nicht Eishockey gespielt hätte.

Um sechs Uhr morgens gab er den Versuch auf, endlich einzuschlafen, und duschte. Aufgrund des heftigen Schmerzes, der ihn an die Verletzung aus dem Winter erinnerte, ging er danach langsam hinunter in die Küche, wo er eine Schmerztablette mit Kaffee hinunterspülte.

Zwei Stunden später saß er am Küchentisch und versuchte, die Morgenzeitung zu lesen, als ein Piepsen seines Telefons verkündete, dass er eine Textnachricht bekommen hatte. Obwohl er es besser hätte wissen sollen, hoffte er, sie wäre von Sam. Doch dann sah er Scottys Namen auf dem Display und lächelte.

Seid ihr wach? Kann ich heim?

Klar, Großer. Komm rüber. Aber sag Skip oder Celia Bescheid, dass du gehst, und bedank dich dafür, dass du bei ihnen übernachten durftest.

Mach ich.

Nick wusste, er musste Scotty eigentlich nicht daran erinnern, sich angemessen zu verabschieden. Mrs. Littlefield, seine frühere Betreuerin in dem Heim in Virginia, hatte dem Jungen ausgezeichnete Manieren beigebracht, das war Nick schon bei ihrer ersten Begegnung aufgefallen. Er trat zur Haustür, um seinen Sohn in Empfang zu nehmen. Seit ihrem zufälligen Zusammentreffen im letzten Winter hatte sich für sie alle viel verändert. Als er Scotty entgegenblickte, der die Rampe vor Skips Haus herunterkam und auf dem Gehweg das kurze Stück nach Hause lief, erfüllte Liebe Nicks Herz.

„Wie geht es dir?", fragte Scotty, als er die Einfahrt hochkam.

„Ich habe Schmerzen, sie sind allerdings erträglich. Es ist nichts gebrochen."

„Okay."

Nick kannte den Jungen inzwischen gut genug, um zu merken, dass Scotty an diesem Morgen nicht so unbekümmert und fröhlich war wie sonst. „Alles in Ordnung?", erkundigte er sich, während er die Tür schloss und auf den Garderobenschrank deutete, weil er Scotty dazu erziehen wollte, seine Jacke aufzuhängen, statt sie wie Sam einfach aufs Sofa zu werfen.

Scotty verhielt sich vorbildlich und schloss dann die Schranktür. Zögernd wandte er sich zu Nick um.

„Scotty? Was ist los?"

„Du sagst immer, ich kann über alles mit dir reden, richtig?"

„Na klar. Komm, setz dich." Nick nahm vorsichtig auf dem Sofa Platz und klopfte auffordernd neben sich auf das Polster. „Was bedrückt dich?"

„Nachdem ihr gestern Abend weg wart, hab ich mir große Sorgen gemacht, du könntest schwerer verletzt sein, als du zugegeben hast."

„War ich aber nicht. Das habe ich dir doch gesagt."

„Trotzdem habe ich mir Sorgen gemacht."

„Tut mir leid, Kumpel. Ich wollte dir keine Angst einjagen."

„Also habe ich dauernd durchs Fenster geschaut und gehofft, ihr würdet heimkommen, und da war jemand. Jemand hat etwas Weißes die Rampe hochgetragen und ist dann wieder zur Straße runtergerannt und in ein wartendes Auto gestiegen."

Nick blieb beinahe das Herz stehen, als ihm klar wurde, dass Scotty beobachtet hatte, wie Brooke vor ihrem Haus abgelegt worden war.

„Heute Morgen bin ich dann echt früh aufgewacht und mir war langweilig, also hab ich mich an den Computer gesetzt. Celia lässt uns den im Büro benutzen. Ich wusste, sie hat nichts dagegen. Dann war ich auf Facebook und Instagram, und da habe ich ... etwas gesehen ..."

„Was denn? Was hast du gesehen?"

Scotty blickte Nick ängstlich und zugleich peinlich berührt an. „Brooke."

Nick drehte sich der Magen um. „Was *genau* hast du gesehen?"

„Sie ... sie war nackt, und da waren Jungs. Die haben so Sachen gemacht."

Nick schloss die Augen und versuchte, diese Worte zu verdauen. „O nein." Er holte tief Luft, was ziemlich wehtat. „Zeig es mir."

„Muss ich?"

„Logg dich ein. Den Rest schaff ich dann allein." Sie gingen in Sams und Nicks Arbeitszimmer, wo Scotty vor dem Rechner Platz nahm. „Die Bilder waren auf Brookes Seite."

Nick beugte sich über seine Schulter und fragte: „Wie finde ich die?"

„Hier." Scotty gab etwas ein und rief die Seite auf, die Nick sofort minimierte, als er erkannte, was er da vor sich hatte. „Was ist los, Nick? Ich hab gedacht, sie hätte bis heute Schule. Deshalb haben doch Abby und Ethan gestern Nacht bei Oma und Opa geschlafen. Ihre Eltern wollten Brooke heute Vormittag zu Thanksgiving abholen."

Nick richtete sich auf, während sich Scotty mit dem Bürostuhl zu ihm umdrehte. Innerlich rang Nick mit sich, wie viel er Scotty von den Geschehnissen der vergangenen Nacht erzählen sollte. Der Junge war fast dreizehn und hatte eine unglaublich rasche Auffassungsgabe. Außerdem war er möglicherweise Zeuge eines Verbrechens geworden, und was das letzten Endes bedeuten mochte, traf Nick wie ein Schlag in die Magengrube.

„Ich sag dir die Wahrheit, okay?"

Scotty schluckte schwer und nickte. Seine Augen weiteten sich, möglicherweise vor Angst.

Nick erklärte ihm, wie sie Brooke in ein Laken gewickelt vor der Tür gefunden hatten, und erzählte ihm von den vielen Stunden, die sie in der Nacht bei ihr im Krankenhaus zugebracht hatten.

„Warum sollte sie Drogen nehmen? Ihr ist doch klar, dass man das nicht macht."

„Ich weiß es nicht. Alle sind sehr aufgebracht deswegen, genau wie über die Tatsache, dass sie schwer verletzt ist. Aber das ist noch nicht alles. Gestern Nacht wurden in einem Keller ein paar Teenager erstochen, und es ist möglich, dass Brooke irgendwann ebenfalls dort war. Sie war voller Blut, das nicht von ihr stammt. Niemand weiß so recht, was geschehen ist. Die Polizei versucht gerade, das herauszufinden."

„Ermittelt Sam in dem Fall?"

„Ja."

„Ich dachte, sie hätte diese Woche frei."

„Ich auch. Genau wie sie."

„Sie will bestimmt wissen, was mit Brooke passiert ist."

„Ja."

Scotty sah zu ihm auf. „Bist du sauer auf sie?"

„Wenn ich jetzt Ja sage, klinge ich wie ein selbstsüchtiger Idiot, aber ich bin tatsächlich enttäuscht, dass wir nicht wie geplant in Urlaub fahren können. Ich hatte mich darauf gefreut."

„Sie auch."

„Du stehst auf ihrer Seite, was?"

Scotty lächelte flüchtig. „Sie muss vollkommen durch den Wind sein. Und Tracy und Mike erst."

„Alle sind total durch den Wind, und es wird nicht besser werden, wenn sie das mit den Bildern im Netz hören."

„Die arme Brooke. Das hat sie nicht verdient."

„Du hast recht. Ich muss Sam anrufen und ihr davon erzählen. Kommst du klar?"

„Ich finde es schlimm, dass Brooke verletzt ist und so, aber es geht mir gut."

Sie kehrten in die Küche zurück, wo Nick sein Handy liegen gelassen hatte. Während er Sam anrief und darauf wartete, dass sie abnahm, holte er Scottys Lieblingsmüsli aus dem Küchenschrank und stellte es samt einer Schale, einem Löffel und der Milch auf den Tisch. Er war erleichtert, dass sich der Junge begeistert aufs Frühstück stürzte.

„Hey", meldete sich Sam. „Was gibt's?"

Nick informierte sie über alles, was Scotty in der zurückliegenden Nacht beobachtet hatte, und berichtete ihr von den Bildern, die in den sozialen Netzwerken aufgetaucht waren.

„Ich bin praktisch auf dem Heimweg", sagte sie. Ihre mangelnde Reaktion auf seine Worte, von denen er erwartet hatte, dass sie sie zumindest schockieren würden, überraschte ihn. „Ich kümmere mich darum, wenn ich zu Hause bin."

War sie so versunken in den Mordfall, dass sie nicht mitbekommen hatte, dass ihr Sohn ein möglicher Zeuge war? „Oh, okay."

„Bis gleich", verabschiedete sie sich und beendete das Gespräch abrupt.

Was zum Teufel ...?

Sam sah sich ein letztes Mal gründlich am Tatort um und verfluchte ihr verdammtes Berufsethos. Was hatte ihr das gebracht, außer dass sie den Fall los war? „Ja, bitte", nahm sie das Angebot des Polizeichefs, sie heimzufahren, an. „Ich bin mit Cruz hergekommen."

„Dann los."

„Rede mit der Hausangestellten", flüsterte Sam ihrem Partner zu.

„Alles klar, mach ich. Ich halte dich auf dem Laufenden."

Sam nickte und ging die Treppe hoch, sauer auf sich selbst, die Gesamtsituation und Brooke. Ja, sie war wütend auf Brooke, weil sie sich all das hier eingebrockt hatte und das Ganze jetzt auch noch Einfluss auf Sams Karriere hatte. Dann kam ihr der Gedanke, dass ihr geplantes Gespräch mit Brookes Internatsleiter eigentlich nichts mit der Mordermittlung zu tun hatte. Sobald sie den Chief los war, würde sie sich also darum kümmern.

Während sie sich in seinem Wagen vom Tatort entfernten, zitterte Sam vor Anspannung. Ein niederschmetterndes Gefühl der Machtlosigkeit überkam sie, weil er sie von einem Fall abgezogen hatte, der ihr eigentlich zustand.

„Ich hatte keine Wahl, das weißt du." Wenn sie sich allein unterhielten, duzte Farnsworth sie. „Deine Leute haben diesen Fall im Griff. Sie haben von der Besten gelernt." Nach einer unangenehm langen Pause seufzte er tief. „Redest du jetzt nicht mehr mit mir?"

„Du hättest mich nicht von dem Fall abziehen dürfen. Ich habe gesagt, es besteht *die Möglichkeit*, dass Brooke dort war. Warum kann ich nicht wenigstens ermitteln, bis wir das genau wissen?"

„Eben weil diese Möglichkeit besteht, Sam. Komm schon. Du weißt, dass ich recht habe. Ich kann nicht riskieren, dass eine eventuelle persönliche Verwicklung der leitenden Ermittlerin unseren Fall gefährdet, schon gar nicht, wenn eines der Opfer Bill Springers Sohn ist."

„Ah, jetzt kommen wir der Sache schon näher."

„Du weißt, ich habe das Richtige getan. Wenn du emotional nicht so involviert wärst, würdest du das genauso sehen."

„Ich werde herausfinden, wie es Brooke gestern Abend gelungen ist, das Internat zu verlassen, und versuchen, ihren Weg hierher zu rekonstruieren. Das erledige ich in meiner Freizeit und unter Nutzung meiner eigenen Ressourcen."

„Alles, was du herausfindest, wirst du Sergeant Gonzales mitteilen."

Da er ihr nicht verbot, eigene Ermittlungen anzustellen, nickte sie. „Natürlich."

„Ich weiß, du wärst jetzt lieber im Zentrum dieser Mordermittlungen, aber du solltest dir wie geplant eine Woche freinehmen und Zeit mit deiner Familie verbringen. Tracy wird dich brauchen, genau wie Brooke auch. Anfang nächster Woche ist die OP deines Vaters, du hast also einiges um die Ohren." Er wechselte zu seinem offiziellen Tonfall. „Machen Sie eine Pause, Lieutenant. Wir alle brauchen ab und zu eine."

Sie fragte sich, wie sie sich seiner Meinung nach wohl entspannen und ihren Urlaub genießen sollte, während ihre Nichte im Krankenhaus lag, nachdem sie beinahe an einer Überdosis Drogen und Alkohol gestorben wäre und möglicherweise vergewaltigt worden war – und das alles, obwohl sie eigentlich in einem Internat in einem anderen Staat hätte sein sollen.

Dann kam der Anruf, bei dem Nick ihr erzählte, was Scotty gesehen hatte, und alles wurde noch schlimmer. Sie versuchte, sich vor Farnsworth nichts anmerken zu lassen. Ihn würde sie erst ins Bild setzen, wenn sie wusste, was genau Scotty beobachtet hatte, und sie sich die online aufgetauchten Bilder angeschaut hatte. Wenn der Chief jetzt davon erfuhr, würde sie auch von diesem Teil der Untersuchung die Finger lassen müssen.

Übelkeit stieg in ihr auf, als sie sich vorstellte, dass Bilder ihrer nackten, vergewaltigten Nichte veröffentlicht worden waren. Ganz zu schweigen von der Tatsache, dass ihr Sohn dadurch in eine Mordermittlung hineingeraten konnte, womit ihr schlimmster Albtraum wahr geworden wäre.

Farnsworth fuhr vor ihrem Haus rechts ran. „Wenn ich schon mal hier bin, schaue ich bei deinem Vater vorbei. Wie viel weiß er über Brooke?"

Aus ihren beunruhigenden Gedanken gerissen, antwortete Sam: „Ich bin mir nicht sicher, ich habe seither noch nicht mit ihm gesprochen."

„Dann soll er mir das selbst sagen." Er sah Sam an. „Wenn ich in den nächsten Wochen etwas für dich oder deine Familie tun kann, weißt du, wo du mich findest." Jetzt sprach er wieder als ihr geliebter Onkel Joe zu ihr.

„Ja, das weiß ich. Danke."

„Das wird schon, Sam. Irgendwie wird alles immer wieder gut."

Sie hätte ihm gerne geglaubt, fragte sich allerdings unweigerlich, ob für ihre Nichte und die Familie ihrer Schwester je irgendetwas wieder gut werden würde, und wenn ja, wann.

Der Polizeichef ging auf das Haus ihres Vaters zu, während sie die Auffahrt zu ihrem eigenen hinaufeilte. Sie fand Nick und Scotty auf dem Sofa im Wohnzimmer vor, wo sie mit bedrückter Miene Sport schauten.

Als sie eintrat, schaltete Nick den Fernseher stumm. Sam setzte sich neben Scotty.

„Ich schätze, du willst auch wissen, was ich gestern Abend gesehen habe", sagte er, als sie ihn an sich drückte.

„Zunächst mal möchte ich wissen, wie es dir geht."

„Ich mach mir Sorgen um Brooke, aber sonst ist es okay."

„Die gute Nachricht ist, sie wird es überleben."

„Das ist wirklich eine gute Nachricht."

„Möchtest du mir jetzt erzählen, was du gesehen hast?"

Scotty nickte, und Sam bemerkte über den Kopf des Jungen hinweg die Sorge in Nicks Augen. Die gesamte Wut auf ihn, die sie seit ihrem Streit empfunden hatte, verflog, als sich ihre Blicke begegneten und sie in seinem nur Liebe und Anteilnahme sah.

„Ich habe mich gefragt, ob ihr schon vom Krankenhaus zurück seid, also habe ich ein paarmal rausgeschaut, ob Nicks Auto da ist. Ich hab mir gewünscht, dass ich mit euch mitgekommen wäre, denn dann hätte ich über alles Bescheid gewusst."

Nick legte dem Jungen eine Hand auf die Schulter. „Tut mir leid, dass du so verunsichert warst. Ich verspreche dir, ich werde es dir immer sagen, wenn es wirklich Grund zur Sorge gibt, okay?"

„Normalerweise bist eben nicht du derjenige, der sich Verletzungen zuzieht", erwiderte Scotty und verdrehte in Sams Richtung die Augen.

Sie versetzte ihm einen Rippenstoß und alle lachten, was die allgemeine Anspannung etwas linderte.

„Jedenfalls", nahm Scotty seine Erzählung wieder auf, „habe ich so gegen fünf vor halb zwölf das letzte Mal rausgesehen."

„Woher weißt du die Uhrzeit so genau?", fragte sie.

„Ich hatte kurz zuvor auf mein Handy geschaut, ob ihr mir eine SMS geschickt habt."

„Das haben wir nicht gemacht, weil wir erst spät aus der Notaufnahme gekommen sind und gehofft haben, du schläfst schon", erklärte ihm Nick.

„Jedenfalls habe ich auf eine Nachricht von euch gewartet. Als ich aus dem Fenster geblickt habe, stand ein Auto auf der Straße. Die hintere Tür war offen, und zwei Leute haben etwas die Auffahrt hochgetragen und vor unserem Haus abgelegt. Ich habe nicht kapiert, was die da tun, deshalb habe ich ganz genau hingeguckt. Der eine der beiden war groß, der andere klein. Nachdem sie die Auffahrt wieder runtergelaufen waren, sind sie hinten eingestiegen, und das Auto ist wieder losgefahren, bevor sie die Tür richtig zugemacht hatten. Ich weiß noch, ich hab gedacht, dass das echt gefährlich ist."

Sams Herz schlug schneller, als ihr klar wurde, dass Scotty möglicherweise die Leute beobachtet hatte, die die Morde im Haus der Springers begangen hatten. „Hast du ihre Gesichter gesehen?"

Er schüttelte den Kopf. „Es war zu dunkel, und die Scheinwerfer haben mich geblendet. Ich konnte nur Umrisse erkennen."

Sam war froh, dass er sie nicht identifizieren konnte. Sie wollte ihn so weit wie möglich aus dem Fall heraushalten. „Das Auto ist also auf der Ninth in Richtung Skips Haus gefahren?"

„Ja, es ist auf mich zugekommen."

„Weißt du, was es für ein Auto war?"

„Ich glaube, es war ein SUV. Vielleicht ein schwarzer, aber ich bin mir nicht sicher. Es war ziemlich dunkel."

„Das ist eine wichtige Information, Süßer. Danke."

„Wird dir das helfen, die Leute zu finden, die Brooke wehgetan haben?"

„Ich hoffe es."

„Ich habe die Seiten auf dem Computer offen gelassen", sagte Nick.

„Dann schaue ich sie mir mal an." Sie musterte ihn, ehe sie sich erhob. „Wie geht es dir?"

„Ein bisschen zerschlagen, aber kein Grund zur Sorge."

„Lass mich mal sehen."

„Sam ..."

„Keine Widerrede."

Laut seufzend zog er sein T-Shirt hoch und zeigte ihr die üblen blauen Flecken an seiner linken Seite.

Sam und Scotty keuchten bei dem Anblick auf. „Oh, wow", kommentierte Scotty. „Das ist ja krass!"

„Danke, mein Junge", sagte Nick mit einem Lachen, das er sofort zu bereuen schien.

Sam schüttelte bestürzt den Kopf. „Das sieht wirklich schlimm aus."

„Das Schmerzmittel hilft. Versuch, dir keine Sorgen zu machen. Du hast schon genug um die Ohren."

Als sie daran dachte, dass sie jetzt aufstehen und ins Arbeitszimmer gehen musste, um sich mit den Bildern zu befassen, auf denen ihre Nichte Gott weiß was trieb oder auf denen man ihr Gott weiß was antat, wurde Sam schlecht. Da das Material ihr jedoch möglicherweise Aufschluss darüber geben konnte, wo sich Brooke am Vorabend aufgehalten hatte, blieb ihr kaum eine andere Wahl.

Ihre Beine fühlten sich bleischwer an, als sie ins Arbeitszimmer ging, sich an Nicks Schreibtisch setzte und die Leertaste drückte, um den Computer zum Leben zu erwecken. Sie öffnete den Browser und fand in Brookes Facebook-Profil mehrere Bilder von ihr, auf denen sie nackt war. Ein Facebook-Account namens „Wilson Abschlussklasse" hatte sie gepostet, und sie zeigten zweifellos Sams Nichte, auch wenn ihre Augen halb geschlossen waren.

Sie scrollte zum nächsten Post, einem Video, klickte darauf und bedauerte es sofort, als sie sah, dass jemand Brooke tatsächlich beim Sex gefilmt hatte. Es war offensichtlich, dass sie betrunken war und nicht mitbekam, was mit ihr geschah. Ganz offensichtlich machte sie nicht freiwillig mit.

Sam beugte sich vor und erkannte die blaue Daunendecke unter Brooke. Es war die aus dem hinteren Schlafzimmer im Haus der Springers. Sie schlug sich die Hand vor den Mund, um einen Schrei zu unterdrücken, als sie sah, wie ein nackter Junge Brooke seinen erigierten Penis ins Gesicht schlug, während ein anderer sich weiter an ihr verging.

„Alter, schieb ihn ihr nicht in den Mund, sonst erstickt sie vielleicht", sagte der erste zwischen zwei Stößen. Er lallte, doch die Tatsache, dass er noch imstande war, Geschlechtsverkehr zu haben, bewies eindeutig, dass er bei Weitem nicht so voll war wie Brooke. „Sie ist hackedicht."

„Ich will auch meinen Spaß haben. Beeil dich mal, okay?"

Sam musste zusehen, wie der zweite Junge Brooke ebenfalls brutal missbrauchte, und hätte sich beinahe übergeben, als danach ein dritter seinen Platz einnahm. Die ganze Zeit über wurde Brooke mit der flachen Hand und mit erigierten Penissen geohrfeigt. Bei diesen schrecklichen Bildern schluchzte Sam hemmungslos.

Sie hatte die Geistesgegenwart, das Video und die Fotos auf einem USB-Stick zu speichern, ehe sie die zahllosen Kommentare darunter las. Sie reichten von „Ihr habt es krachen lassen und mich nicht eingeladen?" über „Brooke Hogan war schon immer eine miese Schlampe" und „Ich hätte ja gedacht, dass Brooke in ihrem Mädchengefängnis längst zur Lesbe mutiert ist" bis hin zu „Ich will auch mal".

Nachdem sie von den Bildern und allen Kommentaren Screenshots angefertigt hatte, rief sie Tracy an.

„Hast du etwas herausgefunden?"

„Wie geht es ihr?"

Die Schwestern sprachen gleichzeitig.

„Unverändert", antwortete Tracy. „Sie schläft noch."

„Ich brauche die Passwörter für ihre Accounts in den verschiedenen sozialen Netzwerken." Sam hatte zwar Brookes Mailadresse, die allein half ihr jedoch nicht weiter. „Kennst du sie?"

„Früher hatte sie nur eins für alle Accounts. Aber ich wette, das hat sich längst geändert."

„Wie lautet das?"

„AbbyEthan22.“

Sam gab das Passwort ein – vergeblich. „Verdammt. Das ist es nicht.“

„Verrätst du mir, warum du das wissen willst?“

„Lieber nicht.“

Tracy keuchte. „Hat jemand etwas über sie gepostet?“

„Ja. Bilder, ein Video …“

„Nein“, stöhnte Tracy.

„Wenn ich an ihren Account rankäme, könnte ich vielleicht herausfinden, wer dafür verantwortlich ist.“

„Könntest du auch alles löschen?“

„Nicht ohne Zugang zu einem gewissen ‚Wilson Abschlussklasse‘-Account, von dem die Bilder stammen.“

„Das ist ein Albtraum. Alle werden es mitbekommen. Wir müssen etwas tun, Sam.“

„Ich tue schon alles, was ich kann, Trace. Man hat mich von dem Mordfall abgezogen, weil ich Onkel Joe gestehen musste, dass Brooke möglicherweise am Tatort war.“

„Das hast du ihm gesagt? Dafür gibt es überhaupt keinen Beweis!“

„Ich sehe den Beweis gerade hier vor mir, Trace. Ich glaube, zwei der Typen sind Hugo Springer und Michael Chastain, die zu den Opfern vom MacArthur Boulevard gehören.“

„O mein Gott“, brachte Tracy nur hervor.

„He, Sam, Mike hier“, hörte sie nach heftigem Geraschel am anderen Ende. „Was zum Teufel geht hier vor sich?“

Sam berichtete ihm von ihren Online-Funden.

„Das darf nicht wahr sein.“

„Es tut mir leid, Mike. Ich tue, was ich kann, aber mir sind wegen einer möglichen Verbindung zwischen Brooke und den MacArthur-Morden die Hände gebunden.“

„Was für eine Verbindung denn? Sie war voller Drogen! Du hast sie doch selbst erlebt.“

„Sie war dort, Mike. Auf dem Video sieht man sie am Tatort. Ich habe die Daunendecke aus dem Schlafzimmer wiedererkannt, in dem wir drei unserer Opfer gefunden haben.“

„Verdammte Scheiße“, flüsterte er. „Das wird Tracy den Rest geben.“

Das hatte Sam auch schon gedacht. „Wie gesagt, ich tu, was ich kann. Ich bräuchte Brookes Passwörter, um mir Zugang zu ihren Accounts zu verschaffen."

„Darüber habe ich mich letzten Winter mit ihr unterhalten", erwiderte er. „Ich habe sie davor gewarnt, etwas so Dämliches zu nehmen wie ‚Passwort'. Sie hat sich nicht mehr eingekriegt, und wir haben darüber gelacht, dass ich ihr ungeschickt gewähltes Passwort erraten hatte. Das war, bevor hier alles irgendwie den Bach runtergegangen ist. Damals haben wir noch zusammen gelacht."

Sam gab „Passwort" ein und erlangte so Zugriff auf Brookes Facebook-Account, von dem sie den widerlichen Post rasch entfernte, ehe sie den Account auf „privat" schaltete. Dasselbe tat sie auf Twitter und Instagram. „Hat funktioniert. Ich habe ihre Profile auf Facebook, Twitter und Instagram stillgelegt. Weißt du, ob sie noch andere soziale Netzwerke genutzt hat?"

„Vine und Tumblr mit Sicherheit."

„Mein Gott, das sagt mir überhaupt nichts."

„Mit einem Teenager im Haus wird sich das bald ändern."

„So, die sind ebenfalls deaktiviert. Da war Gott sei Dank nichts gepostet."

„Danke, Sam."

„Ich werde herausfinden, wer das war, Mike. Das verspreche ich."

„Ja, ich weiß. Ich muss mich jetzt um Tracy kümmern. Sie ist völlig außer sich. Das hat sie nach allem, was sie für Brooke getan hat, nicht verdient."

„Ihr habt beide alles für sie getan."

„Ja, und das ist der Dank."

„Du bist jetzt wütend, und das aus gutem Grund, aber versuch bitte, keine voreiligen Schlüsse zu ziehen, bis wir mehr wissen."

„Ich gebe mir Mühe."

„Ruf mich an, wenn sie aufwacht. Sie darf mit niemandem reden, ehe sie mit mir gesprochen hat."

„Okay."

„Wir bleiben in Verbindung."

Sam schloss ihr altmodisches Klapphandy, blieb dann am

Schreibtisch sitzen und analysierte die ganze Angelegenheit wie eine Ermittlerin, nicht wie eine verzweifelte Tante.

„Es muss schlimm sein, wenn du nicht mal die Dinge auf meinem Schreibtisch umsortiert hast", meinte Nick, der hinter sie trat und ihr die Hände auf die Schultern legte.

„Schlimmer geht es kaum. Ich habe ein Video gesehen, auf dem sie Sex mit drei verschiedenen Typen hat."

Er seufzte tief. „Hat sie freiwillig mitgemacht?"

„Absolut nicht. Sie war vollkommen zugedröhnt."

Nick drehte Sam auf dem Schreibtischstuhl zu sich um. „Was tust du dann hier, statt den Mörder zu jagen?"

„Man hat mich wegen des möglichen Interessenkonfliktes von dem Fall abgezogen."

Er setzte sich auf einen Hocker, und Sam bemerkte, wie er dabei das Gesicht verzog. „Wegen Brooke."

„Ja."

„Und?"

„Was und?"

„Du hast vorhin gesagt, ich würde dich überhaupt nicht kennen, aber da ich dich in Wirklichkeit besser kenne als jeder andere, frage ich dich, was du also zu tun gedenkst."

Sie schenkte ihm ein kleines Lächeln. „Ich bin noch nicht sicher. Der Chief hat mich mit ungewohnt strengen Worten von dem Fall abgezogen, ich muss also vorsichtig sein."

„Ich wette, es war nicht leicht, ihm zu gestehen, dass du befangen sein könntest."

Er kannte sie wirklich zu gut. „Nein, war es nicht."

„Aber du hast es trotzdem gemacht."

„Auf Anraten von Gonzo."

„Du hast das Richtige getan, Samantha."

„Wirst du das auch noch denken, wenn man meine Nichte durch den Dreck zieht und ich sie nicht davor beschützen kann?"

„Wenn deine Nichte irgendetwas mit den Morden zu tun hat – was ich aufgrund des Zustandes, in dem wir sie gefunden haben, bezweifle –, wäre es nicht deine Aufgabe, sie zu beschützen. Du würdest deine eigene Karriere – und deinen Hals – riskieren, und dabei mag ich deinen Hals besonders gern."

„Wenn es angeblich das Richtige war, warum fühlt es sich so beschissen an, dass ich mich ihm anvertraut habe?"

„Weil jemandem, den du liebst, etwas Furchtbares zugestoßen ist und du nichts dagegen unternehmen kannst. Willkommen in meiner Welt."

„Es fühlt sich richtig scheiße an."

„Ja, ganz genau."

„Farnsworth hat mich von dem Mordfall abgezogen. Nicht von Brookes Fall."

„Der mit dem Mordfall verknüpft sein könnte."

„Vielleicht aber auch nicht."

„Du wirst also versuchen herauszufinden, wie das alles passieren konnte."

„So sieht's aus."

„Was ist, wenn sich das mit der Mordermittlung überschneidet?"

„Darüber denke ich nach, wenn es so weit ist."

„Du setzt deine Karriere und deinen Ruf aufs Spiel."

„Was soll ich denn sonst tun? Diesen Fall jemand anderem übergeben und hoffen, dass alles gut geht? Was, wenn jemand einen Fehler macht und sie am Ende wegen eines Mordes angeklagt wird, den sie gar nicht begangen haben kann, weil sie vor lauter Drogen und Alkohol überhaupt nicht klar denken konnte?"

„Warum sollte man sie dann anklagen?"

„Ich habe mir gerade ein Video angeschaut, in dem sie sich an einem Tatort befindet, und alle anderen Personen, die sonst noch dabei waren, sind jetzt tot. Was, wenn wir die Leute nicht finden, die sie hierhergeschafft haben, und Springer versucht, ihr das Ganze anzuhängen, weil sie als Einzige mit dem Leben davongekommen ist? Was, wenn er plötzlich behauptet, sie habe während der Vergewaltigung nur so getan, als wäre sie bis zur Halskrause voller Drogen, sei dann durchgedreht und habe alle anderen Anwesenden getötet?"

„Glaubst du das wirklich?"

„Nein. Ich glaube, sie hat sich mit jungen Leuten eingelassen, die mit Alkohol, Drogen und Sex sehr viel mehr Erfahrung hatten als sie. Sie hat vermutlich irgendwelchen Scheiß eingeworfen, den ihre Freunde ihr gegeben haben, und zudem zu viel getrunken. Ich glaube, jemand hat ihr bewusst etwas untergejubelt, und diese Jungs haben die Tatsache ausgenutzt, dass sie komplett hilflos war. In meinen Augen ist sie das zehnte Opfer, bloß dass sie nicht tot ist. Jetzt muss ich das nur noch beweisen und herausfinden, wer sie zu uns gebracht hat und ob das die Mörder waren oder jemand anders."

Sams Handy klingelte, und sie sah Mikes Namen auf dem Display. „Was gibt's?"

„Hier ist ein Detective Ramsey von der Special Victims Unit. Er möchte unsere und Brookes Aussagen aufnehmen."

„Gib ihn mir mal."

„Meine Schwägerin", hörte Sam Mike sagen. „Lieutenant Holland." Sie glaubte, Ramsey halblaut etwas vor sich hin murmeln zu hören, verstand aber nicht, was. Sam hatte bisher nicht herausfinden können, was der Ermittler von der Sondereinheit für Sexualdelikte eigentlich gegen sie hatte.

„Ramsey."

„Das Opfer ist meine Nichte. Ich übernehme das."

„Das glaube ich nicht. Man hat schließlich uns verständigt."

„Ja, und ich ziehe Sie hiermit von dem Fall ab." Obgleich sie zwanzig Jahre jünger war als der Detective, stand sie zwei Dienstgrade über ihm, und das wusste er ganz genau. Sam war sicher, dass darin auch seine Feindseligkeit begründet war.

„Sind Sie bereit, das unseren gemeinsamen Vorgesetzten zu erklären?"

„Überlassen Sie das mir. Sie lassen meine Schwester und ihre Familie in Ruhe. Klar?"

„Ja. Ma'am." Sein herablassender Ton war kaum zu überhören. „Ermittlungen in einem Fall, in den Ihre Familie verwickelt ist, stellen einen Interessenkonflikt dar."

„Ehrlich? Dass ich da nicht selbst drauf gekommen bin! Danke für den Hinweis. Jetzt lassen Sie es gut sein und verschwinden Sie von dort. Das ist ein Befehl."

„Sie sind nicht meine Vorgesetzte."

„Ich bin Lieutenant. Sie sind Detective. Noch Fragen?"

„Nein, nur ein gut gemeinter Rat: Treiben Sie's nicht zu weit."

„Oh, ich treibe es meistens zu Hause, aber manchmal auch im Hotel. Darauf stehe ich besonders."

„Oh, Sie halten sich für ganz besonders ausgebufft, was? Eines Tages werden Sie kriegen, was Sie verdienen, und sehr viele Leute werden dann froh sein, dass Sie endlich den wohlverdienten Dämpfer bekommen."

„War das eine Drohung, Detective?"

„Nein. Bloß einer der Punkte auf meinem Wunschzettel für Weihnachten."

„Dieses Gespräch langweilt mich, und Sie müssten schon längst woanders sein. Geben Sie meinem Schwager sein Handy zurück."

„Netter Typ", meinte Mike, als er sein Telefon wiederhatte.

„Ist er weg?"

„Ja. Er ist rausgestürmt."

„Gut. Lass es mich wissen, wenn er noch mal auftaucht – oder sonst jemand."

„Stimmt das, was er gesagt hat, Sam? Stellt es einen Interessenkonflikt dar, wenn du an Brookes Fall arbeitest?"

„Ja, verdammt, aber ich mache es trotzdem."

„Vielleicht lässt du es dann besser. Du hast hart gearbeitet, um so weit zu kommen. Ich möchte nicht, dass du jetzt wegen Brooke Ärger kriegst."

„Überlass das mir. Kümmere du dich um Brooke und Tracy."

„Ich versuch's. Tracy ist untröstlich, nachdem sie gehört hat, dass überall im Netz Bilder von Brooke sind."

Sam versuchte sich vorzustellen, wie ihre Schwester sich nach allem, was passiert war, fühlte. „Ich muss auflegen. Halt mich auf dem Laufenden. Es war richtig, mich anzurufen, als Ramsey aufgetaucht ist. Redet nur in meiner Gegenwart mit Dritten – dasselbe gilt für Brooke."

„Versprochen, Sam. Wir zählen auf dich."

Diese Erwartungen lasteten wie ein tonnenschweres Gewicht auf ihren Schultern. „Ich tue, was ich kann. Bis dann."

Nachdem Sam das Gespräch beendet hatte, war sie nur noch aufgewühlter als zuvor.

„Mir gefällt das nicht", sagte Nick. „Ganz und gar nicht."

„Ich weiß. Mir auch nicht. Doch ich kann nicht einfach untätig herumsitzen und einem dilettantischen Vollidioten wie Ramsey diese Ermittlung überlassen. Der Typ hat irgendwas gegen mich. Er würde sich freuen, meiner Nichte einen Mord anhängen zu können."

„Warum hasst er dich so?"

„Wenn ich das wüsste … Ich wette, es hat etwas damit zu tun, dass ich so schnell Karriere gemacht habe, während er seit mindestens einem Jahrzehnt Detective ist."

„Das wäre durchaus möglich."

„Er glaubt bestimmt, ich hätte meine aktuelle Position ausschließlich meinem Nachnamen zu verdanken."

„Was absolut nicht stimmt und unfair ist."

Sam zuckte die Achseln. „Ich gebe nichts darauf, und das solltest du auch nicht."

„Ich mag es nicht, wenn Leute dich hassen, weil du deinen Job gut machst."

„Wenigstens steht Stahl uns im Augenblick nicht im Weg. Auch wenn er Berufung eingelegt hat und Himmel und Hölle gegen seine Suspendierung in Bewegung setzt."

„Er kann nicht bestreiten, dass er dich vor deiner eigenen Haustür angegriffen hat."

„Er kann es versuchen, aber es gibt ja Beweise. Abgesehen davon ist es jetzt endlich nach neun, und ich muss den Direktor von Brookes Internat anrufen und herausfinden, wie zum Teufel es ihr gestern Abend gelungen ist, sich von dort wegzustehlen."

„Was ist mit Scotty?"

Sam fuhr sich mit den Fingern durchs Haar und versuchte, es irgendwie zu bändigen. Die lange, schlaflose Nacht holte sie langsam ein. „Ich werde Gonzo berichten, was er beobachtet hat, aber mit aller Kraft versuchen, ihn da rauszuhalten. Tatsächlich ist es gut, dass er die Leute, die sie abgeladen haben, nicht identifizieren kann, selbst wenn uns das die Arbeit nicht gerade erleichtert."

„Stimmt. Ich habe beinahe einen Herzinfarkt gekriegt, als er mir erzählt hat, was er gesehen hat."

„Genau davor hatte ich Angst, als er zu uns gekommen ist. Ich wollte um jeden Preis verhindern, dass er in eine meiner Ermittlungen hineingezogen wird. Dass er Zeuge in einem Fall sein würde, bei dem es ausgerechnet um meine eigene Nichte geht, hätte ich mir niemals träumen lassen."

Nick beugte sich vor und legte ihr die Hände auf die Oberschenkel. „Könntest du damit leben, wenn sich herausstellen würde, dass Brooke irgendwie für die Geschehnisse am MacArthur Boulevard verantwortlich ist?"

„Sie ist nicht dafür verantwortlich. Sie ist in dem Video mit dreien der Opfer, und sie war schon nicht mehr zurechnungsfähig, bevor diese getötet wurden. So widerlich es war, dieses Video zu sehen, es ist der Beweis, dass sie sie nicht getötet haben kann. Sie war kaum bei Bewusstsein. Jemand anders hat das Video gedreht, die Morde begangen und den ganzen Mist gepostet. Wir werden herausfinden, wer."

„Ich weiß, du hast zu tun, und ich lasse dich auch gleich loslegen, aber ich wollte noch sagen ... Tut mir leid wegen gestern. Ich hätte nicht so eine Riesensache daraus machen sollen, dass unser Urlaub ins Wasser fällt."

„Ist schon in Ordnung", seufzte sie. „Wir haben uns darauf gefreut, und du bist zu Recht sauer. Genau wie ich. Eigentlich möchte ich mich um all das gerade gar nicht kümmern, aber ich kann Brooke und Tracy jetzt nicht im Stich lassen. Vor allem nicht Tracy."

„Ich weiß, Baby. Ist es in Ordnung, wenn ich mich insgeheim darüber freue, dass der Chief dich von dem Mordfall abgezogen hat, sodass du von zu Hause aus arbeiten musst?", fragte er mit einer Andeutung seines sexy Lächelns, das Sam so liebte.

„Das ist in Ordnung – ausnahmsweise." Sie nahm sein Gesicht zwischen ihre Hände und beugte sich vor, um ihn zu küssen. Dann lehnte sie die Stirn gegen seine. „Ich hasse es, wenn wir uns streiten. Das versaut mir immer den ganzen Tag."

„Geht mir genauso. Als ich nach Hause gekommen bin, konnte ich nicht schlafen, weil es mich so fertiggemacht hat, wie wir auseinandergegangen sind."

„Nach deinem Aufbruch hatte ich die ganze Nacht Magenschmerzen."

„Das tut mir leid." Diesmal beugte er sich vor, um sie zu küssen, verzog jedoch unwillkürlich das Gesicht, als seine verletzte Seite dagegen protestierte. „Ich hoffe, du weißt, dass ich dich über alles liebe, selbst wenn ich stinksauer auf dich bin."

„Ich dich auch – selbst wenn du stinksauer auf mich bist."

Er küsste sie auf Lippen, Nase und Stirn. „Dann lasse ich dich mal arbeiten. Sag Bescheid, wenn ich irgendwie helfen kann."

„Pass auf unseren Jungen auf. Er hat ein paar schlimme Dinge gesehen. Wir müssen ein Auge auf ihn haben, bis wir uns sicher sein können, dass er damit klarkommt."

„Mach ich."

„Und lass es langsam angehen. Du bist verletzt. Du solltest dich aufs Sofa setzen, die Füße hochlegen und dich von deiner Frau von vorne bis hinten bedienen lassen."

„Apropos ..."

„Bis später, Senator. Sobald ich was habe, gehöre ich ganz dir."

„Dann freue ich mich schon mal auf später."

Sam blickte ihm nach und genoss seine attraktive Rückenansicht in Jogginghose und T-Shirt. Sie wurde es nie müde, ihn anzusehen, und hasste es, jetzt mitzuerleben, wie vorsichtig er sich bewegen musste, weil seine linke Seite so schmerzte. Mehr als alles andere wünschte sie sich, sie könnte sich an diesem Tag ganz auf ihn konzentrieren – er, der verletzt war und versuchte, es stoisch wegzustecken. Er hatte nur selten einen ganzen Tag lang ihre ungeteilte Aufmerksamkeit, deswegen war er auch so aus der Haut gefahren, als ihr Urlaub plötzlich ins Wasser gefallen war. Sie hatte Verständnis dafür, konnte daran aber nichts ändern, bis sie Antworten auf die vielen ungeklärten Fragen in dieser Sache fand.

Um wenigstens etwas Licht ins Dunkel zu bringen, wählte sie die Nummer, die ihre Schwester ihr gegeben hatte, und rief Gideon Young an. Er nahm beim ersten Klingeln ab.

„Mr. Young, Lieutenant Sam Holland hier, Metropolitan Police Department. Meine Nichte Brooke Hogan besucht Ihr Internat."

„Ja, natürlich, Lieutenant. Was kann ich für Sie tun?"

„Brooke liegt derzeit auf der Intensivstation des George Washington University Hospital, sie leidet an den Nachwirkungen einer Überdosis Drogen, einer Alkoholvergiftung und einer Vergewaltigung. Ich wüsste gern, wie es dazu kommen konnte, wo sie sich doch eigentlich in der Sicherheit Ihres Internats befinden sollte."

Schweigen.

„Mr. Young?"

„Ja, ich, äh, ich weiß nicht, was ich sagen soll. Ich bin völlig schockiert."

„Sie könnten sagen, dass Sie sich dieser Sache sofort mit der gebotenen Gründlichkeit annehmen werden."

„Absolut. Natürlich. Ich kann Ihnen versichern, ich werde mich darum kümmern und herausfinden, was genau passiert ist."

„Ich möchte außerdem, dass Sie ihr Zimmer abriegeln lassen, bis ein Team der Spurensicherung ihre Sachen abholen kann. Niemand betritt den Raum, klar?"

„Sie hat eine Mitbewohnerin."

„Quartieren Sie sie um, und verhindern Sie, dass irgendjemand Brookes persönlichen Besitz anfasst. Wenn ihr Laptop, ihr iPad und sonstige Habseligkeiten beim Eintreffen meines Teams nicht auffindbar sind, werde ich Sie persönlich dafür verantwortlich machen. Verstanden?"

„Ja."

„Ich gebe Ihnen meine Nummer, damit Sie mir mitteilen können, was Sie herausfinden." Sie nannte sie ihm und ließ sie sich von ihm aufsagen. „Meine Schwester und ihr Mann haben viel Geld dafür bezahlt, dass ihre Tochter bei Ihnen in Sicherheit ist, und Sie haben sie restlos im Stich gelassen – uns alle. Wir wollen Antworten, und zwar sofort, Mr. Young."

„Ich will auch Antworten, Lieutenant, und ich werde sie Ihnen besorgen. Wir hören voneinander."

„Ich warte." Sam beendete das Gespräch mit dem befriedigenden Gefühl, ihm gründlich den Tag verdorben zu haben. Das war das Mindeste, was er verdiente, nachdem es Brooke irgendwie gelungen war, aus dem Internat zu türmen, für das Tracy zwanzigtausend Dollar hingeblättert hatte, die Sam hart verdient und ihrer Schwester überlassen hatte.

Als Nächstes rief Sam Lieutenant Archelotta an, den Leiter der IT-Abteilung des Departments.

„He, Sam, wie geht's?"

„Du musst mir einen Gefallen tun, Archie."

„Hast du diesen großen Fall am MacArthur übernommen?"

„Leider nein."

„Echt nicht? Wieso?"

„Meine Nichte war möglicherweise vor der eigentlichen Tat dort."

„Oh, Scheiße. Wirklich?"

„Ich fürchte schon. Die Spurensicherung hat in dem Haus jede Menge Handys sichergestellt. Ich glaube, das meiner Nichte ist dabei." Sam setzte ihn über die Ereignisse der zurückliegenden Nacht ins Bild. „Ich versuche herauszufinden, wie sie nach Washington gekommen ist, wo sie doch eigentlich im Internat in Virginia hätte sein müssen. Wärst du so nett, es mich wissen zu lassen, wenn du ihr Handy in die Finger kriegst, und mir den Inhalt zuzuschicken?"

Er zögerte eine Sekunde, dann antwortete er: „Klar. Allerdings auf dem kurzen Dienstweg, und das muss unter uns bleiben." Sie bat ihn, ihr zuliebe gegen Vorschriften zu verstoßen, das wussten sie beide. Aber er war der einzige andere Polizist, mit dem Sam je etwas gehabt hatte, daher war das hier nicht ihr erster gemeinsamer Regelverstoß.

„Mein Wort darauf. Ich gebe dir ihre Nummer." Sie nannte sie ihm und erinnerte sich an die Begeisterung, mit der Brooke an ihrem zwölften Geburtstag ihr erstes neonrosa Klapphandy in den Händen gehalten hatte. Die Erinnerung versetzte ihr einen Stich ins Herz, denn ebendieses Mädchen lag jetzt mit Hämatomen übersät auf der Intensivstation.

„Ist notiert. Ich schätze, du möchtest alles?"

Neuerdings mussten sie bei Handyanalysen angeben, ob sie die Gesprächsdaten, Textnachrichten, gespeicherte Daten, Videos oder Musik haben wollten. „Ja, bitte."

„Ich melde mich, sobald ich etwas für dich habe. Wie du weißt, brauche ich für Smartphones etwa acht Stunden. Ich gehe mal davon aus, dass es eines ist?"

„Ja. Danke, Archie. Ich weiß das zu schätzen."

„Hoffentlich geht es deiner Nichte bald wieder gut."

„Das hoffe ich auch."

Der nächste Punkt auf ihrer To-do-Liste bestand darin, an einem Samstag den Schulleiter der Woodrow Wilson High School ausfindig zu machen.

KAPITEL 5

Gonzo fuhr kurz nach Hause, um sich vor dem Prozess umzuziehen. Seine Nerven lagen wegen der Anhörung blank. Gleichzeitig lastete der zusätzliche Druck, die Ermittlungen im Fall der ermordeten Teenager leiten zu müssen, schwer auf seinen Schultern. Er war zwar froh über die Chance, endlich einen größeren Fall zu übernehmen, doch eigentlich hatte er nur die Sorgerechtsanhörung im Kopf, die man wegen des Bearbeitungsstaus beim Familiengericht auf einen Samstagmorgen gelegt hatte, was ansonsten nicht üblich war.

Während er duschte und sich rasierte, trank er eine Tasse Kaffee, um nach der schlaflosen Nacht wach zu werden. Er stand am Waschbecken und fuhr sich mit dem Rasierer durchs Gesicht, als Christina hereinkam und von hinten die Arme um ihn legte.

„Hey, Baby", sagte er und empfand den Druck ihres Körpers an seinem als überaus tröstlich. „Schläft Alex noch?"

„Mhm. Er war gegen fünf mal wach. Ich habe ihm allerdings erklärt, er könne noch nicht aufstehen."

„Das hat wirklich funktioniert?"

„Ausnahmsweise schon, Gott sei Dank." Sie gähnte ausgiebig. „Ich war selbst noch total müde."

Gonzo wusch sich die Rasierschaumreste von den Wangen, drehte sich zu ihr um und trocknete sich dabei das Gesicht ab. „Ich weiß, dass du uns liebst und dass es dir nichts ausmacht, auf ihn aufzupassen, wenn ich arbeiten muss. Dir ist aber hoffentlich klar, dass ich das sehr zu schätzen weiß und es nicht als selbstverständlich betrachte."

„Natürlich weiß ich das." Sie strich ihm mit den Händen von der Brust zu den Schultern. „Wie auch nicht – du sagst es mir ja ständig."

Er neigte den Kopf, um sie zu küssen, und genoss den süßen Geschmack ihrer Lippen.

„Ich muss dir etwas sagen, das dir heute vielleicht weiterhilft."

Er umarmte sie, drückte ihr die Lippen auf den Hals und fragte: „Nämlich?"

„Ich habe eine ziemlich schwerwiegende Entscheidung getroffen."

Gonzo hob den Kopf, um ihr in die Augen zu sehen, von der Sorge erfüllt, dass ihm diese schwerwiegende Entscheidung nicht gefallen könnte. Er lebte in ständiger Angst vor dem Tag, an dem sie aufwachen und feststellen würde, dass sie einen viel besseren Mann als ihn haben könnte.

„Guck mich nicht so an. Es ist nichts Schlimmes." Sie legte die Finger an seine Wangen, und ihre weichen Handflächen ruhten auf der frisch rasierten Haut. „Ich werde aufhören zu arbeiten und mich in Vollzeit um Alex kümmern. Zumindest für eine Weile."

Gonzo schüttelte den Kopf, unsicher, ob er sich verhört hatte. „Du wirst *was*?"

„Lass mich ausreden. Ich habe diese Entscheidung nicht über Nacht getroffen. Darüber denke ich schon eine ganze Weile nach."

„Das kann ich nicht zulassen, Christina. Deine Karriere ist dir wichtig."

„Meine Familie auch. Und ich gebe meine Karriere schließlich nicht für immer auf, sondern lege nur eine Pause ein."

„Ich verstehe nicht, wo das jetzt plötzlich herkommt."

Sie nahm ihn bei der Hand und führte ihn zum Sofa. Unterwegs warf er einen Blick auf die Uhr an der Kabelfernsehbox. Er hatte noch eine Stunde Zeit, von der er gerne ein paar Minuten Christina widmete.

Sie setzte sich neben ihn, nahm seine Hand und verschränkte die Finger mit seinen. „Vor fast einem Jahr haben wir John verloren. Sein Tod hat mir vor Augen geführt, wie kurz das Leben eigentlich ist und dass letztlich allein die Menschen zählen, die ich liebe. Ich möchte hier bei Alex sein. Dann kann ich in Ruhe unsere Hochzeit planen, und wir können vielleicht ein eigenes Kind haben." Sie sah ihn mit einem schüchternen Lächeln an, das ihn mitten ins Herz traf. „Ich will später nichts bereuen müssen. Außerdem habe ich schon mit Nick darüber gesprochen ..."

„Mit Nick? Bevor du mit mir geredet hast?"

„Meine Entscheidung wird dein Leben einfacher und seins komplizierter machen. Ich fand es nur fair, ihm gleich reinen Wein einzuschenken, als mir der Gedanke kam."

„Du hättest es mir erzählen sollen", murrte er und versuchte, nicht genervt zu sein, weil sie es ihrem Chef und Freund zuerst gesagt hatte.

Sie hob keck eine Braue und fragte: „Damit du es mir ausreden kannst?"

„Nein, damit wir die Entscheidung gemeinsam treffen können."

„Du hattest so viel um die Ohren, da wollte ich dir nicht noch zusätzlich Stress bereiten. Ich erzähle es dir auch jetzt bloß, weil ich dachte, es wäre vielleicht hilfreich, wenn du dem Richter bei der Anhörung heute mitteilen kannst, dass deine Verlobte in Zukunft in Vollzeit für Alex da sein wird."

„Mich stört die Vorstellung, dass du über etwas so Entscheidendes nachgedacht hast und das Gefühl hattest, nicht mit mir darüber reden zu können."

„Du bist also enttäuscht, weil du es nicht als Erster erfahren hast? Mit dieser Reaktion hätte ich nicht gerechnet."

Er erhob sich, weil er seine nervöse Unruhe im Sitzen nicht in den Griff bekam. „Ich bin nicht enttäuscht. Wie könnte ich, wo du ein so großes Opfer für unsere Familie bringen willst?"

Sie trat wieder hinter ihn, legte die Arme um ihn und ließ nicht zu, dass er Distanz zwischen ihnen aufbaute. „Was stimmt denn dann nicht?"

„Was, wenn wir das Sorgerecht trotzdem nicht bekommen? Hast du darüber mal nachgedacht?"

„Nein, weil wir es kriegen werden. Wieso auch nicht, nach all dem, was wir ihm gegeben haben und was wir für ihn waren, seit er Teil unseres Lebens ist?"

„Ich wünschte, ich hätte deine Zuversicht. Leider bin ich mir da nicht so sicher."

„Tommy, sieh mich an." Eigentlich wollte er seine innere Zerrissenheit vor ihr verbergen, wandte sich ihr aber trotzdem zu. „Alles wird gut. Ich weiß es. Wir sind seine Familie, und er wird zwar erfahren, wer seine leibliche Mutter ist, doch der Richter wird ihn dir nicht wegnehmen."

„Das kannst du nicht wissen", beharrte er, obwohl ihm ihre Zuversicht Mut machte.

„Nein, kann ich nicht, aber die Tatsachen sprechen für uns. Wenn du da jetzt gleich hingehst, darfst du nicht ängstlich oder unsicher wirken. Zeig allen, dass du davon überzeugt bist, dass die Gerechtigkeit siegen wird. Alex gehört hierher, zu uns, und das wird das Gericht ebenfalls erkennen."

„Ich hoffe, du hast recht, aber kündige mal vorsichtshalber noch nicht."

„Das werde ich ohnehin tun. Ich brauche eine Pause. Seit Jahren schufte ich ununterbrochen. Ich habe viel Geld auf die hohe Kante gelegt, und das möchte ich jetzt nutzen, um mich ein bisschen zu entspannen und das Leben zu genießen." Er wusste, dass sie stolz darauf war, dass sie den Treuhandfonds ihrer Eltern nie angerührt hatte. „Der Wahlkampf hat mich fast umgebracht."

„Wird Nick ohne dich überhaupt klarkommen, Süße?"

„Das schafft er schon. Terry ist super. Ich bin sicher, er wird ihn zu seinem Stabschef machen; außerdem meinte Nick, ich könne jederzeit zurückkehren. Das ist alles kein Problem."

„Sag mir, dass du das wirklich für dich und nicht für mich tust."

„Ich tue es für mich – und für uns."

Gonzo küsste sie auf Stirn und Lippen. „Ich liebe dich und möchte, dass du glücklich bist. Wenn du das jetzt brauchst, dann bin ich absolut dafür."

„Gut", antwortete sie mit einem sehr erleichtert klingenden Seufzen. „Ich liebe dich auch, und ich liebe unsere Familie. Deshalb möchte ich für Alex und unsere anderen Kinder da sein, solange sie klein sind. Ich kann meine Karriere später weiterverfolgen. Sie läuft mir nicht weg."

„Über wie viele andere Kinder sprechen wir denn?", fragte er mit hochgezogener Braue und hoffte, sie so zum Lächeln zu bringen, was er auch tat.

„Na, warten wir mal ab."

„Soll mir recht sein. Manchmal kann ich immer noch nicht glauben, dass du dich für mich entschieden hast, wo du doch jeden hättest haben können."

„Tommy ... Warum sagst du so etwas? Du bedeutest mir alles. Ich glaube, du hast keine Ahnung, wie sehr ich dich liebe. Jedes Mal, wenn du zur Arbeit gehst, bete ich zu Gott, dass du heil wieder nach Hause kommst." Ihre Augen füllten sich mit Tränen, die sie wegblinzelte. „Jedes Mal."

Er schloss sie in die Arme und zog sie an sich. Sie war das Beste, was ihm je passiert war – sie und sein kleiner Sohn, von dem er nichts gewusst hatte, bis er ihn zum ersten Mal gesehen und sofort ins Herz geschlossen hatte. Das winzige Grübchen in Alex' Kinn, das eine genaue Kopie seines eigenen war, hatte für Gonzo alle möglicherweise offenen Fragen geklärt.

Das Klingeln seines Handys störte ihre Umarmung. „Da muss ich rangehen. Ich bin für die MacArthur-Morde zuständig." Er schaute aufs Display, las Sams Namen und nahm ab. „Hey, was ist los?"

„Ich habe ein Problem."

„Noch eins?" Es hatte Gonzo schockiert, zu hören, dass Sams Nichte möglicherweise vor den Morden in dem Haus gewesen war. Es war richtig gewesen, dass sie auf ihre Befangenheit hingewiesen hatte, aber er wusste, es war ihr nicht leichtgefallen.

„Eigentlich sogar mehrere. Scotty hat gestern Nacht beobachtet, wie Brooke hier abgelegt wurde."

„O Scheiße ..."

„Und Brooke macht gerade in den sozialen Netzwerken die Runde. Fotos und ein Video von der Party, bevor sie zum Blutbad mutiert ist." Sam seufzte tief. „Ich wate knietief im Mist, Gonzo. Ich habe nicht vergessen, was der Chief gesagt hat, und mir ist auch klar, dass hier möglicherweise ein Interessenkonflikt vorliegt, doch ich kann mich nicht raushalten."

„Dann bleib in Deckung und tu es im Verborgenen."

„Ich hatte gehofft, dass du das so sehen würdest. Ich warte auf einen Rückruf des Direktors von Brookes Internat, um zu erfahren, wie zum Teufel sie gestern von dort weggekommen ist. Wir brauchen eine lückenlose Rekonstruktion des gestrigen Abends, von dem Zeitpunkt, zu dem sie die Schule verlassen hat, bis ich sie hier vor dem Haus gefunden habe."

„Wenn du dich darum kümmern könntest, würde mir das viel Arbeit ersparen. Ich muss das noch für neun andere Jugendliche zusammenkriegen. Cruz, McBride und Tyrone arbeiten daran. Ich habe Archelotta hinzugezogen, damit er sich um die Handys kümmert, und Dominguez und Carlucci machen jetzt erst mal sechs Stunden Pause und kommen dann wieder. Wir werden vielleicht ein paar Überstunden schieben müssen."

„Malone kann das autorisieren." Sam zögerte, dann fügte sie hinzu: „Ich fürchte, diese ganze Sache wird meiner Nichte irgendwie auf die Füße fallen."

„Du hast gesagt, sie war total zugedröhnt, richtig?"

„Ja, und das Video beweist, dass sie das Bewusstsein verloren hat, bevor einige der Opfer tot waren, aber trotzdem ... Wo sind ihre Klamotten? Wo sind ihr Handy und ihr Portemonnaie? Wahrscheinlich in dem Stapel von Klamotten und Handys am Tatort, weswegen du keine andere Wahl haben wirst, als dich mit ihr zu befassen, und dann wird dieses Video, das zeigt, wie sie von drei Typen missbraucht wird, zu einem wichtigen Beweisstück in dem Fall. Was wiederum bedeutet, dass ihr Leben ruiniert ist. Diese ganze Angelegenheit macht mich krank."

„Eins nach dem anderen. Hast du eine Ahnung, wer die Bilder und das Video aufgenommen hat?"

„Sie stammen von einem Account namens ‚Wilson Abschlussklasse'. Ich gehe davon aus, dass das für die Abschlussklasse der Wilson High School steht, deshalb warte ich auch auf einen Rückruf von deren Direktor."

„Dir ist klar, dass dein Freund Hill uns behilflich sein könnte, oder? Er könnte uns Zugang zur Abteilung für Internetkriminalität beim FBI verschaffen. Du solltest ihn anrufen."

„Ach nee. Würde ich ihm dann nicht einen Gefallen schulden?"

Gonzo lachte, erleichtert, einen Anflug von Belustigung bei seiner Vorgesetzten und Freundin zu hören. „Wäre dir das nicht egal, wenn er den Account sperren und das Video aus dem Netz nehmen könnte, ehe es viral geht?"

„Du hast recht. Ich rufe ihn sofort an."

„Halt die Ohren steif, Sam, und lass es mich wissen, wenn du etwas im Zusammenhang mit Brooke herausfindest."

„Eins noch. Wenn Brooke zu sich kommt, gehört sie mir. Ich spreche als Erste mit ihr."

„Sam …"

„Das ist mein Ernst, Gonzo. Ich würde nie etwas tun, das deine Ermittlungen gefährdet. Das weißt du. Aber ich spreche zuerst mit ihr."

Er konnte nicht von der Hand weisen, dass ihm das an ihrer Stelle auch wichtig gewesen wäre. „Stehst du hinter mir, wenn mir diese ganze Sache um die Ohren fliegt?"

„Ich werde immer hinter dir stehen."

Genau deswegen wechselte er mit einem Anflug von Ironie zu seinem offiziellsten Tonfall, ehe er sagte: „Tun Sie, was Sie nicht lassen können, Lieutenant, und geben Sie Bescheid, wie ich Ihnen helfen kann."

„Der Schulrektor ruft an, da muss ich ran. Wir reden später weiter – und Gonzo: Viel Glück bei Gericht."

Sie hatte aufgelegt, ehe er antworten konnte.

„Lieutenant Holland", meldete sich Sam.

„Gideon Young hier. Ich habe Informationen für Sie." Er räusperte sich unnötigerweise, was Sam verriet, dass er nervös war wegen dem, was er ihr jetzt eingestehen musste. „Ms. Hogan wurde gestern um neunzehn Uhr von ihrer großen Schwester Danielle abgeholt, die sich mit ihrem Führerschein ausgewiesen hat und eine notariell beglaubigte Vollmacht von Ihrer Schwester Mrs. Tracy Hogan vorlegen konnte, die es ihr gestattet hat, Brooke mitzunehmen."

„Das wäre alles schön und gut, wenn Brooke eine große Schwester hätte! Was ist das denn für ein Saftladen, den Sie da leiten? Meine Schwester und ihr Mann zahlen Ihnen zwanzigtausend Dollar, damit Sie auf ihre Tochter aufpassen, und jetzt kämpft sie auf der Intensivstation um ihr Leben." Eigentlich stimmte das nicht, doch das musste Young ja nicht unbedingt wissen.

„Bei allem Respekt, Lieutenant ..."

„Den Respekt können Sie sich sonst wohin stecken. Ich brauche eine Beschreibung dieser sogenannten großen Schwester, und wenn es Überwachungskamera-Aufnahmen vom Abholvorgang gibt, brauche ich die auch."

„Für das Video benötigen Sie einen Durchsuchungsbeschluss."

„Ja, und Sie brauchen einen Anwalt für diesen Fehler. Wenn wir uns gegenseitig helfen, werde ich meiner Schwester und meinem Schwager möglicherweise raten, sich außergerichtlich mit Ihnen zu einigen, statt Ihre eklatanten Sicherheitsmängel an die große Glocke zu hängen."

„Drohen Sie mir etwa, Lieutenant?"

„Was meinen Sie? Schicken Sie mir das Video im Laufe der nächsten Stunde. Ich gebe Ihnen meine E-Mail-Adresse. Haben Sie was zu schreiben?" Sie nannte ihm ihre private, damit die Nachricht nicht auf dem Server der Polizei landete. „Eine Stunde, sonst können Sie sich auf einige wenig schmeichelhafte Artikel über Ihre Schule in der Presse gefasst machen."

Sam legte auf, ehe er antworten konnte. Während sie überlegte, was ihre nächsten Schritte sein sollten, fuhr sie sich mit den Fingern durchs Haar. Freiwillig das FBI um Hilfe zu bitten lief zwar allem zuwider, woran sie glaubte, aber Gonzo hatte recht. Die FBI-Abteilung für Computerkriminalität war verdammt gut, und wenn jemand herausfinden konnte, woher diese Bilder und das Video stammten, dann ihre Beamten. Obwohl die Uhr tickte, griff Sam sehr zögernd nach ihrem Handy.

Avery Hill nahm beim ersten Klingeln ab. „Vermissen Sie mich, Lieutenant?" Bei seinem Südstaatenakzent hätte eine weniger gefestigte Frau weiche Knie bekommen. Nie zuvor war Sam so froh gewesen, keine weniger gefestigte Frau zu sein.

„Ja, wie Herpes, nachdem man ihn endlich los ist."

Er lachte so schallend, dass sie das Handy ein Stück vom Ohr weghalten musste. „Was kann ich an diesem wunderbaren Tag für Sie tun?"

„Ich brauche einen Gefallen. Einen persönlichen Gefallen."

Sein Schweigen war genauso laut, wie sein Lachen gewesen war. „Worum geht es, Sam?"

Sie erzählte ihm von Brooke und den ermordeten Teenagern. „Ich brauche Hilfe bei der Suche nach dem Urheber dieses Videos, und es muss aus dem Netz verschwinden, ehe es ihr Leben ruiniert. Sie sind die Besten, wenn es um diesen Internetkram geht. Ich brauche die Besten."

„Okay. Ich wollte heute über den Feiertag heim nach Charleston fahren, aber ich kann meine Pläne ändern."

„Avery, nein. Tun Sie das nicht. Sie haben doch sicher jemanden, den Sie bitten können, sich der Sache anzunehmen."

„Ich kümmere mich persönlich darum."

Sam stützte den Kopf in die Hand. „Das kann ich unmöglich von Ihnen verlangen."

„Wir sind Freunde, oder? Freunde helfen einander."

Unausgesprochen blieb, dass er mehrfach deutlich gemacht hatte, wie gern er weit mehr wäre als ihr Freund, was nur niemals passieren würde. Das wussten sie zwar beide, aber er hatte ihr im Sommer im Vasquez-Fall unschätzbare Hilfe geleistet, und sie betrachtete ihn tatsächlich nicht nur als Kollegen, sondern als Freund. „Ja."

„Wow, das war die längste Pause in der Geschichte der langen Pausen."

„Tut mir leid. Ich habe gerade viel um die Ohren, und ich bin nicht gut darin, andere um Hilfe zu bitten. Man hat mich von dem Fall abgezogen."

„Wegen der möglichen Verwicklung Ihrer Nichte."

„Richtig."

„Also, was haben Sie jetzt vor?"

Sam lächelte, weil er genauso dachte wie sie und wusste, dass sie einen Plan hatte. „Ich kümmere mich um den Teil, der Brooke betrifft, und versuche herauszufinden, wie sie auf der Intensivstation landen konnte, obwohl sie in ihrem Internat in Virginia eigentlich nicht einfach kommen und gehen konnte, wie sie wollte."

„Wieso war sie dort?"

„Aus den üblichen Gründen. Sie hat sich danebenbenommen,

war uneinsichtig, hat sich mit den falschen Leuten eingelassen und drohte auf die schiefe Bahn zu geraten. Ihre Eltern wussten sich nicht mehr anders zu helfen."

„Klingt nach fürsorglichen Eltern, die ihre Tochter lieben."

„So ist es."

„Dann sorgen wir dafür, dass ihre Liebe und Fürsorge nicht umsonst waren. Haben Sie schon einen Durchsuchungsbeschluss für ihr Zimmer im Internat beantragt?"

„Noch nicht. Das ist der nächste Punkt auf meiner To-do-Liste."

„Ich besorge Ihnen einen. Wenn wir von hier aus Druck machen, kommen wir schneller durch den Paragrafendschungel."

„Sie haben was bei mir gut."

„Das werde ich auszunutzen wissen."

Sam blieb vor Überraschung der Mund offen stehen.

Sein leises Lachen verriet ihr, dass das ein Witz gewesen war. Zumindest hoffte sie das.

„Ich melde mich wieder."

„Danke, Avery."

Sam beendete das Gespräch, legte das Handy beiseite und stützte den Kopf in die Hände. Ihre Gedanken überschlugen sich.

„Warum zum Teufel hast du ihn angerufen?"

Sam wirbelte herum und sah ihren Mann mit wütendem Gesichtsausdruck im Türrahmen stehen. Er hatte Agent Hills Interesse an ihr sofort bemerkt und deutlich gemacht, dass er den FBI-Beamten nicht in der Nähe seiner Frau haben wollte. Leider trafen sie aus beruflichen Gründen immer wieder aufeinander, und daraus war eine kollegiale, wenn auch oft unbehaglich gehemmte Freundschaft geworden. Selbst Nicks Alphamännchengehabe hatte das nicht verhindern können.

„Ich brauche seine Hilfe."

„Wofür?"

„Er hat Zugang zu Leuten, die das Video von der Vergewaltigung meiner Nichte schneller aus dem Internet entfernen können, als ich es mit meinen Ressourcen vermag. Außerdem kann er mir auf dem kurzen Dienstweg einen Durchsuchungsbeschluss für ihr Internatszimmer besorgen. Ich sagte doch, ich brauche seine Hilfe." Als sie die letzten Worte wiederholte, klangen sie sehr sanft, denn plötzlich schien sämtliches Adrenalin auf einmal aus ihrem Körper zu strömen. Sie war vollkommen erschöpft, musste aber noch so viel erledigen, ehe sie sich ausruhen konnte.

„Es gefällt mir nicht, dass du jetzt in seiner Schuld stehst.“

„Geht mir genauso, nur gefällt mir das Video noch deutlich weniger.“ Sie hoffte, er würde das verstehen, da sie sich außerstande fühlte, mit ihm zu streiten. Dafür hatte sie zu viel zu tun.

„Dein Vater ist hier. Er möchte ein Update zu Brooke und dem Fall und sagt außerdem, Darren Tabor stehe vor der Tür und wolle mit dir reden.“

Sams Erschöpfung wuchs nur noch, als sie hörte, dass der nervige Reporter vom *Washington Star* vor ihrem Haus herumschnüffelte. Natürlich. In der Nacht war ein Krankenwagen zu ihrer Adresse gerufen worden. Er und andere wollten wissen, warum. *Eins nach dem anderen*, dachte sie und erhob sich, um mit ihrem Vater zu sprechen.

Doch Nick versperrte ihr mit ausgestrecktem Arm den Weg.

Sam, die es nicht gewohnt war, dass ihre Meinungsverschiedenheiten so lange anhielten, schaute zu ihm auf. „Was ist?“

„Wann willst du schlafen?“

„Später.“

„Falsche Antwort.“

„Es ist die einzige, die ich dir im Moment geben kann.“ Sie duckte sich unter seinem Arm hindurch, wobei sie darauf achtete, nicht gegen seine verletzte Seite zu stoßen, und machte sich auf den Weg ins Wohnzimmer, wo sich ihr Vater mit Scotty unterhielt.

Skip richtete seine scharfen blauen Augen auf seine Tochter, als diese, gefolgt von Nick, eintrat. Beim Anblick ihres Vaters in ihren eigenen vier Wänden überkam Sam ein tiefes Gefühl der Dankbarkeit dafür, dass ihr Mann so umsichtig gewesen war, eine Rampe vorn am Haus bauen zu lassen, damit Skip trotz seiner Lähmung nach Belieben kommen und gehen konnte. Diese eine Rampe hatte die Zahl der Orte, die ihr Vater aus eigener Kraft aufsuchen konnte, mit einem Schlag verdoppelt.

Sam beugte sich über ihn, küsste ihn auf die Wange und drückte seine rechte Hand, in der er noch Gefühl hatte.

„Hey, mein Mädchen. Wie ist die Lage?"

Sam sah zu Scotty, in dessen Gegenwart sie trotz allem, was er bereits mitbekommen hatte, nicht offen darüber sprechen wollte. „Was weißt du schon?"

„Genug, um krank vor Sorge zu sein – und vor Angst um Brooke."

Bei näherer Betrachtung erkannte sie die Erschöpfung in seinem Gesicht und schloss daraus, dass er in der zurückliegenden Nacht nicht viel Schlaf gefunden hatte. Ganz flüchtig empfand Sam Wut auf Brooke. Ihr Vater stand kurz vor einer komplizierten, möglicherweise lebensgefährlichen Operation und brauchte so viel Ruhe wie möglich, keine schlaflosen Nächte, in denen er sich Sorgen um seine ausgeflippte Enkelin machte.

„Scotty, würdest du mir einen Gefallen tun?", fragte sie.

„Klar."

„Kochst du mir einen Kaffee? Ich falle gleich tot um. Koffeinentzug."

„Kein Problem." Er stand auf und eilte aus dem Zimmer. Nachdem Nick Scotty beigebracht hatte, mit ihrem Kaffeevollautomaten heiße Schokolade herzustellen, hatte er alle Kaffeezubereitungspflichten übernommen. Sie nannten ihn oft ihren persönlichen Barista.

Sobald sie allein waren, gab Sam ihrem Vater eine rasche Zusammenfassung dessen, was sie über die Ereignisse der zurückliegenden Nacht in Erfahrung hatte bringen können, und nannte ihm auch ihre bisher unbeantworteten Fragen. Sie wollte ihn nicht noch mehr aufregen, deshalb ließ sie unerwähnt, dass Scotty möglicherweise als Zeuge in den Fall verwickelt worden war, ebenso wie die im Internet aufgetauchten Fotos und das Video.

„Was gibt es sonst noch?", hakte Skip nach und musterte sie forschend.

„Wie kommst du darauf, dass da mehr ist?"

„Weil ich dich kenne und du mich noch nie hast anlügen

können. Ich bin nicht sicher, warum du ausgerechnet jetzt versuchst, damit anzufangen."

„Du sollst dich ausruhen, ausspannen und dich auf deine Operation vorbereiten. Ich möchte dich jetzt nicht mit so einem Mist belasten."

„Tust du nicht. Das hat Brooke schon erledigt. Erzähl mir den Rest."

Sie tat es, wenn auch ungern.

„Verdammt", flüsterte er. „Die arme Tracy wird am Boden zerstört sein, und Mike ..."

„Sie kommen schon darüber hinweg", erklärte Sam mit mehr Überzeugung, als sie eigentlich empfand. Wie konnte man jemals darüber hinwegkommen, dass die eigene siebzehnjährige Tochter mehrfach vergewaltigt und die Tat danach per Video in der Welt verbreitet worden war? „Das einzig Gute ist, dass Brooke so zugedröhnt war, dass sie sich praktisch an nichts erinnern wird."

„Bis sie das Video sieht."

„Hoffentlich können wir es vorher überall löschen, aber ..."

„Aber was?"

„Das Video belegt zusammen mit ihrem Drogentest und ihrer Blutalkoholmessung, dass sie vor den Morden nicht mehr handlungsfähig war. Möglicherweise brauchen wir es, um sie von der Liste der Verdächtigen zu streichen."

„Mein Gott."

Scotty kam mit dampfendem Kaffee in ihrem Lieblingsbecher mit dem Redskins-Logo zurück, den er vorsichtig zu ihr trug. „Hier, Sam."

„Du bist ein Schatz. Danke."

„Passt das diesmal mit der Milch und dem Zucker?"

Sam nahm einen Schluck. „Mhm, perfekt."

Er strahlte sie an.

Sie streckte den Arm nach ihm aus. „Komm her." Er setzte sich behutsam neben sie, achtete dabei wegen des heißen Kaffees darauf, sie nicht anzurempeln, und ließ sich von ihr drücken.

Sam bemerkte, dass Nick sie genau beobachtete. Seine schmalen Augen und die vor der Brust verschränkten Arme verrieten ihr, dass er noch immer sauer war, weil sie Agent Hill angerufen hatte. Sein Problem. Wenn sie Brooke damit helfen konnte, würde sie es jederzeit wieder tun.

Sie wandte ihre Aufmerksamkeit Scotty zu und fuhr ihm mit den Fingern durch das seidige Haar, das Nicks Haar so sehr ähnelte, dass die beiden glatt wirklich Vater und Sohn hätten sein können. „Wie geht's dir?"

„Okay."

„Möchtest du darüber reden?"

Er schwieg lange. „Eigentlich nicht."

„Du hast schlimme Bilder von deiner neuen Cousine gesehen. Es wäre völlig in Ordnung, wenn du Fragen dazu hättest."

„Was ich nicht verstehe ..."

„Sag es ruhig. Es ist schon okay."

„Warum hat sie das mit sich machen lassen?" Der Satz kam ihm nur mit zitterndem Kinn über die Lippen, was Sam beinahe das Herz brach. Sie wünschte, sie könnte die Zeit zurückdrehen bis zu ihrem Besuch im Eisstadion am Vorabend. Dann würde sie Scotty mit in die Notaufnahme nehmen. Vielleicht wären ihm derart verstörende Anblicke erspart geblieben, wenn er die Nacht zuvor zu Hause verbracht hätte.

„Sie hat das nicht ‚mit sich machen lassen'. Sie war betrunken und stand unter Drogen, und das haben die ausgenutzt."

„Warum?"

„Weil sie genauso betrunken waren und unter Drogen standen und nicht klar denken konnten", mischte sich Nick ein. „Echte Männer passen auf Frauen und Mädchen auf. Sie verlieren nicht die Kontrolle und nutzen es nicht aus, dass ein Mädchen nicht Nein sagen kann."

„Stimmt", bekräftigte Skip, „und wer auch immer dieses Video aufgenommen hat, hat sich unterlassener Hilfeleistung oder gar der Beihilfe schuldig gemacht."

„Was bedeutet dieses Wort?", fragte Scotty. „Beihilfe?"

„Es bedeutet so etwas wie ‚mitverantwortlich sein'", klärte ihn Sam auf. „Die Person hätte verhindern können, was geschehen ist, hat es stattdessen aber lieber gefilmt. Damit ist sie genauso schlimm wie die anderen."

Scotty schmiegte sich an sie und schien über das Gehörte nachzudenken.

„Du weißt, dass du uns immer alles fragen kannst, nicht wahr?", wandte sich Skip an ihn. „Auch mich. Deine Eltern und ich, wir werden dich niemals anlügen."

„Meine Eltern", wiederholte Scotty mit einem Grinsen, das ihm schon sehr viel ähnlicher sah. „Das hört sich immer noch so cool an."

„Finden wir auch", stimmte Sam ihm zu, und plötzlich aufwallende Gefühle zwangen sie, Tränen wegzublinzeln. Sie schloss die Augen und atmete einen Moment lang den Duft seines frisch gewaschenen Haars ein. „Du kannst dir gar nicht vorstellen, wie cool wir das finden."

„Wir müssen zum Eishockeytraining", sagte Nick.

„Auf, mach dich fertig", forderte Sam Scotty auf und gab ihm einen weiteren Kuss, ehe sie ihn losließ.

Bei dem Wort „Eishockey" war Scotty sofort Feuer und Flamme. Er stürmte zur Treppe, um sich umzuziehen.

„Willst du ihn hinbringen?", fragte Sam ihren Mann.

„Ja."

„Okay."

Sie schaute Nick hinterher, der Scotty nach oben folgte, und wünschte sich von ganzem Herzen, sie hätten den Urlaub antreten können, den sie beide so dringend brauchten.

„Sieht nach Ärger im Paradies aus", stellte Skip fest.

„Ein bisschen vielleicht. Er ist genervt, weil unser Urlaub ins Wasser fällt, er ist verletzt und jetzt auch noch sauer, weil ich Hill um Hilfe gebeten habe."

„Letzteres erklärt alles."

„Was soll das denn heißen?"

„Dieser FBI-Agent blickt dich immer an, als würde er dich am liebsten aus deinem trauten Heim entführen."

Bei dieser Bemerkung errötete Sam, was sie ärgerte. „Das ist sein Problem, nicht meins."

„Stimmt, aber deinem Mann passt das nicht, und daraus kann ich ihm keinen Vorwurf machen."

„Ich brauche beruflich Hills Hilfe. Er kann das Video und die Fotos schneller zu ihrem Ursprung verfolgen als ich. Nur darum geht es mir – und darum, herauszufinden, was zum Teufel Brooke hier zu suchen hatte, wo sie doch eigentlich in der exklusiven

Schule hätte sein sollen, für die wir so einen Haufen Geld hinblättern."

Skip hob eine Braue. „Ich hatte mir schon gedacht, dass du die Rechnung dafür bezahlt hast."

Sam winkte ab. „Wir hatten Angst vor genau so etwas, und jetzt ist es doch passiert."

„Du wandelst auf einem sehr schmalen Grat, Sam."

„Ich weiß. Onkel Joe hat mich von dem MacArthur-Fall abgezogen, sobald ich ihn informiert hatte, dass Brooke möglicherweise irgendwann auf der Party war. Jetzt belegt das Video ihre Anwesenheit dort. Ganz zu schweigen davon, dass ihre Klamotten und ihr Handy unter den Sachen sein werden, die die Spurensicherung am Tatort gefunden hat."

„Wieso redest du mit dem FBI, wenn Joe dich von dem Fall abgezogen hat?"

„Ich habe einen Freund angerufen und ihn um einen Gefallen gebeten."

„Einen Gefallen, um den du nicht hättest bitten sollen, wenn man dich von dem Fall abgezogen hat."

„Man hat mich vom MacArthur-Fall abgezogen. Nicht von Brookes."

„Noch einmal: ein schmaler Grat. Wir haben beide schon erlebt, wie gute Polizisten ihre Karriere ruiniert haben, weil sie geglaubt haben, der Zweck heilige die Mittel."

Sie wusste, dass er recht hatte, trotzdem änderte das nichts. „Willst du damit sagen, ich soll jemand anderen herausfinden lassen, was Brooke gestern Abend in der Stadt getrieben hat, wodurch möglicherweise eine Verbindung zwischen ihr und dem Mord an neun anderen Jugendlichen geknüpft wird? Soll ich das Risiko eingehen, dass nicht alle Beteiligten ihren Job richtig erledigen?"

„Du solltest darauf vertrauen, dass die Leute, die du ausgebildet und angeleitet hast, den Fall und die Verstrickung deiner Nichte darin mit der gebotenen Sorgfalt und dem notwendigen Fingerspitzengefühl bearbeiten werden. Du solltest dich zurückhalten und sie ihren Job machen lassen."

„Das kann ich nicht, und du würdest es an meiner Stelle auch nicht tun."

Er seufzte tief und keuchte dann auf. Sam richtete den Blick auf sein Gesicht, das schmerzverzerrt war.

„Was ist denn los?"

„Dasselbe wie immer", antwortete er mit finster zusammengezogenen Brauen.

Die Kugel in seinem Rückgrat hatte in den zurückliegenden Wochen zu wandern begonnen, und das hatte sich zunächst dadurch bemerkbar gemacht, dass er in einigen Gliedmaßen plötzlich wieder Schmerzen empfinden konnte. Er hätte sich ursprünglich bereits vor über einer Woche einer Operation unterziehen sollen, hatte allerdings entschieden, sich erst nach Thanksgiving unters Messer zu legen.

„Ich hoffe, du riskierst keine Verschlimmerung, indem du die Operation hinauszögerst." Vor lauter Sorge um ihn zog sich ihr der Magen zusammen.

Er lachte trotz seiner Schmerzen. „Wie könnte es mir denn noch schlimmer gehen?"

„Du weißt, was ich meine, Dad! Der Tod ist schlimmer!"

„Das ganze Leben ist eine Krankheit, die irgendwann zum Tode führt. Eines Tages müssen wir alle sterben."

„Mag sein, aber ich bin schwer dafür, dass du diesen Zeitpunkt so lange wie möglich hinauszögerst."

„Dafür liebe ich dich, trotzdem musst du dich darauf gefasst machen ..."

„Sprich es nicht aus. Unter keinen Umständen."

Seine nicht gelähmte Gesichtshälfte verzog sich zu einem milden Lächeln. Sie wussten beide, dass seine Tage gezählt waren, doch sie wollte das auf keinen Fall thematisieren.

Das Klingeln ihres Handys lenkte sie von den verschiedenen möglichen Schreckensszenarien ab, die seine Operation mit sich brachte, von der die Ärzte eigentlich gesagt hatten, sie sei zu riskant. Jetzt, da die Kugel zu wandern begonnen hatte, blieb ihm allerdings nichts anderes mehr übrig. Sam nahm den Anruf entgegen. „Holland."

„Hill hier. Ich habe den Durchsuchungsbeschluss."

„Wow, Sie verlieren wirklich keine Zeit."

„Das kann ich mir nicht leisten. Kann ich Sie in zehn Minuten abholen?"

Sam schaute zur Treppe und fragte sich, wann Nick wohl aufbrechen würde. Es fehlte gerade noch, dass er sah, wie sie mit Hill wegfuhr. „Ja, danke."

„Ich bin unterwegs."

Sie schob das Handy in die Tasche, und ihr Blick begegnete dem der hellblauen Augen, die ihren so ähnlich waren.

„Ein schmaler Grat, wie gesagt."

„Ich hab's kapiert."

„Ich möchte ungern irgendwann sagen müssen: ‚Ich habe dich gewarnt, Sam.'"

„Dann lass es. Ich werde tun, was ich tun muss, genau wie du es an meiner Stelle handhaben würdest. Ich werde herausfinden, was mit Brooke geschehen ist, und alle Ergebnisse meiner Ermittlungen meinem Team zugänglich machen."

„Was ist, wenn du einen entscheidenden Hinweis auf den Mörder dieser Jugendlichen findest? Du weißt, dass ein so zustande gekommener Beweis wegen deiner Verbindung zu Brooke kaum zu verwenden wäre."

„Deshalb wird Hill auch offiziell der Einzige sein, der etwas herausfindet."

„Du spielst mit dem Feuer."

„Genau wie du damals im Fitzgerald-Fall? Weißt du noch, als du ein Auge zugedrückt hast, nachdem du herausgefunden hattest, dass der Sohn der Frau deines toten Partners seinen Bruder getötet hat, und es unter den Teppich gekehrt hast, um sie zu schützen?"

Sam hatte ihren Vater nie zuvor so wütend auf sie erlebt.

Scotty kam übermütig die Treppe heruntergehüpft, ohne zu ahnen, dass er ein Schlachtfeld betrat.

„Scotty, tu mir einen Gefallen, und öffne mir die Tür, ja?", bat Skip.

„Klar."

Ohne ein weiteres Wort zu seiner Tochter wendete Skip seinen Elektrorollstuhl und fuhr Richtung Ausgang. Sam sah ihm und Scotty nach, der hinter ihm herlief, um ihm die Haustür zu öffnen. Was für ein wunderbarer Tag.

KAPITEL 6

Nick sah seiner Frau an, dass etwas nicht stimmte. Verdammt, stimmte an diesem Tag eigentlich überhaupt irgendetwas? Ihre Haltung, die gestrafften Schultern und die in die sanft geschwungenen Hüften gestemmten Hände ließen allerdings keinen Zweifel daran, dass sie innerlich regelrecht kochte.

„Was ist los, Liebste?", fragte er. Sie mochten zuvor heftig aneinandergeraten sein, aber sie war immer noch seine Liebste, der wichtigste Mensch in seinem Leben. Diesen Platz in seinem Herzen musste sie sich zwar mittlerweile mit Scotty teilen, doch das war kein Problem für sie. Scotty stand bei ihnen beiden an erster Stelle. Nick legte seiner Frau die Hände auf die Schultern, die total verspannt waren – ebenfalls kein gutes Zeichen.

„Ich habe gerade etwas zu meinem Vater gesagt, das ich besser nicht hätte sagen sollen. Jetzt ist er aus gutem Grund wütend auf mich."

„Gewöhnlich gibt sich das bei ihm ja schnell wieder."

„Schauen wir mal ... Er ist ziemlich sauer. Scotty begleitet ihn gerade nach Hause, um ihm die Türen zu öffnen."

Vorsichtig legte Nick von hinten die Arme um sie. Seine Rippen schmerzten viel stärker als zuvor, aber er hatte keine weitere Tablette genommen, weil er Scotty noch zum Eishockeytraining fahren musste.

Sam legte die Hand auf seine. „Ich muss dir etwas sagen, was dich wahrscheinlich auf hundertachtzig bringen wird."

Jeder Muskel in Nicks Körper spannte sich an, während er auf das wartete, was sie ihm mitzuteilen hatte.

„Ich fahre mit Hill zu Brookes Schule. Er hat einen Durchsuchungsbeschluss besorgt, und wir machen uns gleich auf den Weg, um ihren Laptop sicherzustellen und herauszufinden, was gestern Nacht passiert ist." Er hätte dazu gern eine ganze Menge angemerkt, doch im Interesse des zerbrechlichen Waffenstillstandes zwischen ihnen verkniff er sich jeglichen Kommentar.

Sam drehte sich zu ihm um. „Sag was."

„Was denn bitte? Wenn ich dir sage, du sollst nicht fahren, tust du es trotzdem. Wenn ich dir sage, das ist nicht dein Fall und du riskierst alles für eine junge Frau, die das möglicherweise gar nicht wert ist, wird dich das auch nicht abhalten."

„Ich tue das nicht nur für sie, ob sie es nun verdient oder nicht, sondern vor allem für Tracy, und die ist es allemal wert."

„Wenn ich dir sage, Hill ist ein Opportunist, der alles tun würde, um etwas Zeit mit dir allein verbringen zu können, wirst du auch das abstreiten. Was genau willst du also von mir?"

Sam löste sich von ihm, verschränkte die Arme und schüttelte den Kopf. „Du kapierst es einfach nicht."

„Nein, aber das macht nichts. Offenbar ist dir das völlig egal."

Scotty, der Skip heimgebracht hatte, kam wieder ins Haus. „Bist du so weit, Nick?"

Er löste den Blick von seiner Frau, um seinen Sohn anzusehen. „Ja, Kumpel. Ich bin so weit." Ohne ein weiteres Wort zu Sam schnappte er sich Handy, Schlüssel und Mantel und ging zur Tür.

„Bis später, Sam", rief Scotty, während er Nick nach draußen folgte.

„Viel Spaß beim Training."

„Danke."

Nick war in dem ganzen Jahr, das sie jetzt zusammen waren, noch nie so wütend auf Sam gewesen. Sie missachtete die klare Anweisung ihres Chefs, sich aus dem Fall herauszuhalten, und setzte ihre hart erarbeitete Karriere für ein junges Mädchen aufs

Spiel, das keinerlei Gedanken an andere Menschen verschwendete.

Denn das hatte er mit seiner Bemerkung gemeint, dass Brooke das vielleicht gar nicht wert sei. Man hätte das natürlich niemals so ausdrücken dürfen, aber die Überlegung war absolut berechtigt gewesen, und das wusste Sam. Brooke bereitete ihrer Familie jetzt schon seit Jahren nichts als Kummer, und auch wenn er niemandem wünschte, in dieser Lage zu sein – am allerwenigsten Tracy und Mike, die das alles garantiert nicht verdient hatten –, überraschte ihn die ganze Sache nicht besonders. Wenn sie sich selbst gegenüber ehrlich war, musste es Sam genauso gehen.

„Was ist denn los?", fragte Scotty, nachdem sie, was selten vorkam, die erste Hälfte des Weges zum Eisstadion schweigend zurückgelegt hatten.

„Nichts. Sorry. Ich hatte nur einen langen Tag."

„Du bist sauer auf Sam. Das merke ich doch."

Nick hatte sich noch immer nicht daran gewöhnt, dass ein Kind mit einer derart scharfen Auffassungsgabe ihre Beziehungsprobleme analysierte – auch wenn er es nie mehr missen wollte. „Wir sind uns über ihre Herangehensweise im Fall Brooke nicht einig."

„Wie meinst du das?"

„Sie will herausfinden, was letzte Nacht passiert ist. Ich will, dass sie sich raushält."

„Das kann sie nicht. Das sähe ihr überhaupt nicht ähnlich."

Nick warf dem Jungen, dessen Einblicke manchmal fast schon unheimlich waren, einen Seitenblick zu. „Nein", sagte er schließlich mit einem Seufzer, „da hast du wohl recht, aber ich wünschte trotzdem, sie würde dieses eine Mal eine Ausnahme machen."

„Weil sie Probleme kriegen könnte, wenn sie Brooke hilft?"

„Unter anderem."

„Weil unser Urlaub deswegen ins Wasser fällt?"

„Auch das. Dafür kann allerdings Brooke nichts. Na ja, im Grunde schon. Es ist einfach alles … kompliziert, und in dieser Woche wollten wir uns ja eigentlich entspannen."

„Sam hat sich auch auf den Urlaub gefreut."

„Ich weiß." Er bog auf den Parkplatz des Eisstadions ab und

fand nach einigen Runden schließlich eine freie Parklücke. Hier war es immer voll. Er stellte den Motor aus und schaute zu Scotty hinüber. „Ehepaare streiten nun mal ab und zu. Es wird immer Dinge geben, über die wir uns nicht einig sind, und Sam und ich suchen noch nach einem Weg, wie wir solche Reibereien in Zukunft austragen können, ohne einen gewissen Jemand, der jetzt mit uns zusammenlebt, jedes Mal zu beunruhigen."

„Schon okay. Ich weiß, was du meinst, und wenn ihr streitet, knutscht ihr wenigstens nicht die ganze Zeit." Er machte angewiderte, würgende Geräusche, worüber Nick so heftig lachen musste, dass ihm die Rippen wehtaten.

„Du bist ein echter Komiker."

„Ja, oder?"

Als er ausstieg und dem Jungen mit seiner riesigen Sporttasche ins Eisstadion folgte, merkte Nick, dass es ihm etwas besser ging. Er war immer noch wütend auf Sam, aber für die nächsten paar Stunden würde er sich komplett auf seinen Sohn konzentrieren. Um seine Frau konnte er sich später kümmern.

———

Erschüttert davon, dass Nick sie erneut mitten im Gespräch und ohne ein freundliches Abschiedswort hatte stehen lassen, starrte Sam gute fünf Minuten lang die Tür an. Meistens war sie sich, wenn sie sich derart in irgendetwas verbiss, ziemlich sicher, das Richtige zu tun. Diesmal nicht.

Nicks Argumente waren nicht von der Hand zu weisen. Brooke war aus dem Internat getürmt, um daheim an einer wilden Party teilzunehmen, und hatte sich damit in Gefahr begeben. Trotzdem hatte sie es nicht verdient, vergewaltigt zu werden. Niemand hatte das. Während sie darüber nachdachte, suchte Sam zusammen, was sie für die zweistündige Fahrt nach Middleburg, Virginia, brauchte.

Ehe sie aufbrach, rief sie Tracy an, die sich beim ersten Klingeln meldete.

„Wie geht es ihr?", fragte Sam.

„Unverändert. Sie schläft nach wie vor und bekommt nichts mit."

„Das ist im Augenblick wohl das Beste. Wenn sie aufwacht, wird sie sich furchtbar fühlen und Schmerzen haben."

„Ich weiß. Das haben die Ärzte auch gesagt."

„Ich fahre zum Internat und versuche dort so viel wie möglich herauszufinden. In etwa fünf Stunden bin ich wieder da. Außerdem habe ich dafür gesorgt, dass Brooke nicht ohne mein Beisein vernommen wird, das MPD sollte euch also in Ruhe lassen."

„Freddie war vorhin kurz da, um nach uns zu schauen, aber das war ein privater Besuch, kein offizieller."

Von ihrem loyalen Partner, der mit ihrer gesamten Familie befreundet war, hatte Sam nichts anderes erwartet. „Wie nett von ihm."

„Er kam direkt vom Tatort und sah furchtbar aus."

„Wenn Kinder oder Jugendliche die Opfer sind, macht uns das alle immer doppelt so fertig wie sonst."

„Das kann ich mir vorstellen. Ich weiß nicht, wie ihr das aushaltet."

„Ist alles so weit in Ordnung mit dir, Trace?"

Tracy seufzte tief. „Ich bin schockiert, vollkommen entsetzt und ..." Ihre Stimme brach. „Nicht unbedingt so schockiert darüber, dass so etwas wirklich passiert ist, wie ich vermutlich sein sollte. Es kommt mir fast so vor, als wäre das alles nur eine Frage der Zeit gewesen. Ich weiß, dass es Mike genauso geht, selbst wenn er es nie laut aussprechen würde."

„Ich muss ehrlich zugeben, dass es auch mich nicht sonderlich überrascht hat, dass sie aus dem Internat abgehauen und heimgefahren ist, um sich auf einer Party mal so richtig zuzudröhnen. Es sieht ihr einfach ähnlich. Trotzdem, was man ihr dort angetan hat, ist nicht ihre Schuld."

„Hätte sie nicht schon wieder die Regeln gebrochen, wäre ihr das alles erspart geblieben", sagte Tracy.

„Mag sein, aber das ist keine Entschuldigung. Mal ganz abgesehen davon, dass irgendjemand die Täter und die übrigen Jugendlichen nach der Vergewaltigung brutal ermordet hat. Dass sie vollkommen blutverschmiert war, deutet darauf hin, dass Brooke noch am Tatort war, als die Morde geschahen. Sie und die Leute, die sie zu mir gebracht haben. Dabei handelt es sich also entweder um die Mörder oder um weitere Überlebende dieses Massakers.“

„Du glaubst doch nicht, sie …“

„Nein, ich glaube nicht, dass sie etwas mit den Morden zu tun hat, Trace. Sie war vollkommen zugedröhnt, wie das Video beweist.“

„O Gott.“

„Sie hat sehr viel Bewältigungsarbeit vor sich. Das einzig Gute ist, dass sie sich kaum an Details erinnern wird. Ich muss jetzt los, aber melde dich bitte unverzüglich, wenn es bei euch irgendwelche neuen Entwicklungen gibt. Ich komme vorbei, sobald ich zurück bin.“

„Danke für alles. Ich bin sicher, du riskierst hier viel für uns, und ich weiß das zu schätzen.“

„Sie lebt, das ist im Augenblick das Wichtigste. Versuch, dir über alles andere keine Gedanken zu machen.“

„Werde ich.“

„Bis bald.“ Sam beendete das Gespräch und fühlte sich machtlos und wütend zugleich. Sie war die beste Ermittlerin der ganzen verdammten Polizeibehörde, aber ausgerechnet in einem Fall, der ziemlich brisant zu werden versprach, hatte man sie auf die Ersatzbank gesetzt. Ihre Nichte lag auf der Intensivstation, ihre Schwester plagte sich mit grundlosen Schuldgefühlen, und ihr Mann und ihr Vater waren sauer auf sie.

Der Tag konnte eigentlich nur besser werden, oder? Falsch. Als sie die Haustür öffnete, stand draußen auf dem Bürgersteig immer noch Darren Tabor vom *Washington Star*. „Was wollen Sie, Darren?“

„Ich frage mich, warum Sie zu Hause sitzen, wo es doch in der Stadt einen Massenmord gegeben hat.“

„Ich habe Urlaub.“

„Neun Jugendliche sind tot, und Sie machen einfach weiter Urlaub? Warum fällt es mir bloß so schwer, das zu glauben?“

Sam zuckte die Achseln und versuchte, seine Nachfrage abzutun. Dass der nervige Reporter Wind davon bekam, dass ihre Nichte zum Tatzeitpunkt am Tatort der Morde gewesen war, war so ziemlich das Letzte, was sie jetzt brauchte.

„Warum stand letzte Nacht ein Krankenwagen vor Ihrer Tür?

Ich wollte den Polizeibericht lesen, der zu meiner großen Überraschung lediglich aus einem ‚Falschalarm' besteht." Sein Ton troff vor Sarkasmus, und er war wie immer unglaublich gut informiert und hatte gründlich recherchiert, das musste sie ihm lassen.

„Privatangelegenheit."

„Warum war der Senator in der Notaufnahme?"

Sam bedachte ihn mit einem finsteren Blick. „Wegen einer Verletzung beim Eishockey. Es geht ihm wieder gut."

Sie sah die Ninth Street entlang und hoffte, Hill würde erst eintreffen, wenn sie Darren los war. „Verschwinden Sie, Darren. Hier gibt es nichts für Sie zu holen."

„Oh, Sam", sagte er lachend. „Wenn Sie in irgendetwas verwickelt sind, steckt dahinter immer eine gute Geschichte. Aber wie ich merke, sind Sie heute, wie so häufig, nicht gerade in Plauderlaune, deshalb verziehe ich mich. Einstweilen. Ich hoffe nur, Sie versuchen nicht, etwas zu vertuschen."

„Sie schauen zu viel fern."

„Bevor ich gehe … Auf der Straße macht ein weiteres interessantes Gerücht die Runde. Man sagt, Nelson müsse Gooding ersetzen und Ihr Mann wäre seine erste Wahl."

Sam starrte ihn an.

„Ah", fuhr Darren selbstgefällig grinsend fort. „Ich sehe, das überrascht Sie genauso wie mich. Hat der Senator Ihnen das noch nicht erzählt? Es heißt, Gooding sei schwer erkrankt. Er wird nach Thanksgiving zurücktreten. Meinen Quellen zufolge hat Senator Cappuano das Angebot des Präsidenten zwar abgelehnt, ist allerdings nach wie vor Nelsons erste und einzige Wahl."

Sam fühlte sich, als hätte man ihr einen Elektroschock verpasst. Man hatte Nick gefragt, ob er Vizepräsident werden wolle, und er hatte das ihr gegenüber nicht einmal erwähnt? Sie zwang sich, sich auf die aktuelle Krise zu konzentrieren, und fragte Darren höhnisch: „Ist die Nachrichtenlage so schlecht, dass Sie jetzt schon Gerüchte erfinden müssen, Darren?"

„Das habe ich nicht erfunden. Das kommt direkt von dem Typen, der für uns aus dem Weißen Haus berichtet. Er hat gesagt, er hätte es von einem Angestellten im Westflügel gehört. Wenn Sie mir nicht glauben, fragen Sie Ihren Mann."

„Ich muss jetzt los. Schönes Thanksgiving."

„Für Sie auch. Aber ich bin sicher, wir treffen vorher noch mal aufeinander."

„Ganz bestimmt nicht." Sam verließ das Haus und schickte eine SMS an Avery, mit der Bitte, sie einen Block weiter abzuholen. Dann warf sie einen Blick über die Schulter, um sich zu vergewissern, dass Darren ihr nicht folgte, doch er war nirgends zu sehen.

Sie konnte an nichts anderes denken als an die Information, die Darren ihr gerade so beiläufig gesteckt hatte. Stimmte das etwa? Hatte Nelson Nick angeboten, ihn zum Vizepräsidenten zu machen? Wenn ja, warum hatte Nick ihr das nicht erzählt? Er predigte doch immer totale Offenheit! Sie hatte all ihre Gepflogenheiten über Bord geworfen, um seinem Wunsch, immer alles genau zu wissen, nachzukommen. Offenbar spielte *er* nicht nach denselben Regeln.

Als Avery neben ihr am Straßenrand anhielt, hatte sich der Schock in Wut verwandelt. Sie stieg ein und knallte die Tür hinter sich zu.

„He, tun Sie meinem Wagen nicht weh, okay?"

„Sorry."

„Alles in Ordnung?"

„Ja, ganz wunderbar. Der beste Tag meines Lebens." Sie stellte fest, dass Avery eine sportliche schwarze Jacke und ausgebleichte Jeans trug. Bisher hatte sie ihn immer nur in Dreitausend-Dollar-Anzügen gesehen, und nun fiel ihr erneut auf, wie ausnehmend attraktiv er war. Sein goldbraunes Haar hatte dieselbe Farbe wie seine Augen.

Seine markanten Wangenknochen und sein Akzent trugen noch zu einem überaus attraktiven Gesamtpaket bei. Aber da sie mit dem bestaussehenden Mann, den sie kannte, verheiratet war, würdigte sie den hübschen Hill kaum eines zweiten Blickes. Die Tatsache, dass er hatte durchblicken lassen, bis über beide Ohren in sie verliebt zu sein, war daran auch nicht ganz unschuldig.

„Wie geht es Ihrer Nichte?"

„Unverändert. Sie ist weiterhin nicht bei Bewusstsein und nach wie vor auf der Intensivstation."

„Ich habe einige unserer Spezialisten für Cyberkriminalität darauf angesetzt, die Quelle des Videos und der Fotos zu finden."

„Können die auch dafür sorgen, dass beides aus dem Netz verschwindet?"

„Das ist das erklärte Ziel."

„Danke. Ich weiß das sehr zu schätzen."

„Sie müssen ziemlich verzweifelt gewesen sein, wenn Sie ausgerechnet mich angerufen haben", meinte er mit einem Anflug von Humor in seinem gedehnten Südstaatenakzent.

„,Verzweifelt' beschreibt meine Gefühlslage ganz gut. Brooke, meine Nichte ... Sie bereitet uns schon seit Jahren Probleme. Diese Schule war ein letzter Versuch, und jetzt ..." Sam seufzte, erschöpft und außerstande, sich vorzustellen, was die Zukunft wohl für Brooke – und ihre Eltern – bereithielt.

„Ich weiß, im Moment sehen Sie kein Land, aber es wird Ihnen mit Sicherheit gelingen, am Ende eine Lösung zu finden."

„Ich kann nur hoffen, dass ich bis dahin nicht meinen Job verliere." Sie ließ den Kopf gegen die Nackenstütze sinken, um ihre Augen ein paar Minuten auszuruhen. Als sie wieder hochschreckte, war sie desorientiert und wusste nicht genau, wo sie war, bis sie Averys Blick begegnete. „Sorry. Lange, schlaflose Nacht."

„Kein Problem."

„Ich habe nicht geschnarcht, oder?"

„Ich verrate es niemandem."

Sie lief knallrot an und ärgerte sich maßlos darüber. Was interessierte es sie, ob er sie schnarchen gehört hatte? „Das ist also die Remington School for Girls", stellte sie fest, nur um etwas – *irgendetwas* – zu sagen, das dafür sorgte, dass er seinen Blick von ihr nahm.

„In ihrer ganzen steinernen und efeuüberwucherten Pracht."

„Haben Sie den Durchsuchungsbeschluss?"

Er klopfte sich auf die Brust, wo in der Innentasche der Jacke vermutlich das Schreiben steckte.

„Bringen wir es hinter uns." Sam fühlte sich trotz des zweistündigen Nickerchens kaum erholt, und ihre Sinne waren noch nicht wieder ganz im Hier und Jetzt angekommen, doch sie war mehr als bereit, ein paar Leuten ordentlich in den Hintern zu treten. Natürlich wäre sie lieber in Topform hier aufgelaufen, um die harte Polizistin heraushängen zu lassen, aber durch eine leichte Benommenheit würde sie sich von nichts abhalten lassen.

Sie schritt so selbstsicher durch den Haupteingang der Schule, als gehöre ihr die Welt. Diese Strategie wandte sie immer an, wenn sie es im Zuge von Ermittlungen mit irgendwelchen Institutionen zu tun bekam. Drinnen stieß sie prompt auf eine potenzielle Lieblingsgegnerin – eine Empfangsdame, die tat, als hätte sie nicht die geringste Ahnung, warum Sam gekommen war.

„Holen Sie Ihren Chef", verlangte Sam und zeigte ihr die Polizeimarke. „Sofort."

Die füllige ältere Dame erhob sich und betrat ein Büro, dessen Tür sie hinter sich schloss.

„Ich sehe Ihnen unheimlich gern bei der Arbeit zu, Lieutenant."

„Ach, ich hasse es einfach, wenn sich Leute wie sie in einem solchen Moment dumm stellen, obwohl sie seit meinem Anruf heute Morgen hundertprozentig über nichts anderes gesprochen haben als über Brookes Entkommen."

„Nachvollziehbar."

Die Frau kehrte mit einem großen, schlanken Mann mit Glatzenansatz zurück. Gideon Young trug einen dreiteiligen grauen Anzug und eine Brille mit Goldfassung. Er bewegte sich, als hätte er einen Besenstiel verschluckt, was ihr viel über ihn verriet. Sie und Hill zeigten ihm ihre Marken.

„Lieutenant Holland, MPD."

„Leitender Special Agent Hill, FBI."

Bei der Erwähnung des FBI schien Young sich ein wenig zu krümmen. „Was hat denn das FBI mit der Sache zu tun?"

„In Washington wurden neun Teenager ermordet, ein zehntes Opfer liegt auf der Intensivstation", erläuterte Hill. „Deshalb hat sich das FBI eingeschaltet."

Young erbleichte. „Ermordet? Wer wurde ermordet?"

„Das tut nichts zur Sache", beschied ihm Sam. „Wir wüssten gern, wie es Brooke Hogan gelingen konnte, mithilfe gefälschter Dokumente von hier zu verschwinden. Außerdem fragen wir uns, warum Sie eine Minderjährige in die Obhut einer erfundenen

Schwester übergeben haben, ohne vorher ihre Eltern zu kontaktieren."

Sam interpretierte Hills Hand auf ihrem Arm als Warnsignal dafür, dass sie kurz davor stand, bei Young zu weit zu gehen. Sie holte tief Luft und löste sich unwirsch von dem FBI-Agenten. „Ich will Antworten, Mr. Young, und zwar auf der Stelle."

Die ältere Frau, die das Gespräch mit weit aufgerissenen Augen verfolgt hatte, brach plötzlich in Tränen aus. „Das ist alles meine Schuld. Sie hat behauptet, Brookes Schwester zu sein, und hat mir ein notariell beglaubigtes Schreiben von Mrs. Hogan vorgelegt, das sie bevollmächtigte, Brooke abzuholen. Ich hätte ihre Eltern anrufen sollen. Wenn Sie jemanden festnehmen müssen, dann mich."

Oh, verdammt noch mal, dachte Sam.

„Ganz ruhig, Linda", beschwichtigte Young die Frau und tätschelte ihr den Arm. „Niemand macht Ihnen Vorwürfe."

„Äh, doch. Ich", widersprach Sam. „Genau wie meine Schwester und ihr Mann. Wir alle machen Ihnen Vorwürfe, weil Sie sich von einer siebzehnjährigen Betrügerin so leicht haben austricksen lassen."

Während Linda verzweifelt zu schluchzen begann, funkelte Young Sam wütend an. „War das wirklich notwendig?"

„Mr. Young, wie Ihnen schmerzlich bewusst ist – da Sie sich seit unserem Telefongespräch zweifellos rechtlichen Beistand gesucht haben –, sind meine Schwester und ihr Mann in der Lage, einen Riesenprozess gegen Ihr Internat anzustrengen. Der Prozess wird so einschlagen, dass er Sie möglicherweise ruiniert. Angesichts der Tatsache, dass Sie für die aktuelle Situation zu einem erheblichen Teil verantwortlich sind, würde ich Ihnen – und Ihrem Personal – dringend raten, uns bei unseren Ermittlungen uneingeschränkt zu unterstützen."

Bei dem Wort „Prozess" rutschte ihm sichtlich das Herz in die Hose. Mit resigniertem Gesichtsausdruck erkundigte er sich: „Was brauchen Sie von uns?"

„Zunächst einmal und vor allem möchte ich wissen, wann Brooke das Internat verlassen hat."

Linda wischte sich die Tränen ab. „Ich würde sagen, gegen halb sechs."

Sam notierte sich das in einem Büchlein, das sie aus der Gesäßtasche ihrer Jeans gezogen hatte. „Ich hätte auch gern eine Beschreibung dieser angeblichen großen Schwester."

„Linda, fühlen Sie sich dazu imstande?", fragte Young seine Empfangsdame in einem sanften Tonfall, für den ihn Sam am liebsten geohrfeigt hätte.

Hill stieß Sam mit dem Ellbogen an. „Sam, schauen Sie mal." Er deutete auf eine Kamera in der Ecke über dem Empfangsbereich.

„Schon gut, Linda." An Young gewandt erklärte sie: „Ich will das Video."

„Ich habe es Ihnen wie erbeten geschickt."

„Wie Sie deutlich sehen, sitze ich nicht an einem Computer, also sorgen Sie irgendwie dafür, dass ich sofort einen Blick darauf werfen kann."

Er nickte, nahm den Hörer des Telefons ab, drückte mehrere Tasten und sagte schließlich: „Kommen Sie bitte sofort zum Empfang."

„Ist so etwas schon mal passiert?", fragte Sam, während sie warteten.

„Nein!", rief Young. „Wir sind dafür bekannt, dass wir Mädchen, die über die Stränge schlagen, helfen, ihr Leben wieder in den Griff zu bekommen. So etwas ... Nun, so etwas könnte uns ruinieren."

Bei diesen Worten schluchzte Linda erneut auf.

Sam funkelte Young an und hoffte, er würde begreifen, was sie ihm damit sagen wollte.

„Ähm, Linda, warum gehen Sie nicht in mein Büro, machen eine Pause und sammeln sich ein wenig?"

„Sehr gerne, Mr. Young", erwiderte die Frau zwischen zwei Schluchzern. „Ich gehe schon. Es tut mir so leid."

„Ich weiß."

Durch eine Tür im rückwärtigen Bereich des Raumes trat ein junger Mann ein. Er war groß und muskulös, hatte dunkles, lockiges Haar und ausdrucksvolle Augen. Sams erster Gedanke war, dass die Schülerinnen dieses Mädcheninternats sicher alle insgeheim für ihn schwärmten.

„Das ist Sebastian Ryder, unser Sicherheitschef", stellte Young ihn vor.

Sam lächelte über den Namen des Mannes, der eher nach einer Soap-Opera klang. „*Sie* sind der Sicherheitschef?“

Ryders vormals so seelenvolle Augen blickten sie missbilligend an. „Ganz genau, und wer sind Sie?“

Sie zeigte ihm ihre Marke und antwortete mit großem Vergnügen: „Lieutenant Holland, Metro PD, Mordkommission.“ Mit dem Daumen wies sie auf Hill. „Mein Kollege, der leitende FBI Special Agent Hill.“

Ryder schaute zwischen den beiden hin und her, ehe sein Blick bei Sam hängen blieb. „Was können wir für Sie tun?“

„Hat Mr. Young Ihnen gegenüber noch nicht erwähnt, dass meine siebzehnjährige Nichte gestern Abend von jemandem abgeholt wurde, der behauptete, ihre große Schwester zu sein?“

„Ich bin gerade erst hier eingetroffen. Normalerweise arbeite ich samstags nicht.“

„Sie sind also an Ihrem freien Tag zufällig vorbeigekommen?“

„Mr. Young hat mich angerufen und gesagt, er bräuchte bei einem Problem meine Hilfe. Ich hatte bisher keine Gelegenheit, mich näher danach zu erkundigen.“

Sam fand es sehr seltsam, dass Young sich die Zeit genommen hatte, seinen Sicherheitschef anzurufen, ihm aber nicht gesagt hatte, worum es genau ging. „Wir würden uns gerne die Überwachungsbilder aus dem Empfangsbereich von gestern Abend ansehen. Wir haben einen Durchsuchungsbeschluss.“

Avery hielt ihnen das Schriftstück hin.

Ryder blickte zu Young, der nickte. „Natürlich, hier entlang.“

Ryder bedeutete ihnen, ihm durch die Tür zu folgen, durch die er gerade gekommen war. Sie gelangten in einen Gang, der offenbar auf beiden Seiten von Büros gesäumt war, und betraten schließlich einen großen Raum voller Bildschirme, die mehrere Stellen des malerischen Campus zeigten. Zwei andere junge, attraktive Männer betrachteten die Bilder, die auf einen ruhigen Tag im Internat hinzuweisen schienen. Es war nur eine Handvoll Schülerinnen unterwegs.

„Ist hier immer so wenig los?“, fragte Hill.

„Nein“, erwiderte Ryder. „Die meisten unserer Schülerinnen sind wegen des Feiertags bereits abgereist. Gestern, nachdem der

Unterricht für diese Woche geendet hatte, war hier die Hölle los."

Was, dachte Sam, möglicherweise erklärte, wieso Brooke die überarbeitete, überforderte Empfangsdame so leicht hatte überlisten können. Wie sie ihre Nichte kannte, hatte sie den Zeitpunkt ihrer Flucht mit Bedacht gewählt.

„Um sechs heute Abend schließen die Wohnheime für diese Woche", fuhr Ryder fort, „und öffnen morgen in einer Woche um zwölf wieder. Trent, zeigst du mir mal die Aufnahmen aus dem Empfangsbereich von gestern Abend?"

„Wir möchten sehen, was sich dort gegen halb sechs abgespielt hat", ergänzte Sam.

„Klar", sagte der Mann namens Trent und machte sich an einem Computer zu schaffen. Auf einem riesigen Monitor erschienen die Aufnahmen vom Vortag.

Sam behielt die Aufzeichnung, die Trent im Schnelldurchlauf abspielte, genau im Auge. „Warten Sie. Halt. Da ist sie." Brooke kam ins Büro, einen Rucksack über der Schulter, das dunkle Haar zu einem Pferdeschwanz gebunden. Sie sprach mit Linda und wandte sich dann um, als ein weiteres Mädchen das Büro betrat. Sam stellte sich dichter vor den Bildschirm, um die Fremde besser erkennen zu können, doch sie stand mit dem Rücken zur Kamera.

Brooke umarmte sie und stellte Linda dann das andere Mädchen vor. Sie legten den Papierkram vor, den Linda überflog, während sie weiter mit Brooke plauderte. Linda gab Brookes Freundin die Papiere zurück, und die beiden Mädchen wandten sich zum Gehen, wobei die Kamera das Gesicht der Abholerin klar erfasste.

„Da! Stopp. Können Sie uns dieses Bild mailen?"

„Natürlich", antwortete Trent. „An welche Adresse?"

„Geben Sie ihnen Ihre", bat Sam Avery. „Sie haben ein Smartphone, ich nicht."

Avery nannte seine E-Mail-Adresse.

Als Trent hörte, dass die Adresse auf „fbi.gov" endete, hielt er inne und hob den Kopf, um sich den Agenten genauer anzusehen. „Sagten Sie FBI?"

„Ja", bestätigte Avery, ohne ihn genauer ins Bild zu setzen.

„Okay, ich hab's Ihnen geschickt."

Avery zückte sein Handy, und als ein Ton das Eintreffen der Mail bestätigte, blickte er Sam an. „Wohin soll ich es weiterleiten?"

„An meine Schwester, vielleicht kann sie sie identifizieren."

„Wie lautet ihre Nummer?"

Sam nannte sie ihm aus dem Gedächtnis. „Sagen Sie ihr, dass die Nachricht von mir kommt und ich wissen muss, wer dieses Mädchen ist."

„Erledigt", vermeldete Avery etwa eine Minute später.

„Wir würden uns gern Brookes Zimmer ansehen", erklärte Sam.

„Hier entlang", erwiderte Young, der hinter ihnen stand.

Seine Stimme ließ Sam zusammenzucken, aber es überraschte sie nicht, dass er ihnen in den Sicherheitsbereich gefolgt war. Young und Ryder führten sie aus dem Hauptverwaltungsgebäude und über ein Stück Rasen zu einem aus Backsteinen erbauten Wohnheim namens Aldrich Hall. Sie nahmen die Treppe zu Zimmer 301.

„War jemand in der Zwischenzeit hier drin?", fragte Sam.

„Nein", antwortete Young. „Brookes Mitbewohnerin ist vor ihr abgeholt worden. Hier war also, seit Brooke das Schulgelände verlassen hat, niemand." Das war die erste glückliche Fügung an diesem Tag, dachte Sam, während Ryder mit einem Generalschlüssel die Tür öffnete. Als Erstes fiel Sam der Duft des Parfüms ihrer Nichte auf, bei dem ihr Tränen in die Augen stiegen. Sie unterdrückte sie energisch, betrat den Raum und musterte die an die Wand gepinnten Fotos. Sie wusste sofort, welche Hälfte des Zimmers Brooke bewohnte. Ihre Nichte hatte weder Bieber noch die hübschen Jungs von One Direction an der Wand hängen. Brooke stand auf kantige, schmuddelige Typen, von denen Sam die meisten nicht kannte.

Auf ihrem ungemachten Bett lag eine dunkelviolette Decke, und der Boden war übersät mit Klamotten und mehreren lila Handtüchern. Auf dem Bett saß ein Teddybär namens Norman, den Brooke schon ihr ganzes Leben lang hatte. Beim Anblick des abgegriffenen, aber noch immer geliebten Norman wurden Sam wieder die Augen feucht.

„So darf es hier eigentlich nicht aussehen", bemerkte Young tadelnd.

„In Anbetracht der Tatsache, dass Brooke auf der Intensivstation liegt und dieser Umstand zumindest zum Teil einer Vernachlässigung der Sorgfaltspflicht durch Ihr Personal geschuldet ist, dürfte der mangelnde Ordnungssinn des Mädchens aktuell Ihr kleinstes Problem sein", sagte Sam und trat an den Schreibtisch.

Avery zog Beweisbeutel und Handschuhe aus den Jackentaschen, und gemeinsam tüteten sie Brookes Laptop und iPad ein.

Sam sah die Papiere auf Brookes Schreibtisch durch, fand aber lediglich Unterrichtsmitschriften. „Verpflichtende therapeutische Gespräche sind Teil Ihres Programms", wandte sich Sam an Young. „Ich möchte mit Brookes Therapeut oder ihrer Therapeutin sprechen."

„Hmm ... Ich wüsste nicht, was das bringen sollte", meinte Young. „Außerdem unterliegt sie der ärztlichen Schweigepflicht."

„Agent Hill?", fragte Sam.

„Wir haben einen Durchsuchungsbeschluss", erinnerte er Young.

„Hebt der die ärztliche Schweigepflicht auf?"

„Selbstverständlich. Wenn ich etwas bin, dann gründlich."

In diesem Moment empfand Sam für den nervtötenden FBI-Mann echte Bewunderung. Er erwies sich als idealer Partner bei dieser Mission. „Holen Sie die Therapeutin her. Sofort."

Als Young davoneilte, um der Aufforderung nachzukommen, meldete sich Averys Handy. Er warf einen Blick darauf und reichte es Sam. „Ihre Schwester."

Die SMS lautete: *Natürlich, Hoda. Wer sonst?*

Als Sam das gelesen hatte, wählte sie erneut die Nummer des Schulleiters der Wilson High School, der diesmal tatsächlich ranging. „Mr. Galbraith?"

„Ja", bestätigte er. Er klang gehetzt und erschöpft. Zweifellos wusste er inzwischen, dass mehrere seiner Schüler ermordet worden waren. „Wer ist da?"

„Lieutenant Holland, MPD."

Nach einer langen Pause erklärte er: „Ich kenne Ihren Namen."

„Mr. Galbraith, ich brauche Informationen über eine Ihrer Schülerinnen namens Hoda. Sagt Ihnen das etwas?"

Er gab ein Geräusch von sich, das gleichermaßen ein Schnauben oder ein Lachen hätte sein können. „Könnte man so sagen. Sie gehört zu der Sorte Schüler, mit der sich wohl jeder Schulleiter herumärgern muss. Macht ständig Probleme, will es nie gewesen sein, gibt immer anderen die Schuld."

Klingt sehr nach Brooke, dachte Sam. „Wie heißt sie mit Nachnamen?"

„Danziger."

„Wo finden wir sie?"

„Sie glauben doch wohl hoffentlich nicht, Hoda hätte etwas mit den Morden an den Jugendlichen im Haus der Springers zu tun?"

„Ich untersuche im Augenblick einen anderen Fall", antwortete Sam.

„Oh, okay." Er klang erleichtert, und Sam hätte ihm am liebsten geraten, sich nicht zu früh zu freuen. Galbraith nannte ihr die Adresse der Danzigers, und Sam schrieb sie in ihr Notizbuch.

„Wir versuchen herauszufinden, wer auf Facebook und Twitter einen Account namens ‚Wilson Abschlussklasse' angelegt hat. Können Sie uns da weiterhelfen?"

„Ich wünschte, ich wüsste es. Wir haben auch schon versucht, das herauszufinden, da der Betreiber dieses Accounts mit seiner Unzufriedenheit mit der Verwaltung unserer Schule nicht hinter dem Berg hält. Wir haben Vermutungen, haben aber für keine davon irgendwelche Beweise. Die jungen Leute sind gut darin, online ihre Identität zu verschleiern."

„Können Sie mir ein paar Namen nennen, die ich mal überprüfen könnte?"

„Sie müssen verstehen, Lieutenant, dass wir es hier in erster Linie mit netten jungen Leuten zu tun haben, die jegliches Gefühl für Maß und Mitte verlieren, wenn sie sich hinter einem anonymen Benutzernamen verstecken können. Ich sähe es nur ungern, wenn harmlose Posts ihr Leben ruinieren würden."

„Haben Sie zufällig schon die heutigen harmlosen Posts gesehen?"

„Nein. Ich war den ganzen Tag mit meiner Frau unterwegs.

Erst als ich von den Vorgängen im Haus der Springers benachrichtigt wurde, bin ich heimgekommen. Mehrere der Toten waren Schüler an unserer Schule. Wir sind am Boden zerstört."

„Schauen Sie sich mal an, was Ihre ach so harmlose Abschlussklasse heute so gepostet hat. Ich warte."

„Na schön, äh, okay ..." Im Hintergrund erklang Geraschel, gefolgt vom Tippen auf einer Tastatur. „O mein Gott", flüsterte er so leise, dass sie es fast nicht hörte. „Ist das Brooke Hogan?"

„Ja, und sie ist zufällig meine Nichte."

„O Gott. Das tut mir furchtbar leid. Michael Chastain und Hugo Springer ... Ich kann nicht glauben, dass sie so etwas getan haben. Sie stammen doch beide aus gutem Hause. Ich bin ... Es tut mir leid, Lieutenant."

„Wie Sie sich vorstellen können, versuchen wir mit aller Kraft, den Ursprung dieser Posts zu ermitteln."

„Ich werde ein bisschen herumtelefonieren und herausfinden, ob ich Ihnen irgendwie helfen kann. Das tut mir so leid. Brooke ist ein liebes Mädchen, das sich mit den falschen Leuten eingelassen hat. Ich hatte so große Hoffnungen auf ihre neue Schule gesetzt."

„Das haben wir alle, aber wir werden dafür sorgen, dass sie daran nicht zerbricht. Ich wüsste jede Hilfe Ihrerseits zu schätzen, genau wie Ihre Kooperation mit den Ermittlern, die wegen der ermordeten Wilson-Schüler mit Ihnen werden sprechen wollen."

„Natürlich. Wir werden alles in unserer Macht Stehende tun."

„Rufen Sie mich an, wenn Sie etwas über diesen Social-Media-Account herausfinden."

„Sicher. Bitte grüßen Sie Brooke und ihre Familie von mir."

„Das tue ich gerne. Danke." Sam schob das Handy in ihre Jackentasche. „Ein netter Typ mit einem harten Job", sagte sie zu Avery. „Ich glaube, ich wäre eine echt schlechte Highschool-Rektorin."

Avery lachte laut auf. „Wirklich? Wie kommen Sie denn darauf? Könnte es an Ihrer undiplomatischen Direktheit liegen? Ihrer mangelnden politischen Korrektheit oder Ihrem Bedürfnis, immer recht zu behalten?"

Trotz der Tatsache, dass er sie ganz gut beschrieben hatte, sah Sam ihn finster an. „Sehr witzig."

„Dr. Kelison ist da", verkündete Young von der Tür her. Er stellte sie Sam und Avery vor.

Sam wandte sich der Frau zu, die nicht viel älter erschien als ihre Patientinnen. Sie hatte langes, gelocktes mahagonifarbenes Haar und braune Augen. „Sie sind Ärztin?"

„Ja."

„Wie alt sind Sie?"

„Dreiunddreißig."

„Wow, Sie sehen jünger aus."

„Das höre ich häufig."

„Sie sind die Therapeutin meiner Nichte, Brooke Hogan?"

„Ja."

„Hatten Sie irgendwelche Anhaltspunkte, die darauf hindeuteten, dass sie von hier abhauen wollte?"

„Meiner Erfahrung nach können sich Teenager unglaublich geschickt ausdrücken, wenn es sein muss."

„Ist das ein Nein?"

„Das ist ein Nein. Ohne Brookes Vertrauen zu verletzen kann ich Ihnen sagen, dass sie langsam anfing, die Veränderungen in ihrem Leben zu akzeptieren, und dabei war, ihr letztes Schuljahr recht erfolgreich hinter sich zu bringen. Sie wollte gerne endlich ihren Abschluss machen."

„Hat sie sich über ihre Eltern oder deren Entscheidung, sie hierherzuschicken, beklagt?"

Kelison schüttelte den Kopf. „Darüber darf ich nicht sprechen."

„Wir haben einen Durchsuchungsbeschluss", erinnerte Sam sie.

„Aber wir wissen doch alle, dass private medizinische Informationen eine ganz andere richterliche Verfügung erfordern. Ohne die sage ich kein Wort mehr." Sie hielt inne und setzte dann hinzu: „Es tut mir sehr leid, was mit Brooke passiert ist. Unter all dem Teenagergetue und den großen Dramen verbirgt sich ein liebenswertes Mädchen."

„Ja, das stimmt." Sam sah sich noch einmal gründlich in Brookes Zimmer um und fragte sich, ob und wann ihre Nichte hierher zurückkehren würde, dann schnappte sie sich Norman, um ihn ihr ins Krankenhaus zu bringen.

„Wir sind hier fertig", wandte sie sich an Avery. „Fahren wir zurück in die Stadt."

KAPITEL 7

Nachdem sie wegen Verzögerungen drei Stunden gewartet hatten, konnte Gonzo seine nervöse Energie nur mehr mit Mühe zügeln. Er zerrte an seinem Hemdkragen, der sich anfühlte wie eine Schlinge um seinen Hals, und lockerte seine Krawatte. Wenn er nicht gerade darüber nachgrübelte, wie das Gericht wohl in seinem Fall entscheiden würde, war er in Gedanken bei den Ermittlungen, die er in Abwesenheit des Lieutenants leitete.

Er hatte mit Cruz, McBride und Tyrone Kontakt aufgenommen und darauf bestanden, dass Carlucci und Dominguez für ein paar Stunden nach Hause fuhren, um sich aufs Ohr zu legen. Dann hatte er mit Lindsey McNamara wegen der Autopsien und mit Archie wegen der am Tatort gefundenen Handys telefoniert. Captain Malone kümmerte sich um die Medien und Bill Springer, der vom Wunsch nach Rache für seinen Sohn erfüllt in die Stadt zurückgekehrt war. Dem Captain zufolge war Springer nicht im Geringsten daran interessiert, darüber zu sprechen, dass sein Sohn in Abwesenheit seiner Eltern eine Drogenorgie veranstaltet hatte, die aus dem Ruder gelaufen war. Ihm ging es allein darum, dass sein Sohn tot war, und um die Suche nach seinem Mörder.

Gonzo unternahm alles in seiner Macht Stehende, um sich über die Ermittlungen auf dem Laufenden zu halten, während er mit Christina und seinem Anwalt Andy Simone auf der Bank vor dem Verhandlungsraum saß. Sams Schwester Angela war aus dem Krankenhaus gekommen, um Alex einzusammeln, wie sie es vor der Sache mit Brooke geplant hatten. Gonzo hatte ihr versichert, das sei nicht nötig, aber davon hatte Angela nichts hören wollen. Sie schien ganz froh darüber zu sein, etwas Sinnvolles tun zu können, während alle anderen darauf warteten, dass Brooke aufwachte.

Angela hatte Alex mit nach Hause genommen, wo er mit ihrem Sohn Jack spielen konnte, und Christina würde ihn nach dem Gerichtstermin wieder abholen. Gonzo war Christina und vor allem Angela dankbarer, als er je in Worte hätte fassen können. Als Alex im letzten Winter überraschend in seinen Armen gelandet war, hatten ihm beide Frauen zur Seite gestanden, und er hätte die ersten Monate des Vaterseins ohne sie schlicht nicht überlebt. Christina blieb bei dem Baby, wenn Gonzo Nachtschicht hatte, und Angela passte tagsüber auf den Kleinen auf.

Das Arrangement funktionierte perfekt, und der Gedanke, nach der bevorstehenden Anhörung könnte mit ihrem harmonischen Leben Schluss sein, verursachte Gonzo Übelkeit und Schweißausbrüche. Er stützte die Ellbogen auf die Knie, ließ die Hände zwischen die Beine fallen und senkte den Kopf. Er würde niemals darüber hinwegkommen, wenn er das Sorgerecht für Alex verlor. So viel stand fest.

Christina legte einen Arm um ihn und lehnte sich an seine Schulter. Ihre unerschütterliche Ruhe verlieh ihm die Kraft, alles durchzustehen, was möglicherweise geschehen würde. „Alles okay bei dir?", flüsterte sie.

„Dieses Warten bringt mich noch um. Ich platze gleich."

„Ich auch."

Das Wissen, dass sie den gleichen Druck verspürte wie er, machte die Gesamtsituation für ihn irgendwie erträglicher. Dass sie hier bei ihm war, machte *alles* erträglicher. Er ergriff ihre Hand und bezog Trost aus ihrer Körperwärme.

„Es geht los, Leute", sagte Andy plötzlich, erhob sich und setzte sich in Richtung Gerichtssaal in Bewegung.

Jetzt, wo es endlich so weit war, war Gonzo wie erstarrt. Eine

Woge der Angst, die größer und stärker war als alles, was er bis jetzt erlebt hatte, drohte, ihn fortzureißen.

„Das wird schon, Tommy", tröstete ihn Christina. „Was auch immer passiert, ich bin an deiner Seite, und wir stehen das gemeinsam durch." Um ihre Worte zu unterstreichen, drückte sie seine Hand. „Komm. Andy wartet."

Benommen vor Sorge und voll dunkler Vorahnungen erhob sich Gonzo und ließ sich von ihr zum Gerichtssaal führen, wo Andy ihnen die Tür aufhielt. Der Anblick von Alex' Mutter Lori überraschte Gonzo. Sie ähnelte wieder viel mehr der Frau, die er damals kennengelernt hatte, und sah nicht mehr aus wie die Drogenabhängige vom letzten Winter. Der Entzug hatte ein wahres Wunder vollbracht.

Das würde der Richter sicher ebenfalls bemerken.

Lori starrte ihn beklommen an. Ihr One-Night-Stand hatte eines der besten Dinge zur Folge gehabt, die Gonzo je widerfahren waren, und er weigerte sich, sich dafür zu schämen. Aber der Gedanke, Lori könnte ihm Alex wegnehmen, sorgte dafür, dass er den Kopf abwenden musste.

Die Anhörung begann unter dem Vorsitz von Richter Morton, der Gonzo vor ein paar Monaten vorübergehend das Sorgerecht zugesprochen hatte. Wie damals ließ nichts darauf schließen, dass er in ihm den Ermittler wiedererkannte, der Jahre zuvor den Mord an seiner Schwester aufgeklärt hatte. Sehr geschäftsmäßig hörte sich der Richter die Ausführungen der Sozialarbeiterin an, die Gonzo regelmäßig zu Hause aufgesucht und offenbar auch Zeit mit Lori verbracht hatte. Gonzo ertrug es nicht, die Frau die Veränderungen beschreiben zu hören, die Lori dem Kleinen zuliebe vorgenommen hatte.

Ihrem kriminellen Freund hatte sie den Laufpass gegeben. Sie war seit hundertneunundzwanzig Tagen clean, ging zuverlässig zu den Treffen ihrer Selbsthilfegruppe und hielt sich genau an das Entzugsprogramm. Lori arbeitete jetzt als Büroleiterin und wohnte in einem Apartment mit Kinderzimmer für ihren Sohn, außerdem hatte sie für den Fall, dass ihr das Sorgerecht zugesprochen wurde, für Alex einen Platz in einer Kinderkrippe besorgt. Für Gonzo fühlte sich jede Information darüber, wie Lori ihr Leben umgekrempelt hatte, um darin Platz für Alex zu schaffen, wie ein Sargnagel an.

Dann berichtete Andy ausführlich darüber, was Gonzo und seine Verlobte alles auf sich genommen hatten, um ein geordnetes, liebevolles Heim für das Kind zu schaffen. Gonzo hatte Andy zögernd gestattet, zu erwähnen, dass Christina ab Januar aufhören würde zu arbeiten, um sich ganz um Alex kümmern zu können. Auch wenn er ursprünglich mit dieser Entscheidung nicht einverstanden gewesen war, war er jetzt sehr dankbar für den Vorteil, den sie ihm damit verschaffte.

Richter Morton stellte der Sozialarbeiterin eine Reihe von Fragen über Alex und dessen Umgang mit seinem Vater und Ms. Billings. Sie lobte die beiden zwar über den grünen Klee, wusste aber auch Gutes über Lori zu sagen.

Der Richter hörte sich alle Antworten genau an, nickte und schob dann die Unterlagen auf seinem Schreibtisch hin und her. Es wurde mucksmäuschenstill im Gerichtssaal, alle warteten, dass er sich äußerte. Schließlich stützte er das Kinn auf die Hände und wandte sich an Lori.

„Ms. Phillips, ich möchte Sie loben, weil Sie sich offenbar große Mühe gegeben haben, Ihr Leben zu ändern. Doch ich sehe aktuell keinen Grund, Alex aus dem einzigen Zuhause herauszureißen, das er kennt und das stabil und liebevoll ist."

Lori stieß einen schrillen Klagelaut aus, der sich durch den Nebel in Gonzos Hirn bohrte.

„Herr Anwalt, bringen Sie Ihre Klientin bitte dazu, solche Ausbrüche in meinem Gerichtssaal zu unterlassen."

Loris Rechtsanwalt beugte sich zu ihr hinüber und flüsterte ihr etwas zu. Als der Richter fortfuhr, hörte man sie im Hintergrund leise weinen. „Detective Gonzales, ich übertrage Ihnen das alleinige, dauerhafte Sorgerecht, vorausgesetzt, Sie räumen Ms. Phillips ein regelmäßiges, gerichtlich festgelegtes Besuchsrecht ein. Der Prozess ist hiermit beendet."

Nachdem der Richter den Raum verlassen hatte, saß Gonzo lange völlig reglos da und verdaute die Worte „alleiniges, dauerhaftes Sorgerecht". Er hatte gewonnen. Alex würde für immer bei Christina und ihm bleiben. Ihm rannen Tränen über die Wangen, und Christina schloss ihn in die Arme und weinte auch.

„Das ist unfair!", schrie Lori. „Ich habe alles gemacht, was die von mir verlangt haben! Und nun war alles umsonst?"

„Es war nicht umsonst, Lori", sagte die Sozialarbeiterin. „Wegen Ihrer Bemühungen dürfen Sie Alex regelmäßig sehen und Teil seines Lebens sein."

„Nur wenn *er* es erlaubt", giftete sie und funkelte Gonzo an. „Ich hätte dich nicht anrufen sollen. Dann hättest du nie von seiner Existenz erfahren."

Gonzo wischte sich das Gesicht ab und trat vor die Mutter seines Kindes. „Tut mir leid, dass dich das alles so aufwühlt, aber ich habe keinesfalls vor, ihn von dir fernzuhalten."

„Spar dir dein Mitleid", fauchte sie mit wutentbranntem Gesicht und riss sich aus dem Griff ihres Anwalts los. „Das hier ist noch nicht vorbei, freu dich also nicht zu früh."

Obgleich ihre Drohung ihn beunruhigte, ließ er sie das letzte Wort haben. Er hatte bekommen, was er wollte.

Auf dem Weg zurück in die Hauptstadt konnte Sam nicht schlafen, weil sämtliche Informationen, die sie bisher zusammengetragen hatte, in ihrem Kopf herumschwirrten. Es war früh dunkel geworden, wie es um diese Jahreszeit bei grauem, trübem und kaltem Wetter häufig geschah.

In den zwei Stunden, in denen sie bloß dasitzen und nachdenken konnte, traf Sam eine wichtige Entscheidung. Sie führte dazu, dass sie ihr gesamtes Team für zehn Uhr zu einer Lagebesprechung zu sich nach Hause beorderte. Die SMS ging auch an Lindsey McNamara, der sie jedoch noch eine zweite Nachricht mit der persönlichen Bitte schickte, zu dem Treffen zu erscheinen, wenn ihr das möglich wäre. Gelegentlich störte es Sam, dass manche Leute, wie beispielsweise die Gerichtsmedizinerin, nicht ihrer Weisungsbefugnis unterstanden.

„Wie läuft's mit Shelby?", fragte sie Hill nach langem Schweigen.

„Gut."

„Das ist alles? Einfach nur ‚gut'?"

„Warum fragen Sie, wenn Sie ohnehin bereits genauestens über jedes Detail informiert sind?"

„Bin ich nicht."

„Ja, klar", konterte er mit einem Schmunzeln.

„Sie hat mir nicht *alles* erzählt."

„Wenn Sie das sagen."

„Sie mögen sie also?"

„Würde ich sonst Zeit mit ihr verbringen?"

„Soll ich ihr was von Ihnen ausrichten?"

„Ja, bitte. Sagen Sie ihr, sie soll erwachsen werden und Diskretion lernen."

„Das werde ich mal schön sein lassen. Es sind also Dinge passiert, die Diskretion erfordern?"

Er stöhnte. „O Gott, da bin ich voll in die Falle getappt, was?"

Sam lachte über seine Reaktion. „Sie ist einfach großartig."

„Dem würde ich nicht widersprechen."

„Sie wissen von ihrem speziellen ‚Projekt'?"

„Wenn Sie ihren Kinderwunsch meinen – ja, davon weiß ich."

„Und was halten Sie davon?"

„Menschen müssen tun, was sie nicht lassen können, um glücklich zu werden. Ich habe damit kein Problem."

„Werden Sie von der Bildfläche verschwinden, wenn sie schwanger wird?"

„Wofür halten Sie mich, Sam? Ich werde weder von der Bildfläche noch sonst wie verschwinden. Operation Baby war mir von Anfang an bekannt. Wir sind uns beim Kavanaugh-Fall in der Praxis eines auf Schwangerschaftsbegleitung und Geburtshilfe spezialisierten Arztes begegnet. Außerdem verbringen wir einfach nur Zeit miteinander. Wir haben einander nichts fest versprochen."

„Ich wollte Ihnen nicht zu nahe treten, ich mache mir bloß Sorgen um eine Freundin."

„Das ist Ihr gutes Recht, aber Sie müssen sich genauso wenig Sorgen machen wie sie."

Die Danzigers lebten in einer Gegend mit gepflegten, wenn auch ziemlich gleichförmigen Reihenhäusern an der Grenze zwischen Friendship Heights und Chevy Chase. Sam und Avery stiegen aus und gingen die Auffahrt hoch. Sam klopfte an und wartete in der Hoffnung, irgendetwas an diesem Tag könnte ausnahmsweise einfach sein.

Eine Frau, die aussah, als hätten sie sie geweckt, öffnete die Tür.

Sam und Avery zeigten ihr ihre Dienstmarken. „Lieutenant Holland, MPD; Special Agent Hill, FBI."

„Was führt Sie her?"

„Ist Ihre Tochter Hoda zu Hause?"

„Nein. Gibt es Probleme?"

„Wir sind nicht ganz sicher. Deshalb würden wir gerne mit ihr reden. Können Sie uns sagen, wo wir sie finden?"

„Ich weiß es nicht genau. Sie ist mit ihren Freundinnen unterwegs."

„Wie alt ist Ihre Tochter, Mrs. Danziger?"

„Gerade achtzehn geworden."

„Und Sie haben keine Ahnung, wo sie ist?"

„Ich wüsste nicht, was Sie das angeht. Hoda ist sehr selbstständig, daher muss ich sie nicht auf Schritt und Tritt überwachen."

Sam blickte Avery an und stellte fest, dass er genauso erstaunt wirkte, wie sie es war. „Haben Sie mitbekommen, dass letzte Nacht mehrere Schüler der Wilson High School ermordet worden sind?"

Diese Information entlockte der Frau endlich eine etwas menschlichere Reaktion. „Was? Ermordet? Wovon reden Sie?"

„Dürfen wir reinkommen, Mrs. Danziger?", fragte Hill.

„Äh, ja. Warum nicht?"

Das einzige Licht im Haus stammte vom Fernseher. Eine Decke auf dem Sofa verriet, wo sich Mrs. Danziger vor ihrer Ankunft aufgehalten hatte. Sie schaltete eine Lampe ein, die den Raum schwach erhellte. „Tut mir leid, dass es so finster ist. Ich leide unter Migräne, und im Dunkeln geht es mir besser."

Ihr Erziehungsstil setzt offenbar auch darauf, nicht alles so ganz genau zu sehen, dachte Sam. „Würden Sie Hoda anrufen und sie bitten, heimzukommen?"

„Sie sagten doch, sie sei nicht in Schwierigkeiten."

„Hab ich das gesagt, Agent Hill? Daran erinnere ich mich gar nicht."

„Ich habe das nicht von Ihnen gehört, Lieutenant."

Mrs. Danziger riss die Augen weit auf. „Sie glauben aber nicht, sie hätte etwas mit diesen Morden zu tun, oder?"

„Rufen Sie sie an", beharrte Sam.

Mit zitternden Händen nahm Mrs. Danziger ihr Handy vom Couchtisch. „Hoda, Mom hier. Ruf mich an, wenn du das abhörst."

„Schicken Sie ihr auch eine SMS", bat Sam.

Mrs. Danziger tat es. „Was nun?"

„Jetzt hoffen wir, dass sie zurückruft." Sie warteten eine halbe Stunde in gespanntem Schweigen, doch das Telefon klingelte nicht. Sam zog ihr Notizbuch und einen Stift heraus. „Geben Sie mir Hodas Telefonnummer und überlegen Sie, wo sie sich aufhalten könnte. Freunde, eine Kneipe oder Bar, die sie regelmäßig aufsucht. Nennen Sie mir sämtliche Orte, an denen ich Hoda finden könnte. Und wenn Sie die Telefonnummern der Freunde hätten, wäre das ebenfalls sehr hilfreich."

„Ich weiß nicht viel über ihre Freunde. Sie ist ziemlich verschlossen."

An der Stelle riss Sam der Geduldsfaden. „Ihnen ist aber schon klar, dass Sie als Mutter wissen sollten, was sie so mit wem treibt, oder?"

„Ich wüsste nicht, was Sie das angeht."

„Das will ich Ihnen gerne erklären. Jugendliche wie Ihre Tochter, die ungehindert jederzeit alles tun dürfen, was sie wollen, sind die, die am Ende Probleme kriegen, Mrs. Danziger. Manchmal sogar sehr schlimme Probleme, und dann landen sie im Verhörraum der Mordkommission oder, schlimmer noch, im Leichenschauhaus. Ganz zu schweigen davon, dass Ihre wunderbare Tochter meine Nichte gestern Abend aus einem Internat in Virginia geholt hat und diese jetzt im George Washington auf der Intensivstation liegt, während Ihre Tochter verschollen ist. Sagen Sie mir also nicht, das ginge mich nichts an!"

„Sam." Dieses eine Wort von Avery riss sie aus der aus Erschöpfung geborenen Wut und brachte sie zu der Erkenntnis, dass ihr wenig professioneller Ausbruch bei Mrs. Danziger, die jetzt leise vor sich hin weinte, wenig nützte.

„Das mit Ihrer Nichte tut mir furchtbar leid. Ich hab keine

Ahnung, was Hoda in Virginia zu suchen hatte. Sie weiß, sie darf die Stadt nicht verlassen, ohne mir Bescheid zu geben."

„Wie ist sie nach Virginia gekommen, Mrs. Danziger?", fragte Avery.

Sam war dankbar, dass er die Befragung übernahm, denn sie stand kurz davor, endgültig die Geduld zu verlieren.

„Sie ... sie hat ein Auto. Einen alten Toyota Camry."

„Wir brauchen das Kennzeichen und den Fahrzeugbrief. Können Sie uns den besorgen?"

„Ich schaue mal." Wahrscheinlich war sie froh über jeden Vorwand dafür, sich dem hasserfüllt funkelnden Blick von Sam zu entziehen. Jedenfalls erhob sie sich und eilte aus dem Zimmer.

„Alles in Ordnung?", erkundigte sich Avery mit seinem gottverdammten Akzent, den Sam sonst immer sexy fand, für den sie ihm in diesem Moment allerdings am liebsten eine gescheuert hätte.

Sie musste sich ins Gedächtnis rufen, dass er ihr half und nicht Teil des Problems war. „Es geht mir gut."

„Das wirkt aber nicht so."

„Ich bin müde und wütend, ansonsten ist alles prima."

Mrs. Danziger kehrte mit den Unterlagen zurück, machte einen Bogen um Sam und händigte sie Avery aus.

Er sah sie rasch durch, notierte sich einige Dinge und gab sie ihr zusammen mit seiner Visitenkarte zurück. „Ich möchte, dass Sie mich anrufen, sobald Sie etwas von Ihrer Tochter hören."

„Das werde ich."

„Ich benötige außerdem ein aktuelles Foto von ihr."

„Ich habe ein paar auf dem Handy."

„Könnten Sie mir eins mailen, auf dem man ihr Gesicht gut erkennen kann?"

Er diktierte ihr seine Adresse, und sie sandte ihm sofort eines.

„Eins möchte ich noch mal in aller Deutlichkeit sagen", wandte sich Sam an Mrs. Danziger, als sie sich erhob. „Sie tun weder Hoda noch sich selbst einen Gefallen, wenn Sie versuchen, sie vor den Behörden zu schützen. Wenn Sie herausfinden, wo sie ist – und ich rate Ihnen dringend, sich darum zu bemühen –, Sie uns das aber verschweigen, werden wir wegen Behinderung einer polizeilichen Ermittlung gegen Sie vorgehen. Haben Sie das verstanden?"

„Ja", erwiderte die andere eingeschüchtert.

Sam ging zur Tür und hoffte, dass Hill ihr auf dem Fuße folgte. „Was sind das für Vollidioten, die ihre Kinder völlig unbeaufsichtigt herumrennen lassen und dann überrascht tun, wenn die kleinen Lieblinge in Schwierigkeiten geraten?"

„War das eine rhetorische Frage, oder soll ich darauf antworten?"

Sie konnte seinem Versuch, witzig zu sein, nichts abgewinnen, stieg ins Auto und schlug die Tür zu.

„Wohin?", fragte er, nachdem er ebenfalls eingestiegen war.

„Könnten Sie mich am George Washington absetzen und dann den Computer und das iPad ins Labor bringen?" Da das MPD ohnehin auf das Kriminallabor des FBI angewiesen war, würde alles schneller gehen, wenn er die Anfrage stellte.

„Klar."

Auf dem Weg zum Krankenhaus telefonierte Sam mit dem Department und forderte einen umfassenden Bericht über Hoda und ihr Auto an. Als sie in die Auffahrt einbogen, wandte sie sich an Avery. „Ich weiß Ihre Hilfe wirklich zu schätzen, und es tut mir leid, dass ich Ihre Thanksgiving-Pläne durchkreuzt habe."

„Kein Problem. Ich kann auch in ein, zwei Tagen noch nach Hause fliegen." Er hielt vor dem Haupteingang des Krankenhauses. „Bin ich später zu dem Kriegsrat mit Ihren Leuten eingeladen?"

„Woher wissen Sie davon?"

„Ich kann lesen."

„Sie können, während Sie fahren, eine SMS lesen, die ich schreibe?"

„Eins meiner vielen Talente."

Sam wollte sich lieber nicht ausmalen, was Nick sagen würde, wenn Agent Hill bei ihnen daheim aufkreuzte. Als er das letzte Mal dort gewesen war, hatte sie Nick mehr oder weniger davon abhalten müssen, sie als sein Territorium zu markieren. Ihr Mann ertrug den Anblick ihres Kollegen schon aus der Ferne kaum, also würde er ihn bestimmt nicht als Gast in ihrem Haus dulden. Da sie und Nick im Moment ein paar Probleme hatten, würde Hills

Anwesenheit vermutlich gar nicht gut ankommen. „Äh, klar. Wenn Sie wollen, können Sie dabei sein.“

„Wow, schon wieder so eine lange Pause. Ihre Gastfreundschaft reißt mich nicht gerade vom Hocker.“

„Ich muss Ihnen wohl nicht sagen, dass Ihre Anwesenheit meinem Mann nicht gefallen wird.“

„Vergessen Sie's. Ich muss nicht dabei sein.“

„Nein, schon gut. Sie waren mir heute eine große Hilfe, und bei diesem Fall brauchen wir jede Unterstützung, die wir kriegen können.“

„Ich dachte, man hätte Sie von dem Fall abgezogen.“

„Korrekt.“

„Aber?“

„Ich bin nach wie vor ihre Vorgesetzte und will wissen, wie es läuft.“

„Es geht mich ja nichts an, Sam, und Sie wissen sicher, was Sie tun, doch es würde mir überhaupt nicht gefallen, wenn Sie deswegen Ärger kriegen. Sie haben hart dafür gearbeitet, so weit zu kommen, und viele Leute fänden es nicht verkehrt, wenn man Sie ein wenig in Ihre Schranken verweisen würde.“

„Das weiß ich, glauben Sie mir, und ich weiß Ihre Bedenken zu schätzen. Aber ich kann nicht anders, so ticke ich nun mal.“ Sie legte die Hand an den Türgriff. „Sehen wir uns um zehn?“

„Ich werde da sein.“

„Danke für heute, Avery. Im Ernst. Sie haben was gut bei mir.“

„Nein“, sagte er mit Resignation in der Stimme.

„Trotzdem ... danke.“ Mit Norman, dem Teddybären, unter dem Arm stieg Sam aus und schritt durch die automatische Tür. Sie wollte unbedingt erfahren, wie es Brooke ging. Sie nahm den Aufzug zur Intensivstation und war überrascht, Nick im Wartezimmer anzutreffen.

„Was machst du denn hier?“

„Vermutlich dasselbe wie du. Ich schaue nach Brooke und ihren Eltern.“

„Wie geht es ihr?“

„Unverändert. Sie werden morgen die Beruhigungsmittel absetzen, und dann fängt der Spaß erst richtig an.“

Beim Gedanken an das, was Brooke am nächsten Tag erfahren

würde, verzog Sam das Gesicht. Trotzdem wollte sie unbedingt herausfinden, was ihre Nichte noch über die fragliche Nacht wusste. Manchmal bedurfte es nur eines winzigen Informationsfetzens, um eine Ermittlung einen Riesenschritt voranzubringen. „Wo ist Scotty?"

„Zu Hause, mit Skip und Celia. Ich bin vorhin bei den Kindern geblieben, damit sie herkommen konnten, und jetzt haben wir getauscht. Bis eben habe ich Mike Gesellschaft geleistet. Er ist gerade Kaffee holen."

Bevor sie ihm sagen konnte, wie froh sie darüber war, ihn hier zu sehen, und sich erkundigen konnte, wie es ihm ging, klingelte ihr Handy. Sam nahm den Anruf entgegen, weil sie auf dem Display sah, dass es der Chief war.

„Holland."

„Lieutenant, wir haben ein Problem."

„Meiner Auffassung nach haben wir gerade eine ganze Menge Probleme."

„Dann haben wir jetzt noch eins mehr. Bill Springer macht einen Riesenaufstand, weil du nicht die Ermittlungen leitest." Offenbar war er allein im Büro, sonst hätte er sie niemals geduzt.

Zum ersten Mal seit Stunden hatte Sam Grund zum Lächeln. „Ach wirklich?"

„Ich ahne schon dein ‚Das habe ich dir doch gleich gesagt‘, du kannst es dir also sparen."

Sam lachte über seinen genervten Tonfall. „Ich habe es von Anfang an für eine schlechte Idee gehalten, mich von dem Fall abzuziehen."

„Du weißt, dass es richtig war."

„Ich kann beweisen, dass Brooke niemanden ermordet hat."

„Wie das?"

Sam erzählte ihm von dem Video. „Ihr Drogentest und die Blutalkoholmessung beweisen, dass sie sowohl unter Drogen stand als auch betrunken war."

Schweigend verdaute Farnsworth diese Information einen Moment lang. „Das Video beweist also, dass sie am Tatort war, aber als Opfer, nicht als Täterin."

„Ja." Sam schluckte die Angst, die ihr wie ein Kloß im Hals saß, herunter und fuhr fort: „Ich war gerade in ihrem Internat, um ihren Laptop, ihr iPad und ein paar andere persönliche Gegenstände abzuholen. Dabei konnte ich außerdem die Aufnahmen einer Überwachungskamera einsehen, die zeigen, wie Brooke von einer jungen Frau abgeholt wird. Ich konnte sie bereits identifizieren."

„Du bist einfach da reinmarschiert, und man hat dir zu allem Zugang gewährt?"

„Äh, nicht ganz."

„Wie dann, Lieutenant?" Jetzt war er wieder ganz der strenge Vorgesetzte.

„Ich, äh, hatte Hilfe von Agent Hill. Er hat einen Durchsuchungsbeschluss besorgt, damit wir uns nicht mit dem ganzen Zuständigkeitsmist herumschlagen müssen."

Der Polizeichef seufzte so laut und so tief, dass Sam sich das Handy ein Stück vom Ohr weghielt. Ihre Grimasse hätte Nick normalerweise amüsiert. Nicht an diesem Tag. „Falls und wenn mein Kopf tatsächlich irgendwann explodiert, bist zu hundertfünfzig Prozent du dafür verantwortlich. Das ist dir klar, oder?"

„Jawohl ... Sir. Es tut mir leid, Sir."

„Nein, tut es nicht, also mach alles nicht noch schlimmer, indem du mich anlügst." Er räusperte sich mit einem tiefen Brummen, das sich übers Telefon wie Löwengebrüll anhörte. „Wir gehen folgendermaßen vor. Du gibst morgen früh eine Presseerklärung ab, die besagt, dass deine Nichte auf der Party war, wir sie jedoch als Mordverdächtige ausschließen konnten. Dann wirst du andeuten, dass deine Nichte Opfer eines Verbrechens wurde, um das sich eine andere Abteilung kümmert."

„Aber ..."

„Sam! Halt die Klappe, und hör mir zu."

Sie biss sich auf die Lippen, um ihn ausreden zu lassen. Er hatte jegliche professionelle Distanz aufgegeben.

„Du wirst sagen, dass eine andere Abteilung des MPD das an deiner Nichte begangene Verbrechen untersucht, und wirst dich von dieser Ermittlung fernhalten, *sehr* fern. Habe ich mich klar ausgedrückt?"

„Ich möchte bei ihrer Befragung zugegen sein."

„Nein."

„Doch."

„Nein!"

Überrascht, dass er sie tatsächlich anbrüllte, zwang Sam sich, für den Augenblick still zu sein.

„Du wandelst gerade auf dem schmalsten Grat aller Zeiten, Sam, und wenn du glaubst, ich hätte Hemmungen, dich zu suspendieren und dir deine Dienstmarke abzunehmen, um dafür zu sorgen, dass du dich richtig verhältst, hast du dich geschnitten."

„Ich möchte, dass Erica Lucas Brookes Fall übernimmt", nutzte Sam die Gelegenheit. „Ramsey soll die Finger davon lassen." Sie hatte jüngst bei einer Ermittlung gegen einen Kinderprostitutionsring in der Stadt mit Lucas zusammengearbeitet und wusste deren sachliche Herangehensweise ebenso zu schätzen wie ihr Fingerspitzengefühl. „Ramsey hasst mich abgrundtief."

„Was hast du ihm getan?"

„Wenn ich das wüsste."

„Gut. Ich setze Lucas darauf an, aber du hältst dich da raus. Verstanden?"

„Ja, ich hab's kapiert. Ich fürchte allerdings, es wird nicht viel zu ermitteln geben. Alle Jungs, die Brooke vergewaltigt haben, sind vermutlich tot."

„Lass sie ohne deine Hilfe zu diesem Schluss kommen."

„Ich ermittle also wieder im Fall Springer?"

„Ja."

„Hervorragend. Wir haben heute Abend um zehn ein Treffen, da bringe ich alle auf den neusten Stand." Sobald sie den Satz beendet hatte, wurde ihr klar, dass sie zu viel gesagt hatte.

„Warum hast du ein Treffen zur Besprechung eines Falles anberaumt, von dem ich dich ausdrücklich abgezogen hatte?"

„Ich wollte mich nur um meine Leute kümmern. Wie das jede gute Vorgesetzte täte, wenn ihr Team mitten in einer brisanten Ermittlung steckt und Gefahr läuft, emotional Schaden zu nehmen." Sie trug extra dick auf, in der Hoffnung, das würde ihn beschwichtigen.

„Hast du das Geräusch eben gehört? Das war die Explosion meines Kopfes."

Sam verkniff sich ein Lachen, um nicht noch weiter in

Schwierigkeiten zu geraten. Dann wechselte sie in den offiziellen Modus zurück. „Wenn du nichts dagegen hast, werde ich Detective Sergeant Gonzales die Springer-Ermittlungen auch weiterhin leiten lassen, mich aber wieder intensiver daran beteiligen, um dir Mr. Springer vom Hals zu halten. Einverstanden?“

„Du fragst mich tatsächlich um Erlaubnis? Ich werde diesen Tag rot im Kalender anstreichen. Ich stehe bezüglich deiner Entscheidung zu Sergeant Gonzales hinter dir und werde morgen früh bei der Lagebesprechung dabei sein, um zu zeigen, dass die ganze Abteilung euch beide unterstützt.“

„Danke.“

„Schlaf dich aus. Morgen wird ein langer Tag.“

„Jawohl, Sir. Bis morgen.“ Sie schob sich das Handy in die Tasche und wandte sich ihrem Mann zu. „Wie geht es dir?“

„Gut.“

„Tun dir deine Rippen nicht mehr weh?“

„Das habe ich nicht gesagt.“

Obwohl sie unbedingt zu Brooke und Tracy wollte, nahm sie auf dem Stuhl neben ihm Platz. Unter normalen Umständen, wenn er nicht wütend auf sie und noch dazu verletzt gewesen wäre, hätte sie sich ihm auf den Schoß gesetzt, um sich ein wenig von dem Trost zu holen, den sie so dringend benötigte. Doch etwas verriet ihr, dass ihr sein Schoß an diesem Abend nicht zur Verfügung stand.

„Es tut mir leid, dass du so verärgert bist – und das aus gutem Grund. Wir hatten Pläne, und mein Leben, mein Job und meine Familie haben sie wieder einmal durchkreuzt.“

„Ich habe hier gerade gesessen und darüber nachgedacht, wie oft das passiert.“

„Es tut mir wirklich leid. Du hast keine Ahnung, wie sehr.“

Als er nach ihrer Hand griff, hatte Sam das erste Mal seit ihrem Streit wieder das Gefühl, richtig Luft zu bekommen. Sie hatte den Informationsschnipsel nicht vergessen, den ihr Darren hingeworfen hatte, aber im Moment galt es, eine Krise nach der anderen zu bewältigen.

„Mir ist klar geworden, dass es immer so aussieht, als seien diese Dinge deine Schuld, weil du rund um die Uhr im Dienst bist, ich hingegen nicht, und weil du im Gegensatz zu mir diese wunderbare Großfamilie hast. Es ist also eigentlich unfair, wenn ich dir Vorwürfe mache, weil dein Kram unserem Kram im Weg steht."

Seufzend legte sie den Kopf an seine Schulter. „Es ist nicht unfair. Ich mache mir selbst auch Vorwürfe. Ob du es glaubst oder nicht, ich habe mich auf diese Woche genauso gefreut wie du."

„Das glaube ich dir, und sobald du kannst, darfst du es wiedergutmachen."

„Ich muss etwas mit dir besprechen."

Sein Körper spannte sich an, und er verzog vor Schmerz das Gesicht. „Was denn?"

„Lass uns später darüber reden, wenn wir allein sind."

„Wir sind doch allein."

„Nicht allein genug."

„Sam ..."

„Nick ..."

„Na schön, okay. Ich weiß nicht, warum wir alle überhaupt je versuchen, dich von irgendetwas abzubringen, weil du dein Ding ohnehin immer genau so durchziehst, wie du es willst."

Dieser bittersüße Kommentar brachte sie zum Lachen. „Endlich kapierst du's. Hat ja lange genug gedauert."

„Küss mich."

„Hier?"

„Hier und jetzt."

Sam drehte sich zu ihm, berührte seine Wange und gönnte sich einen Augenblick, um seine vollkommene Anbetungswürdigkeit zu genießen. Und ja, das war ein Wort, und ja, dieses Wort traf es besser als jedes andere. „Ich liebe dich so sehr, und es macht mich fix und fertig, wenn wir streiten."

Er drehte den Kopf in ihrer Hand, um ihre Handfläche zu küssen. „Geht mir genauso."

Sam beugte sich vor, und als sich ihre Lippen trafen, empfand sie erneut mit überwältigender Klarheit, dass sie in ihm ihren Seelengefährten gefunden hatte. Natürlich, sie waren auch mal unterschiedlicher Meinung oder voneinander genervt, aber sie passten in vielerlei Hinsicht einfach perfekt zueinander.

„Ich gehe jetzt rein zu Brooke und Tracy, und dann wäre es

schön, wenn du mich heimfahren könntest. Um zehn trifft sich das Team bei uns zu Hause, um den Fall zu besprechen."

„Habe ich mitbekommen. Wird dein Freund Hill auch dabei sein?"

„Er war mir heute eine große Hilfe. Avery hat dafür gesorgt, dass ich unbürokratisch Zugang zu Brookes Wohnheimzimmer bekommen habe und mir die Aufnahmen von gestern Abend anschauen konnte, als sie abgeholt worden ist."

„Ist das ein Ja?"

„Ja."

Dass er sich bei diesem Wort von ihr zurückzog, spürte sie mehr, als dass sie es sah. Was Hill betraf, reagierte er einfach vollkommen irrational. „Keine Sorge. Nick, ich habe dir doch schon gesagt, es besteht kein Grund zur Eifersucht. Ich habe gerade fünf Stunden allein mit ihm verbracht und nicht einmal ansatzweise das gespürt, was ich empfinde, seit ich mich eben neben dich gesetzt habe."

„Das ist schön zu hören, aber ich hätte da noch eine Frage. Nehmen wir an, es wäre umgekehrt und eine Frau, mit der ich eng zusammenarbeite, hätte deutlich gemacht, dass sie sich sofort auf mich stürzen würde, wenn es dich nicht gäbe. Wie würde dir das gefallen?"

„Gar nicht, doch ich würde mich bemühen zu verstehen, dass das ihr Problem ist, nicht deins und nicht unseres."

„Ja, klar", tat er ihre Antwort mit einem Lachen ab. „Direkt nachdem du ihr mit deinem berühmten rostigen Steakmesser die Leber rausoperiert hättest."

„Nick, Liebling", protestierte sie, mit den Wimpern klimpernd, „du stellst mich als so gewalttätig und unkultiviert hin."

„Das stimmt ja auch beides, aber vor allem bist du *meine* gewalttätige, unkultivierte Frau, und ich möchte auf keinen Fall, dass du dich veränderst. Na ja, auf deine Unordentlichkeit, deinen Starrsinn, deine Sturheit und deine Unfähigkeit, die Finger von meinen Sachen zu lassen, könnte ich vielleicht verzichten, genau wie auf ..."

Sie drückte ihm mit den Fingern die Lippen zusammen und beendete damit seine Aufzählung. „Ich hab's kapiert." Dann küsste sie ihn, bevor sie sich von ihm löste. „Bin gleich wieder da."

„Ich warte hier auf dich.“

„Gut“, lächelte sie, froh, ihr gemeinsames Schiff nach einem langen Tag auf stürmischer See wieder in ruhigere Gewässer gesteuert zu haben. Sie musste noch immer mit ihm über die Information reden, die sie von Darren erhalten hatte, doch darauf würde sie später zu sprechen kommen, wenn sie zu Hause waren und ein paarmal tief durchgeatmet hatten. Während sie den Korridor zu Brookes Zimmer entlangging, dachte sie darüber nach, wie viel Zeit sie in ihrem ersten gemeinsamen Jahr in Krankenhäusern verbracht hatten, und hoffte, das zweite Jahr würde sich als deutlich ereignisloser erweisen.

Sie betrat Brookes Zimmer, wo Tracy auf einer Liege neben dem Bett ihrer Tochter schlief und deren Hand hielt. Sam schob Norman unter Brookes Decke, beugte sich vor, um das Mädchen auf die Stirn zu küssen, und richtete sich dann wieder auf. Während sie ihre Nichte in Ruhe betrachtete, fragte sie sich, was Brooke wohl mit ihrer Freundin Hoda vor ihrer Flucht aus dem Internat ausgeheckt hatte. Wo hatte sie am nächsten Morgen sein wollen, wenn ihre Eltern aufgekreuzt wären, um sie für den Feiertag abzuholen?

Sam hätte die Antwort auf diese und andere Fragen wirklich gerne gekannt, aber an diesem Abend würde sie es nicht mehr erfahren, also ließ sie die beiden schlafen und kehrte ins Wartezimmer zurück, wo Mike inzwischen wieder neben Nick saß.

„He, Sam, gibt es was Neues?“, wollte ihr Schwager wissen.

„Ich habe Norman aus dem Wohnheim geholt und ihn zu Brooke ins Bett gelegt.“

Bei der Erwähnung des geliebten Stofftiers seiner Tochter kamen Mike die Tränen. Es brach Sam das Herz, ihren großen, bärenstarken Schwager in einer solchen Verfassung zu sehen.

„Ich komme damit nicht klar“, flüsterte er. „Die eine Hälfte von mir will sie umbringen, die andere fleht zu Gott, er möge dafür sorgen, dass sie das alles irgendwie übersteht.“

Sam setzte sich auf der anderen Seite neben ihn und legte ihm den Arm um die Schultern. „Es ist völlig verständlich, dass du das beides empfindest, und mir geht es genauso.“

Mike schwieg einen Augenblick und sagte dann an Nick

gewandt: „Danke, dass du hier warst. Ich weiß das wirklich zu schätzen."

„Gerne."

„Ich gehe jetzt wieder rein, falls Tracy mich braucht."

„Ich schaue nach den Kindern, wenn wir heimkommen", versprach Sam. „Vielleicht können sie morgen bei uns bleiben, das wäre immerhin mal ein Tapetenwechsel."

„Das würde ihnen sicher gefallen. Sie sind gern bei Scotty."

„Er hat sie auch furchtbar gern." Sam umarmte ihn. „Halt durch, okay? Wir stehen alle hinter dir."

Mike nickte und wischte sich neue Tränen aus dem Gesicht, als er sie losließ.

„Wir sehen uns dann morgen", sagte Nick und umarmte Mike. „Ruf an, wenn wir sonst noch was tun können."

„Danke."

Auf dem Weg zum Aufzug legte Nick den Arm um Sam. „Ich hatte schon immer großen Respekt vor ihm, weil er Brooke behandelt wie sein eigenes Kind, aber im Moment wächst er wirklich über sich hinaus."

„Finde ich auch. Er ist wunderbar, und so war er schon von Anfang an zu ihr. Tracy sagt immer, Brooke habe ihn sich als Vater ausgesucht. Als sie klein war, standen die beiden einander so nahe. Die ganze Sache muss ihn innerlich völlig zerreißen."

„Tut sie. Er hat vorhin geheult wie ein Schlosshund. Ich habe ihn nach Kräften getröstet, doch es war echt nicht einfach."

„Danke, dass du ihm ein guter Freund bist", antwortete Sam. „Ich mag ihn. Schon immer."

Im Aufzug lehnte er sich an die Rückwand und schaute sie an. „Kannst du mir jetzt dein großes Geheimnis erzählen?"

„Tatsächlich geht es nicht um *mein* großes Geheimnis. Sondern ausnahmsweise um deins."

„Hm?"

Er folgte ihr aus dem Aufzug und durch die Eingangshalle zum Ausgang, durch den sie in die frische Abendluft hinaustraten.

„Verdammt, ist das kalt heute Nacht", beschwerte sich Sam, wickelte sich fester in ihre Jacke und freute sich schon auf die Sitzheizung des BMW.

„Nicht das Thema wechseln, Samantha."

„Du wirst entschuldigen, dass ich die Tatsache genieße, dass ich ausnahmsweise mal etwas über dich in Erfahrung gebracht habe und nicht umgekehrt." Auch wenn sie über seine Geheimniskrämerei spöttelte, interessierte es sie brennend, warum er das Gefühl hatte, ihr etwas so Wichtiges wie das Angebot des Präsidenten vorenthalten zu müssen.

Hätten sie den Tag nicht ohnehin zum Großteil in Unfrieden miteinander verbracht, hätte sie definitiv mehr Aufhebens darum gemacht, dass er etwas vor ihr verheimlicht hatte. Jetzt war sie erleichtert, dass sie sich ausgesöhnt zu haben schienen, und wollte nicht gleich einen neuen Streit vom Zaun brechen.

Er hielt ihr die Tür auf, dann stieg er vorsichtig selbst ein.

„Kannst du überhaupt fahren?"

„Ja, geht schon." Doch er verzog das Gesicht, als er den Wagen anließ, die Heizung einschaltete und sich ihr zuwandte. „Sag schon. Was glaubst du Geheimes über mich zu wissen?"

„Oh, ich *glaube* es nicht nur zu wissen, ich *weiß* es, und es ist ein großes Geheimnis. Tatsächlich ist es so groß, dass ich jetzt ein ganzes Jahr lang einen Freifahrtschein dafür habe, dir Dinge vorzuenthalten."

„Samantha, du stellst meine Geduld auf eine harte Probe. Hörst du bitte mal auf, Spielchen zu spielen, und spuckst aus, worum es geht?"

„Sagt dir das Wort ‚Vizepräsident' etwas?"

Sein Gesicht wurde vollkommen ausdruckslos, er öffnete den Mund und schloss ihn gleich wieder.

„Aha! Es stimmt also! Wann hat Nelson dich gefragt, und warum hast du mir nichts davon erzählt?"

„Wie hast du davon erfahren?"

„Ich habe zuerst gefragt."

Er starrte stur geradeaus. Im orangefarbenen Licht der Parkplatzbeleuchtung sah sie die Müdigkeit und den Schmerz in seinen Zügen. „Wir haben auf der Reise nach Afghanistan darüber gesprochen. Gooding hat einen Hirntumor und wird zurücktreten. Nelson sucht Ersatz für ihn. Das hat er mir gegenüber erwähnt. Mehr war nicht."

„Mehr war nicht? Warum behauptet meine Quelle dann, du wärest seine erste Wahl?"

„Wer ist deine Quelle?“

„Das verrate ich dir nicht.“

„Ist es jemand, bei dem die Gefahr besteht, dass er es in ganz Washington herumerzählt?“

„Vielleicht.“

„Großartig.“

Sam wollte alle Einzelheiten wissen. „Was hast du gesagt, als Nelson dich gefragt hat?“

„Die Wahrheit. Es wäre nicht gut für uns. Wir haben gerade erst Scotty bei uns aufgenommen, und dann sind da noch dein Job und die Sache mit deinem Vater. Wir haben wirklich genug um die Ohren.“

„Nick, er schlägt dir praktisch vor, in vier Jahren zu kandidieren. Wie kannst du dazu Nein sagen?“

Er sah sie aus den Augenwinkeln an, ein Blick, der üblicherweise bedeutete, dass er über ganz andere, durchaus erfreulichere Dinge nachdachte. „Ist das eine ernst gemeinte Frage?“

„Ist es *meinetwegen*?“

„Samantha, sei ehrlich zu dir und zu mir. Du würdest dieses Leben hassen, ständig umgeben vom Secret Service, nicht in der Lage, zu irgendetwas deine ehrliche Meinung zu äußern, der Umzug ins Naval Observatory, und du müsstest den Job aufgeben, den du liebst. All das wäre ein Albtraum für dich.“

Sie wand sich ein bisschen, weil er damit recht hatte. „Trotzdem ... Ich will nicht der Grund dafür sein, dass du eine solche Chance in den Wind schlägst. Du könntest Vizepräsident werden, Nick, und eines Tages vielleicht sogar Präsident. Ich meine ... mein Gott.“

Lachend griff er nach ihrer Hand. „Ich habe alles, was ich je wollte, und mehr – dich, Scotty, einen großartigen Beruf und unser unglaubliches Leben. Was könnte ich mehr wollen, außer vielleicht ein bisschen Zeit zu zweit mit meiner wunderschönen Frau?“

„Du könntest Vizepräsident werden.“

„Ja, und meine Frau, die ich mehr liebe als alles andere auf der Welt, wäre todunglücklich und würde ihres Lebens nicht mehr froh werden, und wir hätten nie mehr Zeit für uns. Nein, danke.“

„So einfach ist das nicht.“

Er legte den Rückwärtsgang ein und fuhr aus der Parklücke. „Doch, genau so einfach ist das.“

Sie schüttelte den Kopf. „Das war noch nicht das letzte Wort in dieser Sache.“

„Es hat keinen Sinn, darüber zu reden. Ich habe Nelson schon signalisiert, dass ich nicht interessiert bin.“

„Das bedeutet allerdings nicht, dass *er* nicht interessiert ist. Nach allem, was ich gehört habe, bist du nach wie vor seine erste Wahl. Darf man dem Präsidenten denn überhaupt einen Wunsch abschlagen?“

„Ich glaube nicht, dass es ein Gesetz dagegen gibt.“

„Sollte es aber. Schau das noch mal für mich nach, ja?“

„Sicher, Babe. Was immer du willst.“ Er drückte ihre Hand. „Wann willst du eigentlich mal schlafen?“

„Direkt nach der Besprechung. Dusche und Bett.“

„Gut. Wenigstens eine Sache, über die wir heute nicht streiten müssen.“

„Mmm.“ Sie nutzte die Gelegenheit, ein paar Minuten lang die Sitzheizung, das schöne Gefühl seiner Hand in ihrer und seinen angenehmen Geruch, der das Auto erfüllte, zu genießen.

„Baby.“ Sie beugte sich in die Richtung seiner Stimme. „Baby, wach auf. Wir sind zu Hause.“

„Ich habe nicht geschlafen.“

„Natürlich nicht.“

Sam öffnete mühsam die Augen und hielt sie genauso mühsam offen. „Ich muss vor der Besprechung noch mal kurz rüber, um nach Scotty zu schauen und wenigstens den Versuch zu unternehmen, mich mit meinem Vater zu versöhnen.“

„Guter Plan. Ich komme mit und passe auf, dass du nicht umkippst.“

KAPITEL 8

Drüben schauten Scotty, Abby und Ethan gerade einen Film, schon im Schlafanzug, und teilten sich eine Schüssel Popcorn.

„Sam!" Die achtjährige Abby sprang so schnell auf, dass sie beinahe das Popcorn umgeworfen hätte, das Scotty in letzter Sekunde rettete.

Sam schnappte sich ihre Nichte, umarmte sie und atmete den Blumenduft ihres Shampoos ein. „Hey, Süße." Sie küsste Abby auf die Wange. „Wie geht's, wie steht's?"

„Gut, aber wir schauen ‚Cars'." Sie verzog das Gesicht, und ihre blonden Locken hüpften auf und ab. „Die Jungs haben den Film ausgesucht."

„Dafür darfst du das nächste Mal bestimmen, oder?"

„Ja." Sie schmiegte sich an Sams Hals, und diese drückte sie etwas fester an sich. „Sam?"

„Mhm?"

„Wird Brookie wieder gesund?"

„Ja, Kleines. Sie wird schon wieder."

„Ethan hat gesagt ..."

„Was denn?"

„Dass sie Drogen genommen und andere schlimme Sachen getan hat. Stimmt das?"

„Zum Teil ja, aber mach dir keine Sorgen. Die Ärzte kümmern

sich hervorragend um sie, und deine Eltern sind bei ihr. Wenn es ihr morgen besser geht, darfst du sie sicher zusammen mit Ethan besuchen, okay?"

„Okay."

Sam gab ihr einen weiteren Kuss auf die Wange und setzte sie ab. Die Sorge des kleinen Mädchens um seine Schwester rührte sie. „Und wie geht es dir, Ethan?", fragte sie ihren neunjährigen Neffen.

Ohne den Blick vom Fernseher zu wenden, antwortete er: „Gut."

Sam ließ sich neben Scotty nieder, nahm ihn in den Arm und zog seinen Kopf zu sich herunter, um ihn auf die Stirn küssen zu können. „Hi, mein Süßer."

„Hey. Wie geht es Brooke?"

„So weit okay. Wie läuft's bei euch?"

„Gut. Wir haben Spaß."

„Ein paar Leute von der Arbeit kommen gleich für eine Besprechung zu uns nach Hause. Möchtest du daheim schlafen oder hierbleiben?"

„Ich bleibe hier. Die beiden anderen kriegen sich ständig in die Haare, und da muss ich schlichten. Celia sagt, sie braucht mich, damit das nicht außer Kontrolle gerät."

Sam musste sich ein Lachen verkneifen, und als sie aufsah, bemerkte sie, dass es Nick genauso ging. „Wo ist sie eigentlich?"

„Sie hilft Opa Skip, sich bettfertig zu machen."

Sam küsste ihn erneut und verwuschelte ihm das Haar, was ihr einen gespielt empörten Blick von ihm eintrug. „Ich lasse euch mal weiter euren Film schauen, und wir sehen uns morgen früh, okay?"

„Musst du morgen arbeiten?"

„Ja, aber ich hoffe, ich werde vor dem Truthahntag mit allem fertig."

„Das hoffe ich auch. Außerdem sollst du am Freitag zu meinem Spiel kommen."

„Das möchte ich unter keinen Umständen verpassen."

„Ich weiß."

„Schlaf gut. Ich hab dich lieb."

„Ich dich auch."

Sam pikte Ethan über Scottys Kopf hinweg in die Rippen, was ihm ein Kichern entlockte.

„Hör auf, Sam."

„Zwing mich doch."

„He!", rief Scotty. „Merkt ihr eigentlich, dass ich zwischen euch sitze?"

Ethan streckte den Arm über Scotty, um sich bei Sam zu revanchieren, die ihm mit einem Geschick auswich, das sie nach über vierundzwanzig Stunden praktisch ohne Schlaf eigentlich nicht mehr hätte haben dürfen. Erleichtert, dass es ihr gelungen war, Ethan zum Lachen zu bringen, ergriff sie die Flucht in die Küche und hoffte auf eine Gelegenheit, mit Celia zu sprechen.

„Nimm dir ein Bier, wenn du willst", sagte Sam zu Nick. „Ich trinke ein Wasser."

Er öffnete den Kühlschrank und holte die Getränke heraus.

Celia erschien ein paar Minuten später und strahlte, als sie die beiden erblickte. „Hallo, ihr Lieben." Sie umarmte und küsste sie nacheinander. „Wie ist die Lage?"

„Im Krankenhaus ist alles unverändert, aber wir kommen wenigstens mit unseren Ermittlungen voran."

„Das ist alles so furchtbar. Dein Vater ist völlig außer sich."

„Ist er noch wach?"

„Ja, und ich bin sicher, er würde sich freuen, dich zu sehen."

Sam wünschte, sie wäre sich da genauso sicher. Trotzdem riss sie sich zusammen und betrat das Schlafzimmer, das ihnen früher als Esszimmer gedient hatte. Doch Schlafen im ersten Stock kam nicht mehr infrage, weil ihr Vater die Treppe nicht hinaufkam. Sein Beatmungsgerät lief, weil er sonst im Liegen nicht genügend Luft bekommen hätte.

Der Blick, mit dem er sie begrüßte, verriet ihr, dass er weiter wütend auf sie war. Seine stahlblauen Augen sprachen manchmal Bände.

„Das über den Fitzgerald-Fall hätte ich nicht sagen sollen. Das war ein Tiefschlag."

„Ja."

„Tut mir leid."

„Entschuldigung unter Protest angenommen." Seine Worte waren wegen der Atemmaske nur schwer verständlich.

Sam stieß einen erleichterten Seufzer aus, in den sich ein Lachen mischte, und ließ sich auf den Stuhl neben seinem Bett fallen. „Mit dir und Nick hatte ich heute schon Streit. Jetzt muss ich mich bloß noch mit Scotty anlegen, dann ist es ein Hattrick."

„Ich will ehrlich zu dir sein." Er wartete zwei Atemzüge ab. „Vorhin war ich sauer auf dich, aber dann habe ich erkannt ...", wieder wartete er die Beatmung ab, „dass ich eigentlich gar nicht auf dich sauer bin. Sondern auf Brooke."

„So geht es uns allen. Mike hat es am besten ausgedrückt. Die eine Hälfte von ihm will sie umbringen, und die andere betet zu Gott, dass sie das alles irgendwie heil übersteht."

„Ja, genau", stimmte Skip zu und schloss kurz die Augen. „Tracy war so fertig, als ich vorhin drüben war."

„Als ich dort war, hat sie geschlafen."

„Gut."

„Du solltest auch schlafen. Vor der OP brauchst du Ruhe."

„Mir geht es gut. Was gibt es Neues?"

Sam berichtete ihm von ihrem Tag und davon, was Avery und sie in Virginia erfahren hatten, ebenso von der frustrierenden Unterhaltung mit Hodas Mutter.

„Hast du eine Fahndung nach der jungen Frau und dem Auto rausgegeben?"

„Ja, und Archie versucht, ihr Handy zu orten." Sie erzählte ihrem Vater vom Gespräch mit dem Polizeichef, in dem sie diesen davon überzeugt hatte, sie wieder mit dem Fall zu betrauen. „Er hat gesagt, wenn ihm der Kopf platzt, was irgendwann unvermeidlich der Fall sein wird, wäre das meine Schuld."

Skip lächelte so breit, wie es ihm sein halbseitig gelähmtes Gesicht erlaubte. „Du machst ihn wahnsinnig."

„Ich weiß. Das ist eines meiner Spezialtalente: die Männer in meinem Leben wahnsinnig machen."

„Darin bist du in der Tat unschlagbar. Ich wünschte, ich könnte zu eurer Besprechung kommen."

„Ich auch, aber ruh dich besser aus." Sie erhob sich und beugte sich über ihn, um ihn auf die Stirn zu küssen. „Entschuldige noch mal wegen des Tiefschlags."

„Es war zwar ein Tiefschlag, allerdings lagst du auch nicht ganz falsch."

Sie lächelte ihn an. „Ich hab dich lieb, alter Herr."

„Wen nennst du hier ‚alt'?"

Bei seiner gespielt empörten Erwiderung wurde ihr Lächeln breiter. „Bis morgen."

„Ich hab dich auch lieb, meine Kleine."

Nachdem sie sich nun mit dem anderen wichtigen Mann in ihrem Leben versöhnt hatte, ging Sam davon aus, dass sie gut würde schlafen können.

„Alles wieder in Ordnung?", fragte Celia, als Sam die Küche betrat.

Sam war nicht überrascht, dass ihre Stiefmutter über ihre Auseinandersetzung mit Skip Bescheid wusste. „Alles wieder in Ordnung."

„Das ist gut. Eine weitere schlaflose Nacht hätte ihm nicht gutgetan."

„Genau das habe ich ihm auch gesagt. Wir müssen jetzt los. Um zehn kommen meine Leute vorbei."

„Weißt du irgendetwas darüber, wie es Tommy heute bei Gericht ergangen ist?", erkundigte sich Celia.

„Noch nicht", antwortete Sam, leicht beschämt, weil sie die wichtige Anhörung komplett vergessen hatte. Sie fragte Nick: „Hast du was von Christina gehört?"

„Kein Wort."

„O Gott", sagte Sam. „Ich hoffe, es ist alles in Ordnung."

„Das werden wir bald herausfinden", meinte Nick und erhob sich. „Danke für das Bier, das ich mir sträflicherweise genommen habe, ohne vorher zu fragen, Celia."

Lachend erwiderte sie: „Du kannst dich jederzeit bedienen. Unser Bier ist dein Bier."

Sie verabschiedeten sich von Scotty, Abby und Ethan und verließen das Haus. Nick legte den Arm um Sam und küsste sie auf den Scheitel. „Das ist der Vorteil einer Großfamilie", erklärte er.

„Was meinst du?"

„Nur hier und bei den O'Connors habe ich das Gefühl, einfach an den Kühlschrank gehen und mir ein Bier nehmen zu können. Es fühlt sich einfach an wie zu Hause."

„Ich freue mich, dass du das so empfindest, und ich weiß,

meinen Vater und Celia würde es ebenfalls freuen. Wir wollen alle, dass du dich bei uns daheim fühlst."

„Das tue ich, und ich liebe es."

„Wir lieben dich auch, Nick."

Sie gingen die Rampe zu ihrem eigenen Haus hoch, und Sam warf wie immer ihre Jacke aufs Sofa. Nick wäre nicht Nick gewesen, wenn er sie nicht sofort in den Garderobenschrank gehängt hätte, was Sam für völlig sinnlos hielt. Sie würde sie schließlich am nächsten Morgen wieder brauchen.

„Wie spät ist es?", fragte er.

„Viertel vor zehn."

„Komm her."

Sie schmiegte sich auf dem Sofa an ihn. „Hier bin ich."

„Wir haben noch fünfzehn Minuten zum Rumknutschen, bevor deine Leute eintreffen, und die gedenke ich voll und ganz auszukosten. So kannst du anfangen, unseren geplatzten Urlaub bei mir wiedergutzumachen."

„Anfangen?"

„O ja, du wirst jede Menge Buße tun müssen, bis ich dir vergebe."

Sam setzte sich vorsichtig auf seinen Schoß, um den geprellten Rippen nicht zu nahe zu kommen. „Buße und Vergebung. So weit ist es schon?"

Er legte beide Hände auf ihren Hintern und zog sie enger an sich. „Absolut."

„Vorsicht", flüsterte sie dicht an seinen Lippen. „Ich will dir nicht wehtun."

„Halt die Klappe und küss mich."

Sie tat es, doch gerade als ihre Lippen sich berührten, ging die Türklingel.

Er stöhnte übertrieben, als sie sich von seinem Schoß schwang, um ihren Besuchern zu öffnen.

„Wir machen später weiter, Senator."

„Die Wiedergutmachungsleistung hat sich gerade verdoppelt."

Natürlich kam ausgerechnet Avery Hill als Erster.

„Verdreifacht", knurrte Nick auf dem Sofa, und Sam unterdrückte ein Lachen.

„Hey, immer hereinspaziert."

„Bin ich zu früh dran?"

„Überhaupt nicht. Die anderen sind bestimmt auch gleich da." Sie betete zu Gott, dass es so sein würde, denn sie wollte keine Sekunde mehr als unvermeidbar mit diesen beiden Alphamännchen allein in einem Raum verbringen. „Möchten Sie etwas trinken?"

„Nein, danke. Ich habe keinen Durst." Er nickte Nick zu. „Senator."

„Agent Hill."

Ihr normalerweise so freundlicher Mann reichte dem FBI-Agenten, der weiter auf der Türschwelle stand, nicht die Hand und hielt sich auch nicht mit Höflichkeitsfloskeln auf, sondern starrte ihn nur unverwandt an.

Sam ließ sich neben Nick nieder und hätte ihm am liebsten einen Rippenstoß verpasst, ließ es aber wegen seiner Verletzung bleiben. „Setzen Sie sich, Avery. Ich wollte Sie ohnehin noch etwas fragen."

Hill nahm auf einem Sessel Platz, wenn auch ganz an der Kante, während Nick ihn weiter mit seinem Blick fixierte. Wenn er mit dem Mist nicht aufhörte, würde *er* bald Wiedergutmachung leisten müssen.

„Nämlich?", fragte Hill.

„Nächste Woche wird mein Vater operiert. Die Kugel, die seit drei Jahren in seinem Rückgrat steckt, muss entfernt werden."

„Wow, warum ausgerechnet jetzt?"

„Sie wandert, und die Ärzte halten es für zu riskant, sie im Körper zu lassen." Sam schluckte schwer und versuchte, nicht an die OP und die damit verbundenen Risiken zu denken. „Da noch immer unklar ist, wer auf ihn geschossen hat, versteht es sich von selbst, dass wir darauf brennen, diese Kugel in die Finger zu kriegen und sie ballistisch untersuchen zu lassen. Ich hatte gehofft, Sie könnten die forensische Analyse für mich etwas beschleunigen."

„Natürlich. Ich werde tun, was ich kann."

„Danke. Wenn das von Ihnen kommt, wird es im Labor einfach schneller erledigt, als wenn es von uns eingereicht wird."

„Apropos, die Cyber-Crime-Leute sind kurz davor, aufzudecken, von wo genau das Video und die Fotos stammen.

Wir kennen bereits die IP-Adresse, meine Leute arbeiten im Moment daran, dieser auch eine tatsächliche Straßenadresse zuzuordnen."

„Das ist großartig. Vielen Dank."

„Gern. Das Labor arbeitet unter Hochdruck an dem Laptop und dem iPad."

„Ausgezeichnet." Während Sam sich mit Avery unterhielt, war ihr nur allzu bewusst, dass Nick neben ihr saß. Sie konnte sich gut vorstellen, wie er es fand, dass sie den FBI-Agenten um einen Gefallen nach dem anderen bat. Als sich ein weiterer Gast ankündigte, hätte sie am liebsten gejubelt.

Sie riss die Tür auf und fand sich Lieutenant Archelotta gegenüber, der sich eine Akte unter den Arm geklemmt hatte. Hervorragend! Sie hatte nun also in dem Haus, das sie gemeinsam mit ihrem Mann bewohnte, nicht bloß einen Typen zu Gast, der offensichtlich in sie verknallt war, sondern auch noch einen, mit dem sie früher mal tatsächlich geschlafen hatte.

„Hi, Archie. Komm rein."

„Ich habe gehört, du trommelst die Truppen zusammen, da dachte ich, ich könnte vielleicht behilflich sein." Er reichte ihr die Akte. „Die Auswertung des Handys deiner Nichte."

„Danke. Setz dich doch. Möchtest du etwas trinken?"

„Nein, danke."

„Du kennst ja Agent Hill und meinen Mann Nick."

Archie schüttelte Hill und Nick die Hand. „Senator."

„Lieutenant."

Sam war ungeheuer froh, dass sie Nick nie erzählt hatte, dass sie nach ihrer Scheidung von Peter eine Weile mit Archie zusammen gewesen war – zumal ihre Beziehung in erster Linie auf Sex beruht hatte. Das musste Nick nicht wissen.

Wo um alles in der Welt blieb der Rest ihres Teams? Sie schrieb eine SMS an Freddie und Gonzo.

Kommt ihr?

Sind in zehn Minuten da, antwortete Freddie.

Fantastisch. Sam nutzte das angespannte Schweigen in ihrem Wohnzimmer, um den Bericht durchzusehen, den Archie ihr mitgebracht hatte. Als all die Zahlen und Buchstaben zu einem unentzifferbaren Chaos zusammenflossen, hätte Sam vor

Frustration am liebsten aufgeheult. Ihre Dyslexie erhob meistens dann ihr hässliches Haupt, wenn sie müde war, und das wäre in diesem Augenblick eine Untertreibung gewesen.

Nick registrierte ihre Verzweiflung, nahm ihr den Bericht aus der Hand und blätterte ihn durch. „Hier", sagte er und deutete auf eine Stelle. „Der SMS-Austausch zwischen Brooke und Hoda, bei dem sie den Ausbruch planen."

Ohne einen Gedanken daran zu verschwenden, dass sich zwei weitere Männer mit ihnen im Zimmer befanden, verlangte Sam: „Lies vor."

„*Davey hat sich ins Büro seines Vaters geschlichen und das Schreiben beglaubigt. Glaubst du, das klappt? – Wegen des Feiertags wird ohnehin viel los sein. Da prüft das niemand so genau. – Ich hoffe, du hast recht. Meine Mutter dreht durch, wenn ich nicht da bin, wenn sie mich abholen kommen. – Du wirst da sein.*"

„Sie wollte also noch in derselben Nacht zurückkehren", sagte Sam. „Wie wollten sie das denn bewerkstelligen, so betrunken und zugedröhnt, wie sie waren?"

„Vielleicht hatten sie vorher ausgemacht, wer die anderen heimfahren und nüchtern bleiben musste?", mutmaßte Archie.

„Das traue ich diesen jungen Leuten eigentlich nicht zu", wandte Sam ein. „Auch meiner Nichte nicht."

„Kriegst du von oben Druck wegen der Verbindung deiner Nichte zu dem Fall?", fragte Archie.

„Schon, aber wir haben sie als Verdächtige für die MacArthur-Morde ausgeschlossen, und ihren Fall bearbeitet die Spezialeinheit."

„Ah, okay. Ich habe gehört, Springer persönlich habe gefordert, dass du mit dem Fall betraut wirst. Er hat gesagt, er wolle die beste Ermittlerin, nämlich Lieutenant Holland."

„Nun, wo er recht hat, hat er recht", meinte Sam, und alle drei Männer lachten, was die Situation etwas entspannte.

Ein paar Minuten später trafen Freddie und Gonzo ein, kurz danach McBride, Tyrone, Arnold, Carlucci und Dominguez. Als alle saßen, informierte Sam sie über die Entscheidung, die der Polizeichef und sie zuvor getroffen hatten. „Doch bevor wir weitermachen ... Gonzo, ich wüsste zu gerne, wie es dir heute bei Gericht ergangen ist."

Er grinste. „Dauerhaftes alleiniges Sorgerecht.“

„Ich glaube, ich spreche für uns alle, wenn ich sage, wir sind erleichtert und freuen uns für Christina und dich“, antwortete Sam aus tiefstem Herzen.

„Danke, Lieutenant.“

„Chief Farnsworth und ich haben uns darauf geeinigt, dass ich zwar am MacArthur-Fall mitarbeite, du allerdings weiterhin die Leitung hast.“

„Oh“, erwiderte Gonzo und setzte sich etwas aufrechter hin. „Okay.“

Sam berichtete von ihrem Tag und gab die Informationen, die sie in Brookes Internat gesammelt hatte, an das Team weiter. Als sie fertig war, forderte sie Gonzo mit einem Nicken auf, die Leitung der Besprechung zu übernehmen.

„Was haben die anderen zu berichten?“, fragte er.

Es klingelte erneut an der Tür, und Sam ließ Lindsey McNamara und Terry O'Connor ein.

„Tut mir leid, dass ich zu spät komme“, erklärte Lindsey. „Wir waren essen, als mich deine Nachricht erreicht hat.“

„Ich muss nicht bleiben, wenn dir das nicht recht ist“, fügte Terry hinzu.

„Komm ruhig rein“, lud ihn Sam ein. „Das ist schon in Ordnung.“

Als Nick seinen stellvertretenden Stabschef sah, erhob er sich langsam vom Sofa und schüttelte Terry die Hand. Dann deutete er auf die Küche. „Ich wollte mir gerade was zu trinken holen. Möchtest du auch was?“

„Da sage ich nicht Nein“, antwortete Terry, und die zwei Männer verschwanden nach nebenan. Ein ganzer Raum voller Polizisten schien beiden nicht so recht zu behagen.

„Cruz“, wandte sich Gonzo an seinen Kollegen. „Was hast du?“

Freddie warf einen Blick auf seine Notizen. „Zunächst mal eine Liste aller Opfer. Hugo Springer, siebzehn, wohnhaft am Tatort. Michael Chastain, siebzehn, und Todd Brantley, achtzehn, beide im letzten Jahr auf der Wilson High School. Kevin Corrigan, achtzehn, hat dieses Jahr an der Wilson seinen Abschluss gemacht. Bei den Mädchen handelt es sich um Lacey Morrison, sechzehn, Kelsey Lewis, fünfzehn, Julia Pelse, siebzehn, Maura

McHugh, siebzehn, und Shana Gilford, sechzehn. Lacey, Kelsey und Julia besuchten die Roosevelt. Maura und Shana gingen wie Hugo Springer auf die Sidwell Friends. Alle Eltern sind unterrichtet, aber wir haben ihnen bisher, genau wie der Presse und dem Fernsehen, die Einzelheiten des Verbrechens vorenthalten."

„Die Eltern wissen also nicht, dass Drogen, Alkohol und Sex im Spiel waren", fasste Sam zusammen.

„Richtig", erwiderte Freddie. „Alle drei Schulen stellen für Mitschüler eine psychologische Notfallbetreuung zur Verfügung."

„Irgendwann werden wir den Eltern mitteilen müssen, was da tatsächlich gelaufen ist", bemerkte Gonzo.

„Ich fürchte auch", pflichtete ihm Sam bei. „Vielleicht können wir sie alle irgendwo versammeln, wenn wir mehr wissen." Sie erzählte den anderen, was Scotty in der Nacht, als man Brooke vor ihrem Haus abgelegt hatte, beobachtet hatte. „Wenn möglich, würde ich ihn gerne aus der offiziellen Ermittlung heraushalten, weil er nichts gesehen hat, was dazu beitragen könnte, die beteiligten Personen oder das Auto zu identifizieren. Allerdings wusste er noch, dass man sie gegen halb zwölf draußen abgeladen hat. Er sagt, zwei Personen seien mit Brooke vom Rücksitz ausgestiegen, während eine weitere im Auto gewartet habe. Die beiden haben Brooke die Rampe hochgetragen, sie abgelegt und sind zum Wagen zurückgerannt, der losfuhr, kaum dass sie wieder drin waren. Wir können also davon ausgehen, dass zusätzlich zu den neun Opfern mindestens vier weitere Personen im Haus der Springers waren, darunter Brooke und Hoda. Ich wüsste aber gern, ob es vielleicht sogar mehr waren."

„Die Nachbarn haben angegeben, die ganze Nacht über seien viele Autos angekommen und wieder weggefahren", ergänzte Jeannie.

„Dr. McNamara", sagte Gonzo. „Was haben die Autopsien ergeben?"

„Alle Opfer sind an Stichwunden und Blutverlust gestorben. Die toxikologischen Befunde liegen noch nicht vor. Das Labor war heute völlig überfordert, das dauert also noch eine Weile, doch alle Leichen haben nach Alkohol gerochen. Der Todeszeitpunkt aller Opfer liegt zwischen 23 Uhr und 23:15 Uhr."

„Die ganze Sache hat also nur eine Viertelstunde gedauert", stellte Gonzo fest.

Lindsey nickte. „Zum Todeszeitpunkt waren alle sexuell aktiv oder standen unmittelbar vor einer sexuellen Aktivität."

„Agent Hill?", fragte Gonzo. „Möchten Sie etwas ergänzen?"

„Mein Cyber-Crime-Team steht kurz davor, der IP-Adresse, von der die Fotos und das Video von Brooke Hogans Vergewaltigung auf Facebook, Twitter und Instagram hochgeladen worden sind, eine Straßenadresse zuzuordnen. Sobald wir diese Information haben, gebe ich sie Ihnen weiter. Wir untersuchen auch den Laptop und das iPad, die wir in Brookes Zimmer in ihrem Internat in Virginia beschlagnahmt haben, um möglichst viel über die Partyplanung und andere Personen, die sie im Zusammenhang mit der Party erwähnt haben könnte, zu erfahren."

„Wir wissen Ihre Hilfe zu schätzen", erklärte Gonzo.

„Ist mir ein Vergnügen."

„Bis wir mit Brooke sprechen und ihre Freundin Hoda aufspüren können, sollten wir uns aufteilen und die Eltern sämtlicher Opfer befragen, um herauszufinden, wer möglicherweise noch dabei war", schlug Gonzo vor. Er ging die Liste durch und teilte die Ermittler auf. „Versucht, Namen, Adressen und Telefonnummern von Freunden zu kriegen, und kontaktiert sie. Fragt nach Freunden, Freundinnen, Ex-Freunden und -Freundinnen, Leuten, mit denen ihre Kinder Krach gehabt haben. Wir brauchen außerdem mehr Informationen darüber, wer sich Zutritt zum Haus der Springers hätte verschaffen können. Darum kümmern sich Arnold und ich. Wir überprüfen zudem die Geschichte der Haushälterin und ihr Alibi."

Sam und Freddie wies er Todd Brantley und Kelsey Lewis zu. Der Gedanke, zum Sammeln von Informationen an die Türen trauernder Familien klopfen zu müssen, bedrückte Sam. Zwar musste es sein, aber es gefiel ihr nicht, und sie wusste, dass es den anderen genauso ging.

„Ich schlage vor, wir behalten auch die sozialen Netzwerke im Auge", sagte Archie. „Die Jugend macht ihrem Herzen gerne online Luft. Ich werde einigen meiner Leute auftragen, genau im Auge zu behalten, was über die Party und die Morde gepostet wird. Darüber hinaus können wir uns Zugang zu den Accounts der Opfer verschaffen, dann bekommen wir mit, wer kondoliert oder sonstige Kommentare hinterlässt." Während er sprach, tippte Archie auf seinem Smartphone herum. Zweifellos gab er seinen IT-Ermittlern schon entsprechende Anweisungen.

„Hervorragend", stimmte Gonzo zu. „Ich gehe davon aus, dass wir am Ende jeweils jede Menge neue Namen haben werden, mit denen wir uns befassen müssen, also arbeiten im Anschluss alle ihre eigenen Listen ab und halten mich auf dem Laufenden, wenn sie etwas entdecken." Er sah Sam an. „Gibt es noch etwas hinzuzufügen, Lieutenant?"

„Das wird nicht leicht", sagte Sam nachdenklich. „Wenn ihr Hilfe braucht, meldet euch. Es hat keinen Sinn, so zu tun, als würdet ihr das alles mühelos wegstecken, wenn dem nicht so ist."

„Richtig", bestätigte Gonzo. „Wir alle wissen, dass einem Fälle mit jungen Opfern ziemlich zusetzen können, also meldet euch, wenn ihr seelischen Beistand braucht. Wir treffen uns morgen Nachmittag um halb fünf im Hauptquartier wieder. Dominguez und Carlucci, ihr bleibt über Nacht im Labor und erstattet mir morgen früh um sechs Bericht. Alle anderen fahren nach Hause und schlafen sich aus. Morgen wird wieder ein langer Tag."

Obwohl Nick viel lieber noch ein Bier getrunken hätte, goss er sich und Terry, einem trockenen Alkoholiker, Softdrinks ein.

„Ich weiß nicht, wie die tagein, tagaus mit dieser Scheiße fertigwerden", begann Terry, als er sein Glas von Nick entgegennahm. „Dagegen ist unser Job der reinste Kindergarten."

„Im Senat habe ich tatsächlich häufig das Gefühl, in einem Kindergarten für Erwachsene gelandet zu sein", stimmte Nick lachend zu und nahm mit Terry am Tisch Platz.

„Allerdings. Trotzdem ... Hast du je Angst, Sam könnte unter der Last dessen, was sie sich jeden Tag ansehen muss, zusammenbrechen?"

„Ich mache mir eigentlich mehr Gedanken über Querschläger."

„Ja, ich schätze, die sind wirklich problematischer als die emotionale Belastung."

„Die bereitet mir durchaus Sorgen, aber damit kommt sie ziemlich gut klar. Doch dieser Fall ist schwieriger als die meisten anderen. Ihre Nichte Brooke war irgendwann auf dieser Party und ist dann irgendwie nackt, blutverschmiert und in ein Laken gewickelt vor unserer Tür gelandet."

„O mein Gott. Wie geht es ihr?"

„Sie wird wieder. Hoffen wir zumindest."

Terry schüttelte den Kopf und seufzte tief. „Tracy und Mike kommen mir echt nett vor."

„Sind sie auch. Das alles nimmt sie ziemlich mit."

„Nicht gerade der Urlaub, auf den ihr euch gefreut hattet, was?"

„Ganz und gar nicht. Aber Familie ist Familie, und man muss eben tun, was man tun muss."

„Ja, ganz genau." Terry musterte Nick, als wolle er noch mehr sagen.

„Was hast du auf dem Herzen?"

„Nur ein seltsames kleines Gerücht, das ich heute bei einem Treffen des Democratic National Committee gehört habe."

„Was für ein Gerücht?", fragte Nick, der schon ahnte, was gleich kommen würde.

„Es heißt, du sollst Goodings Nachfolger werden."

„Wer hat das behauptet?"

„Stimmt es denn?"

„Nelson hat mich gefragt. Ich werde es aber nicht machen."

Terry starrte ihn mit offenem Mund an. „Nelson hat dich gebeten, Vizepräsident zu werden, und du hast Nein gesagt?"

„Ja, ich habe Nein gesagt."

„Warum?"

Lachend erwiderte Nick: „Du klingst genau wie dein Vater, als ich es ihm erzählt habe."

„Ich kann mir seine Reaktion gut vorstellen. Nelson serviert dir deine Nominierung für die Präsidentschaftskandidatur in vier Jahren auf dem Silbertablett, wenn du sie willst. Das ist dir schon klar, oder?"

„Durchaus."

„Noch einmal: Warum?"

„Denk doch mal nach, Terry." Nick deutete auf die Küchentür, die sie von den Polizisten in seinem Wohnzimmer trennte. „Dann kommst du selbst auf die Antwort."

„Wegen Sam und ihres Jobs."

„Ja, und wegen Scotty, der erst ein paar Monate bei uns ist und sich bisher sehr gut eingelebt hat. Alles würde sich verändern, aber mir gefällt die gegenwärtige Situation." Er dachte an den geplatzten Urlaub. „Größtenteils zumindest."

„Trotzdem ... Vizepräsident ... der Vereinigten Staaten ..."

„Ich weiß." Nick verzog das Gesicht. „Es ist einfach der falsche Zeitpunkt."

Terry trank einen Schluck und wirkte dabei, als würde er gleich in Tränen ausbrechen.

„Alles in Ordnung?", fragte ihn Nick.

Terry tupfte sich dramatisch die Augen ab. „Irgendwann wieder. Vielleicht."

„Du und dein Vater", frotzelte Nick. „In politischen Belangen seid ihr euch unheimlich ähnlich. Er hätte beinahe einen Herzanfall gekriegt, als ich ihm erklärt habe, dass ich Nelsons Angebot abgelehnt habe."

„Ich bin überrascht, dass er nicht tot umgefallen ist. Allerdings hat Nelson nach allem, was ich gehört habe, noch nicht aufgegeben."

„Was soll das denn heißen? Ich habe abgelehnt."

Terry zuckte die Achseln. „Du bist und bleibst seine erste Wahl. Ich fürchte, du musst mit ganz schön Druck aus dem Weißen Haus rechnen, ehe er sich das aus dem Kopf schlägt. Vielleicht solltest du Derek mal nach seiner Sicht der Dinge fragen."

Nicks Freund Derek Kavanaugh war unlängst in seinen Job als stellvertretender Stabschef Nelsons zurückgekehrt. Seine Frau Victoria war einige Monate zuvor ermordet worden. Derek arbeitete sich gerade erst wieder ein, war aber mit Sicherheit längst von Nelson in dessen Überlegungen zum Thema Vizepräsidentschaft einbezogen worden. „Ich frag ihn mal, was er zu sagen hat, doch meine Entscheidung steht."

„Und wie denkt Sam darüber?"

„Sie war nicht begeistert davon, dass sie es aus der Gerüchteküche erfahren musste. Keine Ahnung, woher sie es hat, vermutlich von einem der Reporter, die ihr auf Schritt und Tritt folgen."

„Du hast es ihr nicht selbst erzählt?"

„Wozu? Er hat es angeboten, ich habe ,Nein, danke' gesagt und das war's."

„Hmm."

„Was soll das denn heißen?"

„Ich frage mich nur, wie sie wohl auf die Tatsache reagiert hat, dass du sie völlig im Dunkeln gelassen hattest."

„Sie war nicht erfreut, versteht aber, warum ich abgelehnt habe. Kannst du sie dir als Frau des Vizepräsidenten vorstellen?"

„Äh ..." Terrys Lippen zitterten.

„Lach ruhig. Ich finde den Gedanken auch ungemein erheiternd."

Sie lachten gemeinsam, und Nick war nach der brutalen Nacht und dem nicht weniger fordernden Tag, die sie gerade hinter sich gebracht hatten, froh darüber.

„Für dich würde sie das auf sich nehmen, das weißt du."

„Ja", seufzte Nick. „Doch für sie wäre jede einzelne Sekunde eine Qual. Das möchte ich ihr – und uns – nicht zumuten. Apropos Entscheidungen im Sinne der Familie ... Christina hat mich informiert, dass sie nur noch bis Weihnachten arbeiten wird, um mehr Zeit für Tommy und Alex zu haben."

„Wirklich? Wow, damit hätte ich nicht gerechnet."

„Ich auch nicht, kann es aber nachvollziehen. Kinder bleiben nicht lange klein, und sie will Zeit mit Alex verbringen. Ich glaube, sie hätte außerdem gerne ein eigenes Kind. Sie weiß, dass sie jederzeit zurückkommen kann, wenn sie wieder arbeiten möchte." Er hielt inne und musterte den Mann, den er seit zwanzig Jahren kannte und der ihm in den letzten sechs Monaten ein guter Freund geworden war. „Natürlich brauche ich nach ihrem Weggang einen Stabschef. Bist du an einer Beförderung interessiert?"

„Ehrlich?"

„Ganz ehrlich."

„Ich, äh ...“ Terry wandte sichtlich bewegt den Kopf ab, bis er sich wieder gefangen hatte. „Es wäre mir eine Ehre.“

„Danke.“

„Nein, ich danke *dir*. Wenn ich mir überlege, wo ich vor einem Jahr war und wo ich jetzt bin ... fehlen mir die Worte, und ich muss dir danken, weil du ohne Not ein großes Wagnis eingegangen bist, indem du mir vertraut hast.“

„Ich hatte jeden Grund dazu. Der alte Terry war noch irgendwo da drin, das war mir klar, und es war mir eine Freude, ihn im zurückliegenden Jahr an meiner Seite zu haben.“

„Trotzdem ist es schrecklich, dass mein Bruder erst sterben musste, ehe ich mich berappelt und mein Leben in Ordnung gebracht habe.“

„Er wäre stolz auf dich. Dein Bruder hat sich große Sorgen um dich gemacht.“

„Ja?“

Nick nickte. „Es hat ihm wehgetan, dass er auf deine Kosten einen Erfolg hatte, den er sich eigentlich gar nicht gewünscht hatte, und schon gar nicht um diesen Preis.“

„Wir ... wir standen einander nicht so nahe, wie es möglich gewesen wäre, und das gehört zu den vielen Dingen, die ich bedaure.“

„Es würde ihm bestimmt gefallen, zu sehen, wie du dich verändert hast“, versicherte ihm Nick. „Genau, wie es uns anderen gefällt. Außerdem würde er sich unheimlich darüber freuen, dass du mit Lindsey so glücklich bist.“

„Das hoffe ich doch. Er fehlt mir. Ich kann kaum glauben, dass er jetzt schon fast ein Jahr tot ist.“

„Geht mir genauso – und was in diesem Jahr alles passiert ist! Wenn er jetzt hier reinspaziert käme, würde er keinen von uns wiedererkennen.“

„Ja, oder?“, lächelte Terry. „Du bist verheiratet, ich trinke nicht mehr und habe zum ersten Mal in meinem Erwachsenenleben eine feste Beziehung, Christina steigt aus, um ihrem Verlobten zu helfen, seinen Sohn großzuziehen. Wer sind diese Leute, und was haben sie mit seinen Freunden und Verwandten angestellt?“

„Wir wurden auf die brutale Tour daran erinnert, dass das

Leben kurz ist, und sind dadurch alle erwachsen geworden. Ich glaube, das würde ihm gefallen."

„Ja. Natürlich. Auf dich und auf die verantwortungsvolle Art, wie du mit deinem Amt umgehst, wäre er auch stolz. Außerdem wäre er neidisch auf deine unglaublichen Zustimmungswerte und deine große Beliebtheit, weswegen Nelson so ungeheuer an dir als Vizepräsident interessiert ist."

„Fängst du jetzt wieder damit an?"

„Schließ es bitte nicht so kategorisch aus, Nick. Du musst diese einmalige Gelegenheit doch irgendwie für dich nutzen können, ohne gleichzeitig Sam unglücklich zu machen."

„Wenn, dann sehe ich nicht, wie. Erleuchte mich."

„Lass mich darüber nachdenken und mich ein bisschen umhören."

„Solange du nicht den Eindruck erweckst, ich würde ernsthaft darüber nachdenken – denn das tue ich nicht."

„Alles klar."

Lindsey kam in die Küche. „Können wir aufbrechen?", fragte sie Terry.

„Jederzeit."

„Ich habe von diesem Tag langsam wirklich genug, und morgen wird es nicht besser", erklärte sie. „Ich muss ins Bett."

Terry hob vielsagend die Brauen, was Nick zum Lachen brachte. „Ich halte dich auf dem Laufenden."

„Nur zu, aber du wirst mich nicht umstimmen können."

„Zur Kenntnis genommen." Terry erhob sich und schüttelte Nick die Hand. „Danke. Für alles."

„Ich danke dir. Sehen wir uns am Donnerstag?"

„Das möchte ich um nichts in der Welt verpassen."

Sam und Nick brachten sie zur Tür, schlossen hinter ihnen ab und schalteten die Alarmanlage scharf.

„Endlich allein", seufzte Nick, nahm seine Frau bei der Hand und ging mit ihr nach oben.

„Ich muss dringend duschen."

„Ja, ich auch. Lass uns Wasser sparen und das gemeinsam erledigen."

Wie immer ließ ihr Lächeln seine Welt erstrahlen. „Ich liebe es, wenn du kreativ wirst, um unsere Umwelt zu schützen."

Unter Schmerzen zog sich Nick langsam aus und genoss es, ihr beim Entkleiden zuzusehen. Sie drehte das Wasser auf und wandte sich wieder zu ihm um, als er gerade versuchte, aus seinem Hemd zu schlüpfen.

„Lass mich mal.“

Er gab auf und ließ sie gewähren.

„O Nick“, seufzte sie. „Das ist ja noch schlimmer geworden.“

„Halb so wild.“

„Ich wünschte, du würdest das nicht dauernd sagen, wo es doch offensichtlich nicht stimmt.“

„Mir geht es gut. Siehst du?“ Er ermutigte sie, den Blick etwas zu senken und zur Kenntnis zu nehmen, dass bei ihm tatsächlich alles in bester Ordnung war.

Sie lachte und umarmte ihn vorsichtig.

Üblicherweise stand er sofort in Flammen, wenn sich ihr weicher Körper an ihn presste, und auch dieser Abend bildete keine Ausnahme. Der stechende Schmerz in seiner Seite tat dem Verlangen keinen Abbruch.

Sie nahm seine Hand und führte ihn unter die Dusche, wo sie ihm erst das Haar und dann alle anderen wichtigen Bereiche wusch.

Nick lief ein Schauer über den Rücken, als er ihre Hände auf seiner Haut spürte. „Samantha, du machst mich wahnsinnig.“

„Ich wasche dich doch bloß.“

„Klar“, erwiderte er höchst amüsiert. „Jetzt bin ich an der Reihe.“ Er ließ etwas von ihrem Shampoo in seine Hände laufen und massierte es in ihr langes Haar ein.

„Ich kann das allein. Du solltest dich hinlegen.“

„Hör auf, mich wie ein Kleinkind zu behandeln.“

„Du behandelst mich auch wie ein Kleinkind, wenn ich verletzt bin.“

„Das lässt du doch gar nicht zu.“

Ausgesprochen sanft berührte sie seine Brust unmittelbar oberhalb der violetten Hämatome. „Ich finde es furchtbar, dass du Schmerzen hast.“

„Ja, ich weiß.“ Er legte die Arme um sie und zog sie an sich. „Aber ich fühle mich schon viel besser als noch vor fünfzehn Minuten.“

„Du nimmst alles immer so locker", sagte sie wie so häufig.

„Mmm, nur im Umgang mit dir." Wenn sie nicht so dringend Schlaf gebraucht hätte, hätte er die ganze Nacht mit der Frau, die er liebte, unter dem warmen Wasser stehen können. „Schaffen wir dich ins Bett."

„Schaffen wir *dich* ins Bett."

„Schaffen wir *uns* ins Bett."

Sam trocknete ihm den Rücken und die Schultern ab, damit er sich nicht verrenken musste, schnappte sich dann ein anderes Handtuch und frottierte sich das Haar halbwegs trocken. An ihrem Doppelwaschbecken putzten sie sich die Zähne.

„Lass uns die Bettseiten tauschen, damit ich dich heute Nacht nicht auf der verletzten Seite anremple", schlug sie vor, als sie ins Schlafzimmer gingen.

Weil er sie dicht an sich gepresst spüren wollte, wo sie hingehörte, stimmte er zu.

„Das ist seltsam", meinte er, als sie sich zudeckten. „Ich bin es total gewohnt, dass du links von mir liegst."

In der Dunkelheit lachte Sam leise und legte ihm die Hand flach auf den Bauch. „Tut mir leid, dass unser Urlaub ins Wasser gefallen ist."

„Das muss ja keine totale Katastrophe sein. Wir können trotzdem das Beste aus unserer gemeinsamen Woche machen."

„Weißt du noch, als wir geheiratet haben und ich dir gesagt habe, dass es niemals einen Zeitpunkt geben würde, an dem ich lieber woanders wäre als bei dir, selbst wenn es manchmal nicht so aussieht?"

„Daran erinnere ich mich vage", neckte er sie. In Wirklichkeit würde er niemals auch nur ein einziges Wort vergessen, das sie an jenem Tag zu ihm gesagt hatte.

„Das stimmt noch immer. Nirgends wäre ich jetzt lieber als hier bei dir, und wenn du das Gefühl hast, meine Arbeit oder meine Familie wären mir wichtiger als du, dann stimmt das nicht."

„Ich weiß, Babe. Tut mir leid, dass ich dir Vorwürfe gemacht habe, weil du tust, was du nun mal tun musst. Ich bin bloß ein bisschen selbstsüchtig, was dich betrifft, und wir haben so wenig gemeinsame Zeit."

„Ich bin auch selbstsüchtig, was unsere gemeinsame Zeit

angeht, und ich finde es furchtbar, dass uns ständig irgendetwas dazwischenkommt."

Er streichelte ihr den Rücken. „Jetzt gerade kommt uns nichts dazwischen."

„Du bist verletzt."

Er nahm ihre Hand und schob sie zwischen seine Beine. „Da nicht."

„Nick ..."

„Samantha ..."

„Ich will dir nicht wehtun", sagte sie und streichelte ihn, wohl wissend, worauf er hinauswollte.

Er konnte kaum atmen, geschweige denn sprechen, weil ihre Hand Wunder wirkte, doch er presste hervor: „Das wirst du nicht."

Vorsichtig setzte sie sich auf ihn und beugte sich vor, um ihn zu küssen. Ihr Haar fiel herab wie ein Vorhang, und er griff hinein, um zu verhindern, dass sie wieder zurückwich. „Halt still", verlangte sie, kippte ihr Becken ganz leicht und nahm ihn in sich auf.

„Ja", stieß er hervor, legte ihr zuerst die Hände auf die Hüften und umfing dann ihre Brüste.

„Du hältst nicht still."

„Ich kann nicht anders."

„Sag mir, wenn etwas wehtut."

„Es tut nichts weh, Babe. Ich schwöre es. Na ja, eine Sache schon, aber darum kümmerst du dich ja gerade."

Sam lachte, während sie sich ganz langsam bewegte, so langsam, dass er glaubte, vor Verlangen wahnsinnig zu werden. Doch er hielt sein Versprechen und überließ ihr die Führung.

„Ich wünschte, du könntest sehen, wie schön du gerade bist", flüsterte er. Ihr Haar war in letzter Zeit ziemlich lang geworden und bedeckte nun beinahe ihre Brüste, deren Spitzen unter den feuchten Locken hervorlugten. Ihre geöffneten Lippen, die geröteten Wangen und das sachte Wiegen ihrer Hüften brachten ihn in kürzester Zeit fast zum Höhepunkt. Er zwang sich, sich zurückzuhalten, ihr Zeit zu geben, auch so weit zu kommen.

Weil er wusste, dass sie Schlaf dringender brauchte als Sex, berührte er sie, um sie stärker zu erregen.

„Du hältst einfach nicht still", keuchte sie.

„Pssst." Er übte mit seinem Finger sanften Druck aus und streckte die andere Hand aus, um ihren Kopf für einen weiteren Kuss zu sich herabzuziehen.

Sie stöhnte dicht an seinen Lippen und unterbrach ihren Kuss erst, als sie den Höhepunkt erreichte.

Nick kam unmittelbar nach ihr. Er hielt sie eng umschlungen, während er immer wieder in sie stieß und ihm der Schmerz in seiner Seite fast den Genuss des Höhepunktes raubte. Doch das war es wert gewesen, dachte er, als sie auf ihn sank. Eingehüllt in den Duft von Vanille und Lavendel, den Duft seiner Samantha, lag Nick vollkommen glücklich da – zumindest für den Augenblick. Ihm war schon lange klar, dass er niemals genug von ihr bekommen würde, selbst wenn sie ewig lebten.

„Ich sollte nicht auf dir liegen."

„Wage es nicht, dich zu bewegen. Ich mag das."

„Mmm, ich liebe dich."

„Ich liebe dich auch. Gönn dir mal ein bisschen Schlaf, Babe."

„Ich geh gleich von dir runter."

„Okay."

Sie schlief ein, wo sie war, wobei sie noch immer vereint waren.

Er strich ihr das Haar aus dem Gesicht und küsste sie auf die Stirn. Der Schmerz, den ihm seine Verletzung bereitete, war nichts im Vergleich zu dem Zauber, den sie um ihn wob, wenn sie in seinen Armen lag. Sie war alles, was er brauchte, alles, was er jemals brauchen würde.

KAPITEL 9

Als Sams Wecker um Punkt sechs klingelte, stellte sie fest, dass sie die ganze Nacht auf Nick liegend verbracht hatte, der sie noch immer im Arm hielt. Früher hatte sie es kaum ertragen, das Bett mit jemandem zu teilen. Im letzten Jahr hatte sich vieles grundlegend geändert.

Sie nahm sich einen Augenblick Zeit, um sein attraktives, im Schlaf entspanntes Gesicht zu betrachten, sein zerzaustes Haar, das stoppelige Kinn und die schönen, vollen Lippen zu bewundern. Sam hätte sich am liebsten den ganzen Tag nicht vom Fleck gerührt, aber da draußen verließen sich Menschen darauf, dass sie ihnen Antworten lieferte, und erst wenn das geschafft war, hatte sie wieder Zeit für sich selbst.

Leider waren ihre Körper so sehr ineinander verschlungen, dass sie ihn wecken musste, um sich von ihm lösen zu können, also hauchte sie ihm eine Reihe von Küssen auf Kinn, Wangen und Lippen, wo sie verweilte, bis er zögernd die haselnussbraunen Augen öffnete. Doch anstatt sie loszulassen, drückte er sie fester an sich.

„Ich muss zur Arbeit."

„Weiß ich."

„Geht es dir gut, obwohl ich auf dir geschlafen habe?"

„Ich liebe es, wenn du auf mir schläfst."

„Das beantwortet meine Frage nicht."

„Aber das vielleicht." Zu ihrer völligen Überraschung rollte er sie auf den Rücken, drückte ihre Arme über dem Kopf aufs Bett und glitt in sie. „Noch Fragen?"

„Nur eine."

„Nämlich?"

„Kannst du dich beeilen?"

Lachend machte er sich daran, ihre Bitte umgehend zu erfüllen, und es wurde ein schneller, harter Ritt.

„Heilige Scheiße", keuchte sie, als sie langsam wieder auf die Erde zurückkam. „Du verstehst es wirklich, eine Frau am frühen Morgen auf Touren zu bringen." Sie hätte sich am liebsten an ihn gekuschelt und wäre wieder eingeschlafen, doch das kam nicht infrage. Stattdessen schob sie ihn sanft von sich, setzte sich auf die Bettkante und strich sich das Haar zurück.

Nicks Zeigefinger glitt sanft über ihr Rückgrat, und sie zuckte zusammen, als er zwischen ihre Pobacken tauchte.

Sie sprang aus dem Bett, ehe er sie zum Bleiben verführen konnte. „Keine schmutzigen Tricks, Senator. Ich muss los." Sam trat unter die Dusche und war keineswegs überrascht, als er ihr folgte. „Behalten Sie aber Ihre Hände bei sich, Mister."

„Wo bleibt denn da der Spaß?"

Sam drehte sich zu ihm um und schlang ihm die Arme um den Hals. „Was machen die Schmerzen?"

„Schon viel besser."

„Kaum zu glauben, nachdem ich die ganze Nacht auf dir gelegen habe."

„Du bist eben wie Balsam für meinen Körper und meine Seele", erwiderte er grinsend und hob vielsagend die Brauen.

„Na, das war ja wohl mal kitschig, abgedroschen und total unter deiner Würde."

„Apropos unter ... Es war schön, die ganze Nacht unter dir zu liegen. Das sollten wir unbedingt wiederholen. So bald wie möglich."

Sam verdrehte die Augen und griff nach dem Duschgel.

Er leistete ihr Gesellschaft, während sie sich anzog, und ging dann mit ihr nach unten, um ihr Kaffee und Toast zu machen, ehe sie aufbrach.

An der Tür gab er ihr einen langen Abschiedskuss. „Hab einen erfolgreichen Tag in der Arbeit, Liebste."

„Vielleicht haben wir ja Glück und können den Fall schnell abschließen."

„Vielleicht."

„Danke für gestern Nacht und heute Morgen. Das habe ich dringender gebraucht, als du ahnst."

„Ich auch." Er streichelte ihr über die Wange und küsste sie erneut. „Wenn wir uns streiten, gerät meine ganze Welt aus den Fugen."

„Geht mir genauso."

„Ich liebe dich." Er richtete ihr den Jackenkragen und zog ihren Reißverschluss weiter zu. „Pass gut auf meine Frau auf. Sie bedeutet mir alles."

„Und sie hat sehr viele gute Gründe, auf sich aufzupassen, nicht zuletzt ihren unglaublich sexy Ehemann."

Wie immer schnitt er eine Grimasse, wenn sie ihn als „sexy" bezeichnete. „Wenn du das sagst."

Lachend tätschelte Sam ihm die Wange und küsste ihn ein letztes Mal, ehe sie das Haus verließ. Sie dachte auf dem Weg zum Hauptquartier nur an ihn und die Tatsache, dass sie sich immer wieder zusammenrauften, so groß die Differenzen zwischen ihnen auch sein mochten. Das war eines der vielen Dinge, die ihre zweite Ehe von der schrecklichen ersten unterschied. Auf dem Parkplatz erreichte sie ein Anruf von Tracy.

„Hey, Trace. Wie geht es ihr?"

„Wir hatten eine schlimme Nacht. Sie ist aufgewacht und hat geweint, weil ihr die Nähte so wehtaten, und daraufhin hat sie noch mal eine weitere Dosis bekommen."

„Mein Gott, die Arme. Das muss schrecklich gewesen sein."

„Ich schwöre dir, Sam, ich habe keine Ahnung, wie sie das je überwinden soll."

„Aber das wird sie. Wir werden ihr alle dabei helfen. Wir suchen ihr die beste Therapeutin, die wir kriegen können, und dann schaffen wir das, Schritt für Schritt."

„Die gute Nachricht, wenn man es denn so bezeichnen möchte, ist, dass das Ausschleichen eines Molly-Rausches angeblich schrecklich ist, und zumindest das wird ihr so etwas erleichtert."

„Das ist tatsächlich eine gute Nachricht. Was ist mit dir?"

„Ich würde mich am liebsten auch einfach betäuben lassen. Das wäre vielleicht wirklich das Beste."

„Abby und Ethan möchten sie besuchen kommen."

„Eventuell morgen. Heute Nachmittag werden sie die Beruhigungsmitteldosis wieder senken. Ich weiß, du möchtest unbedingt mit ihr sprechen, und gestern Abend war auch Detective Lucas da und hat sich nach ihr erkundigt."

Es überraschte Sam nicht, dass Erica Lucas nach Brooke geschaut hatte, obwohl sie am Wochenende eigentlich nicht arbeitete. „Ich habe sie angefordert. Wir kennen uns von einem früheren Fall. Sie ist klasse."

„Sie war sehr nett und sehr respektvoll, ganz im Gegensatz zu diesem Ramsey, der davor hier war."

„Den siehst du nicht wieder. Gib mir Bescheid, wenn sie aufwacht. Dann komme ich sofort hin."

„Danke, Sam."

„Halt die Ohren steif. Ich weiß, dass du im Augenblick kein Licht am Ende des Tunnels erkennen kannst, aber sie ist jung, kräftig und wird darüber hinwegkommen. Irgendwann."

„Ich hoffe, du hast recht."

Sam war gedanklich noch bei Brooke und dem langen Weg, den sie vor sich hatte, als sie das Gebäude durch den Eingang zur Gerichtsmedizin betrat, um der vor dem Haupteingang lauernden Reportermeute aus dem Weg zu gehen. Sie musste erst in Erfahrung bringen, was über Nacht passiert war, ehe sie die Medien wie vom Chief angeordnet ins Bild setzen konnte. Im Büro der Detectives beendeten Carlucci und Dominguez gerade ihre Schicht.

„Gibt's was Neues?", erkundigte sich Sam.

„Eigentlich nicht", antwortete Carlucci. „Die Familien konnten uns auch bei der zweiten Befragung nicht viel sagen. Sie stehen derart unter Schock, dass sie uns keine brauchbaren Hinweise liefern können."

Die beiden Detectives wirkten erschöpft – körperlich und emotional.

„Müsst ihr mal mit jemandem reden?" Wie erwartet schüttelten beide den Kopf. „Es wäre keine Schande."

„Danke, Lieutenant", antwortete Dominguez, „doch ich bräuchte Schlaf dringender als eine Gesprächstherapie."

„Ich auch", stimmte Carlucci zu.

„Na schön. Wenn ihr es euch anders überlegt, sagt einfach Bescheid. Wir sehen uns morgen früh." Sam betrat ihr Büro, um ihre Mails und ihren Anrufbeantworter zu checken, ehe Freddie kam. Um zwanzig vor acht rief Avery Hill an.

„Wir haben die Adresse zu dem ‚Wilson Abschlussklasse'-Account", teilte er ihr mit. „Ich dachte, Sie möchten vielleicht dabei sein, wenn wir dort aufkreuzen."

„Definitiv." Sie notierte sich die Anschrift in Friendship Heights im dritten Bezirk von D. C., zu der die IP-Adresse die Ermittler geführt hatte.

„Der junge Mann heißt Brody Mitchell."

„Vielen Dank, Avery."

„Gern geschehen. Ich mache dem Labor auch noch wegen der Untersuchungsergebnisse Ihrer Nichte und der Auswertung ihrer elektronischen Geräte Druck. Beides sollten wir im Laufe des Tages bekommen."

„Das weiß ich sehr zu schätzen. Wir sehen uns in einer halben Stunde."

„Bis dann."

Sam informierte Gonzo und Freddie per SMS über die Neuigkeiten und bat sie, ebenfalls zur Adresse des Account-Inhabers zu kommen. Beide Detectives sagten zu.

Der nächste Anruf galt Lieutenant Archelotta. „Konntest du Hoda Danzigers Handy mittlerweile orten? Sie hat meine Nichte vorgestern Nacht aus dem Internat abgeholt, und ich halte es für möglich, dass sie auch zu den Leuten gehört, die Brooke aus dem Haus der Springers geschafft und bei mir abgeliefert haben. Hoda ist abgetaucht, und wir müssen sie unbedingt finden. Wenn sie Zeugin der Morde geworden ist, schwebt sie möglicherweise in Lebensgefahr."

„Ihr Handy ist aus, aber falls sie es wieder einschaltet, kriegen wir es mit."

„Danke, Archie."

Während Sam sich aufbruchsbereit machte, tauchte Captain Malone an der Tür auf. „Wie läuft's?"

„Gut, würde ich sagen. Wir haben eine Adresse zu der IP, von der die Bilder und das Video hochgeladen wurden. Ich fahre jetzt mit Hill und seinem Team hin. Hoffentlich kann uns der junge Mann, der dort wohnt, Aufschluss darüber geben, wer noch auf der Party war."

„Wie geht es Brooke?"

„Praktisch unverändert. Nach einer schweren Nacht ist sie wieder sediert."

„Lucas war gestern Abend dort, konnte allerdings nicht mit ihr sprechen."

„Das habe ich schon von Tracy gehört."

Malone musterte sie mit seinen klugen grauen Augen eingehend. „Kommen Sie klar?"

„Ja, Sir. Gibt es etwas Neues zur DNA unserer Opfer?"

„Die wird gerade untersucht."

Sam wollte genau wissen, wer ihre Nichte vergewaltigt hatte, vor allem, wenn einer der Täter oder gar mehrere noch lebten.

„Halten Sie mich auf dem Laufenden", befahl Malone.

„Natürlich."

Sam legte einen Zwischenstopp im Besprechungsraum ein, wo Gonzo ihre bisherigen Erkenntnisse an einer Pinnwand gesammelt hatte. Sie sah sich alle Opfer ein weiteres Mal genau an – alles attraktive junge Leute, deren Lächeln so strahlend war wie die Zukunft, die man ihnen geraubt hatte. Sie hatten etwas Dummes getan und einen schrecklichen Preis dafür gezahlt.

Während Sam sich die Fotos einprägte, schwor sie sich, dafür zu sorgen, dass die Schuldigen ihre gerechte Strafe erhielten.

„Lieutenant."

Sam wandte sich zu Carlucci um.

„Der Chief will dich in seinem Büro sehen."

„Danke. Ich schau gleich bei ihm vorbei." Sie verließ den Besprechungsraum und hielt auf das Büro des Polizeichefs zu.

Seine Sekretärin bedeutete ihr, direkt einzutreten. Sam klopfte an die geschlossene Tür. „Sie wollten mich sprechen?"

Der Chief war nicht allein, und als sich sein Besucher

umdrehte, erkannte Sam in ihm Bill Springer, Vater eines der Opfer und Besitzer des Hauses, in dem die Morde geschehen waren.

„Ich glaube, Sie kennen Bill Springer", sagte Farnsworth.

„Ja." Sam nickte Springer zu. „Mein Beileid."

Der Mann war groß, dunkelhaarig und auf eine kantige Art attraktiv.

„Ich wüsste gern, was Sie unternehmen, um den Mörder meines Sohnes und seiner Freunde zu finden." Der Ausdruck in seinen braunen Augen verriet, dass er, auch wenn er jetzt streitlustig klang, eine lange, schlaflose Nacht voller Trauer hinter sich hatte.

„Wir sind noch in der Frühphase der Ermittlungen."

„Das ist eine andere Formulierung für ,Wir haben keine Ahnung', richtig?"

„Es ist eine andere Formulierung für ,Wir arbeiten dran'."

„Jemand, der meinem Sohn bekannt war, hat sich Zugang zu meinem Haus verschafft und ihn und acht andere ermordet, und Ihnen fällt nichts Besseres ein als schnippische Antworten?"

Sam sah in der Hoffnung, er würde sie unterstützen, den Polizeichef an. Der reagierte prompt. „Bill, wir brauchen einfach noch etwas Zeit. Lieutenant Holland hat bisher jeden Fall gelöst, und genau deshalb wollten Sie sie ja auch als Ermittlerin haben."

„Mr. Springer, wo ich Sie gerade hier habe ... Können Sie mir sagen, wer außer Ihrer Frau, Hugo und Ihrer Haushälterin noch einen Schlüssel zu Ihrem Haus hat?"

Die Frage schien Springer zu überraschen. „Unsere anderen vier Kinder."

„Wohnen sie hier in der Stadt?"

„Zwei davon."

„Könnten Sie mir bitte ihre Namen und Adressen nennen?"

„Ich wüsste nicht, was Ihnen das nützen sollte."

„Ach, ich bin nur gründlich", entgegnete Sam. „Eine Eigenschaft, die Sie bei meinen Ermittlungen rund um die Ermordung Ihres Sohnes sicher zu schätzen wissen."

Aus dem Augenwinkel bemerkte Sam, dass der Chief bei dieser Antwort die Brauen hob. Was erwartete Springer denn? Er warf ihnen indirekt vor, untätig zu sein, machte aber dicht, wenn sie ihn nach seiner Familie befragte.

„Mein Sohn William jr. und meine Tochter Clarissa leben hier in Washington."

„Ihre Adressen, bitte", sagte Sam erneut. Sie war nicht überrascht zu hören, dass beide in Georgetown wohnten. „Wo waren Ihre beiden anderen Kinder am Freitagabend?"

„Connor war mit uns in Aspen, und Margaret ist mit ihrem Verlobten über das lange Wochenende in Boston."

„Wollten Sie und Ihre Frau die ganze Woche wegbleiben?"

Er schüttelte den Kopf. „Nur bis Mittwochabend. Ich musste in Aspen an einer Konferenz teilnehmen, und meine Frau ist mitgekommen, um etwas Zeit in unserem Ferienhaus zu verbringen. Unser Sohn Connor lebt dort."

„Wo hätte sich Hugo während Ihrer Reise aufhalten sollen?"

Springer fuhr sich mit einer zitternden Hand über das unrasierte Kinn. „Er hat behauptet, Michaels Mutter hätte ihm erlaubt, bei ihnen zu übernachten."

„Sie haben nicht bei Mrs. Chastain nachgehakt?"

„Er hat uns noch nie belogen, Lieutenant", antwortete Springer scharf. „Wir hatten keinen Grund, an seinen Worten zu zweifeln."

Sam schüttelte innerlich den Kopf über den Mann. Hugo hatte noch nie gelogen? Nach dem, was sie Freitag Nacht im Keller der Springers gesehen hatte, schien es ihr wahrscheinlicher, dass seine Eltern ihn zuvor nur nie dabei erwischt hatten.

„Ich weiß, was Sie jetzt denken", lenkte Springer ein, der sich langsam ein wenig entspannte. „Welcher Siebzehnjährige lügt seine Eltern nicht an, wenn es ihm nützt? Aber so war Hugo nicht. Er war ein guter Junge." Bei den letzten Worten brach Springers Stimme.

Sam fragte sich, was er wohl sagen würde, wenn er erfuhr, dass sein „guter Junge" an der Gruppenvergewaltigung ihrer Nichte beteiligt gewesen war. „Wissen Sie, ob jemand mit Hugo, Michael, Todd oder einem der anderen ermordeten Jugendlichen Streit hatte?"

„Die Mädchen kannte ich nicht. Die Jungs waren alle beliebt

und hatten viele Freunde. Ich kann mir nicht vorstellen, dass jemand sie so sehr gehasst hat, dass er sie getötet hätte."

Sam gab ihm ihre Karte. „Wenn Ihnen noch etwas einfällt, und sei es nur das kleinste Detail, rufen Sie mich bitte an."

„Das werde ich. Halten Sie mich über den Stand der Ermittlungen auf dem Laufenden?"

„So gut ich kann."

„Danke."

„Lieutenant, Sie müssen noch eine Pressekonferenz abhalten, ehe Sie gehen", sagte Farnsworth.

„Technisch gesehen leitet Detective Sergeant Gonzales die Ermittlung", erinnerte Sam den Polizeichef.

„Warum das denn?", fragte Springer. „Ich möchte, dass Sie das tun."

„Ich hatte zum Tatzeitpunkt Urlaub, deswegen ist Sergeant Gonzales offiziell zuständig, und ich stehe ihm zur Seite. Der Fall ist bei ihm in sehr guten Händen."

„Wenn Sie das sagen …"

„Bill, Lieutenant Holland hat absolut recht. Sergeant Gonzales ist einer unserer besten Ermittler. Sie haben mein Wort, dass wir alles in unserer Macht Stehende tun, um dafür zu sorgen, dass der Mörder Ihres Sohnes und dieser anderen jungen Leute seine gerechte Strafe bekommt."

„Ich schätze, mehr kann ich nicht verlangen. Dann lasse ich Sie mal weiterarbeiten." Auf dem Weg nach draußen schüttelte Springer dem Polizeichef und Sam die Hand.

„Bei so einem Fall geht doch nichts über einen Elternteil, der den Kopf in den Sand steckt", kommentierte Sam.

„Das habe ich auch gerade gedacht."

„Ich stelle mir vor, wie Scotty uns erzählt, dass er übers Wochenende bei einem Freund übernachtet, während wir nicht in der Stadt sind. Das müsste ich dann wohl auch bei den betreffenden Eltern überprüfen. Schließlich lügen so ziemlich alle Teenager, oder nicht?"

Farnsworth schmunzelte. „Da muss ich mich auf deine Expertise verlassen, ich habe schließlich keinen daheim."

„Du warst aber selbst mal einer", erinnerte ihn Sam, als sie zusammen in die Eingangshalle gingen, um sich den Medien zu stellen. „Hast du deine Eltern nie belogen?"

„Nicht, dass ich wüsste." Er sah sie an. „Du?"

„Ich verweigere die Aussage, in Anbetracht dessen, dass du mit meinem Vater befreundet bist und der Tatbestand des Elternbelügens nicht verjährt."

Farnsworth lachte schallend. „Du bist mir vielleicht eine."

„Oh, vielen Dank. Ich werte das mal als Kompliment."

„Das kann auch nur dir einfallen." Er schüttelte den Kopf und hielt die Tür auf, sodass sie vor ihm zu dem lärmenden Chaos der vor dem Hauptquartier versammelten Reporter gehen musste, die auf Neuigkeiten zu den MacArthur-Morden warteten.

Die Menge beruhigte sich, als Sam ans Podium trat. „Ich möchte vorausschicken, dass Detective Sergeant Gonzales die MacArthur-Ermittlungen leitet. Er hat den Fall übernommen, weil ich zum Zeitpunkt des Notrufs Urlaub hatte, daher bin ich bloß beratend tätig. Er ist allerdings derzeit im Einsatz, deshalb müssen Sie mit mir vorliebnehmen. Ich rechne damit, dass Sie fortan Ihre Informationen von ihm bekommen werden. Doch nun zu dem, was wir wissen. Am Freitag gegen dreiundzwanzig Uhr fünfundvierzig erreichte ein Notruf aus dem Haus von William und Marissa Springer am MacArthur Boulevard die Zentrale. Die Haushälterin der Springers, Ms. Edna Chan, die ebenfalls im Haus wohnt, hatte die Polizei verständigt. Als sie von einer Abendveranstaltung zurückkehrte, hörte sie laute Musik aus dem Keller dringen. Sie ging nachsehen und entdeckte die Leichen von Hugo Springer und von fünf weiteren jungen Menschen. Die kurz darauf eintreffenden Streifenbeamten fanden die Leichen von insgesamt sechs Opfern in einem Aufenthaltsraum im Keller. Sie forderten umgehend die Mordkommission und die Spurensicherung an. Bei der Durchsuchung der Räumlichkeiten wurden in einem Schlafzimmer drei weitere Leichen gefunden. Alle Opfer wiesen mehrere Stichwunden auf."

„Wie kann es sein, dass jemand ungehindert neun Jugendliche ersticht, ohne dass jemand deren Schreie hört?", fragte Darren Tabor.

Sam musterte den aufdringlichen Reporter finster. „Wir

glauben, es war dunkel im Zimmer und etwaige Schreie der ersten Opfer wurden von der Musik übertönt."

„Waren Drogen oder Alkohol im Spiel?", erkundigte sich ein anderer Reporter.

„Kein Kommentar."

„Also ja?", hakte derselbe Reporter nach.

„Kein Kommentar. Wir bearbeiten den Fall zusammen mit dem FBI und werden Sie von weiteren Entwicklungen in Kenntnis setzen."

„Haben Sie alle betroffenen Familien benachrichtigt?"

„Ja."

„Könnten wir eine Liste mit den Namen und dem Alter der Opfer bekommen?"

„Im Laufe der nächsten Stunde, ja. Im Interesse der Transparenz werde ich Ihnen nun außerdem mitteilen, dass vermutlich ein Mitglied meiner Familie bis zu und noch während der Tat auf der Party war. Wir haben Beweise, die zeigen, dass sie an den Morden nicht beteiligt gewesen sein kann. Eine weitere Abteilung des MPD untersucht ihren Fall. Das wäre für den Augenblick alles."

„Wenn sie unschuldig ist, welchen Fall bearbeitet dann diese andere Abteilung?"

„Um welches Mitglied Ihrer Familie handelt es sich?", fragte Darren Tabor.

„Stellt die Bearbeitung eines Falles, in den ein Familienmitglied verwickelt ist, nicht einen Interessenkonflikt dar?"

„Decken Sie dieses Mitglied Ihrer Familie, Lieutenant?"

„Ich sagte, das wäre für den Augenblick alles", wiederholte Sam mit zusammengebissenen Zähnen. Sie hatte mit den Fragen zwar gerechnet, hasste aber trotzdem jede einzelne davon.

„Stimmt es, dass Ihr Mann Nelsons neuer Vizepräsident werden soll?"

Sam erstarrte, als sich nach der Frage Schweigen über die Pressekonferenz senkte.

„Sie müssen das nicht beantworten", murmelte Farnsworth.

„Wir beschäftigen uns hier nicht mit Gerüchten", erwiderte

Sam schlicht. Ehe jemand noch einmal nachfragen konnte, folgte sie dem Chief nach drinnen.

„Ist da was dran?", fragte Farnsworth in der Eingangshalle.

„Er hat es ihm angeboten."

„Wow, Sam. Das ist ja großartig!"

„Äh, ja, schon. Doch er will es nicht machen."

„Warum denn nicht? Das garantiert ihm praktisch die demokratische Präsidentschaftskandidatur in vier Jahren."

„Genau das habe ich auch gesagt. Aber er ist der Ansicht, das sei für uns als Familie im Moment nicht der richtige Schritt."

„Weil du wahrscheinlich aufhören müsstest zu arbeiten."

„Unter anderem." Allein der Gedanke, ihren Job aufzugeben, um rund um die Uhr die Politikergattin zu spielen, bereitete Sam derartiges Unbehagen, dass sie gut darauf verzichten konnte, es tatsächlich auszuprobieren.

„Wenn er weiter einen so kometenhaften Aufstieg hinlegt wie im vergangenen Jahr, musst du vielleicht irgendwann ein paar schwierige Entscheidungen treffen."

„Darüber möchte ich im Moment lieber nicht nachdenken. Ich habe mit neun toten Jugendlichen, einer Nichte auf der Intensivstation und einem Vater, dem nächste Woche eine schwere Operation bevorsteht, genug um die Ohren. Nick hat Nelsons Angebot abgelehnt, und das war's."

„Er hat dem Präsidenten einen Korb gegeben. Wie sich das wohl anfühlt?"

„Keine Ahnung." Sam wollte das Gespräch beenden. Mit der Vorstellung, Nick könnte Vizepräsident der Vereinigten Staaten werden, konnte sie sich gerade nicht befassen. „Ich muss mich jetzt mit Hill treffen. Unterwegs schaue ich in der Gerichtsmedizin vorbei."

„Halt mich über alles auf dem Laufenden – auf der polizeilichen, der politischen und der persönlichen Ebene."

Sam verdrehte die Augen und bog in den Gang zur Leichenhalle ein. Sie stieß fast mit Lindsey McNamara zusammen, die offenbar gerade gehen wollte. „Was gibt es Neues, Doc?"

„Nicht besonders viel. Ich habe schlecht geschlafen."

Sam wusste zu schätzen, dass Lindsey nach all ihren Berufsjahren noch immer Mitleid mit den Opfern empfand, die sie auf den Tisch bekam. Allerdings konnte es einen auf Dauer auch kaputtmachen, sich ständig zu vergegenwärtigen, was sie erlitten hatten.

„Terry hat sich sehr über die Beförderung gefreut“, meinte Lindsey. „Nicks Vertrauen in ihn war ausschlaggebend für seinen Entzug.“

„Oh ... Ja klar. Großartig.“ Sam hatte keine Ahnung, wovon sie redete. „Terry ist ihm eine Riesenstütze. Das betont er immer wieder.“

„Die Beförderung war der einzige Lichtblick an einem ansonsten ziemlich miesen Tag.“

„Bei euch beiden scheint es echt gut zu laufen.“

„Sehr gut sogar“, lächelte Lindsey und errötete leicht. „Ich bin so froh, dass ich mich auf ihn eingelassen habe. Das war die bisher beste Entscheidung meines Lebens.“

„Das freut mich für euch“, sagte Sam ehrlich, auch wenn es ihr nach wie vor nicht gefiel, wenn sich ihre Welt mit der von Nick überschnitt. Wenn es nach ihr ginge, hätten ihre Berufe und ihre Privatsphäre keinerlei Berührungspunkte. Doch das Leben war eben kein Wunschkonzert, und sie würde großartigen Menschen wie Lindsey, Terry, Gonzo und Christina niemals das Recht absprechen, glücklich zu sein, nur weil ihr das manchmal nicht in den Kram passte. „Ich muss weiter. Melde dich, wenn du die DNA-Ergebnisse hast.“

„Mach ich.“

Auf dem Weg zum Auto rief Sam ihren Mann an. „Hey, Babe. Vermisst du mich schon?“

„Klar, aber vor allem wundere ich mich über Terry O’Connors Beförderung. Seine Freundin hat mir gerade erzählt, wie glücklich er darüber ist.“

„Oh ... Tut mir leid. Wir waren heute Nacht anderweitig beschäftigt, wie du weißt, und da habe ich keinen Gedanken an die Arbeit verschwendet.“

„Was heißt das für Christina, dass du Terry beförderst?“

„Sie hat beschlossen, eine Weile nicht zu arbeiten, sondern bei Alex zu bleiben und hoffentlich ein eigenes Kind zu kriegen.“

„Wieso weiß ich davon nichts? Das wird jetzt hoffentlich nicht zur Gewohnheit, dass Sie mir Dinge vorenthalten, oder, Herr

Senator? Denn das würde definitiv unter ‚ehelicher Doppelmoral‘ laufen.“

Nick lachte über den Begriff. „Ich enthalte dir gar nichts bewusst vor, Samantha. Um ehrlich zu sein, wäre ich nicht auf den Gedanken gekommen, dass du dich für meine Personalentscheidungen interessierst.“

„Aber natürlich! Immerhin geht es hier um deine engsten Mitarbeiter, die dafür sorgen, dass du die richtigen Dinge tust und so.“ In Wirklichkeit hatte sie keine Ahnung, worin genau Christinas und Terrys Pflichten überhaupt bestanden. „Ganz zu schweigen davon, dass sie mit Menschen verlobt beziehungsweise zusammen sind, mit denen ich beruflich zu tun habe. Wenn es dir keine allzu großen Umstände bereitet, würde ich von solchen Dingen lieber durch dich als durch ihre jeweiligen Partner erfahren.“

„Du hast recht, es tut mir leid. Ich hätte es dir erzählen sollen.“

„Ich erkenne da langsam ein Muster, das mir gar nicht gefällt. Muss ich mir Sorgen machen? Färbe ich auf dich ab?“

„Äh, reden wir jetzt von Lippenstiftflecken am Kragen?“

„Nick! Bleib bei der Sache. Ich meine es ernst.“

„Ich auch“, erwiderte er lachend, „und ich bin absolut bei der Sache. Aber du hast deinen Standpunkt klargemacht, und ich werde dich in Zukunft besser über meine beruflichen Entscheidungen informiert halten.“

„Nur weil mein Job in unserem Privatleben gern schon mal die Hauptrolle spielt, heißt das noch lange nicht, dass ich mich für deinen nicht interessiere.“

„Ich weiß, Babe.“

„Bei der Pressekonferenz heute hat sich jemand nach dieser Vizepräsidentensache erkundigt.“

Nach einer langen Pause fragte er: „Wirklich?“

„Ja, während ich die Journalisten über die MacArthur-Morde ins Bild gesetzt habe.“

„Darren?“

„Nein. Jemand von einem Fernsehsender.“

„Verdammt. Woher zur Hölle weiß er das? Jetzt sind es schon zwei.“

„Ich hab dir nicht gesagt, dass ich es von Darren weiß.“

„Das habe ich geschlussfolgert. Wieso spricht sich das so schnell herum?"

„Hat das Weiße Haus das Gerücht möglicherweise selbst gestreut, weil man dich dort unbedingt will und möchte, dass das allgemein bekannt wird?"

„Denkbar."

„Warum rufst du nicht mal Derek an und fragst ihn?"

„Die Idee kam mir auch gerade."

„Erkundige dich dabei gleich, ob er und Maeve schon Pläne für Thanksgiving haben."

„Okay. Ich werde dich wissen lassen, was ich herausfinde."

„O ja, das wirst du definitiv."

„Ich liebe es, wenn du diesen Kommandoton anschlägst, Babe. Das macht mich scharf."

„Dich macht alles scharf."

„Alles an *dir*."

„Ich wünschte im Augenblick wirklich, wir wären im Urlaub. Du kannst dir gar nicht vorstellen, wie sehr."

„Doch, ansatzweise schon."

„Wie geht es unserem großen Jungen heute?"

„Gut. Er zockt mit Ethan, und nachher gehe ich mit allen dreien eislaufen."

„Aber du selbst hältst dich schön vom Eis fern, oder?"

„Eher nicht. Abby schafft das noch nicht allein."

„Sei vorsichtig, hörst du?"

„Ja. Wo bist du gerade?"

„Unterwegs zu dem Haus, von dem aus die Fotos von Brooke online gestellt wurden."

„Allein?"

„Nein. Gonzo und Freddie sind mit von der Partie – und Hills Team."

„Natürlich kommt Hill mit."

„La-la-la, ich kann dich nicht hören. Ich muss auflegen."

„Ich liebe dich, Babe, selbst wenn du mir fürchterlich auf die Nerven gehst."

„Wie süß von dir. Ich dich auch."

Lächelnd beendete sie das Telefonat. Nach jedem Gespräch mit ihm hatte sie das Gefühl, der glücklichste Mensch auf der

Welt zu sein. Die vier Ehejahre mit ihrem Ex-Mann Peter waren ihr wie die Hölle vorgekommen, während ihr neues Leben der Himmel auf Erden war. Nur ein Jahr zuvor hätte sie jeden verspottet, der den Begriff „Seelengefährte" in den Mund nahm, doch jetzt, da sie ihren gefunden hatte, sah sie das weniger zynisch.

Nick wählte die Nummer seines guten Freundes Derek Kavanaugh. Dessen gesamter Bekanntenkreis war froh, dass er nach dem tragischen Tod seiner Frau Victoria zu einer Art Normalität zurückgefunden hatte. Da er lediglich Dereks Mailbox erreichte, rief Nick als Nächstes auf gut Glück im Weißen Haus an. Obwohl der stellvertretende Stabschef des Präsidenten jetzt alleinerziehender Vater war, arbeitete er oft sonntags.

Nachdem Nick Dereks Assistentin erreicht hatte, legte sie ihn in die Warteschleife, und er nutzte die Gelegenheit, das unterhaltsame Geplänkel mit seiner Frau Revue passieren zu lassen. Er gab es nur ungern zu, aber sie hatte recht, was die eheliche Doppelmoral anging. Er hatte ihr in letzter Zeit ein paar wichtige Dinge vorenthalten und wusste, dass er das nicht einreißen lassen durfte, weil sie sonst bestimmt ebenfalls wieder in alte Muster verfiel und alles für sich behielt, was auch bloß im Entferntesten problematisch sein könnte.

In ihrem Beruf passierten ständig unschöne Dinge, und er wollte darüber Bescheid wissen, damit sie sich nicht allein damit rumschlagen musste. Es wäre unfair, Wasser zu predigen und Wein zu trinken.

„Guten Morgen, Senator", sagte Derek, als er ihn schließlich in der Leitung hatte. Wenn sie beruflich miteinander sprachen, benutzte sein Freund immer die förmliche Anrede. Privat bestand Nick darauf, dass sie sich duzten. „Welchem Umstand verdanke ich die Ehre Ihres Anrufs?"

„Mr. Kavanaugh", antwortete Nick ebenso förmlich. „Ich möchte in Ihrer offiziellen Funktion mit Ihnen sprechen, um mich zu erkundigen, woher die Medien wohl Wind davon bekommen haben, dass Ihr Chef mir jüngst ein Angebot gemacht hat, das ich ausgeschlagen habe."

„Hm, tatsächlich? Was haben Sie denn gehört?"

„Inzwischen haben bereits zwei Reporter Sam danach gefragt – Darren Tabor vom *Star* und ein Fernsehjournalist heute Morgen bei der Pressekonferenz zu den MacArthur-Morden."

„Ich habe keine Kenntnis von irgendwelchen heimtückischen Plänen, Sie durch die Hintertür dazu zu bringen, das Angebot des Präsidenten doch noch anzunehmen, falls Sie so etwas vermuten sollten."

„Ich will ehrlich sein: Genau danach sieht es für mich langsam aus."

„Verständlich. Ich höre mich mal um und melde mich dann wieder."

„Danke, Derek. Oh, und Sam möchte wissen, ob du und deine Tochter am Feiertag schon etwas vorhabt."

„Wir essen bei meinen Eltern zu Abend, aber richte ihr unseren Dank dafür aus, dass sie an uns gedacht hat."

„Mach ich. Wir werden den ganzen Tag zu Hause sein – zumindest Scotty und ich. Bei Sam weiß man nie so genau. Wir würden uns freuen, wenn ihr vorbeischaut."

„Darauf kommen wir vielleicht zurück. Mal sehen, wie Maeve nach einem Tag mit der Familie, an dem praktisch nur gegessen wird, so drauf ist."

„Klingt gut."

„Ich melde mich."

„Prima, danke."

Nick steckte sein Handy ein und ging nach oben, um sich umzuziehen, weil für die Kinder als Nächstes das Mittagessen und dann das Eisstadion auf dem Programm standen. Auf beides hatte er keine Lust, doch er wollte Skip und Celia die Rasselbande abnehmen, damit die Großeltern mal für eine Weile durchatmen konnten. Außerdem schadete es nicht, wenn Scotty noch ein wenig eislaufen übte.

Zwar wurde seine Technik immer besser, aber er war lange nicht so gut wie die anderen Kinder seines Alters, die das Eislaufen erlernt hatten, sobald sie einigermaßen sicher stehen konnten. Nick war entschlossen, seinem Sohn zu helfen, dieses

Defizit aufzuholen, bevor er in die Highschool kam. Scotty sollte zumindest die Chance bekommen, wie er damals in der Eishockeymannschaft zu spielen, weil Nick das Gefühl von Zusammenhalt und die dort entstandenen Freundschaften noch immer als große Bereicherung für sein Leben empfand. Er wollte, dass es Scotty irgendwann genauso ging.

Nicks Handy klingelte, und da er mit einem Rückruf von Derek rechnete, nahm er das Gespräch an, ohne aufs Display zu schauen.

„Hey, ich bin es. Dein Vater." Leo Cappuanos leicht verlegene Begrüßung entlockte seinem Sohn ein Lächeln. In den letzten Jahren hatten sie fast so etwas wie eine echte Beziehung aufgebaut, doch manchmal war ihr Umgang immer noch schwierig.

„Hey, Dad. Wie geht's?"

„Gut, aber ich hatte gerade einen seltsamen Anruf von einem Reporter, der mich gefragt hat, ob es stimmt, dass du der nächste Vizepräsident wirst. Was hat das zu bedeuten, Nicky?"

Nick stöhnte. „O Gott. Das tut mir leid. Wer war es? Weißt du das?"

„Ich habe den Namen nicht verstanden, doch ich glaube, er war von CBC hier in der Stadt. Stimmt das denn?"

„Man hat mich gefragt, und ich habe Nein gesagt."

„Moment mal ... Der Präsident der Vereinigten Staaten hat dich gebeten, sein neuer Vize zu werden, und du hast Nein gesagt? Im Ernst?"

„Ja, im Ernst. Das wäre für mich, Sam und Scotty der falsche Zeitpunkt."

„Ich bin ja wirklich kein Experte in diesen Belangen, Nicky, aber vielleicht war das ein bisschen voreilig."

„Dad, ich weiß deine Anteilnahme zu schätzen, aber ganz ehrlich, kannst du dir Sam als Frau des Vizepräsidenten vorstellen?"

„Absolut, und ich kann mir euch beide auch im Weißen Haus vorstellen."

„Deine Fantasie ist offenbar ausgeprägter als meine. Sie liebt ihren Beruf. Er macht sie zu großen Teilen aus. Wie kann ich sie bitten, ihn aufzugeben, um meine Karriere zu unterstützen?"

„Vielleicht muss sie ihn ja gar nicht aufgeben", erwiderte Leo. „Heutzutage ist alles möglich. Hast du überhaupt mal über alternative Lösungen nachgedacht, oder bist du gleich davon ausgegangen, dass es sowieso nicht klappt?"

„Na ja, irgendwie schon. Es schien mir einfach ausgeschlossen."

„Dann solltest du vielleicht noch mal genauer überlegen. Das ist die Chance deines Lebens, und wenn der Reporter am Telefon recht hat, will Nelson niemand anderen als dich."

„Ich kann nicht glauben, dass wir dieses Gespräch überhaupt führen. Vor einem Jahr hat John noch gelebt. Ich war sein Stabschef. Sam hatte ich sechs Jahre nicht gesehen ... Aber jetzt ... ist alles anders, und ich versuche immer noch, mich daran zu gewöhnen, und da muss ich mir nicht noch mehr aufhalsen. Scotty ist gerade erst bei uns eingezogen, und ihn möchte ich auch nicht überfordern."

„Ich kenne den Jungen natürlich nicht so gut wie du, allerdings habe ich ihn schon erlebt und kann mir ehrlich gesagt nicht vorstellen, dass ihn irgendetwas aus der Bahn werfen könnte. Doch da erzähle ich dir ja vermutlich nichts Neues."

„Stimmt, trotzdem weiß ich nicht so recht, Dad ... Diese ganze Sache will mir gar nicht richtig in den Kopf. Wenn ich daran denke, wie ich an meinen jetzigen Job gekommen bin, fühle ich mich manchmal wie ein Hochstapler."

„Jeder, der dich wirklich kennt, weiß ganz genau, dass du alles dafür geben würdest, John zurückzubekommen. Da das nun mal unmöglich ist, handhabst du die Situation so gut und professionell, wie das eben geht, und das macht mich verdammt stolz."

Nick war es nicht gewohnt, dass ihn sein Vater derart überschwänglich lobte. „Danke. Das bedeutet mir viel."

„Du hast keinen Grund, dich wie ein Hochstapler zu fühlen, Nicky, schon gar nicht, nachdem du die Wahl gewonnen hast. Hast du schon mit Graham darüber gesprochen?"

„Kurz. Unmittelbar nachdem Nelson mich gefragt hatte."

„Was meint er dazu?"

„Er war nicht gerade glücklich, dass ich Nelsons Angebot abgelehnt habe."

Leo lachte. „Das kann ich mir sehr gut vorstellen. Er sieht eine große Zukunft für dich voraus, mein Sohn, genau wie ich. Sag nicht zu schnell Nein. Bedenke vorher die Alternativen."

„Danke für den Ratschlag, Dad. Ich weiß das zu schätzen."

„Halt mich auf dem Laufenden."

„Auf jeden Fall. Sehen wir uns am Donnerstag?"

„Wir freuen uns darauf. Bis dann."

Unmittelbar nach dem Telefonat mit seinem Vater rief Derek zurück. Nick meldete sich mit den Worten „Was gibt's?".

„Der Präsident will sich mit dir um vier im Weißen Haus treffen."

Nick war so verblüfft, dass ihm zunächst die Worte fehlten.

„Nick? Kannst du um vier hier sein?"

„Heute?"

„Ja", erwiderte Derek lachend. „Heute."

„Mehr hast du nicht zu sagen? ‚Sei um vier hier'? Das ist alles?"

„Mehr darf ich nicht sagen."

Nick dachte kurz darüber nach und erkannte, dass er zwar am Amt des Vizepräsidenten nicht interessiert, aber nach wie vor US-Senator war. Es lag nicht in seinem Interesse, die Einladung des Präsidenten auszuschlagen. „Kann ich Terry mitbringen?"

„Ich bin sicher, es spricht nichts dagegen."

„Wir kommen."

„Ich hole euch am Besuchereingang des Westflügels ab."

Nick schickte Sam eine SMS.

Ich habe mit Derek gesprochen. Nelson hat mich für vier zu einer Besprechung ins Weiße Haus „eingeladen"…

Was will er?

Das wollte mir Derek nicht verraten.

Die Lage spitzt sich zu. Was sagst du, wenn er dich wieder fragt?
Mein Entschluss steht.

Vielleicht solltest du noch mal drüber nachdenken.

Hast du seit unserer letzten Begegnung den Verstand verloren?

Komm schon, Baby, es geht um Macht, du willst es doch auch…

LOL. Halt die Klappe.

Selber. Ich muss jetzt wieder arbeiten. Halt mich auf dem Laufenden.

Wird gemacht. Ich liebe dich, Babe. Pass auf dich auf.

Immer.

Ihre spitzzüngigen Antworten entlockten ihm ein Lächeln, aber er hatte keinen Zweifel daran, dass sie sich so ein Leben nicht wünschte. Sie würde sich auf jeden Fall gegen die Beschränkungen auflehnen, die es mit sich brachte, und ihn irgendwann dafür hassen, dass er sie in einen goldenen Käfig gesperrt hatte.

Nein, seine Antwort stand fest, und genau das gedachte er Präsident Nelson heute Nachmittag auch mitzuteilen.

KAPITEL 10

Sam erreichte das Haus im Nordwesten der Stadt, dessen Adresse ihr Hill genannt hatte. Er wartete dort bereits mit Gonzo, Cruz und zwei weiteren Beamten, die er ihr vorstellte. „Tut mir leid, dass ich zu spät bin", entschuldigte sich Sam. „Ich musste noch den Pressezirkus hinter mich bringen."

„Kein Problem", sagte Hill.

„Wie gehen wir vor?", erkundigte sich Sam.

„Das haben wir uns auch gerade gefragt", erwiderte Gonzo. „Wir haben uns darauf geeinigt, sie durch zahlenmäßige Überlegenheit zu beeindrucken, damit sie gleich wissen, dass es sich hier nicht um eine Lappalie dreht." Freddie reichte Sam eine schusssichere Weste, und alle machten sich einsatzbereit.

„Hier wohnt Familie Mitchell", erklärte Hill. „Die Eltern haben einen siebzehnjährigen Sohn namens Brody, der mit Hugo Springer befreundet war. Vermutlich ist er unser Mann."

„Wer leitet den Einsatz?", fragte Sam.

„Einer von Ihnen", antwortete Hill. „Ihr Zuständigkeitsbereich."

Sie schaute Gonzo an. „Also, wie handhaben wir das, Sergeant?"

„Wir gehen rein und wedeln mit unseren Marken und unseren Knarren. Ziel der Operation ist es, Brody zu finden, ihn dazu zu bringen, dass er das Video und die Fotos vor unseren Augen löscht, und ihn dann festzunehmen, damit wir ihn dazu befragen können, was er im Hause Springer gesehen hat und wer sonst noch auf der Party war."

„Klingt gut", stimmte Sam zu. „Dann mal los."

Sam, Gonzo, Freddie und Hill marschierten auf das Haus der Mitchells zu. Die beiden anderen Beamten sicherten die Hintertür.

Gonzo hämmerte mit der Faust an die Eingangstür. „Metro PD. Öffnen Sie."

Drinnen kläffte ein Hund.

Die Tür öffnete sich, und eine Frau starrte sie mit großen Augen an. „Was ist denn los?"

„Detective Sergeant Gonzales, Metro PD. Wir suchen Brody Mitchell. Wohnt er hier?"

„J... ja. Warum?"

„Ist er zu Hause?"

„Er schläft. Was wollen Sie von ihm?"

„Treten Sie bitte beiseite, Ma'am", forderte Gonzo sie auf.

Mrs. Mitchell gehorchte, und sie gingen zügig ins Haus. Sam und Freddie begaben sich ins Obergeschoss und durchsuchten es, bis sie in einem unaufgeräumten Zimmer einen schlafenden Teenager vorfanden.

„Aufwachen, Brody", rief Sam. Die Gestalt auf dem Bett rührte sich kaum, also beugte sie sich zu seinem Ohr hinunter. „Aufwachen!"

Er kam jäh zu sich und zuckte zurück, als er Polizisten mit gezogenen Schusswaffen vor seinem Bett stehen sah. „Was zum Teufel ...?" Sein dunkelbraunes Haar stand ihm in allen Richtungen vom Kopf ab, außerdem hatte er sich offenbar seit Tagen nicht mehr rasiert. Sam vermutete, dass er bei Mädchen ziemlich gut ankam, und fragte sich, ob auch er Brooke vergewaltigt hatte.

„Bist du der Mistkerl, der den Account namens ‚Wilson Abschlussklasse' angelegt hat?"

„Äh, dazu kann ich nichts sagen."

Freddie trat zur Tür und rief den anderen unten zu: „Er ist hier oben."

In der Hoffnung, so Brodys Aufmerksamkeit zu erregen,

entsicherte Sam mit einem bedrohlichen Klicken ihre Waffe. „Aufstehen. Sofort."

Er starrte die auf ihn gerichtete Waffe an. „Ich, äh, ich bin nackt."

„Dein Pech. Hoch mit dir. Hände über den Kopf."

Er stand langsam auf. Brody war groß, schlank, muskulös und hatte eine Erektion. Sein breites Grinsen hätte Mädchen seines Alters sicherlich schwach werden lassen. „Morgenlatte."

Sam schauderte bei dem Gedanken, dass ihre Nichte mit dieser Latte in Berührung gekommen sein könnte. „Halt den Mund und zieh dir was an."

Brody schlüpfte in Basketballshorts.

„Geh an deinen Computer und logg dich in den ‚Wilson Abschlussklasse'-Account ein."

„Das kann ich echt nicht machen."

„O doch, das kannst du. Das FBI hat die IP-Adresse dieses Accounts hierher verfolgt, wir wissen also, dass er dir gehört. Jetzt geh an den Computer und logg dich ein, bevor ich die Geduld verliere."

„Und das möchtest du nicht", sagte Freddie. „Wenn sie die Geduld verliert, hat sie immer einen ganz nervösen Zeigefinger."

Brody seufzte, gehorchte allerdings klugerweise und schaltete den Laptop ein, der auf einem mit Büchern und Papier übersäten Schreibtisch stand. Dann loggte er sich in den „Wilson Abschlussklasse"-Account ein.

„Lösch das Video und die Bilder von der Party bei Hugo Springer."

„Warum denn? Wir hatten bloß ein bisschen Spaß."

„Lösch sie. Auf der Stelle."

Er tat es, während Sam genau darauf achtete, dass er nichts ausließ.

„Jetzt lösch sie auch von allen anderen Seiten, zu denen du Zugang hast. Wenn wir feststellen, dass du auch nur eine einzige vergessen hast, kommt das noch zu den anderen Rechtsverstößen hinzu, die wir dir bereits vorwerfen."

Es dauerte über zehn Minuten, doch Brody ging systematisch seine gesamten Social-Media-Accounts durch und löschte die Bilder und das Video.

„Wo ist dein Handy?", fragte Sam.

„Äh … am Ladegerät?"

„Her damit."

„Warum?"

„Ich nehme an, damit hast du das Video und diese Bilder aufgenommen?"

Brody senkte den Blick. Der Boden war übersät mit Sportschuhen, Klamotten, Pappkaffeebechern und anderem Kram.

„Was hast du angestellt, Brody?", wollte seine Mutter von der Tür her wissen. Tränenüberströmt starrte sie ihren Sohn an.

„Gar nichts, Mom."

„Du hast gesagt, du warst nicht auf der Party, auf der Hugo ermordet worden ist. War das gelogen?"

Brody verschränkte die Arme und starrte trotzig die Wand an, die mit Snowboardpostern und Bildern von Frauen in knappen Bikinis gepflastert war.

Von der Tür her nickte Gonzo Sam zu.

„Brody Mitchell, Sie haben das Recht, zu schweigen", unterrichtete sie ihn, während sie ihm Handschellen anlegte. „Alles, was Sie sagen, kann und wird vor Gericht gegen Sie verwendet werden."

„Moment mal! Ich bin festgenommen? Weswegen?"

„Zunächst mal wegen des Filmens einer mehrfachen Vergewaltigung und wegen unterlassener Hilfeleistung für das Mädchen", klärte ihn Gonzo auf. „Du bist außerdem einer der wenigen, die diese Party überlebt haben. Sagen wir einfach, wir haben ein paar Fragen an dich."

„Er ist minderjährig!", rief Mrs. Mitchell. „Sie können ihn nicht einfach abführen wie einen Schwerverbrecher."

„Er mag nicht volljährig sein, aber er war Zeuge bei einer mehrfachen Vergewaltigung und hat nicht eingegriffen", erwiderte Gonzo. „Stattdessen hat er sie gefilmt und die Aufnahmen ins Netz gestellt. Ihm droht also eine Anklage wegen Beihilfe zur Vergewaltigung und Verbreitung pornografischer Videos. Außerdem ist er ein potenzieller Verdächtiger in einem Massenmordfall."

Bei diesen Worten verlor Brody sein gesamtes angeberisches

Teenagergehabe. „Massenmord? Ich habe niemanden umgebracht! Als das alles passiert ist, war ich schon längst weg! Ich habe auch niemanden vergewaltigt!"

Sam packte ihn an den Armen und zerrte ihn zur Tür. „Das behauptest du."

„Wo bringen Sie ihn hin?", fragte Mrs. Mitchell.

„Ins Hauptquartier des MPD."

„Ich komme gleich nach, Brody", rief ihm seine Mutter panisch hinterher. „Ich besorge dir einen Anwalt, und dann holen wir dich da raus. Sag ohne deinen Anwalt kein Wort."

„Das ist ein ganz schlechter Rat, Ma'am", gab Sam zu bedenken.

„Nein." Mrs. Mitchells Tränen waren wilder Wut gewichen. „Ich weiß, wie Sie vorgehen. Ein falsches Wort, und Sie hängen ihm die ganze Sache an. Sie machen meinen Sohn nicht zu einem Mörder. Sag kein Wort, Brody."

„Verstanden, Mom. Bitte beeil dich."

Sie zerrten ihn aus dem Haus und in Gonzos Wagen.

„Da er einen Anwalt will", schlug Sam Freddie vor, „könnten wir doch eigentlich hierbleiben und erst mal die Befragungen der uns zugeteilten Familien erledigen."

„Klar."

„Ich kümmere mich um Brody", verkündete Gonzo. „Wir behandeln ihn erkennungsdienstlich und setzen ihn in einen Verhörraum, bis sein Anwalt auftaucht."

„Überprüf auch die Mutter", sagte Sam aus einer plötzlichen Eingebung heraus. „Sie hatte nicht zum ersten Mal mit der Polizei zu tun."

„Gute Idee", stimmte Gonzo zu. „Mach ich."

An Hill und seine Leute gewandt fügte Sam hinzu: „Vielen Dank für die Hilfe beim Zuordnen der IP. Jetzt, da diese Bilder aus dem Netz verschwunden sind, geht es mir schon viel besser."

„Sie tauchen möglicherweise wieder auf", antwortete einer der beiden Beamten. „Wir werden ein Auge darauf haben."

„Das würde mich freuen." Sie nickte Freddie zu, der seinen Wagen vor dem Haus der Mitchells stehen ließ und sie zu ihrem begleitete.

„Glaubst du, mein geliebtes Baby ist hier sicher?", fragte er mit einem Blick zu seinem Auto.

„Selbst wenn Mrs. Mitchell einmal kräftig dagegentritt, kann ihm das nur guttun."

„Sehr witzig."

Der scherzhafte Schlagabtausch lenkte sie ein wenig von der schrecklichen Aufgabe ab, die vor ihnen lag.

„Hast du die Adressen der beiden Familien?"

„Ja. Die Brantleys wohnen ganz in der Nähe." Er lotste sie zu einem stattlichen Haus im Kolonialstil in einer ruhigen Seitenstraße. Davor standen mehrere Fahrzeuge.

Sam parkte am Straßenrand und starrte das Haus einen Moment lang an. „Ich hasse das."

„Ich auch. Bringen wir es hinter uns."

Sie gingen zur Haustür des weißen Gebäudes mit den schwarzen Klappläden und klopften an. Eine ältere Frau öffnete ihnen. Ihr Gesicht war vom Weinen aufgequollen.

Sam zeigte ihr ihre Marke. „Lieutenant Holland, Detective Cruz. Wir möchten zu Mr. oder Mrs. Brantley."

„Sie empfangen im Augenblick niemanden. Können Sie später noch mal wiederkommen?"

„Das würden wir gerne, und es tut mir sehr leid, dass wir zu einem so ungünstigen Zeitpunkt stören", sagte Sam. „Aber wir ermitteln in einem Mordfall, und die Zeit wird knapp. Wir müssten dringend mit ihnen reden."

Sie zögerte, trat dann jedoch beiseite. „Kommen Sie herein." Im Inneren des Hauses, in dem es nach Äpfeln und Zimt roch, herrschte tiefe Stille. Die ältere Dame brachte sie ins Wohnzimmer. „Bitte setzen Sie sich. Ich geh sie holen."

Sam und Freddie nahmen nebeneinander auf einem Sofa gegenüber einer Fotowand mit Bildern des Jungen Platz, der offenbar das einzige Kind der Familie gewesen war.

„Mein Gott", murmelte Freddie, während er die zahlreichen Fotografien betrachtete, die von der frühen Jugend bis zum Highschool-Football reichten.

Als die Brantleys eintraten, erhob sich Sam und stellte Freddie und sich vor. „Unser aufrichtiges Beileid. Es tut uns sehr leid, dass wir Sie in einer so schweren Zeit stören müssen."

„Ich bin Adam Brantley, und das ist meine Frau Sarah."

Er war groß und imposant, hatte graues Haar und blaue Augen. Seine Frau wirkte neben ihm winzig. Ihr dunkles, lockiges Haar war ungekämmt und zerzaust, der Blick ihrer braunen Augen getrübt.

Als sie einander auf den Sofas gegenübersaßen, fiel Sam auf, dass Adam seine Frau fest in den Arm nahm, als müsse er sie nicht nur trösten, sondern regelrecht stützen.

„Wir versuchen herauszufinden, wer in der fraglichen Nacht noch im Hause Springer gewesen sein könnte. Es wäre sehr hilfreich, wenn Sie uns weitere enge Freunde oder Freundinnen von Todd nennen könnten."

„Die meisten seiner engen Freunde waren dort", sagte Adam ausdruckslos. „Jetzt sind sie alle tot."

Sarah liefen Tränen über das Gesicht, doch sie schien es gar nicht zu bemerken.

„War irgendjemand nicht dort, mit dem Todd oder einer der anderen ermordeten Jugendlichen möglicherweise Streit hatte?"

„Ich habe darüber endlos nachgedacht", antwortete Adam. „Mir fällt niemand ein, der sie nicht mochte geschweige denn ausreichend hasste, um sie zu töten."

„Gar niemand?", fragte Sam. „Keine Rivalen aus anderen Highschool-Mannschaften, keine Jugendlichen, mit denen sie sich im Kino gestritten haben, niemand, dem sie Geld schuldeten? Meiner Erfahrung nach ist, wenn so etwas unter jungen Menschen geschieht, das Motiv dem Verbrechen fast nie angemessen."

Adam schüttelte den Kopf. „Mir ist nichts eingefallen, was zu so etwas hätte führen können. Ich vermute, Sie sprechen auch mit den anderen Eltern?"

„Mit allen. Ja."

Adam richtete den Blick auf ein Foto seines attraktiven Sohnes, auf dem er breit lächelte. „Er war unsere ganze Welt. Wir haben ihn aus einem Heim geholt und adoptiert, als er zwölf war. Eigene Kinder waren uns nicht vergönnt, und als wir ihn sahen, wussten wir, dass er für uns bestimmt war." Er schaute Sam an. „Wir wissen nicht, wie wir ohne ihn weiterleben sollen."

Sarah brach zusammen und stieß einen lang gezogenen Klagelaut aus.

Ihr Mann legte beide Arme um sie und zog sie an sich, während auch ihm die Tränen kamen. „Es tut mir leid, dass wir Ihnen nicht weiterhelfen können."

Freddie legte seine Karte auf den Couchtisch.

„Wenn Ihnen noch etwas einfällt, egal, wie unbedeutend es Ihnen erscheinen mag, rufen Sie mich an."

„Machen wir."

Zu hören, dass Todd mit zwölf adoptiert worden war, hatte Sam den Atem geraubt. Ihre Füße gehorchten ihr nicht, und sie hatte das Gefühl, aus ihrem Körper getreten zu sein und die ganze Szene nur als Zuschauerin zu erleben.

Freddie, der bemerkte, dass sie innerlich erstarrt war, fasste sie am Handgelenk und ging mit ihr zur Haustür. Er geleitete sie die Treppe hinunter und auf den Bürgersteig hinaus. „Atme mal tief durch."

Sam zwang mühsam Luft in ihre Lungen und kämpfte gegen ein überwältigendes Gefühl der Panik an. Was, wenn ihnen eines Tages das Gleiche passierte? Der Junge, den sie liebte wie ihr eigenes Kind, der so unerwartet in ihr Leben getreten war und alles verändert hatte ...

„Atmen, Sam."

Sie beugte sich vor, stützte die Hände auf die Knie und versuchte, trotz des gewaltigen Kloßes in ihrer Kehle Luft zu kriegen. Während sie die Augen zukniff, um die brennenden Tränen zurückzuhalten, rang sie nach Atem.

„Soll ich Nick anrufen?"

„Nein."

„Was kann ich sonst für dich tun?"

„Gib mir einfach einen Moment."

Er ließ ihr zehn Minuten, in denen er neben ihr stand und wartete, bis ihr Herz nicht mehr so raste und sie sich wieder aufrichten konnte.

„Tut mir leid."

„Muss es nicht. Die Parallelen waren kaum zu übersehen."

„Ich wage mir nicht mal vorzustellen, was sie gerade durchmachen. Das schaffe ich nicht."

„Das musst du auch nicht. Scotty geht es gut. Er ist bei Nick, und es ist alles in Ordnung."

„Er ist erst seit ein paar Monaten bei uns, und ich habe schon jetzt das Gefühl, dass ich es nicht ertragen würde, wenn ihm etwas zustieße. Wie sollen die Brantleys je darüber hinwegkommen?"

„Ich weiß es nicht, aber eines Tages wird es ihnen gelingen. Irgendwie schaffen die Leute das immer, selbst wenn es unmöglich erscheint."

„Vielleicht konnte ich deshalb keine eigenen Kinder kriegen. Weil jemand da oben weiß, dass ich dafür einfach nicht gemacht bin."

„Denk doch so etwas nicht, Sam. Wer ist schon für das gemacht, was die beiden gerade erleben müssen?"

„Trotzdem ..." Sie fuhr sich mit den Händen übers Haar, das sie für die Arbeit hochgesteckt hatte. „Tut mir leid, dass ich die Fassung verloren habe. Danke, dass du mich da rausgeholt hast."

„Kein Problem. Mir war klar, wie hart es dich treffen musste, zu hören, dass Todd adoptiert war." Er streckte die Hand aus. „Soll ich fahren?"

Da sie noch immer am ganzen Leib zitterte, gab Sam ihm den Schlüssel. „Gern. Danke."

„Wir dürfen nicht vergessen", sagte Freddie, als sie unterwegs waren, „dass Todd Brantley zum Zeitpunkt seines Todes an illegalen Aktivitäten beteiligt war. Schon allein das traue ich Scotty absolut nicht zu."

Sam starrte aus dem Fenster, an dem die Welt vorbeiflog. „Ich wette, das hätten die Brantleys über Todd auch gesagt, als er zwölf war. Niemand glaubt je, sein Kind könne so etwas tun. Tracy hat das von Brooke auch nicht gedacht."

„Aber Scotty hat jetzt schon einen ganz klaren moralischen Kompass. Ich kann mir nicht vorstellen, dass er den je wieder verliert."

„Stimmt. Er ist der beste Mensch, den ich kenne. Doch was ist, wenn wir alles richtig machen und er trotzdem das Falsche tut?"

„Solange du über ihn wachst, wird er das gar nicht wagen. Jedenfalls ginge es mir so, wenn ich dein Sohn wäre."

Darüber musste Sam lachen.

„Du wirst nicht zulassen, dass er auf die schiefe Bahn gerät. Davon bin ich felsenfest überzeugt."

„Danke. Sehr lieb, dass du mich aus meinem Beinahe-

Nervenzusammenbruch rausgecoacht hast. Mir tun diese Eltern so leid. Alle. Egal, was ihre Kinder angestellt haben, das haben sie nicht verdient."

„Nein."

Sam zog das Handy aus der Tasche und rief Lindsey McNamara an. Als sie die Stimme der Gerichtsmedizinerin am anderen Ende hörte, wurde ihr klar, dass sie dieses Telefonat eigentlich nicht führen sollte, da Gonzo die Ermittlungen leitete.

„Sam?", fragte Lindsey, als sie nichts sagte.

„Sorry. Ich wollte mich nur erkundigen, ob es etwas Neues zum Thema DNA gibt, aber ich hatte total vergessen, dass nicht ich die Ermittlungen leite, sondern Gonzo."

Lindsey lachte schnaubend. „Dann wird es dich freuen, zu hören, dass er dir einen Schritt voraus ist. Ich habe gerade mit ihm gesprochen und ihn informiert."

„Wissen wir jetzt zweifelsfrei, wer Brooke vergewaltigt hat?"

„Ja", antwortete Lindsey leise. „Ich habe das FBI-Labor hinzugezogen, um die DNA, die man im Krankenhaus bei ihr gefunden hat, mit der der Opfer abzugleichen, und wir haben drei Übereinstimmungen und ein weiteres Profil, das zu keinem unserer Opfer passt."

Sam kämpfte die Welle des Ekels nieder, der sie befiel, als sie sich vorstellte, wie vier Typen Brooke nacheinander vergewaltigten. „Ich wette, der Vierte ist unser Freund Brody Mitchell, den wir gerade festgenommen haben. Er hat das Video und die Fotos online gestellt. Ich besorge mir einen richterlichen Beschluss für eine Speichelprobe. Dürfen wir dich dann anrufen?"

„Ich bin hier. Es tut mir leid, was mit deiner Nichte passiert ist, Sam."

„Mir auch. Ich muss auflegen, meine Schwester ruft an. Ich melde mich." Sam drückte den grünen Knopf, um Tracys Anruf entgegenzunehmen. „Hey, wie steht's?"

„Sie ist wach."

„Ich komme sofort." Sam klappte das Handy zu und sah Freddie an. „Ich muss dich bitten, die andere Befragung allein durchzuführen. Brooke ist aufgewacht."

„Kein Problem. Wir holen mein Auto ab, damit du zum Krankenhaus fahren kannst."

„Danke."

„Was hat Lindsey rausgefunden?"

„Vier Typen. Drei davon sind unter den Mordopfern."

„Es tut mir so leid, Sam."

Sie seufzte tief. „Was sollen wir ihr nur sagen?"

„Die Wahrheit. Ehe sie von jemand anderem, der sich das Video angeschaut hat, erfährt, was mit ihr geschehen ist. Es war lange genug im Netz, um die Runde gemacht zu haben."

„Wahrscheinlich", stimmte ihm Sam voll schlimmer Vorahnungen zu. Wie würde Brooke reagieren, wenn sie hörte, dass andere ihre Vergewaltigung gesehen hatten? In ihrem Alter war es möglicherweise schlimmer, zu wissen, dass die eigenen Freunde alles gesehen hatten, als dass der sexuelle Übergriff stattgefunden hatte.

„Sie hat eine großartige Familie", meinte Freddie. „Ihr werdet ihr da gemeinsam durchhelfen." Kurz darauf hielt er hinter seinem Auto an. „Lass es mich wissen, wenn ich etwas für dich oder Tracy tun kann."

„Danke, Freddie. Ich weiß das sehr zu schätzen. Erzähl mir später alles über das Gespräch mit Kelsey Lewis' Eltern."

„Mach ich. Kommst du nachher ins Hauptquartier?"

„Ja." Sam stieg aus und setzte sich in ihren Wagen. Auf dem Weg zum Krankenhaus überlegte sie sich eine Strategie für das Gespräch mit Brooke. Sie war eine der wenigen Überlebenden der Party. Ob ihre Erinnerungen die Ermittlung voranbringen konnten, würde sich zeigen.

Als sie einige Minuten später das Zimmer ihrer Nichte betrat, versuchten deren Mutter und eine Schwester gerade, die völlig hysterische Brooke zu beruhigen. „Können wir ihr nicht irgendwas geben?", fragte Tracy unter Tränen.

„Sie muss ansprechbar bleiben", sagte die Schwester. „Anordnung der Ärztin."

„Wir müssen doch irgendwas für sie tun können."

„Ich erhöhe die Dosis des Schmerzmittels. Aber es dauert einen Augenblick, bis das wirkt."

Überwältigt von der Szene, die sich da vor ihren Augen abspielte, umrundete Sam das Bett und legte den Arm um ihre Schwester, die sich an sie schmiegte.

„Ich schaffe das nicht", erklärte Tracy verzweifelt.

„Doch."

„Es tut so weh", klagte Brooke zwischen zwei Schluchzern.

„Ich weiß, Kleines", tröstete die Krankenschwester sie. „In ein paar Minuten solltest du dich besser fühlen. Versuch, dich zu entspannen und zu beruhigen."

Einige Minuten später sah Brooke mit großen Augen voller Tränen zu Sam auf. Die Schmerzen waren abgeklungen, und sie wirkte etwas ruhiger. „Sam."

„Ich bin hier, Süße."

„Was ist passiert? Warum bin ich im Krankenhaus?"

„Ich weiß, das ist alles furchtbar verwirrend, aber ich muss dir ein paar Fragen stellen, die möglicherweise einige *deiner* Fragen beantworten. Fühlst du dich in der Lage, mit mir zu reden?"

Brooke wischte sich Gesicht und Augen ab und nickte.

„Erinnerst du dich, auf Hugo Springers Party gewesen zu sein?"

Brookes Blick huschte zwischen Sam und ihrer Mutter hin und her.

„Hey, Trace", sagte Sam. „Warum lässt du mich nicht für einen Moment mit Brooke allein? Hol dir einen Kaffee und ruf die Kinder an. Ich übernehme hier mal eine Weile."

Auch Tracy wischte sich die Tränen aus dem Gesicht. „Meinst du?"

„Natürlich. Geh ruhig. Ich bleibe hier."

„Ich würde wirklich gern mit Abby und Ethan sprechen. Danke, Sam."

„Kein Problem." Sam wollte verhindern, dass sich Tracy anhören musste, woran sich ihre Tochter möglicherweise noch erinnerte. Außerdem würde Brooke so vielleicht offener reden als in Gegenwart ihrer Mutter.

„Ist es dir recht, wenn ich mit ihr über alles rede?"

Tracy nickte zögernd. „Einer muss es ihr ja erklären. Warum nicht du?" Sie beugte sich vor und gab Brooke einen Kuss auf die Wange. „Ich bin gleich wieder da. Tu mir – und dir selbst – einen Gefallen, und sag die Wahrheit, wenn Sam dich über vorgestern Nacht befragt."

Zufrieden, weil Brookes Schmerzen für den Moment erträglich waren, folgte die Schwester Tracy aus dem Zimmer.

„Danke", flüsterte Brooke. „Meine Mutter ist völlig durch den Wind. Ich komme damit überhaupt nicht klar."

„Sie macht sich Sorgen um dich. Du bist schwer verletzt."

„Aber warum? Was ist denn passiert? Niemand erklärt mir irgendwas."

„Woran erinnerst du dich? Fangen wir mal damit an."

„Hoda ist ins Internat gekommen", begann Brooke zögernd. „Ich weiß, dass ich damit gegen die Regeln verstoßen habe, doch ich hatte meine Eltern gebeten, schon am Freitag statt erst am Samstag heimkommen zu dürfen, weil ich mich mit meinen Freunden treffen wollte. Sie mussten allerdings arbeiten und hätten mich erst am Samstag abholen können, und ich wollte doch die Party nicht verpassen."

Sie schniefte und wischte sich mit der Hand, in der noch immer die Infusionsnadel steckte, über Augen und Nase. Ihr dunkles Haar umgab ihren Kopf wie ein unordentlicher Heiligenschein, und ihre ohnehin blasse Haut wirkte nach allem, was sie durchgemacht hatte, ganz durchscheinend – abgesehen von den blauen Flecken in der linken Gesichtshälfte, die sich langsam gelblich verfärbten.

„Wohin seid ihr gefahren, Hoda und du, als ihr in der Stadt wart?"

„Zu Hugo. Er ist ein Freund von Hoda."

„Was ist dann passiert?"

„Da waren viele Leute. Alle haben getrunken ... und so."

„Was meinst du mit ‚und so'?"

Brooke versuchte, sich bequemer hinzulegen, schien die Bewegung aber sofort zu bereuen. „Warum habe ich solche Schmerzen zwischen den Beinen?"

„Dazu kommen wir gleich. Was haben die Jugendlichen eingeworfen?"

„Pillen. Ich glaube, es war Molly. Ich habe jemanden sagen hören, das sei etwas Neues, richtig Cooles."

„Du ‚glaubst'. Das heißt, du bist dir nicht sicher?"

„Ich weiß es nicht genau."

„Und trotzdem hast du was davon genommen?"

Brooke schaute auf ihre Hände, die sich in die Decke gekrallt hatten. „Ich weiß, das war falsch, aber alle haben es gemacht, und ich habe gedacht, es würde schon nichts passieren."

Sam hätte sie am liebsten angeschnauzt, wie sie nur so dumm hatte sein können, beherrschte sich jedoch. Damit hätte sie ihre Nichte bloß gegen sich aufgebracht. „Hast du auch getrunken?"

„Ein bisschen."

„Wie viel?"

„Ein paar Gläser."

„Weißt du noch, was? Bier, Wein, eher etwas Härteres?"

„Irgendwas Hartes, glaube ich. Vielleicht Wodka."

„Weißt du, wo der Alkohol und die Drogen herkamen?"

„Kriegt Hugo Ärger, wenn ich dir das sage? Seine Eltern waren nicht da, und er hätte niemanden einladen dürfen."

Sam seufzte, als sie an die vielen Dinge dachte, die sie Brooke über den weiteren Verlauf dieser Nacht erzählen musste. „Nein, er kriegt keinen Ärger."

„Hugos Bruder hat die Sachen besorgt."

„Kennst du seinen Namen?"

„Billy?"

„War er auch auf der Party?"

„Ich kenne ihn nicht, deshalb weiß ich es nicht genau."

„Wer war sonst noch da?"

Brooke dachte einen Moment nach. „Hugo und sein bester Freund Michael. Ihre Freunde Todd, Kevin und Brody, dann einige Mädchen, die ich nicht kenne, und ein paar von ihren Mitschülern. Vor der Party kannte ich überhaupt nur Hoda, Todd, Hugo und Michael."

„Was ist das Letzte, woran du dich erinnerst?"

Sie schloss die Augen und seufzte tief. „Du wirst wütend sein. Alle werden mich hassen."

„Nein. Du hast Fehler gemacht und einige schlechte Entscheidungen getroffen, die uns enttäuschen. Aber vor allem sind wir froh, dass du lebst."

„Lebst? Was soll das denn heißen?"

„Die Kombination aus Molly, Alkohol und GHB hat dir schwer zugesetzt, Brooke."

„GHB? Was ist das? Das habe ich nicht genommen."

„Wir glauben, man hat es dir untergejubelt. Wahrscheinlich in einem Getränk. Weißt du, wie man das Zeug noch nennt?"

Sie schüttelte den Kopf.

„K.-o.-Tropfen."

Sie riss die Augen auf, und ihr blieb der Mund offen stehen, als diese Information und der Schmerz zwischen ihren Beinen zu einer schrecklichen Erkenntnis führten. „O mein Gott. Ich bin vergewaltigt worden?"

„Ja."

Sie schluchzte herzzerreißend. „Wer?"

Sam erinnerte sich, was Freddie über die Wahrheit gesagt hatte, und zwang sich, ehrlich zu antworten. „Es waren vier."

Brooke hielt sich den Mund zu, um die Laute der Verzweiflung zu unterdrücken, die tief aus ihrem Inneren drangen.

„Kannst du mir jetzt erzählen, was das Letzte ist, woran du dich erinnerst?"

Sie schüttelte den Kopf. Tränen rannen ihr über die Wangen.

„Brooke, bitte. Es ist wichtig, dass du mir sagst, woran du dich noch erinnerst."

Obwohl sich alles in ihr dagegen zu sträuben schien, fuhr Brooke stockend fort: „Ich bin mit Todd ins Schlafzimmer gegangen. Er war der Grund, warum ich so dringend auf diese Party wollte. Ich habe ihn letzten Sommer kennengelernt, und wir haben uns, als ich im Internat war, ständig SMS geschrieben. Ich wollte ihn unbedingt wiedersehen."

„Hattest du Sex mit ihm?"

„Ja", flüsterte sie.

„War es dein erstes Mal?"

„Nein."

Sam bemühte sich um einen neutralen Gesichtsausdruck, damit Brooke weitersprach.

„Es ist peinlich, mit dir darüber zu reden."

„Das verstehe ich, aber es ist wirklich wichtig, dass du mir erzählst, woran du dich erinnerst. Hast du das Schlafzimmer wieder verlassen, nachdem du mit Todd dort warst?"

Brooke legte den Kopf schief. „Ich erinnere mich nicht daran. Danach weiß ich eigentlich gar nichts mehr."

Das bedeutete, sie hatte das GHB zu sich genommen, ehe sie

mit Todd ins Schlafzimmer gegangen war, denn dort hatte es seine Wirkung entfaltet.

Brooke sah Sam flehend an. „Du meintest, es waren vier. Was haben die mit mir gemacht, Sam?"

„Ich sage es nur ungern, aber jemand hat dir heimlich GHB verabreicht, und während du halb bewusstlos warst, haben sich Todds Freunde der Reihe nach an dir vergangen. Deshalb hast du solche Schmerzen. Du musstest genäht werden."

„Da unten?"

„Ja. Du hattest vaginale Risse."

„Warum haben die das getan?", fragte sie so leise, dass Sam sie kaum verstehen konnte. „Todd ist mein Freund. Ich dachte, er mag mich."

„Brooke, ich wünschte, ich hätte Antworten für dich, aber ich weiß nicht, warum sie das getan haben."

„Kriegen sie jetzt Ärger? Hast du sie verhaftet?"

Beim Gedanken an die anderen Dinge, die sie Brooke noch erklären musste, bekam Sam Magenschmerzen. „Nein, Süße. Ich habe sie nicht verhaftet."

„Warum nicht? Die haben mich vergewaltigt!"

„Weil jemand sie ermordet hat."

„Was?"

„Jemand hat Todd, Hugo, Michael, Kevin und fünf Mädchen im Keller der Springers erstochen."

Brooke brach wieder in Tränen aus. „Wie kann das sein? Wer tut so etwas? Ich verstehe das nicht. Sind sie alle tot?"

„Ich fürchte schon."

Sie barg ihr Gesicht in den Händen. „Wir wollten doch nur Spaß haben." Dann schien ihr ein anderer Gedanke zu kommen, und sie sah Sam an. „Ist Hoda auch tot?"

„Nein. Tatsächlich gehe ich davon aus, dass sie dich da rausgeschafft hat."

„Aber genau weißt du es nicht?"

„Wir können sie nicht ausfindig machen. Niemand weiß, wo sie ist. Hast du eine Ahnung?"

„Sie ist ein Freigeist, sie könnte überall sein."

„Es wäre wirklich hilfreich, wenn du mir jemanden nennen

könntest, mit dem sie viel Zeit verbringt, oder einen anderen Tipp hättest, wo wir sie finden können.“

„Da gibt es diesen einen Typen ... Nico. Ich kenne seinen Nachnamen nicht, aber er wohnt in der Nähe der American University. Sie mag ihn sehr. Ich glaube, die beiden hängen manchmal zusammen ab.“

„Studiert er an der AU?“

„Nein, er arbeitet dort. Ich weiß nicht genau, als was.“

„In einer ihrer SMS an dich erwähnt Hoda einen Jungen namens Davey, der das gefälschte Schreiben beglaubigt hat. Wer ist das?“

„Ihr habt meine SMS gelesen?“

Sam bedachte sie mit einem vernichtenden Blick. „Was glaubst du denn? Wir haben etwa sechsunddreißig Stunden lang verzweifelt versucht, herauszufinden, was sich in dieser Nacht in dem Keller abgespielt hat. Man kann getrost sagen, dass nicht mehr viel in deinem Leben privat ist.“

„Das habe ich wohl verdient.“

„Wer ist dieser Davey?“

„Ein Freund von Hoda. Sein Vater ist Anwalt.“

„Wie heißt er mit Nachnamen?“

„Ekland. Er geht auch auf die Wilson.“

„Das hilft mir weiter, Süße.“ Nachdem Sam sich den Namen notiert hatte, nahm sie Brookes Hand. „Ich muss dir noch etwas sagen, das bestimmt nicht leicht zu verkraften ist.“

„Du meinst ernsthaft, irgendetwas könnte schlimmer sein als zu hören, dass ein Junge, den ich wirklich gemocht habe, mich mit seinen Freunden geteilt hat und dass sie danach alle ermordet worden sind?“

„Möglicherweise.“

„Ich weiß nicht, ob ich noch mehr schlechte Nachrichten ertrage.“

„Das muss alles ganz furchtbar für dich sein, und du hast im Augenblick schon genug zu verarbeiten, aber ich glaube, es ist besser, wenn du es von mir hörst statt von jemand anderem.“

Brooke seufzte tief und schien sich auf das Schlimmste gefasst zu machen. „Okay.“

„Während die Typen sich der Reihe nach an dir vergangen

haben, hat jemand das auf Video aufgenommen und fotografiert. Die Bilder und das Video hat er dann online gestellt.“

Brookes blieb der Mund offen stehen, dann schloss sie ihn abrupt und brach wieder in Tränen aus. Ungläubig schüttelte sie immer wieder den Kopf.

„Wir haben es bis zu seinem Ursprung verfolgt und einen Jungen namens Brody Mitchell festgenommen. Kennst du ihn?“

„Er war auf der Wilson in meiner Klasse. Hat *er* diesen Dreck gepostet?“

„Offenbar, er hat mehrere Accounts mit dem Namen ‚Wilson Abschlussklasse‘ angelegt. Mittlerweile ist alles gelöscht, und er befindet sich in Polizeigewahrsam.“

„Aber es haben bestimmt schon alle gesehen, oder?“

„Ich weiß nicht, wer … Allerdings war alles über vierundzwanzig Stunden lang online, ehe wir ihn gefunden haben.“

„O Gott. O mein Gott. Die ganze Welt hat mich also nackt zu Gesicht bekommen und konnte zuschauen, wie ich von vier verschiedenen Typen vergewaltigt wurde? O mein Gott!“

„Genau betrachtet nur von dreien, denn der Sex mit Todd war einvernehmlich. Ich weiß, es ist schrecklich, das zu hören, und es war auch für uns furchtbar, zu sehen, was dir widerfahren ist.“

„Das ist alles meine Schuld“, rief Brooke bitterlich weinend. „Wenn ich nicht aus dem Internat abgehauen wäre, wäre das alles nie passiert.“

„Das stimmt, doch die Vergewaltigung ist nicht deine Schuld. Du hast unter Drogen gestanden und hast nicht Nein sagen können. Diese Jungs haben sich an dir vergangen, das war nicht deine Schuld. Ich möchte, dass du dir das klarmachst, Brooke. Egal was du getan, gesagt, genommen oder getrunken hast, die Vergewaltigung war nicht deine Schuld.“

Wie sie da in dem großen Krankenhausbett saß, mit tränenüberströmtem Gesicht und vom Weinen geröteten Augen, wirkte sie schrecklich jung und verletzlich. „Aber es war meine Schuld, dass ich überhaupt dort war. Was werden die Leute sagen? Die werden mich eine Schlampe nennen und behaupten, ich hätte das alles gewollt.“

„Natürlich werden sich die Leute das Maul darüber zerreißen, doch du kennst die Wahrheit. Man hat dich unter Drogen gesetzt, und du konntest dich nicht wehren. Das zeigt das Video ganz deutlich.“

„Du hast es auch gesehen?“

„Ja.“

„Gott, was musst du nur von mir denken? Du musst mich dafür hassen.“

„Ich könnte dich niemals hassen, und was ich gesehen habe, war ein junges Mädchen, das von Jungs vergewaltigt wurde, die wahrscheinlich ebenfalls betrunken und zugedröhnt waren und völlig die Kontrolle verloren hatten.“

„Es waren nette Jungs“, flüsterte Brooke. „Alle vier. Dachte ich zumindest.“

„Mag sein – bis sie sturmfreie Bude hatten und die falsche Kombination aus Drogen und Alkohol eingeworfen haben. Dann sind die Dinge aus dem Ruder gelaufen.“

„Es war eine ziemlich wilde Party. Hugo hatte das ganze Zeug von seinem Bruder besorgt, und er ist voll durchgedreht. Als ich kapiert habe, worauf das alles hinauslief, habe ich zu Hoda gesagt, wir sollten besser gehen, aber davon wollte sie nichts hören. Sie war meine Mitfahrgelegenheit. Außerdem war Todd da, und ich wollte Zeit mit ihm verbringen.“ Sie schaute mit großen, untröstlichen Augen zu Sam auf. „Wie konnte er zulassen, dass seine Freunde mich der Reihe nach vergewaltigen?“

„Ich weiß es nicht, Süße, doch er war zumindest bei ausreichend klarem Verstand, um nach dir noch mit einem anderen Mädchen Sex zu haben. Sie wurden während des Aktes getötet.“

Brooke schüttelte fassungslos den Kopf. „Todd ist wirklich tot. Hugo und Michael auch.“

„Ja, so leid es mir tut.“

„Ich kann es kaum glauben.“

„Wenn dir noch jemand einfällt, der auf der Party war, wäre das wirklich hilfreich für uns. Außer dir, Hoda und Brody kennen wir keine Überlebenden. Außerdem können wir Hoda nicht finden.“

„Du glaubst doch nicht, dass sie ebenfalls tot ist, oder?“

„Nein, wahrscheinlich versteckt sie sich, bis sich die erste Aufregung gelegt hat."

„Ihre Mutter verbietet ihr nie etwas."

„Das habe ich schon mitbekommen."

„Ich dachte immer, sie hat Glück, weil ihre Mutter sie einfach ihr Ding machen lässt, aber jetzt ..."

„Jetzt verstehst du, warum deine Mutter immer wie ein Schießhund auf dich aufgepasst hat."

„Ja", flüsterte sie. „Weil sie nicht wollte, dass mir so etwas zustößt." Sie schluchzte mit fest zusammengepressten Lippen auf. „Mein Leben ist ruiniert."

„Nein, Brooke. Dir ist etwas ganz Furchtbares, Schreckliches passiert, und das wirst du dein gesamtes Leben lang nicht vergessen. Aber wie du dieses Leben von jetzt an gestaltest, das liegt ganz bei dir. Wir werden dich unterstützen und dir da durchhelfen. Versprochen."

Brooke umklammerte Sams Hand. „Ich schäme mich so."

Sam beugte sich über das Bett, um ihre Nichte zu halten, während sie weinte. So fand Tracy die beiden bei ihrer Rückkehr vor. Sam überließ ihrer Schwester ihren Platz.

„Es tut mir so leid, Mom." Brooke brach beim Anblick ihrer Mutter wieder komplett zusammen. „Ich hätte nie aus dem Internat abhauen und zu dieser Party gehen sollen, und jetzt ist alles ruiniert, und die anderen sind tot."

„Ganz ruhig", sagte Tracy und streichelte Brooke über die Haare. „Ich weiß, im Moment erscheint dir alles ganz furchtbar, doch es wird alles wieder gut. Irgendwann wirst du darüber hinwegkommen."

Sam freute sich, zu sehen, dass Tracy sich zusammenriss, denn Brooke würde in den kommenden Wochen und Monaten die Kraft ihrer Mutter und ihrer restlichen Familie brauchen. Völlig erschöpft von ihrem Gespräch eben neigte Sam den Kopf in alle Richtungen, um einen Teil des Drucks loszuwerden, der sich durch den Stress in ihrem Nacken aufgebaut hatte.

„Nick und die Kinder sind hier", sagte Tracy. „Abby und Ethan wollten mich sehen, also hat er sie hergebracht."

„Wenn du hierbleibst, gehe ich mal raus und begrüße die drei."

„Ich bleibe hier."

„Sam?", fragte Brooke. „Was wird jetzt aus mir? Ich habe getrunken und Drogen genommen. Komme ich in den Knast?"

„Ich glaube nicht, aber Detective Erica Lucas von der Spezialeinheit für Sexualdelikte wird eine Aussage von dir brauchen. Sie übernimmt deinen Fall, und ich darf bei deinem Gespräch mit ihr nicht zugegen sein, weil ich als Verwandte befangen bin."

„Meinen Fall? Welchen Fall? Sind sie nicht alle tot?"

„Einer von ihnen nicht. Erica ist eine hervorragende Ermittlerin, und sie wird später vorbeischauen. Ist dir das recht?"

Brooke nickte.

„Wenn dir noch irgendetwas anderes von der Party einfällt, egal, wie unwichtig oder nebensächlich es dir erscheinen mag, ruf mich an, ja?"

„Ich versuche, mich zu erinnern, und melde mich dann."

Sam küsste Brooke auf die Stirn. „Du stehst das durch. Ganz sicher." Auf dem Weg nach draußen umarmte sie Tracy, aber auf dem Gang musste sich Sam an die Wand lehnen und darum kämpfen, ihre Gefühle in den Griff zu bekommen, ehe sie sich auf die Suche nach Nick und den Kindern machte.

Sie stand noch immer so da, als Nick sie wenige Minuten später fand. Er verlor kein einziges Wort, wofür sie ihm unglaublich dankbar war, sondern legte einfach nur die Arme um sie und hielt sie fest. Genau das brauchte Sam in diesem Moment.

Das Gesicht gegen seine Brust gepresst, hörte sie seinen kräftigen Herzschlag und nahm die ruhige Kraft in sich auf, die er ausstrahlte. „Danke", sagte sie nach mehreren Minuten des Schweigens.

„Es war mir wie immer ein Vergnügen, Babe." In einer stärkenden, liebevollen Geste streichelte er ihr den Rücken.

„Bis jetzt war dieser Tag die Hölle."

„Ich habe gehört, du hast Brooke erzählt, was passiert ist."

„Einer musste es ja tun, und ich konnte ihr bei der Gelegenheit gleich ein paar Fragen stellen."

„Ihr das zu erklären, steckst auch du nicht einfach so weg."

„Ich komme schon klar." Sie lächelte ihn an. „Es geht mir schon viel besser."

Sein schiefes Grinsen weckte in ihr den Wunsch, allein mit ihm zu sein, um ihn ungehemmt küssen zu können.

„Wie fühlst *du* dich denn?", fragte sie.

„Das Treffen mit Nelson macht mich ein bisschen nervös. Langsam befürchte ich, die wollen mich wirklich dazu überreden, etwas zu tun, das ich eigentlich nicht möchte."

„Vielleicht solltest du noch mal darüber nachdenken, wenn sie es so unbedingt wollen."

„Damit ist es offiziell: Du hast endgültig den Verstand verloren."

„Sehr witzig. Ich meine doch nur, du sollst dich von mir oder meiner Karriere nicht aufhalten lassen. Wenn es hart auf hart kommt, fällt uns was ein. Wir kriegen das hin."

Er wich einen Schritt zurück, ließ aber die Hände auf ihren Oberarmen. „Du meinst das ernst."

„Natürlich. Unser Leben dreht sich so oft nur um mich und meine Karriere. Wenn du das wirklich möchtest, solltest du gründlich nachdenken, bevor du ein weiteres Mal ablehnst. Denn dann werden wir einen Weg finden. Irgendwie."

„Du hast keine Ahnung, worauf du dich da einlässt."

„Ich sage dir meine uneingeschränkte Unterstützung in allen Dingen zu. So sehr liebe ich dich. Ich würde alles tun, um dich glücklich zu machen."

„Samantha ..." Er küsste sie mitten auf dem Korridor der hektischen Intensivstation, und Sam hinderte ihn nicht daran. „Immer wenn ich denke, ich hätte dich endlich verstanden, belehrst du mich eines Besseren."

„Wir wollen es ja auch weiterhin ein bisschen spannend miteinander haben."

Er lachte. „In der Hinsicht habe ich keinerlei Befürchtungen, Babe." Er zog sie wieder in seine Arme, und sie schmiegte sich noch ein paar Minuten lang an ihn und genoss seine Nähe. Wieder einmal fragte sie sich, wie sie je ohne ihn hatte leben können.

„Hör dir an, was sie zu sagen haben, und dann reden wir darüber", schlug sie vor. „Okay?"

„Okay." Er küsste sie erneut.

„Die Schwestern schauen schon ganz neidisch", flüsterte sie.

„Sollen sie ruhig. Ich habe nur Augen für dich.“

„Gut, dass Ärzte in der Nähe sind. Ich glaube, ich falle gleich in Ohnmacht.“

„Kein Problem, ich fang dich auf.“

Sie sah zu ihm auf. Er war so attraktiv, so unerschütterlich, und er gehörte ganz ihr. „Heute ist noch etwas passiert.“

„Was?“, fragte er, sofort leicht alarmiert. Er hatte im zurückliegenden Jahr gelernt, stets auf alles vorbereitet zu sein.

Sie erzählte ihm von der Begegnung mit Todd Brantleys Eltern, die ihren Sohn ebenfalls mit zwölf Jahren adoptiert hatten.

„O Mann“, sagte Nick. „Das muss hart für dich gewesen sein.“

Sie war glücklich, dass er sofort verstand, worum es ihr ging. Wie immer. „Es war schrecklich. Sie waren vollkommen am Boden zerstört. Ich war danach zu nichts mehr zu gebrauchen.“

„Das tut mir so leid.“

„Was, wenn ... Was, wenn wir alles richtig machen und er trotzdem auf die schiefe Bahn gerät?“

Nick schüttelte energisch den Kopf. „Das wird er nicht.“

„Woher willst du das wissen?“

„Ich würde mein Leben darauf verwetten, dass unser Sohn nicht auf die schiefe Bahn gerät. Das sähe ihm überhaupt nicht ähnlich.“

„Es sieht niemandem ähnlich“, murmelte Sam. „Bis es dann passiert.“

„Scotty ist anders.“

„Das hat Freddie auch gesagt. Dass ihn sein moralischer Kompass davon abhalten wird, vom rechten Weg abzuweichen.“

„Richtig. Das sehe ich genauso.“

„Ich hoffe, ihr habt recht, denn wenn ihm so etwas je passiert ... das könnte ich nicht ertragen.“

„Doch. Du bist der stärkste Mensch, den ich kenne.“

„Nicht, wenn es um ihn oder meine Nichten und Neffen geht. Ich habe da drinnen bei Brooke eben beinahe die Fassung verloren. Am liebsten würde ich sie für immer in Watte packen und sie vor allen Widrigkeiten der Welt beschützen. Wenn ich das könnte, würde ich es tatsächlich tun.“

„Das weiß sie. Du packst sie bereits in Watte, indem du dafür sorgst, dass die richtigen Leute an ihrem Fall arbeiten und du dich selbst reinhängst. Du tust, was du kannst – und wahrscheinlich mehr, als du solltest."

„Ich hoffe nur, es reicht", seufzte Sam. „Jetzt muss ich Detective Lucas anrufen und ihr sagen, dass Brooke aufgewacht ist. Ich werde in der Nähe bleiben, solange Erica bei ihr ist, danach muss ich ins Hauptquartier und mich um den Jungen kümmern, der das Video gepostet hat."

„Noch viel zu tun, bevor du dich ausruhen kannst, wie?"

„Sieht so aus." Sie blickte zu ihm auf. „Viel Glück im Weißen Haus. Melde dich gleich bei mir, sobald du aus der Besprechung kommst. Ich werde wie auf glühenden Kohlen hier sitzen und warten."

„Du wirst es als Erste erfahren."

„Ich bin so stolz auf meinen total sexy Mann, den Senator, der heute Nachmittag ein sehr wichtiges Treffen mit dem Präsidenten hat."

Wie erwartet verdrehte er die Augen. „Erst mal muss ich mit drei Kindern eislaufen gehen. Glaubst du, die zehn Dollar Bestechungsgeld, damit sie im Wartezimmer bleiben, sind schon komplett im Süßigkeitenautomaten gelandet?"

„O Gott, geh besser mal nachschauen, wie viel Zucker sie schon intus haben."

Er gab ihr einen letzten Kuss und kehrte dann zu den Kindern zurück. Sam sah ihm nach und merkte, wie viel Kraft ihr dieser kurze Moment der Zweisamkeit verliehen hatte, den sie sich einfach mal genommen hatten. Brookes Krankenschwester näherte sich, und Sam reckte die Schultern, während sie sich ihr zuwandte. „Meine Güte, wenn das mal kein Prachtexemplar ist."

Sam lachte. „Glauben Sie mir", sagte sie augenzwinkernd, „das ist mir auch schon aufgefallen."

KAPITEL 11

Sam schritt auf dem Krankenhausflur auf und ab, während Erica Brookes Aussage aufnahm. Über eine Stunde, nachdem sie das Krankenzimmer betreten hatte, kam die Ermittlerin weit weniger gefasst als beim Hineingehen wieder heraus. „Wie lief's?", fragte Sam.

„Sie erinnert sich nicht an die Vergewaltigung, und das ist vermutlich auch besser so. Natürlich regt sie sich sehr über das Video auf."

„Außerdem hat sie Angst, sie könnte wegen des Konsums von Drogen und Alkohol angezeigt werden."

„Ich werde mit dem stellvertretenden Bezirksstaatsanwalt sprechen und prüfen, ob er die Anklage fallen lässt, wenn sie an einem Programm zur Drogenberatung teilnimmt."

„Damit würden Sie mir einen großen Gefallen tun."

„Keine mögliche Bestrafung kann sie etwas lehren, worauf sie nicht schon von selbst gekommen ist."

„Denke ich auch."

„Aber aussagen muss sie wahrscheinlich", erklärte Erica. „Gegen den Typen, der überlebt hat, und in dem Fall, an dem Sie arbeiten."

„Das sehen wir dann. Danke, Erica. Ich weiß Ihr Feingefühl in dieser Angelegenheit sehr zu schätzen."

„Gern. Tut mir leid, dass Ihre Nichte das durchmachen muss.“

„Mir auch.“ Nachdem Erica gegangen war, betrat Sam Brookes Krankenzimmer.

„Sie war sehr nett, Sam“, empfing Tracy sie.

„Hat sie was dazu gesagt, ob ich wegen der Drogen und so Ärger kriege?“, fragte Brooke. Ihre Augen waren vom Weinen wieder geschwollen.

„Sie meinte, sie würde statt einer Anklageerhebung eine verpflichtende Drogenberatung empfehlen.“

„Oh, Gott sei Dank“, entfuhr es Tracy.

„Ist sie deinetwegen dazu bereit, Sam?“, wollte Brooke wissen. „Um dir einen Gefallen zu tun?“

„Zum Teil vermutlich schon, aber auch deinetwegen. Sie hat wohl das Gefühl, du hättest aus diesem Vorfall gelernt und würdest nie wieder etwas mit der Polizei zu tun kriegen.“

„Ganz bestimmt nicht“, erwiderte Brooke und wischte sich mit der Decke das Gesicht ab. „So etwas tue ich nie wieder. Vertraut mir.“

„Wir wollen dir ja vertrauen, Liebes“, versicherte ihr Tracy. „Du hast keine Ahnung, wie sehr dein Vater und ich das wollen.“

„Es tut mir so leid“, sagte Brooke. „Was, wenn … Was, wenn ich schwanger bin?“

„Man hat dir in der Notaufnahme die Pille danach gegeben“, erklärte Sam. „Aber in ein paar Monaten musst du einen Aidstest machen und dich auf andere Geschlechtskrankheiten untersuchen lassen.“

Brooke schloss die Augen und schüttelte den Kopf. „Ich kann immer noch nicht fassen, dass sie mir das angetan haben. Ich dachte ehrlich, sie wären meine Freunde.“

Als sie Brooke das sagen hörte, kam Sam ein Gedanke, den sie unverzüglich in die Tat umzusetzen gedachte. „Ich muss zurück an die Arbeit, aber morgen schaue ich wieder nach dir.“ Sie beugte sich über Brooke und küsste sie. „Ich hab dich lieb. Egal was passiert, das wird sich niemals ändern.“

„Ich dich auch. Danke für deine Hilfe. Selbst wenn ich sie gar nicht verdiene.“

„Unsinn. Und nichts zu danken, Süße.“

Tracy folgte Sam auf den Flur hinaus und umarmte sie. „Vielen Dank für alles."

„Du hättest für mich dasselbe getan."

„Wir wissen beide, dass das weit mehr war, als sie erwarten durfte."

„Darüber streiten wir ein andermal", antwortete Sam mit einem kleinen Lächeln. „Deine Tochter braucht dich, und ich muss arbeiten." Sie öffnete die Tür zu Brookes Zimmer einen Spaltbreit und sah, dass ihre Nichte mit Norman im Arm an die Decke starrte und wahrscheinlich versuchte, mit dem zurechtzukommen, was sie über die Geschehnisse der alles verändernden Nacht erfahren hatte. „Ich werde Jeannie bitten, mit ihr zu reden. Vielleicht hilft es ihr, mit einer Leidensgenossin zu sprechen."

„Großartige Idee. Ich sage das nur ungern, aber ich glaube, das könnte ein dringend benötigter Weckruf für sie gewesen sein. Ich hoffe, von jetzt an wird sich so manches ändern."

„Ihr werdet es vermutlich auch weiterhin nicht immer leicht mit ihr haben, doch ich bin mir sicher, dass sie eine wichtige Lektion gelernt hat."

„Hoffen wir es."

„Ich komm später noch mal vorbei."

Auf dem Weg zur Arbeit rief Sam Jeannie an, die wie Brooke Schreckliches erlebt hatte. Hoffentlich war es für ihre Kollegin und Freundin in Ordnung, wenn Sam sie um einen solchen Gefallen bat. „Ich wollte fragen, ob du vielleicht die Zeit hast, im Krankenhaus bei meiner Nichte Brooke vorbeizuschauen. Sie hat gerade erfahren, dass man sie vorgestern Nacht vergewaltigt hat, und sie ist, wie du dir sicher vorstellen kannst, völlig außer sich. Ich weiß, das ist viel verlangt ..."

„Natürlich, Sam. Mach ich doch gern."

„Ich hoffe, du weißt, dass ich dich darum als Freundin und nicht als dein Lieutenant bitte."

„Das weiß ich, und als deine Freundin werde ich alles in meiner Macht Stehende tun, um deiner Nichte zu helfen."

„Danke." Die unglaubliche Hilfsbereitschaft ihres näheren Umfelds hatte Sam in den vergangenen Tagen mehr als einmal beschämt. „Du könntest mir noch einen weiteren Gefallen tun.

Kannst du mir die Adresse einer Familie Ekland im dritten Bezirk besorgen? Sie haben einen Sohn im Teenageralter namens David, mit dem wir vielleicht demnächst mal reden müssen. Spitzname Davey. Wenn nötig, kann dir der Schulleiter der Wilson High diese Information geben. Er hat sich bisher sehr kooperativ gezeigt. Lass es mich wissen, wenn du seine Nummer brauchst."

„Alles klar. Ich kümmere mich darum."

„Wir sehen uns bei der Besprechung."

„Bis dann."

Einige Minuten später erreichte Sam das Hauptquartier und war froh, dass in der Kälte nur noch eine Handvoll Reporter ausharrten, die sie auf dem Weg nach drinnen ignorierte.

Gonzo tauchte auf der Türschwelle zu ihrem Büro auf. „Hast du mal eine Sekunde?"

„Klar." Sam zog ihre Jacke aus und setzte sich hinter ihren Schreibtisch. „Komm rein."

„Ich wollte dich zu ein paar Entwicklungen auf den aktuellen Stand bringen. Zum einen habe ich den Laborbericht über das Laken, in das Brooke gewickelt war. Der Großteil des Blutes stammt von Todd Brantley. Es gab auch Flecken, die zum DNA-Profil von Kelsey Lewis passen."

Sam dachte darüber nach. „Brooke befand sich also unmittelbar neben den beiden, als sie ermordet wurden?"

„Scheint so."

Die Erkenntnis, dass ihre Nichte ebenfalls beinahe ermordet worden wäre, traf Sam wie ein Fausthieb in den Magen und raubte ihr den Atem. „Wieso haben die sie nicht auch gekillt?"

„Möglicherweise hat die Dunkelheit sie gerettet. Vielleicht fiel lediglich aus dem Nebenzimmer Licht herein, und der Mörder hat nur Todd und Kelsey gesehen. Oder jemand hat sich Brooke geschnappt und da rausgezerrt, während unser Killer jemand anderen umgebracht hat. Oder Brooke war bereits nicht mehr im Raum, als es Todd und Kelsey erwischt hat, und jemand hat sie lediglich in das Laken gehüllt, auf dem die beiden lagen. Womöglich werden wir nie erfahren, was genau sich da abgespielt hat."

Alle von Gonzo beschriebenen Szenarien wirkten plausibel. „Wie weit sind wir mit Brody Mitchell?"

„Sein Anwalt ist eben gekommen. Ich wollte gerade zu ihm. Möchtest du mit?"

Sam erinnerte sich noch gut an den Vortrag ihres Vaters über Zwecke, die nicht jedes Mittel heiligten, und schüttelte den Kopf. „Würde ich gerne, aber da die Möglichkeit besteht, dass er der vierte Typ war, der sich an Brooke vergangen hat, darf ich nicht dabei sein. Du kannst Cruz hinzuziehen, ich verfolge alles aus dem Beobachtungsraum." Es brachte sie fast um, sich derart zurückzunehmen, doch wenn sie es wirklich mit dem einzigen überlebenden Vergewaltiger ihrer Nichte zu tun hatten, durfte Sam das Verfahren gegen ihn in keiner Weise gefährden. „Wie sieht dein Plan aus?"

„Ich habe einen richterlichen Beschluss für eine Speichelprobe, die nehme ich zuerst. Lindsey ist bereits auf dem Weg hierher."

„Was wetten wir, dass er der vierte Vergewaltiger ist?"

„Ich würde Haus und Hof darauf verwetten, aber erst seine DNA wird es beweisen. Schauen wir mal, was er zu sagen hat."

Sam betrachtete den Verhörraum, in dem Brody neben einem Mann mit Glatze saß, vom leicht erhöhten Nebenraum aus durch den Einwegspiegel. In den zwei Stunden seit seiner Festnahme hatte Brodys großspurige Fassade Risse bekommen, und jetzt erinnerte er eher an ein verängstigtes Kind.

„Ich wüsste gern, was meinem Mandanten vorgeworfen wird", sagte der Anwalt.

„Dazu kommen wir gleich. Ich bin Detective Sergeant Gonzales, das ist Detective Cruz, und dieses Gespräch wird aufgezeichnet. Unser erster Punkt ist eine richterliche Anordnung zur Entnahme einer DNA-Probe bei Ihrem Klienten."

Der Anwalt sah sich den Beschluss an. „Wozu?"

„Um festzustellen, welche Rolle er, wenn überhaupt, bei einem sexuellen Übergriff gespielt haben könnte, der sich während der Party im Haus der Familie Springer zugetragen und den er nicht verhindert hat, weil er ihn gefilmt und dann das Video ins Internet gestellt hat."

Brodys Augen weiteten sich, der Mund blieb ihm vor Schreck offen stehen. „Ich muss aber keine Speichelprobe abgeben, oder?"

„Ich fürchte doch", sagte der Anwalt.

„Ich habe sie nicht angefasst! Ehrenwort, ich habe nur zugesehen."

„Sei still, Brody", wies ihn der Anwalt an.

„Dann wird Ihre DNA nicht mit der beim Opfer gefundenen übereinstimmen", stellte Gonzo trocken fest, der innerlich triumphierte bei Brodys spontaner Äußerung, die man vor Gericht gegen ihn würde verwenden können.

Es klopfte an der Tür, und Lindsey trat ein. „Das ist Dr. McNamara, sie wird die Probe nehmen."

Brody wirkte, als wolle er sich gleich vor Angst in die Hose machen, als Lindsey innen an seiner Wange den Abstrich nahm.

Sobald sie die Probe hatte, verließ die Gerichtsmedizinerin den Raum. „Sie müssen wissen, dass wir Sie wegen Vergewaltigung anklagen werden, weil Sie nicht eingegriffen haben, um dem Mädchen zu helfen", informierte ihn Gonzo. „Darüber hinaus werden Sie wegen Verletzung des Rechts am eigenen Bild und Verbreitung von Pornografie angeklagt, Letzteres, weil Sie das Video und die Bilder online gestellt haben."

Brody wurde sichtlich blasser, als Gonzo die Anklagepunkte aufzählte.

„Auf dem Video sind drei Männer zu sehen, doch uns liegen Beweise dafür vor, dass sich vier Männer an ihr vergangen haben", fuhr Gonzo fort. „Die drei, die auf dem Video zu erkennen waren, sind tot. Wir suchen nach dem vierten. Wenn Sie nicht in den sexuellen Übergriff verwickelt waren, sind wir bereit, weniger schwerwiegende Anklagen zu erheben, vorausgesetzt, Sie liefern uns Informationen, die zur Verhaftung und erfolgreichen Strafverfolgung des vierten Täters führen, und sagen uns alles, was Sie über die Person oder die Personen wissen, die die neun jungen Leute im Haus der Springers ermordet haben."

Brody schaute seinen Anwalt fragend an. „Was bedeutet das alles?"

„Es bedeutet", erklärte der Anwalt grimmig, „dass die Polizei bereit ist, mildernde Umstände in Betracht zu ziehen, wenn du ihnen verrätst, wer der vierte Mann war, und ihnen hilfst, den Mörder zu finden. Denk daran, dass du gegen den oder die Täter aussagen müsstest."

Brody erbleichte. „Das mache ich nicht. Sie können mich nicht zwingen, gegen die wenigen Freunde auszusagen, die nicht umgebracht worden sind."

„Sie sind ein wichtiger Zeuge bei mindestens einer Straftat", erinnerte ihn Gonzo. „Ihnen droht im Übrigen außerdem noch eine Strafanzeige wegen unterlassener Hilfeleistung. Ihr Video ist der einzige Beweis, den wir brauchen, um Sie für eine sehr lange Zeit einzusperren, vor allem, wenn wir beweisen können, dass Sie es mit Ihrem Handy aufgenommen haben. Denn das haben Sie, oder, Brody?"

Endlich knickte der Junge ein. „Wir haben doch nur Spaß mit ihr gehabt. Ich begreife nicht, was daran falsch ist."

„Brody", warnte ihn der Anwalt eindringlich. „Halt den Mund."

„Nein! Wir haben nichts Schlimmes gemacht. Sie wollte es."

Selbst durch die Scheibe sah Sam den vor Anspannung pulsierenden Muskel an Freddies Kiefer, als er sich die heftige Antwort verkniff, die er dem Jungen auf diese gewagte Äußerung hin zweifellos am liebsten um die Ohren geknallt hätte.

„Ich versichere Ihnen", widersprach Gonzo ruhig, „sie wollte es nicht, und weil sie auch gar nicht in der Verfassung gewesen wäre, ihr Einverständnis zu erklären, ist das, was Sie ihr angetan haben, ein Verbrechen. Jetzt können Sie entweder sich oder Ihre Freunde schützen, beides wird nicht gehen."

Brody vergrub das Gesicht in den Händen und schüttelte immer wieder den Kopf. „Ich verstehe nicht, wie Sie mich wegen Vergewaltigung drankriegen können, wenn ich sie gar nicht angefasst habe."

„Lassen Sie es mich Ihnen erklären. Sagen wir, wir beide verfallen auf die Hammeridee, eine Tankstelle auszurauben. Sie fahren mich hin und warten im Auto, während ich reinlaufe und die Tat begehe. Sagen wir weiter, ich ballere in der Tankstelle herum, und der Angestellte ist tot. Sie sind für den Tod des Kassierers genauso verantwortlich wie ich, obwohl Sie im Auto waren, als es passiert ist. Er starb durch ein Verbrechen, an dem Sie beteiligt waren. Genau wie ich. Die junge Frau ist Opfer einer Vergewaltigung geworden, an der Sie teilgenommen haben, indem Sie das Ganze gefilmt haben, statt ihr zu Hilfe zu kommen." Gonzo verlor die Geduld mit dem jungen Mann und schloss mit den

Worten: „Ihr wart alle betrunken und bekifft, habt Scheiße gebaut und wart dann auch noch so blöd, das Ganze auf Video festzuhalten. Noch Fragen?"

„Wir wollten nicht, dass jemand zu Schaden kommt", flüsterte Brody, der langsam zu begreifen schien, dass sein unbeschwertes Leben als Teenager zu Ende war.

„Aber jetzt sind neun junge Leute tot, und eine weitere junge Frau liegt nach einer Gruppenvergewaltigung auf der Intensivstation", fuhr Gonzo fort. „Da kann man mit Sicherheit sagen, dass jemand zu Schaden gekommen ist. Bleibt die Frage, was Sie zu tun gedenken, um das wiedergutzumachen."

„Ich hätte gerne ein paar Minuten Zeit, um mich mit meinem Mandanten zu beraten", erklärte der Anwalt.

Gonzo und Freddie erhoben sich und verließen den Raum.

Sam schaltete die Gegensprechanlage zum Verhörraum aus und ging ebenfalls in den Flur, um mit ihnen zu reden.

„Was für ein verfluchter Idiot", platzte Gonzo heraus. „Wieso werden manche Kinder als Erwachsene so unglaublich dämlich?"

„Der Apfel fällt nicht weit vom Stamm", sagte Malone, der sich zu ihnen gesellte. Er reichte Gonzo ein Stück Papier. „Sie hatten einen guten Riecher, Lieutenant. Seine Mutter ist wegen Drogenbesitzes und -handels vorbestraft."

„Tja, das passt dann ja", meinte Freddie. „Ich habe meinen Ohren kaum getraut, als er gesagt hat, sie hätten nur Spaß mit ihr gehabt und niemandem wehgetan."

„Ja, ich habe gemerkt, dass du dich sehr beherrschen musstest, um ihm keine runterzuhauen", bestätigte Sam.

„Wenn ich an Brooke denke, wie sie in diesem Krankenhausbett liegt ... Ich musste mich wirklich zurückhalten."

„Hoffentlich tut er das Richtige", sagte Gonzo mit einem Blick auf die geschlossene Tür des Verhörraums. „Der Anwalt weiß, wie die Dinge stehen, auch wenn Brody es noch nicht gerafft hat."

„Ausnahmsweise könnte sich ein Anwalt tatsächlich mal als nützlich erweisen", spottete Cruz.

Jeannie McBride kam den Gang entlang. „Sam? Hier möchte dich jemand sprechen."

„Wer?"

Jeannie sah in ihr Notizbuch. „Ein Ehepaar namens Jeff und Pauline Barnes und ihr Sohn Tyler."

„Geh ruhig", ermunterte Gonzo Sam. „Wir haben das hier im Griff." Sam wollte zwar unbedingt die nächste Phase des Mitchell-Verhörs mitkriegen, brannte aber auch darauf zu wissen, was die Besucher zu sagen hatten.

Auf dem Weg zu dem Gespräch fragte sie sich, ob Brody Mitchell wohl ihr vierter Mann war oder ob sie da noch völlig im Dunkeln tappten. Sie trat hinaus in die Eingangshalle, wo eine Familie auf einem der kleinen Sofas saß. „Mr. und Mrs. Barnes?"

Die Eltern sprangen auf. Der Vater zerrte den Sohn praktisch auf die Beine.

„Lieutenant Holland. Sie wollten mich sprechen?"

„Mein Name ist Jeff Barnes. Das sind meine Frau Pauline und unser Sohn Tyler. Er möchte Ihnen etwas sagen."

„Kommen Sie herein." Da der Besprechungsraum derzeit als Kommandozentrale diente, in der die grausigen Fotos der Mordopfer hingen, führte Sam sie in einen der leeren Verhörräume. „Nehmen Sie Platz." Sie stellte auf jede Tischseite einen Stuhl, um die Dinge freundlich und nicht konfrontativ zu halten. „Macht es Ihnen etwas aus, wenn ich unser Gespräch aufzeichne?"

„Es macht ihm nichts aus", antwortete Jeff Barnes. Pauline starrte ihren mürrischen Sohn an und sah aus, als würde sie jeden Moment zusammenbrechen.

„Tyler?", fragte Sam. „Hast du etwas dagegen?" Er schüttelte den Kopf.

Sam schaltete den Rekorder ein und nannte Datum und Uhrzeit. „Lieutenant Holland im Gespräch mit Jeff und Pauline Barnes und ihrem Sohn Tyler. Wie alt bist du, Tyler?"

„Siebzehn."

„Sag ihr, was du uns erzählt hast", befahl Jeff seinem Sohn in einem Tonfall, der keine Widerrede duldete. Die Spannung zwischen den dreien war deutlich spürbar.

„Ich war auf Hugo Springers Party", gestand Tyler, und seine Augen füllten sich sofort mit Tränen. „Hugo, Michael, Todd und Kevin waren meine Freunde. Enge Freunde."

„Mein Beileid."

Tyler nickte und wischte sich eine Träne von der Wange.

„Kannst du mir von der Party erzählen? Wann bist du dort eingetroffen?"

„Nach neun. Hugo und Michael waren zu diesem Zeitpunkt schon gut dabei, wenn Sie verstehen, was ich meine."

„Ich möchte zu Protokoll geben, dass wir meinem Sohn die Teilnahme an dieser Party verboten hatten, er sich aber aus dem Haus geschlichen hat und trotzdem hingegangen ist", warf Jeff ein.

Tyler schien unter der Wut seines Vaters immer kleiner zu werden.

„Mr. Barnes, ich verstehe, dass Sie verärgert sind, und das aus gutem Grund, doch ich wäre Ihnen dankbar, wenn Sie mich ohne Unterbrechung mit Tyler reden ließen."

Tyler schien schockiert, dass sie so mit seinem Vater sprach, und sah Jeff an, um seine Reaktion abzuschätzen.

Glücklicherweise verkniff sich Jeff, was immer er zu sagen hatte, als er ihren Blick auffing. Seine Wut würde Tyler nicht mitteilsamer machen, aber weil er minderjährig war, konnte sie seine Eltern auch nicht einfach aus dem Zimmer schicken. Immerhin waren sie freiwillig hergekommen, und Sam wollte sie so respektvoll wie möglich behandeln.

„Du warst nach neun Uhr da", wiederholte Sam. „Kannst du mir verraten, wie viele Leute sonst noch vor Ort waren?"

„Bestimmt mehr als dreißig."

„Du hast gesagt, Hugo und Michael hätten einen kleinen Vorsprung gehabt. Weißt du, was sie genommen oder getrunken hatten?"

„Hugo hatte etwas Molly, eine Kiste Wodka und Bier ergattert."

„Weißt du, woher er das alles hatte?"

Tyler warf seiner Mutter einen Blick zu, die aufmunternd nickte. „Ich glaube, von seinem Bruder Billy."

Das war das zweite Mal, dass Billy Springers Name bei der Untersuchung fiel, und Sam notierte sich das. „Hattest du den Eindruck, dass Billy ihm die Sachen freiwillig überlassen hat?"

„Das weiß ich nicht genau."

„War Billy selbst auch auf der Party?"

„Ich habe ihn jedenfalls nicht gesehen."

„Was hast du denn gesehen?"

Tyler seufzte und trommelte mit den Fingern nervös auf den Tisch. „Da war ein Mädchen ..."

Sam musste sich zügeln, um ihn nicht anzuschreien, er solle sich nicht alles aus der Nase ziehen lassen. „Was für ein Mädchen?"

„Sie war hübsch. Dunkelhaarig, blass. Sie ist mit Brantley im Schlafzimmer verschwunden, und dann kam er wieder raus und sagte, sie würde jetzt jeden mal ranlassen, der wollte. Er meinte, es sei ihr egal."

Pauline weinte bei den Worten ihres Sohnes lautlos.

Sam schluckte die Galle, die ihr hochkam. „Hast du die Gelegenheit genutzt?"

Tyler schüttelte den Kopf. „Einige der anderen Jungs ja, aber ich nicht."

Sie seufzte tief, weil Tyler damit wahrscheinlich als vierter Mann ausschied. „Kannst du mir sagen, wer daraufhin alles nach nebenan gegangen ist?"

„Die meisten Jungs. Hugo, Michael, Brody und einige andere, die ich nicht kannte. Ich glaube, sie waren mit Hugo auf der Schule."

Sam war entsetzt, zu hören, dass bei Brookes Vergewaltigung so viele junge Männer im Raum gewesen waren und niemand versucht hatte, die Tat zu verhindern. „Hat jemand vielleicht erwähnt, es wäre eventuell keine gute Idee, wenn jetzt alle da reingehen?"

„Ja, ich habe Brantley darauf angesprochen. Ich habe gesagt, es sei nicht cool, sie auf diese Weise anzubieten. Er sagte, ich solle die Klappe halten und mich um meine eigenen Angelegenheiten kümmern. Dann meinte er noch, ich sei ein Weichei, weil ich sie nicht ficken wollte. Ich habe geantwortet, ich würde ja auch nicht seine abgelegten Klamotten auftragen, und er hat mir gegen die Brust geboxt. Ich finde es so furchtbar, dass das Letzte, was ich zu ihm gesagt habe, war, dass er ein Idiot ist." Er wischte sich wieder die Tränen ab. „Er war mein Freund, selbst wenn er manchmal ein Idiot war."

„Hast du auf der Party Drogen genommen oder getrunken?"

Er warf seinem Vater einen ängstlichen Blick zu. „Ich habe

etwas Molly genommen, aber nichts getrunken. Ich mag weder Wodka noch Bier."

„Wann hast du die Party verlassen?"

„Gegen halb elf. Einige andere Leute wollten heim und haben mir angeboten, mich mitzunehmen."

„Kannst du mir sagen, wer außer den neun Opfern noch da war, als du gegangen bist?"

„Diese Tussi, die mit Brantley zusammen war. Ich weiß nicht mehr, wie sie hieß. Und ihre Freundin mit dem komischen Namen, irgendwas mit H."

„Hoda?"

„Ja, genau. Es sind auch noch ein paar andere Leute dageblieben, die ich allerdings nicht kannte."

„Das hat mir sehr weitergeholfen, Tyler. Danke, dass du dich gemeldet hast."

„Das war's?", fragte Tyler mit großen Augen. „Ich kriege keinen Ärger?"

„Ich gehe davon aus, dass du Ärger mit deinen Eltern kriegst, doch du wirst nicht angeklagt oder so, wenn du das meinst."

Jeff und Pauline atmeten erleichtert auf.

„Ich empfehle dir dringend, dich von Situationen fernzuhalten, in denen Minderjährige Alkohol und Drogen konsumieren", belehrte ihn Sam. „Daraus ergibt sich nie etwas Gutes."

„Ich weiß", sagte Tyler, der viel jünger als siebzehn aussah, während ihm die Tränen über das Gesicht liefen. „Ich kann nicht glauben, was dort passiert ist, nachdem wir gegangen sind. Das ist wie ein böser Traum."

Es war ein Albtraum, der die Jugendlichen, die mit dem Leben davongekommen waren, für den Rest ihres Lebens verfolgen würde. Aber Sam hatte nicht das Bedürfnis, diesen Gedanken Tyler mitzuteilen, der schon genug durchgemacht hatte. Sie bat ihn, ihr seinen Namen, seine Adresse und seine Telefonnummer aufzuschreiben, falls sie ihn noch einmal befragen wollte. Zum Abschied schüttelte sie Tyler und seinen Eltern die Hand.

„Vielen Dank, dass Sie gekommen sind. Ich weiß das sehr zu schätzen."

„Wir haben nach Ihnen gefragt, weil wir wussten, dass Sie ihn fair behandeln würden", sagte Pauline. „Ich bin froh, dass wir das getan haben."

„Freut mich zu hören. Vielen Dank." Sie führte sie hinaus und kehrte in den Verhörbereich zurück, um herauszufinden, wie weit die anderen mit Brody Mitchell waren. Vor dem Raum lehnten Gonzo und Freddie an der Wand. Beide spielten mit ihren Handys herum, während sie warteten.

„Sind sie noch zugange?", fragte Sam.

„Ja", entgegnete Gonzo. „Was war mit deinen Besuchern?"

Sam berichtete, was sie von Tyler erfahren hatte. „Ich denke, wir sollten als Nächstes Billy Springer aufspüren und herausfinden, wo er am Freitagabend war. Wenn Tyler die Wahrheit gesagt hat, hat sich Hugo an den Vorräten seines Bruders bedient. Vielleicht ist Billy ins Haus seiner Eltern gekommen, um sich dafür zu rächen."

„Gott", murmelte Gonzo, was Freddie ein missbilligendes Stirnrunzeln entlockte. „Könnt ihr euch vorstellen, wie Bill Springer in diesem Fall reagieren würde?"

Sam verdrehte die Augen. „Das wird lustig. Wie willst du vorgehen?"

„Bringt es dich eigentlich nicht fast um, mich das zu fragen?", erkundigte sich Gonzo belustigt.

„Es bereitet mir körperliche Schmerzen."

Alle drei lachten.

„Du und Cruz, ihr spürt Billy Springer auf", verkündete Gonzo. „Arnold soll mir helfen, die Befragung von Brody abzuschließen."

„Alles klar", sagte Sam. „Wir machen uns dran. Ich frage auch mal bei Archie nach, ob er Hoda Danzigers Handy mittlerweile orten konnte."

„Klingt gut. Halt mich auf dem Laufenden."

Sam warf einen Blick auf die geschlossene Tür des Verhörraums. „Dito."

„Wenn er es war, erfährst du es als Erste."

„Danke."

Als sie und Freddie das Großraumbüro der Detectives betraten, um ihren Kram zu holen, wurde Sam klar, dass es Brooke nichts bringen würde, Gewissheit darüber zu haben, wer der vierte Mann gewesen war. Sie war so oder so verletzt und hatte möglicherweise irreparable seelische Schäden davongetragen.

„Hey, Sam", sagte Archie, der vor ihrer Tür auftauchte. „Hoda konnte ihre Neugier nicht mehr bezähmen und hat ihr Handy eingeschaltet, und jetzt habe ich GPS-Koordinaten von ihr." Er reichte ihr einen Zettel mit einer Adresse in der Nähe der American University, genau dort, wo Brooke ihre Freundin vermutet hatte.

„Das ist großartig. Vielen Dank."

„Gerne." Er nahm sie genauer in Augenschein. „Wie kommst du klar?"

„Alles in allem ziemlich gut."

„Wie geht es deiner Nichte?"

„Sie ist auf dem Weg der Besserung."

„Das freut mich. Lass es mich wissen, wenn ich dir sonst noch irgendwie helfen kann."

„Ich weiß sehr zu schätzen, was du bereits getan hast."

„Dafür sind Freunde da", meinte er lächelnd und ging.

„Was hast du da?", fragte Freddie, als er in einem seiner charakteristischen Trenchcoats an der Tür erschien. Die weißen Puderzuckerreste auf seinen Lippen waren ein verräterisches Indiz für einen Nachmittagssnack.

„Wenn du schon heimlich Donuts isst, solltest du vielleicht hinterher die Spuren beseitigen", antwortete sie und deutete auf ihre eigene Lippe.

„Ups", grinste er verlegen und wischte sich den Zucker weg.

„Archie hat Hoda für uns gefunden. Lass uns zuerst zu ihr fahren."

„Soll ich Gonzo per SMS Bescheid geben?"

„Unbedingt", sagte Sam lächelnd. „Ich vergesse das dauernd."

„Wir haben gewettet, wie lange du das durchhältst, deshalb bin ich beeindruckt, wie gut du dich bisher schlägst."

„Du hast tatsächlich gegen mich gewettet?", fragte Sam ihren Partner auf dem Weg zum Parkplatz.

„Eigentlich nicht. Es ging jedenfalls nicht um Geld, und ich habe auch nur unmerklich genickt, als jemand behauptet hat, du würdest es keinen Tag lang aushalten, in der zweiten Reihe zu stehen."

Sam funkelte ihn an. „Ich habe mehr von dir erwartet."

„Nein, hast du nicht", widersprach er lachend und verpasste ihr einen Rippenstoß. „Komm, gib's zu. Das ist witzig."

„Ha, ha, ha."

„Man sollte meinen, du würdest dich darüber freuen, dass deine Mannschaft dich so gut kennt."

„Ja, wirklich sehr schmeichelhaft", erwiderte Sam in einem Ton, der vor Sarkasmus troff.

Die Adresse, die Archie ihr gegeben hatte, war die eines Hauses in der 47th Street Northwest, ein paar Blocks vom Campus der American University entfernt. Es handelte sich um eine Doppelhaushälfte.

„Es ist der linke Eingang", sagte Sam nach einem Blick auf Archies Zettel. Sie sah sich in der ruhigen Straße um, in der die Zeit stehen geblieben zu sein schien. Selbst die Blätter hingen völlig reglos an den Bäumen.

„Ich habe ein komisches Gefühl bei der Sache", gestand Freddie. „Meinst du, wir sollten lieber Verstärkung rufen?"

„Ich möchte sie ungern vorwarnen, aber ich teile dein komisches Gefühl." Widerstrebend forderte Sam Verstärkung an und geduldete sich, bis zwei uniformierte Polizisten in einem Streifenwagen eintrafen. „Sie gehen nach hinten", wies sie sie an, während sie und Freddie ausstiegen und an der Vordertür klingelten.

Als niemand reagierte, öffnete sie die Sturmtür und klopfte an das innere Türblatt. „Metro PD. Aufmachen."

„Was wollen Sie?", fragte eine Männerstimme.

„Dass Sie diese Tür öffnen, ehe ich sie eintrete."

„Wir haben nichts getan."

„Dann haben Sie ja auch nichts zu befürchten. Öffnen Sie die gottverdammte Tür." Sie und Freddie zogen gleichzeitig ihre Waffen und brachten sich auf beiden Seiten der Tür in Stellung.

„Ich will Ihre Marken sehen."

Sie hielten sie vor den Spion und warteten, bis sie hörten, wie sich jemand an einer Reihe von Schlössern und Riegeln zu schaffen machte. Die Tür schwang auf, und dahinter stand ein Mann Anfang zwanzig mit braunem Haar. Er starrte sie aus dunklen Augen übellaunig an.

„Sind Sie Nico?", fragte Sam.

Er wirkte verblüfft, dass sie seinen Namen kannte. „Ja. Wer will das wissen?"

„Ich bin Lieutenant Holland. Das ist mein Partner Detective Cruz. Wir sind auf der Suche nach Hoda Danziger. Ist sie hier?"

„Ich kenne niemanden mit diesem Namen."

„Wollen Sie mir ernsthaft so frech ins Gesicht lügen?", antwortete Sam.

Er bewies gesunden Menschenverstand und wand sich unter ihrem Blick.

„Wo ist sie, Nico?"

Mit einem tiefen Seufzen trat er zur Seite, um die beiden Polizisten einzulassen.

Sam war gerade dabei, ihre Waffe wieder wegzustecken, als sie ein Klicken hörte, woraufhin sie sie entsicherte und das an ihrer Hüfte befestigte Funkgerät einschaltete.

„Bleiben Sie genau da stehen", befahl eine Frauenstimme. „Kommen Sie nicht näher."

„Hoda, Sie begehen einen großen Fehler, wenn Sie eine Waffe auf Polizisten richten", warnte Sam.

„Was wollen Sie?"

„Wir würden gerne mit Ihnen sprechen."

„Ich habe nichts zu sagen."

„Da bin ich anderer Meinung. Ich glaube, Sie haben sogar sehr viel zu sagen, und wir können das auf die leichte oder auf die harte Tour durchziehen."

„Hoda", schaltete sich Nico ein. „Tu das nicht. Mach alles nicht noch schlimmer."

„Wie könnte es denn noch schlimmer werden?", fragte sie mit bebender Stimme.

„Es kann sehr viel schlimmer werden, wenn Ihr Finger zittert und Sie aus Versehen einen Polizisten erschießen", erwiderte Sam.

„Ich möchte niemanden erschießen, aber ich will nicht, dass Sie hier sind."

„Wenn Sie jetzt die Waffe weglegen und mit uns reden, vergessen wir, dass Sie je eine auf uns gerichtet haben."

„Nein, das werden Sie nicht! Die Cops behaupten ständig Sachen, um Leute dazu zu bringen, das zu tun, was sie wollen. Ich glaube Ihnen nicht!" Sie feuerte, und eine Kugel flog an Sams Kopf vorbei. Hätte sie sich nicht instinktiv nach rechts geworfen, wäre sie tot gewesen.

„Zugriff", sagte sie auf dem Boden kauernd in ihr Funkgerät.

Die Streifenbeamten hatten gehört, was sich im Haus abspielte, und sich Zutritt durch die Hintertür verschafft. Nun überwältigten sie Hoda.

„Nein! Fassen Sie mich nicht an!"

„Zugriff erfolgt", meldete einer von ihnen über Funk, während sie die strampelnde und schreiende Hoda aus dem Schlaf- ins Wohnzimmer schleppten.

Das Mädchen war auffallend attraktiv, selbst mit tränenüberströmtem Gesicht und wirrem dunklen Haar. Nach einem kurzen Blick begriff Sam, warum sie erfolgreich als Brookes ältere Schwester hatte durchgehen können. Sie trug ein freizügiges Tanktop, das ihre üppige Oberweite betonte, und ein knappes Höschen, das wenig Raum für Fantasie ließ. Ihre Aufmachung vermittelte Sam eine gute Vorstellung davon, wie sie sich mit Nico die Zeit vertrieben hatte, während sie sich hier bei ihm versteckt hatte.

„Lieutenant", drang eine Stimme aus der Zentrale über Funk zu ihnen. „Lagebericht."

„Aktive Schützin neutralisiert", antwortete Sam. „Keine Verletzungen. Schicken Sie einen weiteren Streifenwagen zum Abtransport." Sie legte Nico Handschellen an.

„Was habe ich getan?", fragte er und wehrte sich gegen seine Festnahme.

„Woher hat sie die Waffe?"

„Ich habe ihr nicht gesagt, sie soll auf Bullen schießen!"

„Sie haben ihr die Waffe überlassen, was möglicherweise eine Anklage wegen versuchten Mordes für Sie bedeutet. Wie alt sind Sie?"

Die Worte „versuchter Mord" schienen ihn etwas zu ernüchtern. „Vierundzwanzig", brummte er.

„Und sie ist gerade achtzehn. Hmm."

„Was bedeutet das?"

„Es bedeutet, dass der Staatsanwalt sehr daran interessiert sein wird, ob Ihre Beziehung zu ihr schon begonnen hat, als sie noch minderjährig war, und wie sie in den Besitz einer Waffe gekommen ist. Ihre Mutter sucht seit Tagen nach ihr, und sie war die ganze Zeit hier. Möglicherweise wird man Sie wegen Entführung anklagen." Das stimmte nicht, aber das musste er ja nicht wissen.

„Entführung? He, ich habe ihr Unterschlupf gewährt und auf sie aufgepasst! Ich habe sie nicht entführt!"

„Erzählen Sie das dem Richter."

„Nico, tu doch was!"

„Halt die Klappe, Hoda! Ist das der Dank dafür, dass ich dir geholfen habe?"

Sie schien sich mehr über seine barschen Worte aufzuregen als über ihre Verhaftung.

Freddie las den beiden ihre Rechte vor und riet ihnen zu schweigen, weil alles, was sie sagten, vor Gericht gegen sie verwendet werden könne.

„Nico, bitte sei nicht sauer auf mich. Damit komme ich nicht klar."

„Halt die Klappe", knurrte er.

„Ich liebe dich! Das wollte ich nicht."

„Hoda, ich sagte, du sollst die Klappe halten, bevor du alles noch schlimmer machst."

„Wie könnte es denn noch schlimmer werden? Die trennen uns. Ich brauche dich aber!"

Sam ließ die beiden gewähren in der Hoffnung, sie würden etwas Belastendes von sich geben. Sie schniefte und tat, als wische sie sich eine Träne ab. „Herzzerreißend, nicht wahr, Detective Cruz?"

„Ich bin tief bewegt", meinte Freddie und brachte Sam zum Lächeln und Hoda noch mehr zur Verzweiflung, wenn das denn überhaupt möglich war.

„Wir sollten die Spurensicherung rufen. Die finden schon heraus, welche anderen Geheimnisse unser Freund Nico außer seiner jugendlichen Geliebten noch hütet", erwiderte Sam.

„Ich kümmere mich darum", erklärte einer der Streifenpolizisten. „Wir warten dann auf das Team."

„Danke", sagte Sam. „Sorgen Sie dafür, dass sie die Kugel aus der Wand holen, die mir gegolten hat."

„Sie haben keine Veranlassung, mein Haus zu durchsuchen", protestierte Nico mit wachsender Erregung. „Ich habe absolut nichts getan. Sie hat auf Sie geschossen."

Hoda stieß einen Schrei aus, bei dem Sam erschauerte. „Nico!"

„Als sie die Waffe auf zwei Polizisten gerichtet hat, wurde diese Wohnung zu einem Tatort, mein Freund. Wenn Sie sich Spielkameradinnen in Ihrem eigenen Alter suchen würden, wäre all das vielleicht nicht passiert. Bringen wir sie zum Hauptquartier."

„Halt dein verfluchtes Maul, Hoda", brüllte Nico auf dem Weg zur Tür. „Ich meine es ernst."

„Nico, bitte. Ich liebe dich. Sei doch nicht so."

„Offenbar fällt es ihr schwer, einfache Anweisungen zu befolgen", bemerkte Sam und verzog das Gesicht. „Das könnte beim Verhör zum Problem werden."

„Das macht Ihnen richtig Spaß, oder?", wollte Nico wissen.

„Klar, es macht mir Spaß, wenn mir ein achtzehnjähriges Mädchen, dessen Mutter ihre Aufsichtspflicht vernachlässigt, beinahe den Kopf wegschießt. Werden wir Beweise dafür finden, dass Sie alle möglichen Spielarten von Sex mit der jungen Dame hatten, mit der Sie hier offenbar unter einer Decke stecken? Oh, ‚unter einer Decke stecken'. Was für ein großartiges Wortspiel. Haben Sie kapiert, Nico? Was haben Sie denn unter Ihrer Decke so mit ihr getrieben?"

„Sie miese Schlampe", knurrte er.

„Es macht mich richtig glücklich, wenn Drecksäcke das S-Wort verwenden. Nicht wahr, Detective Cruz?"

„Es gibt fast nichts, was Sie lieber mögen, Lieutenant."

Sie verfrachteten Nico auf den Rücksitz des zweiten Streifenwagens, der inzwischen eingetroffen war, und schickten ihn zur erkennungsdienstlichen Behandlung.

Hoda, die immer noch bittere Tränen weinte, nahmen sie selbst mit. Auf dem Weg zum Hauptquartier sagte Sam: „Ich hasse es, wenn diese Teenager-Liebesaffären scheitern."

„Ich auch", stimmte ihr Freddie zu und spielte wie immer mit, ohne genau zu wissen, worauf sie hinauswollte. „Man vergisst seine erste Liebe nie, besonders, wenn sie einem eine Waffe gibt und einen ermutigt, auf Bullen zu schießen."

„Das hat er nicht getan! Was reden Sie denn da? Ich weiß genau, wer Sie sind. Brookes Tante. Ich habe ihr das Leben gerettet! Sie könnten ruhig etwas dankbarer sein!"

Bingo, dachte Sam. Auch wenn sie unbedingt mit Hoda sprechen wollte, wartete sie, bis sie in einem Verhörraum waren und alles aufzeichnen konnten.

„Sie weiß, dass Sie ihren Eltern das Geld dafür gegeben haben, sie auf diese Schule zu schicken, und sie hasst Sie dafür."

Obwohl das für Sam kaum eine Überraschung war, tat es weh, zu hören, dass Brooke ihrer Freundin erzählt hatte, wie sehr sie Sam hasste. Alles, was sie getan hatten, war in ihrem Interesse gewesen, und dass es so schiefgegangen war …

Hoda schluchzte und jammerte auf der gesamten Fahrt, weshalb Sam mit Kopfschmerzen im Hauptquartier eintraf. „Lass sie uns wegen Verstoßes gegen das Waffengesetz erkennungsdienstlich behandeln", sagte sie zu Freddie, bevor sie ihren Fahrgast aus dem Auto holten. „Vielleicht ist sie dann beim Verhör nicht mehr ganz so aufsässig."

„Gute Idee. Ich bring sie rein."

Während er Hoda durch die Eingangstür und an den Medienvertretern vorbeiführte, die immer noch auf Neuigkeiten über den Fall warteten, lief Sam außen am Gebäude entlang zum Eingang der Gerichtsmedizin. Der Geruch von Schnee hing schwer in der feuchten Luft. Dicke, dunkle Wolken schwebten über Washington, während das Tageslicht verblasste und der Abend anbrach.

Sam konnte es kaum erwarten, diesen Fall abzuschließen und am Feiertag hoffentlich etwas Zeit mit Nick und Scotty verbringen zu können. Mit diesem Gedanken im Hinterkopf ging sie direkt ins Kommissariat, um sich von ihrem Team auf den neuesten Stand bringen zu lassen.

„Hey, Lieutenant." Gonzo musterte sie prüfend. „Alles in Ordnung bei dir?"

„Ja, alles gut. Sie ist zum Glück eine miserable Schützin. Wie weit sind wir mit unserem Freund Brody?"

„Er hat gestanden, die Vergewaltigung gefilmt zu haben, leugnet aber standhaft, daran beteiligt gewesen zu sein."

„Hat er uns den Namen des vierten Typen genannt?"

„Nein. Wir klagen ihn wegen schwerer Vergewaltigung, unterlassener Hilfeleistung und Verbreitung von Pornografie an."

„Gut. Die DNA wird uns verraten, ob er in Bezug auf die Beteiligung an der Vergewaltigung lügt. Gibt es dazu etwas Neues?"

„Lindsey macht Druck, bisher jedoch ohne Ergebnis."

„Da die Sache mit Hoda und ihrem Lover derart aus dem Ruder gelaufen ist, konnten wir uns noch nicht um Billy Springer kümmern."

„Das dachte ich mir schon. Ich habe seine Anschrift in Georgetown. Wir können sie nach dem Treffen um halb fünf überprüfen."

Sam hätte niemals zugegeben, dass sie das Treffen vergessen hatte. „Klingt nach einem Plan. Ich brauche ein paar Minuten, bin aber gleich da."

„Prima."

„Würdest du bitte die Tür schließen?" Sobald sie allein war, nahm Sam ein Kopfschmerzmittel, um der sich anbahnenden Migräne Einhalt zu gebieten. Sie spülte die Tabletten mit abgestandenem Wasser aus einer Flasche auf ihrem Schreibtisch hinunter und griff dann zu ihrem Handy, um Nick anzurufen.

„Hey, Babe. Was gibt's?"

„Machst du dich gerade für dein wichtiges Treffen fertig?"

„Ich habe geduscht, mich rasiert und wollte mich gerade anziehen."

„Nimm den dunkelgrauen Anzug mit der preiselbeerfarbenen Krawatte. Die Kombi mag ich. Darin wirst du sehr präsidentenmäßig aussehen."

„Schön, dass du Witze reißen kannst, während ich das Gefühl habe, dass mir gleich schlecht wird."

„Ich will deinen Stress nicht noch verstärken, muss dir jedoch, da ich auf dem Gebiet der ehelichen Kommunikation viel besser bin als du, leider mitteilen, dass man vorhin auf mich geschossen hat. Die Schützin hat mich kilometerweit verfehlt, aber sie wollte mich treffen."

Sein scharfes Luftholen war sehr lange das einzige Geräusch, das Sam vom anderen Ende der Leitung hörte. „Wer hat auf dich geschossen?"

„Brookes beste Freundin Hoda.“

„Wieso zum Teufel schießt ein Teenager auf eine Polizistin?“

„Das ist eine sehr gute Frage, und ich habe die Absicht, sie ihr zu stellen, sobald wir sie mit der erkennungsdienstlichen Behandlung, der Leibesvisitation und anderem lustigen Polizeikram mürbe gemacht haben.“

„Ich gehe hier meinem Alltag nach, und du wärst beinahe gestorben.“

„Ach, Quatsch. Sie ist eine miserable Schützin.“

„Gut, dass sie keinen Glückstreffer gelandet hat.“

„Ich wollte nicht, dass du es aus der Gerüchteküche erfährst, wie ich diese Vizepräsidentensache.“

„Deine alles andere als subtilen Andeutungen sind wirklich alles andere als subtil.“

Darüber musste sie lachen. „Ich weise nur darauf hin, wie viel besser ich in letzter Zeit kommuniziere als du.“

„Das hatte ich schon kapiert, Babe. Du hast es schließlich immer und immer und immer wieder betont.“

„Dabei fange ich gerade erst an, darauf herumzureiten! Ruf mich an, sobald du das Weiße Haus verlässt.“

„Geht klar. Scotty isst mit Abby und Ethan bei Angela zu Abend. Wenn Spencer nach Hause kommt, fährt sie zu Tracy, weil sie frische Kleidung für Abby und Ethan braucht, damit die beiden heute Nacht dortbleiben können. Ich hole Scotty nach meinem Treffen mit dem Präsidenten ab.“

„Vielen Dank für deine Hilfe mit den Kindern heute. Ich weiß, dass Tracy und Mike das zu schätzen wissen, und ich tue es auch. Wenn ich nach Hause komme, werde ich dir zeigen, wie sehr.“

„Ich glaube, wir brauchen heute Abend etwas Zeit im Dachgeschoss.“

„Abgemacht, Senator. Oder soll ich dich ‚Herr Vizepräsident‘ nennen?“

„Hör auf“, stöhnte er.

„Ich liebe dich und bin furchtbar stolz auf dich. Es ist verdammt cool, wenn ein Präsident einen gern als Vizepräsidenten hätte, egal, was dabei rauskommt.“

„Wenn du das sagst.“

„Das sage ich, und ich habe immer recht.“

„Ich muss jetzt los. Aber ich ruf dich danach an."

„Viel Glück."

„Oh, und ich liebe dich auch und bin sehr froh, dass es dir gut geht. Danke für den Anruf."

„So bin ich eben."

Er lachte noch immer, als sie lächelnd das Gespräch beendete.

KAPITEL 12

Das Klopfen an ihrer Tür holte Sam in die Wirklichkeit zurück. „Herein."

Jeannie McBride betrat das Büro, um Sam über ihre Zwischenergebnisse zu informieren. Sie schien aber auch noch etwas anderes auf dem Herzen zu haben.

„Ist alles in Ordnung?", fragte Sam sie.

„Ja, schon gut. Wir sehen uns bei der Besprechung." Jeannie wandte sich ab, blieb jedoch auf der Türschwelle stehen.

„Du kannst mir ruhig sagen, warum du eigentlich gekommen bist."

Jeannie drehte sich wieder zu Sam um, offenbar amüsiert von der Beharrlichkeit ihrer Freundin. „Wegen des Prozesses."

„Komm schon. Mach die Tür zu, und setz dich."

„Nein, ist schon gut. Ich weiß, du hast viel zu tun. Haben wir schließlich alle."

„Komm rein, mach die Tür zu und setz dich. Das ist ein Befehl." Sam sagte es sanft und mit einem freundlichen Lächeln für Jeannie, die ihr in der Zeit nach deren Vergewaltigung eine enge Freundin geworden war.

Jeannie tat es und nahm auf einem der beiden Besucherstühle Platz. „Ich habe mich heute mit Faith und Tom getroffen", erklärte sie. Sie sprach von einer der stellvertretenden Staatsanwältinnen und ihrem Chef.

„Es ist bald so weit", mutmaßte Sam.

„In der ersten Januarwoche. Ich kann an nichts anderes mehr denken als ... daran, dass ich ihn wiedersehen muss." Jeannie schüttelte den Kopf. „Ich weiß nicht, ob ich das schaffe."

„Natürlich schaffst du das, auch wenn es sicher nicht leicht wird. Selbst mir wird schlecht bei dem Gedanken daran, ihm vor Gericht begegnen zu müssen, da will ich mir gar nicht vorstellen, wie es dir gehen muss." Ihre letzte Begegnung mit Mitch Sanborn hatte eine Fehlgeburt zur Folge gehabt, die ihr und Nick das Herz gebrochen hatte. „Aber die Alternative ..."

„Wäre, ihn damit davonkommen zu lassen. Das darf nicht geschehen."

„Nein, darf es nicht." Sam umrundete ihren Schreibtisch und setzte sich auf den anderen Besucherstuhl. Sie griff nach Jeannies Hand. Sie war eiskalt, daher nahm Sam sie zwischen ihre beiden. „Du bist die toughste Frau, die ich kenne."

„Komisch", erwiderte Jeannie mit einem verunsicherten Lachen, „genau das Gleiche sage ich immer über dich."

„Nein, ich bin nicht annähernd so tough wie du. Neben dir sehen wir anderen alle wie Weicheier aus. Es ist kaum zu glauben, was du überstanden hast."

„Habe ich es überstanden? Wirklich?"

„So schrecklich das alles war, du hast nicht zugelassen, dass es deine Karriere oder deine Beziehung zu Michael kaputtmacht. Du arbeitest wieder. Ihr wollt heiraten. Du führst dein Leben weiter, lässt nicht zu, dass er gewinnt. Wenn das kein erfolgreiches Überstehen ist, weiß ich auch nicht."

„Du und alle anderen hier, meine Arbeit ... das alles hat mir etwas gegeben, woran ich mich festhalten konnte, wenn die Dunkelheit allzu verlockend wurde. Hätte ich nicht hierher zurückkommen können, hätte ich es nicht gepackt."

„So ist es mir auch schon ein paarmal gegangen, aber du hast es aus eigener Kraft geschafft. Die Arbeit hätte dich nicht retten können, wenn du es nicht unbedingt gewollt hättest, Jeannie. Stell bitte dein Licht nicht unter den Scheffel. Außerdem hat Michael dir immer zur Seite gestanden."

„Ja, da hast du recht."

„Du musst nur noch diese eine Hürde nehmen, dann hast du es endlich hinter dir."

„Ich weiß."

„Ich werde dich täglich ins Gericht begleiten. Wir helfen dir da durch."

Jeannie lehnte sich an Sams Schulter. „Danke. Ich kann dir gar nicht sagen, wie dankbar ich dir dafür bin, dass du mich von Anfang an unterstützt hast."

„Dafür sind Freunde da", wiederholte Sam Archies Worte. Einzig die enge Verbundenheit mit ihren Schwestern übertraf die erstaunliche Kameradschaft, die sie mit ihren Kollegen und Kolleginnen bei der Polizei verband.

„Wir müssen zur Besprechung", erklärte Jeannie.

„Geh schon mal, ich komme gleich nach."

Nachdem Jeannie das Büro verlassen hatte, gönnte sich Sam einen Moment der Ruhe, um sich zu sammeln. Die Vorstellung, dass Jeannie gegen dieses Tier Mitch Sanborn aussagen musste, drehte ihr den Magen um. Die erneuten Begegnungen mit den Kriminellen, die sie verhaftet hatten, waren ein notwendiges Übel ihres Berufs, von daher hatten sie alle Übung mit Auftritten im Zeugenstand. Aber dies war eine persönliche Angelegenheit. Nicht nur für Jeannie, sondern für alle, die an dem Fall gegen den früheren Vorsitzenden des Democratic National Committee und seine Spießgesellen beteiligt gewesen waren, die hinter einem Prostitutionsring gesteckt hatten, einem der bestgehüteten Geheimnisse der Hauptstadt. Bis die Morde an zwei Immigrantinnen alles ans Tageslicht gebracht hatten.

Sam dachte noch immer mit Schaudern an den Tag zurück, an dem sie verzweifelt nach Jeannie gesucht hatten, während sie gleichzeitig die Mordermittlungen hatten durchführen müssen, die schließlich den Sturz des Sprechers des Repräsentantenhauses, des dienstälteren Senators aus Virginia und des Stabschefs von Vizepräsident Gooding zur Folge gehabt hatten.

Wenn alle vier Mistkerle zu langjährigen Gefängnisstrafen verurteilt waren, würde sie endlich etwas ruhiger schlafen können. Trotzdem hatte Mitch Sanborn in ihr bis dahin ungeahnte Rachegelüste geweckt. Wenn sie bloß daran dachte, was dieses Monster Jeannie angetan hatte, um die Polizei einzuschüchtern, die auf der Jagd nach ihm gewesen war, hätte sie ihm am liebsten zu einem langsamen, qualvollen Tod verholfen. Dann würde es ihr sicher deutlich besser gehen.

Sie erhob sich, um ihre Notizen und Aktenordner zusammenzuräumen, und ignorierte dabei das immer heftigere Pochen an ihrer Schädelbasis. *Kein gutes Zeichen*, dachte sie auf dem Weg zum Besprechungszimmer und versuchte, die Auren zu ignorieren, die auf eine drohende Migräne hindeuteten.

Hoffentlich begannen die Tabletten bald zu wirken, bevor die Kopfschmerzen ihr den kompletten restlichen Tag ruinierten.

Nick fuhr mit dem Taxi zum Eingang des Westflügels des Weißen Hauses in der Pennsylvania Avenue. Terry wartete in der Empfangshalle im Erdgeschoss auf ihn, wo Nick seinen Besucherausweis bekam und einen Sicherheitscheck durchlaufen musste. Am späten Sonntagnachmittag war hier kein Mensch, denn sonntags hatte die Öffentlichkeit keinen Zutritt zum Weißen Haus.

Terry wirkte so nervös, wie Nick sich fühlte. „Derek hat nicht gesagt, worum es geht?", fragte er leise.

„Na ja, ich nehme an, der Präsident möchte ein letztes Mal versuchen, mir einen Job aufzuschwatzen, den ich nicht will, aber nein, mehr als die Uhrzeit unseres Treffens hat er mir nicht verraten."

Ein Secret-Service-Mitarbeiter geleitete sie in die Vorhalle des Westflügels. „Bitte setzen Sie sich, Senator. Mr. Kavanaugh wird gleich hier sein."

„Danke."

Nick und Terry nahmen auf einem Sofa unter einem Gemälde Platz, das die Überquerung des Potomac durch George Washington zeigte.

„Dieses Regal dort stammt aus dem achtzehnten Jahrhundert", teilte ihm Terry mit. „Es ist eines der ältesten Möbelstücke im Weißen Haus."

„Woher weißt du denn das schon wieder?"

„Von einem Praktikum während meiner Collegezeit. Ich habe alles an Wissen aufgesaugt. Früher war ich sehr ehrgeizig."

„Wohingegen ich mir jedes Mal wie ein Hochstapler vorkomme, wenn ich hier bin. Ganz besonders heute, in Anbetracht des bevorstehenden Gesprächs."

„Du hast es verdient. Vergiss nicht, was du im letzten Jahr alles erreicht hast."

„Was habe ich denn erreicht? Ich habe einen Job übernommen, der mir in den Schoß gefallen ist, weil mein bester Freund ermordet wurde ..."

„Ja, aber du bist schließlich wiedergewählt worden. Ein Erdrutschsieg. Deshalb sind die so interessiert an dir – und weil die ganze Nation dich aufgrund deiner großartigen Rede beim Parteitag kennt. Ganz zu schweigen von deiner Verbindung zu meinem Vater und deiner Frau."

„Das hat doch beides nichts mit meiner Arbeit zu tun."

„In der Politik sind solche Dinge entscheidend. Komm schon, Nick", setzte Terry flüsternd hinzu. „Du spielst dieses Spiel schon lang genug, um das zu wissen."

Terry hatte recht, aber das machte die Vorstellung, nach nur einem Jahr im Senat die Vizepräsidentschaft angeboten zu bekommen, für Nick auch nicht leichter zu verdauen. „John sollte hier sitzen."

Terry schüttelte den Kopf. „Ihn hätte man nicht gefragt. Obwohl er zum Zeitpunkt seines Todes bereits fünf Jahre Senator war, war er als Politiker und als Mensch noch nicht so weit. Was wir seit seinem Tod über seine Frauengeschichten erfahren haben, hätte ihn für höhere Ziele ungeeignet gemacht. Außerdem wollte er den Senatsposten eigentlich nie, von höheren Ämtern ganz zu schweigen."

„Ich wollte ihn ebenfalls nicht, man hat ihn mir aufgedrängt", erinnerte ihn Nick.

„Trotz seiner Ahnentafel bist du tatsächlich besser, als er je war. Dir liegt das alles mehr am Herzen. Ich möchte nicht schlecht über meinen Bruder reden, aber er war, wie er war, und hat sich dafür nie geschämt."

Nick konnte nicht abstreiten, dass Terry John sehr zutreffend beschrieben hatte. Sosehr ihn Nick auch gemocht hatte, als seine rechte Hand und sein bester Freund hatte er Johns Versäumnisse genau wie seine Erfolge aus nächster Nähe miterlebt.

„Ich weiß, dass dir das alles zusetzt", fuhr Terry fort. „Als Johns Bruder weiß ich es zu schätzen, dass du hinterfragst, wie du in dein jetziges Amt gelangt bist. Doch er ist jetzt seit einem Jahr tot, und in dieser Zeit hast du dich zu einem mehr als adäquaten Ersatz für ihn entwickelt. Was von nun an geschieht, ist *dein* Verdienst."

„Das ist nett, dass du das sagst, aber ..."

Terry lächelte. „Ich hab's kapiert. Glaub mir. Du würdest alles aufgeben, wenn du ihn dadurch wieder lebendig machen könntest, oder?"

„Ohne zu zögern."

„Genau das lieben die Menschen an dir. Du verlierst nicht die Bodenhaftung. Das gefällt den Leuten. Du hast jedes Recht, im Westflügel zu sitzen und auf eine Audienz beim Präsidenten zu warten. Er ist kein Narr, genauso wenig wie der Vorstand des DNC. Die wissen, was sie an dir haben, und wollen dich aufbauen."

Die Vorstellung, als Präsidentschaftskandidat aufgebaut zu werden, verursachte Nick leichte Übelkeit. In seinen kühnsten Träumen – und er hatte ziemlich kühne Träume in Bezug auf sein Leben und seine Karriere gehabt – hätte er sich das nicht ausgemalt.

Derek betrat in einem marineblauen Pulli und einer Khakihose den Raum – vermutlich die sonntägliche Standard-Freizeitkleidung im Westflügel. „Tut mir leid, dass du warten musstest, Nick. Der Präsident hat jetzt Zeit für dich."

Nick und Terry erhoben sich und schüttelten Derek die Hand. „Danke, dass ihr euch an einem Sonntag die Zeit genommen habt", fuhr Derek fort, während er sie durch die Gänge des Arbeitsbereichs des mächtigsten Mannes der westlichen Welt führte.

„Kein Problem", sagte Nick und verzog das Gesicht, was nur Terry sah und was diesen beinahe veranlasst hätte, laut loszulachen.

„Geht es Sam und Scotty gut?", erkundigte sich Derek.

„Scotty geht es super, aber Sam steckt bis über beide Ohren im MacArthur-Fall."

Derek schüttelte den Kopf. „Neun tote Jugendliche. Furchtbar.“

„In der Tat. Es ist auch für die Ermittler ein harter Fall.“

„Ich weiß nicht, wie diese Männer und Frauen das tagein, tagaus aushalten. Sie haben meine größte Hochachtung.“

Da Derek einen der anstrengendsten Jobs in Washington hatte, wollte das durchaus etwas heißen.

Nick war schon bei vielen Treffen im Weißen Haus gewesen, das Oval Office hatte er allerdings noch nie betreten. Je näher sie ihrem Ziel kamen, desto nervöser wurde er und desto surrealer fühlte sich alles für ihn an. Was tat er hier eigentlich? Das Vorzimmer kannte er aus dem Fernsehen.

Derek klopfte an die Tür, trat ein und bedeutete ihnen, ihm zu folgen.

Nick wusste nicht, wohin mit seinen Händen, also überprüfte er den Sitz seiner Krawatte.

Präsident Nelson war mit Jeans und Pullover ebenfalls lässig gekleidet. Er beriet sich offenbar gerade mit dem Stabschef des Weißen Hauses, Tom Hanigan, und dem Leiter des Secret Service, Ambrose Pierce. Die drei Männer hatten auf der Sitzgruppe im Zentrum des Oval Office Platz genommen, erhoben sich aber, um die Neuankömmlinge zu begrüßen.

„Senator“, wandte sich der Präsident an Nick und reichte ihm die Hand. „Vielen Dank, dass Sie so kurzfristig kommen konnten.“

„Gerne“, erwiderte Nick. „Kein Problem. Ich glaube, Sie kennen Terry O'Connor, meinen stellvertretenden Stabschef, bereits.“

„Ja.“ Nelson, der ein langjähriger Freund von Terrys Vater war, schüttelte diesem die Hand. „Schön, Sie wiederzusehen, Terry.“

„Ich freue mich auch, Mr. President.“

„Sie kennen sicher beide Tom und Ambrose.“

Noch ein paar Hände schütteln, noch ein paar Belanglosigkeiten austauschen, noch ein paar Phrasen, dachte Nick, während sie sich alle setzten. Nelson bot ihnen Bourbon an, den Nick dankbar annahm, weil er hoffte, der Alkohol würde seine Nerven beruhigen. Außerdem fand er es faszinierend, dass Nelson sich noch daran erinnerte, dass Nick bei ihrer Begegnung in der Air Force One hatte durchblicken lassen, wie sehr er ein gutes Glas

Bourbon zu schätzen wusste. Er konnte nicht leugnen, dass ihm das schmeichelte.

Als alle etwas zu trinken hatten, schlug Nelson die Beine übereinander, wodurch er sehr entspannt und locker wirkte. Nick fand, jeder, der zweimal in Folge in das höchste Staatsamt gewählt worden war, hatte das Recht, entspannt und locker zu wirken. „Sie fragen sich sicher, warum wir Sie heute hergebeten haben", begann Nelson.

„Eigentlich habe ich eine ziemlich genaue Vorstellung davon", antwortete Nick trocken, was die anderen zum Lachen brachte.

„Als wir uns das letzte Mal unterhalten haben, haben Sie angedeutet, dies sei für Ihre Familie kein guter Zeitpunkt für größere Veränderungen. Seien Sie versichert, dass ich es respektiere, dass Ihre Familie vorgeht. Wirklich. Doch ich will Sie, Senator. Die Partei will Sie. Wenn wir unseren Meinungsforschern Glauben schenken dürfen, wollen auch die Wähler Sie."

„Hat die Presse so Wind von Ihrem Angebot kommen?", wollte Nick wissen. „Durch eine Umfrage?"

„Vielleicht", sagte Hanigan. „Ich bedaure es, wenn diese Indiskretionen Ihnen Probleme bereitet haben."

„Meine Frau war nicht gerade begeistert davon, es von einem Reporter zu hören."

Nelson verzog das Gesicht. „Das tut mir leid."

„Mein Fehler", räumte Nick achselzuckend ein. „Da ich Ihr großzügiges Angebot abgelehnt hatte, hielt ich es nicht für wichtig, es ihr gegenüber zu erwähnen."

„Ah", lächelte Nelson ironisch. „Ein Anfängerfehler."

Nick lachte über die Bemerkung. „In der Tat. Man hat mir mein Fehlverhalten inzwischen deutlich vor Augen geführt. Schreiben wir es meinem Status als Frischvermählter zu."

„Sie haben noch viel zu lernen", meinte Ambrose grinsend.

Nelson stützte die Ellbogen auf die Knie und beugte sich vor, um Nick direkt anzusprechen. „Ich mag Sie, Senator. Ich mag alles an Ihnen. Es wäre mir eine große Ehre, wenn Sie mein Angebot noch einmal überdenken würden."

Jetzt war es heraus.

„Ich habe bei unserer letzten Unterhaltung Ihre Bedenken bezüglich Ihrer Frau durchaus verstanden", fuhr Nelson fort.

„Ihren Wunsch, ihre Karriere und ihr Leben ebenso wenig zu gefährden wie das Leben Ihres Sohnes, rechne ich Ihnen hoch an und respektiere ich. Deshalb habe ich Ambrose hergebeten." Mit einem Blick zum Leiter des Secret Service übergab Nelson diesem das Wort.

„Sie wissen vielleicht nicht, dass einzig und allein der Präsident, der Vizepräsident, der designierte Präsident und der designierte Vizepräsident zwangsläufig durch den Secret Service geschützt werden. Ehepartner und Familienangehörige können diese Sicherheitsmaßnahme ausschlagen, auch wenn wir davon abraten. Der Präsident hat mir mitgeteilt, dass Sie befürchten, der Secret Service würde Ihrer Frau Personenschützer zuteilen, was ihre Tätigkeit beim Metropolitan Police Department beeinträchtigen oder sogar unmöglich machen würde. Ich bin hier, um Sie davon in Kenntnis zu setzen, dass Ihre Sorge unbegründet ist. Wir würden jedoch für den Fall, dass Sie das Angebot des Präsidenten annehmen, Personenschutz für Ihren Sohn empfehlen."

Bei dem Versuch, Ambroses Worte zu verarbeiten, drehte sich in Nicks Kopf alles. Sam würde nicht zwangsläufig Personenschutz vom Secret Service erhalten müssen. „Wollen Sie damit sagen, meine Frau könnte weiter beim MPD tätig sein, wie bisher jeden Tag arbeiten gehen und sich frei in der Stadt bewegen, wenn ich das Angebot des Präsidenten annähme?"

„Ganz genau", bestätigte Ambrose.

Nick fragte Nelson: „Wäre Ihnen das recht? Ist Ihnen klar, was sie tut und wie oft sie in die Schlagzeilen gerät?"

„Ja, und es wäre mir recht."

„Sie hat ständig Angst, ihr Job könnte mir politisch Probleme bereiten. Das ist auch in der Tat nicht ganz unbegründet."

„Das verstehe ich", sagte Nelson. „Aber da ich nie wieder für ein Amt zu kandidieren gedenke – Gott bewahre –, wäre das Ihr Problem, nicht meins."

Nick spürte, wie sein Widerstand bröckelte. „Ihr Vater ist querschnittsgelähmt. Er lebt nur drei Häuser von uns entfernt. Sie würde nicht umziehen wollen, nicht einmal innerhalb der Stadt."

„Auch das ist uns bewusst", schaltete sich Ambrose ein, „und wir sind bereit, Ihnen an dieser Stelle entgegenzukommen. Wir müssten die Sicherheitsmaßnahmen etwas hochfahren, doch Sie könnten dort durchaus wohnen bleiben."

„Nun", erwiderte Nick und seufzte tief. „Sie haben darüber offenbar intensiv nachgedacht und es ist Ihnen gelungen, meine größten Bedenken auszuräumen."

„Aber ich höre noch immer kein ‚Ja, Mr. President, ich nehme Ihr Angebot dankend an'", stellte Nelson fest.

Nick spürte, dass die Blicke aller Anwesenden auf ihm ruhten. Jetzt wünschte er sich, er hätte Graham O'Connor gebeten, ihn zu diesem Treffen zu begleiten, obgleich dieser inzwischen nicht mehr hätte still sitzen können und einfach für ihn zugesagt hätte. Dieser Gedanke rang Nick ein Lächeln ab.

„Ich muss über vieles nachdenken", sagte er zögerlich. „Bitte geben Sie mir die Gelegenheit, das alles mit meiner Familie und meinem Team zu besprechen."

„Eine verständliche Bitte", antwortete Nelson. „Doch die Zeit arbeitet gegen uns. Vizepräsident Goodings Tumor ist inoperabel. Er hat nur noch drei bis sechs Monate zu leben."

„Das tut mir leid." Nick mochte den jovialen Vizepräsidenten, und diese schreckliche Diagnose stimmte ihn traurig.

„Wir bemühen uns in Zusammenarbeit mit seinem Büro, die Öffentlichkeit über seinen Gesundheitszustand im Unklaren zu lassen, bis wir in einer Pressemitteilung seinen Rücktritt und seinen Nachfolger ankündigen können. Wie Sie sicherlich ahnen, brennt er darauf, zurückzutreten, um sich in diesen schwierigen Zeiten auf seine Behandlung und seine Familie konzentrieren zu können. Am liebsten schon am Freitag."

„*Diese Woche* am Freitag?", fragte Nick ungläubig.

„Ja."

„Was, wenn ich Nein sage? Haben Sie einen Plan B?"

„Wir haben einen weiteren Kandidaten, hätten Sie aber wesentlich lieber. Sie sind der richtige Mann dafür."

„Ich möchte, dass Sie wissen, wie sehr es mir schmeichelt, in diesem Raum, in diesem Gebäude zu sitzen und mit dem Präsidenten der Vereinigten Staaten über etwas zu sprechen, das mir so weit hergeholt erscheint, dass ich tatsächlich das Gefühl habe, zu träumen. Bitte nehmen Sie zur Kenntnis, dass mir Ihre

Anfrage unabhängig von meiner Entscheidung eine große Ehre ist.“

„Ich bewundere Sie für Ihre Offenheit, Senator. Sie gehört zu den Eigenschaften, die ich am meisten an Ihnen schätze. Wir haben Ihre Zeit jetzt lange genug in Anspruch genommen, wenn man bedenkt, dass der Senat Sitzungspause hat und Sie wahrscheinlich lieber daheim bei Ihrer Familie wären.“ Nelson erhob sich und streckte ihm die Hand hin.

Nick stand ebenfalls auf, nahm sie und schüttelte dann auch Ambrose die Hand. „Danke, Mr. President, ich melde mich.“

„Ich freue mich darauf. Tom, würden Sie dem Senator bitte meine Durchwahl geben?“

„Natürlich, Mr. President“, erwiderte Hanigan. Er und Derek begleiteten Nick und Terry aus dem Oval Office. „Ich wollte das da drin nicht sagen“, sagte Hanigan, als sie in seinem Büro angekommen waren, „aber Halliwell wollte an dem Treffen teilnehmen, was der Präsident abgelehnt hat. Er wollte den Druck auf Sie nicht noch durch die Anwesenheit des DNC erhöhen. Doch Sie sollten wissen, dass die Parteiführung bei dem Gedanken, Sie könnten Vizepräsident werden, komplett aus dem Häuschen geraten ist.“

„Das ist schön.“ Nick hatte allmählich das Gefühl, als säße ein Elefant auf seiner Brust.

Hanigan reichte ihm eine Visitenkarte, auf deren Rückseite die Durchwahl des Präsidenten stand. „Danke, dass Sie gekommen sind.“

Nick schüttelte ihm die Hand. „Ich habe mich über die Einladung gefreut. Irgendwie.“

Hanigan schmunzelte über den Kommentar, während er Terry die Hand gab. „Wir warten gespannt auf Ihre Entscheidung, also lassen Sie sich nicht zu viel Zeit.“

„Die Dringlichkeit ist mir bewusst.“

Derek geleitete sie nach draußen. „Ziemlich verrückt, was?“

„Kann man so sagen“, antwortete Nick dem Mann, mit dem er sich bereits kurz nach seiner Ankunft in Washington angefreundet hatte. Sie hatten gemeinsam als Kongressmitarbeiter Karriere gemacht, und dabei war eine enge Freundschaft entstanden.

„Ich freue mich wirklich für dich, Nick", sagte Derek so leise, dass niemand es belauschen konnte. „Es hätte keinen Besseren treffen können."

Nick schüttelte Derek die Hand. „Das bedeutet mir viel, danke. Ich hoffe, wir sehen uns an Thanksgiving."

„Ich komme irgendwann vorbei."

„Wir sind auf jeden Fall zu Hause."

Nick und Terry traten aus dem Weißen Haus in den düsteren Novemberabend. Es wurde jetzt täglich früher dunkel. Außerdem nieselte es, und nach Sonnenuntergang war es empfindlich kühl geworden. Nick knöpfte seinen Mantel zu.

„Heilige Scheiße", meinte Terry, als sich die Tore des Weißen Hauses hinter ihnen geschlossen hatten.

„Sag mir deine ehrliche Meinung", bat Nick.

„Das ist unfassbar! Wirst du es machen?"

„Ich weiß es nicht. Erst mal muss ich mit Sam reden, aber am allerliebsten würde ich jetzt mit deinem Vater sprechen."

„Dann nichts wie ab auf die Farm, Senator."

***

Als Sam und die anderen von der Besprechung kamen, betrat Freddie gerade das Kommissariat.

„Was macht unsere Freundin Hoda?", fragte ihn Sam.

„Wie erwartet hat die erkennungsdienstliche Behandlung ihr ein wenig den Schneid abgekauft. Sie ist in Verhörraum zwei. Officer Bailey behält sie im Auge, bis wir kommen."

„Du solltest reingehen und mit ihr reden, ehe sie nach einem Anwalt schreit", schlug Sam vor.

„Kommst du nicht mit?"

„So gern ich mir die Rotzgöre mal vorknöpfen würde, sie ist in Brookes Fall verwickelt, und da darf ich mir keine Fehler erlauben."

Freddie tupfte sich dramatisch die Augen ab. „Ich glaube, unser kleiner Lieutenant wird endlich erwachsen", sagte er zu Gonzo, der prompt in Gelächter ausbrach.

„Ich bin nicht amüsiert", verkündete Sam, obgleich sie sich

eingestehen musste, dass die Bemerkung ziemlich witzig gewesen war. Doch das würde sie Freddie gegenüber niemals zugeben.

„Ich vermute, du schaust zu", erwiderte Gonzo.

„Korrekt. Ausgehend von dem, was wir bisher über den zeitlichen Ablauf wissen, ist sie vielleicht Zeugin des Mordes gewesen. Du solltest also auch eine der Millers herzitieren."

„Ich rufe gleich drüben an", erklärte Freddie.

Zehn Minuten später betrat die stellvertretende Staatsanwältin Faith Miller das Großraumbüro. „Was haben wir hier?"

Sie informierten sie über Hodas Rolle in dem Fall.

„Möglicherweise war sie während der Morde noch da", schloss Sam. „Sie behauptet, sie habe Brooke das Leben gerettet, und ich halte es durchaus für möglich, dass sie sie tatsächlich von dort weggeschafft hat. Wenn sie während der tödlichen Messerattacken wirklich am Tatort war, ist Hoda bisher die einzige Überlebende, die uns tatsächlich Aufschluss über die Geschehnisse geben kann, da Brooke sich kaum an etwas erinnert. Ich bin bereit, einen Deal mit ihr auszuhandeln. Wir lassen die Anklage wegen Urkundenfälschung im Zusammenhang mit Brookes Abholung aus dem Internat und die Anklage wegen versuchten Mordes fallen, wenn sie uns erzählt, was sie im Haus der Springers gesehen hat." Sam stockte kurz und setzte dann hinzu: „Obwohl sie eine so dicke Lippe riskiert, ist sie eine Achtzehnjährige, die dieser ganzen Sache in keiner Weise gewachsen ist – lasst sie uns also bis auf Weiteres mit Samthandschuhen anfassen."

„Ich will erst hören, was sie zu sagen hat", entgegnete Faith, „aber ich neige dazu, Lieutenant Holland zuzustimmen, was den Deal im Austausch für eine Augenzeugenaussage über die Vorgänge im Keller der Springers betrifft."

„Wir werden sehen, was wir tun können", antwortete Gonzo. „Auf geht's, Cruz."

Freddie spülte einen Beutel M&M's mit einer Flasche Cola hinunter und folgte Gonzo auf den Gang zu den Verhörräumen hinaus.

„Isst er eigentlich wirklich ständig?", fragte Faith. „Oder nur zufällig immer dann, wenn ich da bin?"

„Leider tatsächlich ständig", erwiderte Sam und begab sich

mit Faith in den Beobachtungsraum. „Ich schwöre, ich nehme schon zu, nur weil ich mit ihm zusammenarbeite."

„Er steckt das aber ganz gut weg."

„In der Tat. Ich klammere mich zum Trost immer an die Hoffnung, dass ich den Moment miterlebe, in dem sein Stoffwechsel aufgibt, so wie meiner das getan hat." Sam schaltete die Gegensprechanlage ein, damit sie dem Verhör von Hoda lauschen konnten.

Sie trug einen orangen Overall. Ihr Gesicht war verheult, sie kauerte auf ihrem Stuhl und spielte jetzt nicht mehr die Maulheldin. Die erkennungsdienstliche Behandlung hatte dem Mädchen ganz nach Plan ziemlich den Wind aus den Segeln genommen.

Gonzo stellte sich vor und nannte auch Cruz' Namen noch einmal, dann bat er Hoda vorschriftsmäßig um Erlaubnis dafür, das Gespräch aufzuzeichnen.

„Ich will ehrlich zu Ihnen sein, Hoda", ging Gonzo direkt in die Vollen. „Sie haben einen Haufen Ärger. Ist Ihnen klar, dass Sie mit einer Anklage wegen versuchten Mordes rechnen müssen, weil Sie auf Lieutenant Holland geschossen haben?"

„Ja", murmelte sie.

„Wie bitte? Ich habe Sie nicht verstanden."

„Ja! Ich weiß, das war dumm und ist eine wirklich große Sache."

„Wissen Sie, dass Ihnen ein langer Gefängnisaufenthalt blüht, wenn Sie verurteilt werden, was mit vier Polizisten als Zeugen völlig außer Frage steht?"

Hoda wischte sich wütend die Tränen aus dem Gesicht.

Sam hatte keinen Zweifel, dass Hoda vor allem sauer auf sich selbst war, weil sie sich nicht besser im Griff gehabt hatte. Auf eine seltsame, unbegreifliche Weise konnte sich Sam mit dieser aufsässigen jungen Frau identifizieren. Sie war mit achtzehn auch nicht viel anders gewesen. Nur die Tatsache, dass man sie an der kurzen Leine gehalten hatte, hatte verhindert, dass sie wie Hoda auf die schiefe Bahn geraten war.

„Ich stecke echt tief in der Scheiße, das ist mir klar. Also was soll das ganze Gequatsche?"

„Wir glauben, dass Sie wissen, was neulich nachts im Hause

Springer passiert ist, und sind bereit, Ihnen einen Deal anzubieten, wenn Sie uns helfen, den Mörder dieser neun Jugendlichen zu fassen."

Ehe er seinen Satz beendet hatte, schüttelte Hoda den Kopf. „Darüber weiß ich nichts."

„Wir glauben schon."

Sie schüttelte weiter den Kopf, doch die Tränen, die ihr über die Wangen rannen, erzählten eine andere Geschichte.

„Haben Sie gesehen, wer all diese Jugendlichen ermordet hat?"

„Nein", sagte sie und wischte sich die Tränenflut ab.

„Hoda ... Ich weiß, dass Ihnen das nicht leichtfällt, aber wenn Sie etwas gesehen haben und es uns verschweigen, kommen die möglicherweise ungestraft davon. Wir haben die Tatwaffe nicht gefunden. Es gibt auch keine Einbruchsspuren. Nur Sie und Brooke, die unter Drogen stand und besinnungslos war, waren zur Tatzeit am Tatort."

Hoda schlug die Hände vors Gesicht und schüttelte weiter den Kopf.

„Jemand hat Brooke von dort weggeschafft. Wir glauben, das waren Sie. Soll ich Ihnen sagen, wie die Sache meiner Ansicht nach abgelaufen ist?"

„Nein."

„Ich erzähle es Ihnen trotzdem", fuhr Gonzo in sanftem Tonfall fort. „Meiner Auffassung nach ist Brooke mit Todd ins Schlafzimmer verschwunden, während Sie bei den anderen geblieben sind, getrunken, ein paar Pillen eingeworfen und vielleicht mit einem der Jungs rumgemacht haben. Möglicherweise waren Sie gerade auf der Toilette, als alles den Bach runterging. Vielleicht haben die Täter Sie gar nicht gesehen, umgekehrt aber schon. Ich bin überzeugt, Sie kennen die Mörder. Sie wissen, was passiert ist, oder, Hoda?"

Die junge Frau legte den Kopf auf die Arme und schluchzte. Freddie umrundete den Tisch, setzte sich neben sie und strich ihr mitfühlend über den Rücken, wie Sam es von ihrem weichherzigen Partner erwartet hatte.

„Die Arme", sagte Faith. „Stellen Sie sich vor, Sie wären Zeugin einer solchen Tat geworden."

Sam empfand zwar Mitleid mit Hoda, weil sie etwas so

Furchtbares miterlebt hatte, wollte aber trotzdem die ganze Geschichte von ihr hören.

„Hoda", übernahm Freddie die Gesprächsführung. „Ich kann mir vorstellen, wie schrecklich das für Sie ist und wie entsetzlich die Bilder sind, die sich für immer in Ihren Verstand eingebrannt haben. Aber wenn Sie uns verraten, was Sie beobachtet haben, geht es Ihnen vielleicht besser. Möglicherweise können Sie inneren Frieden finden, wenn Sie uns helfen, dafür zu sorgen, dass den getöteten Jugendlichen Gerechtigkeit widerfährt."

„Ich kann es Ihnen nicht sagen", presste Hoda zwischen zwei Schluchzern hervor.

„Was genau?", fragte Freddie.

„Ich kann Ihnen nicht sagen, was ich gesehen habe, weil er dann versuchen wird, mich auch zu töten."

„Das werden wir nicht zulassen", versicherte ihr Freddie. „Wir werden auf Sie aufpassen, Hoda. Mein Wort darauf."

„Ich habe auf Sie und Ihre Partnerin geschossen. Warum sind Sie so nett zu mir?"

„Weil ich glaube, dass Sie Zeugin eines furchtbaren Verbrechens geworden sind und im Schockzustand etwas getan haben, was Ihnen unter normalen Umständen im Traum nicht eingefallen wäre."

„Es tut mir leid, dass ich auf Lieutenant Holland geschossen habe. Ich hatte solche Angst und wollte nicht mit Ihnen gehen."

„Verstehe. Können Sie mir jetzt erzählen, was am Freitagabend passiert ist?"

Sie setzte sich auf, wischte sich das Gesicht ab und schien sich in ihr Schicksal zu ergeben, obwohl sie weiter von Schluchzern geschüttelt wurde. „Sie wissen, dass ich Brooke aus dem Internat herausgeholt habe, oder?"

„Ja."

„Sie wollte unbedingt Todd sehen, und ich wollte ihr helfen. Wir waren nicht sicher, ob es funktionieren würde, aber das hat es letztlich getan."

„Wann sind Sie bei Hugo eingetroffen?"

„Etwa um halb neun."

„Was haben Sie dort gemacht?"

Hoda zuckte die Achseln. „Was getrunken und so. Rumgehangen, Musik gehört.“

„Haben Sie beide die Pillen genommen, die Hugo besorgt hatte?“

Sie nickte. „Es war Molly. Das hatten wir vorher schon mal eingeworfen.“

Als Sam hörte, dass Brooke schon zuvor in Kontakt mit Molly gekommen war, schloss sie die Augen und schüttelte fassungslos den Kopf.

„Was ist dann passiert?“

„Brooke ist mit Todd im Schlafzimmer verschwunden. Ich bin in dem anderen Zimmer geblieben und habe mit Kevin rumgeknutscht und so. Nach einer Weile ist Todd rausgekommen, und ein paar der anderen Jungs sind im hinteren Schlafzimmer verschwunden. Ich musste aufs Klo, und ich glaube, da bin ich eingeschlafen. Irgendwann hat jemand geschrien, und davon bin ich aufgewacht. Die Musik war echt laut, aber ich habe trotzdem Schreie gehört. Also habe ich die Tür einen Spalt geöffnet, um nachzuschauen, was los war.“ Bei diesen Worten brach ihr die Stimme, und sie begann wieder zu weinen.

„Schon gut, Hoda“, sagte Freddie und reichte ihr einen Becher Wasser. „Lassen Sie sich Zeit.“

Sie trank ein paar Schlucke und wischte sich das Gesicht ab. „Hugos Bruder Billy war gekommen. Sie standen genau vor dem Klo, deshalb konnte ich sie gut hören. Billy schrie, Hugo habe ihn bestohlen und er stecke jetzt tief in der Scheiße. Billy hat gesagt: ‚Du hast keine Ahnung, was du getan hast.‘ Hugo hat geantwortet, er solle sich verpissen und ihn in Ruhe lassen. Dann hat er weiter mit dem Mädchen herumgefummelt, das bei ihm war. Billy ist nach oben gelaufen, mit einem Messer zurückgekommen und völlig ausgeflippt. Mit Hugo hat er angefangen, und dann ist er durchs ganze Zimmer gegangen. Die Musik war so laut, dass niemand etwas gehört hat, und es brannten nur ein paar Kerzen. Ich dachte, es wäre vorbei, doch dann kam ein Mädchen aus dem Schlafzimmer, und Billy hat sie gesehen und ist dahinein verschwunden. Ich hatte schreckliche Angst, dass er mich findet, deshalb war ich ganz leise, obwohl ich furchtbar geweint habe und vor Sorge um Brooke fast wahnsinnig geworden bin. Sie war ja auch in dem Schlafzimmer. Als er wieder rauskam, hat er geschnauft wie ein Bulle, das konnte ich durch den Türspalt erkennen. Also hielt ich den Atem an und betete, dass er mich nicht bemerken würde. Dann ist er wieder zurück nach oben, und ich habe die Haustür gehört. Sobald ich sicher sein konnte, dass er weg war, bin ich zu meinem Handy gerannt und habe meinen Freund Davey gebeten, mich abzuholen. Dann bin ich ins Schlafzimmer gelaufen, um nach Brooke zu suchen." Hoda wischte sich das Gesicht ab und trank noch einen Schluck Wasser.

„Da war überall Blut, aber jemand hatte eine Decke über sie gelegt, deshalb hatte Billy sie übersehen. Ich spürte, wie sich ihre Brust hob und senkte, also schnappte ich mir ein Laken, wickelte sie hinein und zerrte sie da raus. Dann habe ich in der Garage auf Davey gewartet. Er kam mit einem seiner Freunde und hat mir geholfen, sie von dort wegzuschaffen."

„Weiß Davey, was Sie im Haus der Springers beobachtet haben?"

Hoda schüttelte den Kopf. „Ich habe es niemandem erzählt. Nicht mal Nico weiß, warum ich so durch den Wind war."

„Warum haben Sie und Davey Brooke zu ihrer Tante gebracht?"

„Weil die wissen würde, was zu tun war. Brookes Mutter flippt beim kleinsten Anlass immer gleich aus, aber Brooke sagte oft, ihre Tante sei irgendwie cool. Außerdem ist sie Polizistin, es kam mir also richtig vor. Wir haben gewartet, bis sie und ihr Mann heimgekommen sind. Wenn sie nicht bald gekommen wären, hätten wir den Notarzt gerufen."

Sam schob sich die zitternden Hände unter die Achselhöhlen, damit Faith nicht sah, wie fertig sie war, nachdem sie gehört hatte, wie knapp Brooke dem Tod von der Schippe gesprungen war. „Was denken Sie?", fragte Sam die stellvertretende Staatsanwältin.

„Es wird schwierig werden, wenn ich mich nur auf die Aussage einer Achtzehnjährigen stütze, die zugibt, Molly konsumiert und getrunken zu haben, ehe sie zur einzigen Zeugin eines Massenmordes wurde. Das wird ein schönes Stück Arbeit, sie den Geschworenen als glaubwürdig zu verkaufen."

„Aber sie hatte die Geistesgegenwart, Brooke da wegzuschaffen, Hilfe zu holen, Brooke zu mir zu bringen und zu warten, bis wir nach Hause gekommen sind und sie gefunden haben. Das beweist Umsicht und Zurechnungsfähigkeit, auch wenn Letztere möglicherweise eingeschränkt war."

„Dennoch bin ich nicht überzeugt, dass es reicht, um Bill Springers Sohn wegen Mordes dranzukriegen."

„Genau da liegt das Problem."

„Er würde sie vor Gericht in der Luft zerreißen, das wissen Sie, Sam. Wenn er mit ihr fertig ist, ist ihre Geschichte so voller Löcher, dass man einen Flugzeugträger hindurchsteuern kann."

Sam konnte nicht leugnen, dass Faith damit vermutlich recht hatte. „Also, was machen wir?"

„Finden Sie Billy Springer, schaffen Sie ihn hierher und fragen Sie ihn, wo er war, als sein Bruder ermordet wurde. Er wird Ihnen ein Alibi nennen, das nicht wasserdicht ist. Sie durchsuchen seine Wohnung und finden mit etwas Glück die Mordwaffe."

„Ja, allerdings würde es mir die Sache wesentlich erleichtern, wenn ich ihn festnehmen könnte, weil eine Augenzeugin ihn am Tatort gesehen und als Mörder identifiziert hat."

„Vielleicht, aber das reicht einfach nicht."

„Früher mochte ich Sie mal", murmelte Sam.

Faith lachte. „Das werden Sie auch wieder, wenn wir erst einen wasserdichten Fall haben, der vor Gericht Bestand hat."

„Na schön."

„Na schön."

„Happy Thanksgiving", setzte Sam sarkastisch hinzu.

„Der Truthahntag kann noch gut werden, wenn Sie diesen Fall rechtzeitig vom Tisch kriegen."

Als sie sah, dass Gonzo und Freddie den Verhörraum verließen, ging Sam mit Faith im Schlepptau zur Tür.

„Wie waren wir?", fragte Gonzo mit strahlendem Lächeln.

„Faith zufolge war das ein guter Anfang."

Gonzos Lächeln verflog. „Nur ein Anfang? Reicht das noch nicht?"

„Nein", antwortete Faith und wiederholte ihre Zweifel an Hodas Verlässlichkeit als Zeugin.

„Dann schnappen wir uns Billy Springer", schlug Gonzo vor.

„Moment mal", schaltete sich Chief Farnsworth ein, der sich ihnen in diesem Moment anschloss. „Was ist mit Billy Springer?"

Sam warf Gonzo einen auffordernden Blick zu, um ihn daran zu erinnern, dass dies sein Fall war.

„Wir haben eine Augenzeugin, die beobachtet hat, wie er am Tatort mit einem Messer in der Hand methodisch einen Raum voller Teenager niedergemetzelt hat."

„O Gott", seufzte der Polizeichef und ließ sichtbar erschöpft die Schultern hängen. „Sie wollen wirklich Bill Springers Sohn des Mordes anklagen?", fragte er dann und sah Sam an.

Sie hob die Hände. „Schauen Sie nicht mich an. Das ist sein Fall." Sie deutete auf Gonzo.

„Na vielen Dank, Lieutenant", bemerkte Gonzo. „Wer solche Freunde hat, braucht keine Feinde."

„Seine Freunde kann man sich eben manchmal nicht aussuchen."

„Erzählen Sie mir, was Sie haben", verlangte Farnsworth.

Gonzo berichtete, was sie von Hoda erfahren hatten, und erwähnte auch, dass Billy Springers Name während der Ermittlungen schon mehrfach gefallen war.

„Wir haben möglicherweise ein kleines Problem", erklärte Farnsworth zögernd.

„Nämlich?", fragte Sam.

Er rieb sich mit der Hand übers Gesicht. „Das Drogendezernat hat ihn schon seit Monaten im Auge. Wir haben verdeckte Ermittler in seinem Umfeld platziert, die Verhaftung stand unmittelbar bevor. Offenbar sollte der Drogenvorrat, den Hugo aus der Wohnung seines Bruders gestohlen hat, für den Zugriff dienen. Sie haben zu Hause auf ihn gewartet, um ihn festzunehmen, aber Hugo ist ihm zuvorgekommen und hat den Kram weggeschafft."

„Das haben die einfach so zugelassen?", erkundigte sich Sam, wütend und ungläubig zugleich.

„Sie haben doch selbst schon verdeckt ermittelt, Lieutenant. Manchmal muss man im Dienste der Sache eben wegschauen, um nicht aufzufliegen."

„Warum haben Sie mir nicht von Anfang an gesagt, dass die Polizei gegen einen weiteren Sohn der Springers ermittelt?"

„Ich wollte nicht riskieren, dass die Undercover-Aktion auffliegt."

„Das wäre aber eine wichtige Information gewesen. Sie hätten mich einweihen sollen."

„Ich habe getan, was ich für das Richtige hielt."

Sams Frustration erreichte neue Höhen, und sie stemmte die Hände in die Hüften. „Haben die verdeckten Ermittler auch weggeschaut, als ihre Zielperson die Morde begangen hat?"

„Natürlich nicht", blaffte Farnsworth. „Als er kurz bei seinen Eltern vorbeigefahren ist, haben sie sich nichts dabei gedacht, und sie konnten erst vor zwanzig Minuten melden, dass er in der Mordnacht dort war, ohne ihre Deckidentität zu gefährden."

„Dann nehmen wir ihn fest", erklärte Sam.

„Nicht so schnell. Die Jungs stehen knapp davor, ihn wegen Drogenhandels festzunageln. Sie wollen das heute Nacht abschließen, und morgen gehört er dann ganz uns."

„Seit wann ist Drogenhandel wichtiger als Mord?"

„Seit wir sechs Monate und beträchtliche behördliche Finanzmittel in diese Operation investiert haben, bei der wir nicht nur ihn, sondern auch zwei weitere große Dealer dieser Stadt aus dem Verkehr ziehen können. Unsere Leute sind an ihm dran. Er wird bis morgen früh nicht noch jemanden töten ..."

„Es ist ihm gelungen, neun Teenager zu ermorden, während er von unseren Leuten observiert wurde", erinnerte Sam den Chief.

„Er hat gesagt, er müsse schnell mal zu seinen Eltern, um mit Hugo zu reden. Sie sollten vor der Tür auf ihn warten, er wäre gleich zurück. Da wussten sie noch nicht, dass sich Hugo mit Billys Drogenvorrat aus dem Staub gemacht hatte. Es bestand also kein Grund zu der Annahme, dass er jeden Augenblick ausrasten würde. In den sechs Monaten der verdeckten Ermittlungen gab es keinen Hinweis darauf, dass er zu so etwas fähig wäre. Sie waren genauso überrascht wie alle anderen."

„Wie werden wir dastehen, wenn herauskommt, dass er einen Massenmord begangen hat, während er von verdeckten Ermittlern beobachtet wurde?"

„Ich arbeite bereits mit unserer Presseabteilung an einer entsprechenden Erklärung."

„Also brauchen Sie die Zeit, nicht die Drogenfahnder?"

Farnsworth funkelte sie an. „Lieutenant Holland, in meiner Funktion als Polizeichef ordne ich an, dass das Drogendezernat seine Ermittlung gegen Mr. Springer und seine Komplizen heute Nacht zu Ende bringen darf und dass Sie dann morgen mit Ihrem Team Ihre Mordermittlung fortsetzen. Zwölf Stunden machen da keinen Unterschied."

„Ich hoffe, Sie haben recht, Sir, denn ich möchte mich nicht dafür rechtfertigen müssen, dass wir einen Mörder eine Nacht lang auf freiem Fuß gelassen haben, vor allem, wenn es ihm gelingt, erneut zu töten."

„Das wird nicht passieren. Wir haben ein Auge auf ihn, und zwar sehr viel aufmerksamer als zuvor."

„Na, da kann ich heute Nacht ja ruhig schlafen", knurrte Sam, deren Frustration den Siedepunkt erreicht hatte.

„Sie können alle bis morgen früh um sieben nach Hause", verkündete Farnsworth. „Dann geht es weiter." Er entfernte sich, und sie schauten ihm hinterher.

„Das ist Wahnsinn", sagte Gonzo nach einer Weile. „Warum habe ich nur das Gefühl, dass hier noch etwas läuft, über das alle außer uns Bescheid wissen?"

„Es ist wirklich total daneben", erklärte Sam. „Seit wann sind Drogensachen wichtiger als eine Mordermittlung?" Sie strich sich mit den Händen übers Haar und steckte es neu hoch. „Aber wir haben unsere Befehle, also machen wir Feierabend. Wir sehen uns morgen früh hier."

„Das ist alles?", fragte Gonzo.

„Ja", bestätigte Sam. „Er ist der Boss. Er befiehlt, wir gehorchen."

„Was wird aus Hoda und Nico?", erkundigte sich Freddie.

„Behalten wir sie bis zur Anklageverlesung morgen früh über Nacht hier", schlug Sam vor. „Ich will, dass Hoda an einem sicheren Ort untergebracht wird, bis wir Billy haben. Auch wenn ihre Mutter diese Geste der Höflichkeit nicht verdient hat, werde ich sie informieren."

„Was ist mit Brody?"

„Ich warte noch auf die DNA-Ergebnisse, die uns verraten, ob er der vierte von den Männern war, die sich an Brooke vergangen haben", antwortete Gonzo. „In jedem Fall können wir ihn für das Filmen und Posten ihrer Vergewaltigung drankriegen. Er kann die Nacht vor der Anklageverlesung also ebenfalls hier verbringen."

„Genießt den unverhofften freien Abend", meinte Sam, als sie ins Großraumbüro der Detectives zurückkehrten.

„Oh, das habe ich vor", erwiderte Freddie und wackelte mit den Augenbrauen, wobei er unwiderstehlich grinste.

„Igitt", sagte Sam übertrieben.

Lachend schlenderte er davon, um zu Hause mit seiner scharfen Freundin seinen freien Abend zu feiern. Apropos feiern – Sam fragte sich, wo Nick wohl steckte und wie sein Treffen gelaufen war. Wenn sie schon freihatte, dann wollte sie die Zeit auch gerne mit ihrem Mann und ihrem Sohn verbringen.

KAPITEL 13

Nick teilte Scotty seine Ausflugspläne telefonisch mit, und weil ihn der Junge gerne begleiten wollte, holte er ihn bei Angela ab. Kurze Zeit später saßen Nick und Terry in Grahams gemütlichem Arbeitszimmer, während Scotty Laine in der Küche half, Kuchen für Thanksgiving zu backen.

„Der Bursche ist ganz schön gewachsen, seit ich ihn das letzte Mal gesehen habe", bemerkte Graham.

„Ja, er hat einiges an Zentimetern zugelegt", stimmte Nick zu. „Ich muss am Wochenende mit ihm neue Jeans kaufen gehen. Die vom Anfang des Schuljahres passen ihm schon nicht mehr richtig."

„Wart mal ab", antwortete Graham. „Als Teenager wachsen sie am schnellsten. Der wird bald so richtig in die Höhe schießen."

„Ich wünschte, ich hätte mehr Zeit mit ihm verbringen können, als er kleiner war. Wir haben so viel versäumt."

„Du hast doch noch viel Zeit mit ihm vor dir – die wichtigste Phase, in der er zum Mann wird."

„Stimmt."

„Genug geplaudert", sagte Terry. „Komm zur Sache, Nick. Erzähl ihm, warum wir hier sind."

Nick und Graham lachten über Terrys Ungeduld. „Immer mit der Ruhe, mein Sohn", mahnte Graham. „So spricht man nicht mit seinem Chef."

„Er ist nicht als mein Chef hier, sondern als mein Freund, und der steht vor der größten Entscheidung seines Lebens."

„Welcher Entscheidung?", wollte Graham wissen.

Nick freute sich über die Bezeichnung als Freund und überließ es Terry, der offenbar darauf brannte, seinen Vater auf den neuesten Stand zu bringen.

„Ich dachte, du hättest schon abgelehnt", meinte Graham anschließend.

„Das dachte ich auch."

„Tja ... Eine ziemlich große Sache, was?"

„Allerdings."

„Nick ..."

„Ich weiß, was du sagen willst."

„Warum bist du dann den ganzen weiten Weg hier rausgefahren, um mit mir zu reden?"

Nick lachte über den Konter des Älteren und freute sich, endlich wieder das Funkeln der Begeisterung in seinen Augen zu sehen, das ihm nach dem Verlust seines geliebten Sohnes abhandengekommen war. Grahams schneeweißes Haar stand in alle Richtungen ab, vermutlich, weil er den ganzen Tag geritten war. „Weil ich dir die Chance geben wollte, es auszusprechen. Es würde mir im Traum nicht einfallen, dir das zu verweigern."

Ein Lächeln machte sich auf Grahams wettergegerbtem Gesicht breit. „Du kennst mich viel zu gut. Kann ich dir irgendetwas mit auf den Weg geben, das du noch nicht weißt? Etwa, dass mein guter Freund David Nelson dir die Kandidatur in vier Jahren auf dem Silbertablett serviert?"

„Darauf bin ich möglicherweise selbst schon gekommen." Nick stellte den Bourbon ab, den ihm Graham eingegossen hatte, und stützte die Ellbogen auf die Knie. „Aber du hast recht, das gilt es zu bedenken, ehe ich zustimme. Will ich das wirklich?"

„Diese Frage kannst nur du beantworten, Nick. Du musst deinem eigenen Herzen folgen. Ich kann dir höchstens verraten, was meins mir sagt ...", erwiderte Graham mit einem spitzbübischen Grinsen.

Nick schüttelte lachend den Kopf. „Unbedingt."

„Wenn ich dich anschaue, sehe ich einen Mann voller Energie. Ich sehe einen Mann mit Prinzipien. Einen Mann, der mit dem

Herzen denkt. Einen Mann des Volkes, der sich alles selbst erarbeitet hat und dem nichts geschenkt wurde."

„Außer seiner aktuellen Position", wandte Nick ein, obgleich ihm Grahams Beschreibung schmeichelte.

„Wie kannst du das nur glauben?"

„Siehst du?", warf Terry ein. „Meine Worte."

„Dir wurde gar nichts geschenkt, Nick. Die Demokraten von Virginia haben den besten Mann für diese Aufgabe gewählt, und nichts, was im letzten Jahr geschehen ist, hat unsere Meinung über diesen Mann geändert. Im Gegenteil, du hast uns immer wieder bewiesen, dass du der Richtige dafür bist, Johns Amtszeit zu Ende zu bringen."

„Das höre ich gern."

„Wir haben dieses Gespräch im Laufe des vergangenen Jahres häufig geführt, und es tut mir wirklich gut, zu wissen, dass du noch immer um John trauerst. Ich spreche für meine gesamte Familie, wenn ich sage, dass wir keinen Zweifel daran hegen, dass du alles geben würdest, um John wiederzubekommen."

„Das würde ich", flüsterte Nick. „Natürlich."

„Sosehr wir uns das alle wünschen mögen, es wird nicht passieren. Wir können nur mit den Karten spielen, die uns das Leben zuteilt, und im Moment, mein Freund, hast du das beste Blatt am Tisch – den Royal Flush, für den die meisten Politiker dem Teufel ihre Seele verkaufen würden. Du hingegen musstest für dieses Blatt, das man bloß einmal im Leben bekommt, gar nichts verkaufen, und schon allein dadurch unterscheidest du dich von den meisten anderen."

„Was ist mit Sam und Scotty? Welche Auswirkungen hätte das alles auf ihr Leben?"

„Wie denkt Sam denn darüber?"

„Sie behauptet, sie käme damit klar, aber wir wissen alle, dass das manchmal leichter gesagt als getan ist. Was, wenn alles richtig gut läuft und ich in vier Jahren tatsächlich die Chance auf die Präsidentschaftskandidatur habe? Eine First Lady kann keine Mörder jagen, doch Sam wird nicht bereit sein, ihren Job an den Nagel zu hängen."

„Müsste sie das denn unbedingt?", fragte Graham. „Vielleicht wird sie ja zur Pionierin einer neuen Generation von

Präsidentengattinnen, die ein eigenes Leben haben, statt das ihrer Männer mitzuführen. Irgendwann gibt es für alles ein erstes Mal."

„Warum musst du es nur so aussehen lassen, als wäre das so verdammt machbar?", wollte Nick wissen.

Graham lachte auf. „Weil es das ist. Nelson will dich so sehr, dass du die Bedingungen diktieren kannst, was bedeutet, dass auch Sam das kann. Er hat zugesagt, dass ihr daheim wohnen bleiben könnt, dass Scotty weiter auf seine Schule gehen und Sam ihren Job behalten kann. Verändern würde sich lediglich, dass du und Scotty Personenschutz durch den Secret Service bekämt, dass du ein anderes Büro hättest und wahrscheinlich etwas mehr reisen müsstest, außerdem hättet ihr zusätzliche gesellschaftliche Verpflichtungen ..."

„Die meine Frau durch die Bank furchtbar fände."

„Dann nimm sie nicht mit. Du hast von Anfang an klargestellt, dass sie nicht automatisch bei allem dabei sein wird. Nelson wird das respektieren."

„Was ist mit den Bürgern Virginias, die mich gerade für die nächsten sieben Jahre zu ihrem Senator gewählt haben? Wie erkläre ich denen meine Entscheidung?"

„Damit, dass man dir ein Angebot gemacht hat, das du nicht ausschlagen kannst, dass dein Herz immer für das Gemeinwesen schlagen wird und du dich in deiner neuen Rolle weiter auf das konzentrieren wirst, was dir und ihnen wichtig ist."

„Verdammt, du bist wirklich gut. Bist du sicher, dass du nicht in einem früheren Leben Politiker warst?"

Grahams Grinsen brachte Nick zum Lachen. „Was sagt dir dein Bauchgefühl, mein Sohn?"

Nick konnte nicht in Worte fassen, was es ihm bedeutete, dass Graham ihn so nannte. Er hatte einen Vater, den er liebte, aber Graham war für ihn ein hochgeschätzter väterlicher Freund. „Mein Bauch ist zu sehr damit beschäftigt, mir Übelkeit zu bereiten, um mir viel zu sagen. Außerdem bleibt mir kaum Bedenkzeit, weil die offizielle Verlautbarung am Freitag stattfinden soll. Gooding ist sehr krank."

„Das ist schlimm", antwortete Graham ernst. „Joe ist ein guter Mann. Wir sind alte Freunde."

„Ich würde schon wieder vom Leid anderer profitieren."

„So ist das eben, Nick. Wenn jemand erkrankt oder stirbt, rückt jemand anders nach. Das Leben geht weiter. Du rennst schließlich nicht herum und ermordest Leute oder infizierst sie mit tödlichen Krankheiten, um deine Karriere voranzutreiben."

„Ja, denk nur mal an Arnie", erinnerte ihn Terry, „und die Dinge, die er getan hat, um seine Ziele zu erreichen. Zu dieser Sorte Politiker gehörst du nicht."

Arnie Pattersons skrupelloses Machtstreben war der Grund für die Ermordung von Derek Kavanaughs Frau gewesen, und Nick freute sich, dass sie ihn und Patterson in keiner Weise vergleichbar fanden.

„Du hast mir viele Denkanstöße gegeben", bedankte sich Nick. „Jetzt muss ich mit Sam reden und mir ihre Argumente anhören."

Graham erhob sich. „Du weißt, wo du mich findest, wenn ich dir in den nächsten Tagen irgendwie helfen kann."

Nick stand ebenfalls auf und umarmte Graham. „Du warst mir bereits eine Riesenhilfe. Danke, dass ich es mit dir bereden durfte."

„Jederzeit. Es ist mir immer eine Freude."

„Schauen wir mal, ob Laine bereit ist, auf ihren Assistenten zu verzichten", sagte Nick und ging in die Küche, um seinen Sohn einzusammeln. Er brannte darauf, mit seiner Frau zu sprechen.

Als Sam nach Hause kam, war sie enttäuscht, dass Nicks Auto nicht am Straßenrand stand. Er hatte ihr per SMS mitgeteilt, dass das Treffen im Weißen Haus „interessant" verlaufen sei, sie aber alles Weitere persönlich besprechen müssten.

Scotty, Terry und ich fahren raus nach Leesburg zu Graham und Laine. Sind in zwei Stunden wieder da.

Da Sam die Nachricht vor etwa zwei Stunden erhalten hatte, hatte sie gehofft, er wäre inzwischen zurück. Pech gehabt. Sie warf ihre Jacke über die Rückenlehne des Sofas und ging in die Küche, denn sie hatte Hunger. Auf der Schwelle blieb sie abrupt stehen, als sie sah, dass ihre persönliche Assistentin Shelby Faircloth mit einem Block, einem Stift und einer Tasse Tee am Tisch saß. Sie trug einen flauschigen pinkfarbenen Pulli mit passendem Haarband.

„Was machst du denn hier, Tinkerbell? Ich dachte, du verbringst Thanksgiving daheim.“

„Wollte ich auch, doch dann habe ich gehört, dass du wieder in einem großen Fall ermittelst und dass Brooke im Krankenhaus liegt, und da habe ich beschlossen zurückzukommen.“

„Das wäre doch nicht nötig gewesen. Du hast wie jeder Mensch Anspruch auf Urlaub.“

„Ich weiß, aber mein Bruder war samt Familie auch bei meinen Eltern. Meine Schwägerin ist ein Jammerlappen und streitet sich ständig mit meinem Bruder, ihre Kinder sind ungezogene Gören, und ich habe gemerkt, dass ich viel lieber hier bei euch bin als bei ihnen. Dann habe ich eine SMS von Avery bekommen, dass sich seine Pläne, heim nach Charleston zu fahren, geändert haben ...“ Errötend zuckte sie die Achseln. „Ich habe meinen Eltern erzählt, es gäbe ein Problem und ich müsste sofort hierher zurück.“

„Du benutzt uns also als Ausrede, um deiner zickigen Schwägerin zu entkommen?“

„Sam ... Habe ich das wirklich gesagt?“

„Nicht wörtlich, nein“, lachte Sam. Sie konnte nicht leugnen, dass sie die Gespräche – beziehungsweise den Schlagabtausch – mit der Frau, die ihre wunderbare Hochzeit geplant und sich dann in den letzten Monaten zu ihrer unverzichtbaren rechten Hand entwickelt hatte, genoss. Mittlerweile waren sie fast wie eine kleine erweiterte Familie zusammengewachsen.

Sam deutete auf den Block und den Stift. „Was tust du da?“

„Ich schreibe eine Einkaufsliste für das Thanksgiving-Dinner, das du deinen Verwandten und Freunden versprochen hast. Ich würde wetten, dass du seit dem Ausfallen deines Urlaubs keinen Finger gerührt hast, um es vorzubereiten.“

Sam konnte nicht leugnen, dass Shelby sie ein bisschen zu gut kannte.

Shelbys Lachen hallte durch die Küche. „Wusste ich’s doch! Wo ist mein liebster Zwölfjähriger?“

„Mit seinem Vater bei Graham und Laine. Die beiden müssten

bald wieder hier sein." Sam schickte beiden eine SMS, um herauszufinden, wo sie waren.

Scotty schrieb sofort zurück.

Auf der 14th Street Bridge. Wo bist du?

Zu Hause, ich warte auf euch.

Terry fährt uns heim.

Sam wunderte sich, dass Terry den Chauffeur spielte, beschloss dann jedoch, die beiden einfach zu fragen, wenn sie sie sah.

Okay, bis bald. Küsse!

Wie eklig.

Sam lachte über seine letzte SMS und zeigte Shelby dann den Nachrichtenverlauf.

„Eigentlich findet er deine Umarmungen und Küsse überhaupt nicht eklig. Er vergöttert dich."

„Das gilt auch umgekehrt."

„Wundert es dich da, dass ich lieber bei euch bin als daheim bei diesen Streithammeln?"

„Du bist uns immer willkommen. Das weißt du."

„Das ist sehr lieb von dir. Was tust du eigentlich hier, wo du doch einen Mörder jagen müsstest?"

„Wir haben unseren Mörder, dürfen ihn aber wegen irgendwelchem internen Polizeimist erst morgen früh verhaften." Sie schüttelte entnervt den Kopf. „Frag nicht."

„Okay, dann nicht. War eine harte Woche, was?"

„Es geht mir schon wieder besser. Brookes Zustand war eine ganze Weile wirklich besorgniserregend."

„Mittlerweile ist sie doch ...."

„Auf dem Wege der Besserung. Ja. Körperlich. Psychisch wird das noch eine ganze Weile dauern."

„Möchtest du darüber sprechen?"

„Eigentlich nicht, aber danke der Nachfrage. Ich habe irgendwie schon genug über dieses Thema geredet."

„Wenn du eine neutrale Freundin brauchst, bin ich für dich da."

„Das weiß ich zu schätzen. Da ich unerwartet einen Abend freihabe, würde ich viel lieber über Truthahn und Füllung sprechen."

„Alles klar."

Eine Viertelstunde später hatten Sam und Shelby das Menü zusammengestellt und die Einkaufsliste geschrieben, deren Abarbeitung sich Shelby am nächsten Morgen widmen würde. „Nick wird bestimmt total beeindruckt davon sein, wie ich das alles im Griff habe", stellte Sam mit spöttischem Grinsen fest.

Shelby verdrehte die Augen. „Wenn ich das dir überlassen hätte, hätten deine Gäste Truthahn-Formfleisch vom nächsten Imbiss essen müssen – im besten Falle."

„Diese Aussage trifft mich tief."

„Ach Quatsch."

Ein paar Minuten später kamen Nick und Scotty durch die Tür, und der Junge stürmte sofort in die Küche. Er strahlte, als er Shelby, einen seiner Lieblingsmenschen, erblickte.

„Wieso bist du wieder hier?", wollte er wissen, während er zuerst Sam und dann Shelby umarmte.

Die persönliche Assistentin schlang die Arme um den Jungen, der größer war als sie, wozu allerdings nicht viel gehörte. Sie war winzig – einer der vielen Gründe, warum Sam sie „Tinkerbell" nach der Fee aus „Peter Pan" nannte. „Daheim war es langweiliger als hier."

„Hier ist es nie langweilig", meinte Scotty. „Wartet nur, bis ihr die neueste Neuigkeit hört. Erzähl's ihnen, Nick! Es ist unglaublich!"

„Ich habe dich gewarnt, dich nicht zu früh zu freuen, Kumpel. Vielleicht wird ja gar nichts daraus."

„Trotzdem ... Du musst es ihnen erzählen!"

Sam fiel auf, dass ihr sonst so unerschütterlicher Ehemann ziemlich erschüttert und vielleicht auch ein wenig benommen wirkte, was erklären würde, warum Terry gefahren war. „Ich nehme an, dein Treffen im Weißen Haus ist gut gelaufen?"

Shelby stieß einen überraschten Laut aus, ließ ihren Arm aber weiter entspannt um Scottys Schultern liegen. „Im Weißen Haus? Wovon redet ihr?"

„Was ich dir jetzt erzähle, muss unter uns bleiben", erwiderte Nick. Sein Blick ruhte dabei auf Scotty. „Vizepräsident Gooding ist krank und wird am Freitag zurücktreten. Man hat mir seine Nachfolge angeboten."

„Heilige Sch…"

„Nicht fluchen, Shelby", mahnte Scotty.

„In diesem Fall könnte ein Fluch durchaus angebracht sein", sagte Sam.

„Bei dir doch immer", konterte Scotty, woraufhin sie ihn mit einem Bauchstupser zum Lachen brachte.

„Ich nehme an, dein Plan, mit ‚Danke, aber nein danke' zu antworten, hat sich so leicht nicht umsetzen lassen?", fragte Sam, deren Neugier auf den Verlauf des Gesprächs mit dem Präsidenten immer größer wurde.

„Korrekt. Ich muss dringend mit dir reden."

„Dann redet ihr mal in Ruhe", meinte Shelby. „Ich gehe mit Scotty ins Kino."

„Echt?", erkundigte sich der Junge strahlend. Er sah Sam und Nick an. „Obwohl morgen Schule ist?"

„Ausnahmsweise, weil es eine kurze Woche ist", bestätigte Sam.

„Ich lade euch ein." Nick nahm zwei Zwanziger aus dem Portemonnaie und gab sie Shelby, die zu protestieren versuchte. „Ich bestehe darauf."

„Danke." Dann wandte Shelby ihre Aufmerksamkeit wieder Scotty zu. „Ich will unbedingt in diesen neuen Superheldenfilm. Was meinst du?"

„Klasse!" Scotty rannte los, um seine Jacke zu holen.

„Danke, Shelby", sagte Sam.

„Kein Problem. Du weißt, ich verbringe gern Zeit mit ihm."

„Ich dachte, du hättest diese Woche frei", meinte Nick.

„Das dachte ich von dir auch, und dann höre ich, dass du dich mit dem Präsidenten triffst."

„Touché", lachte Nick.

Shelby schlang sich einen pinkfarbenen Schal um den Hals und schlüpfte in ihren Mantel. „Ich habe ja keine Ahnung, aber meiner Meinung nach würdest du einen tollen Vizepräsidenten abgeben, Nick."

„Danke", sagte er leise. „Das bedeutet mir viel."

„Wir werden eine Weile weg sein", sagte Shelby. „Nach dem Film wird er Eis wollen. Nehmt euch Zeit, um euch über eure

Entscheidung klar zu werden. Ich kümmere mich um den Jungen."

Sam umarmte sie, weil ihr plötzlich bewusst wurde, dass ihr Shelby im Laufe des letzten Jahres wirklich ans Herz gewachsen war. Nachdem Scotty und Shelby zu ihrem „Kinodate" aufgebrochen waren, kehrte sie mit Nick in die Küche zurück.

„Dieses Gespräch sollte im Dachgeschoss stattfinden", schlug Nick vor.

„Willst du mich mit Sex gefügig machen?"

„Wenn nötig, ja."

„Vorher brauche ich was zu essen."

„Gute Idee."

Sam trat zu ihm, nahm ihm die ohnehin schon gelockerte Krawatte ab und öffnete die obersten beiden Knöpfe seines Hemdes. „Warum hat Terry euch gefahren?"

„Weil ich was getrunken habe."

„Warum trinkst du?"

„Weil der Präsident auf jede genannte Sorge, die mir sein Angebot bereitet, eine passende Antwort hatte und ich dann zu Graham gefahren bin, um die Sache durchzusprechen, wo es weiteren Bourbon gab. Ich hatte das Gefühl, die Notwendigkeit, innerhalb weniger Tage eine der folgenreichsten Entscheidungen meines Lebens zu treffen, rechtfertige ein paar Gläser."

„Tage?"

Er legte ihr die Hände auf die Hüften und zog sie an sich, um seine Stirn gegen ihre lehnen zu können. „Tage. Gooding geht es nicht gut. Sie müssen etwas unternehmen, und zwar bis Freitag."

„*Diesen* Freitag?"

„Diesen Freitag."

„Man nennt den Tag nach Thanksgiving nicht umsonst den *Schwarzen* Freitag, was?"

Er hielt sie fest, und sein leises Lachen und sein angenehmer Duft hüllten sie ein. „Stimmt. Natürlich muss der Kongress der Ernennung zustimmen, es würde also erst in ein paar Wochen offiziell werden. Lass uns was zu essen bestellen und es mit nach oben nehmen. Ich brauche dringend Zeit mit dir allein."

„Bis morgen früh um sieben gehöre ich ganz dir."

„Ich dachte, du wärst einem Mörder auf der Spur."

„Dachte ich auch." Nachdem sie bei ihrem Lieblingsitaliener bestellt hatten, brachte sie ihn auf den neuesten Stand, was den Fall betraf.

„Das ist sehr seltsam."

„Allerdings. Ich hoffe nur, dieser Drecksack geht meinen Kollegen vom Drogendezernat heute Nacht nicht durch die Lappen."

„Ist es vertretbar, wenn ich mich heimlich freue, dass du ungewollt einen freien Abend hast?"

„Und wie vertretbar das ist. Ich freue mich ebenfalls, ungewollt freizuhaben und eine Nacht mit dem heißesten Politiker der Stadt verbringen zu können."

Wie erwartet runzelte er daraufhin finster die Stirn und schüttelte den Kopf.

„Ich habe mich diesmal nicht unbedingt auf deinen heißen Körper bezogen, der natürlich genauso heiß ist wie immer. Ich meinte, dass du politisch gesehen heiß bist."

„Schön, dass du darüber scherzen kannst. Ich hatte Angst, du würdest meine Koffer packen und mich vor die Tür setzen."

„Niemals", flüsterte sie und legte ihm die Arme um den Hals. „Niemals, auf gar keinen Fall, unter keinen Umständen."

„Samantha, sei jetzt nicht nett zu mir. Damit komme ich nicht klar."

Statt ihm mit Worten mitzuteilen, was sie dachte, stellte sie sich auf die Zehenspitzen und küsste ihn. Sobald sich ihre Lippen berührten, trat alles andere in den Hintergrund – der Fall, Brookes Probleme, ihre Angst wegen der bevorstehenden OP ihres Vaters, das Truthahnessen, das sie am Donnerstag servieren sollte, und die weitreichende Entscheidung, die er bezüglich seiner Karriere treffen musste. In diesem Moment, in dieser Sekunde gab es nur ihn.

„Du bist schon wieder nett", flüsterte er dicht an ihren Lippen.

„Es fühlt sich auch echt nett an."

Ein sexy Lächeln machte sich auf seinem Gesicht breit. „Ich muss aus diesem Anzug raus. Das ist keine Urlaubsgarderobe."

„Dabei helfe ich dir gerne."

„Aber wir reden noch über diese Sache, oder?"

Sie nahm ihn bei der Hand und führte ihn nach oben ins

Schlafzimmer. „Später. Zuerst einmal werden wir einen seltenen Augenblick der Zweisamkeit genießen, ehe wir ihn mit Beruflichem ruinieren."

„Ich liebe deine Art zu denken."

„Kann ich das schriftlich haben, um es dir das nächste Mal unter die Nase zu halten, wenn du mir vorwirfst, meine Prioritäten falsch zu setzen?"

„Auf keinen Fall."

Der scherzhafte Wortwechsel und die kleinen Anzüglichkeiten waren genau das, was sie beide in diesem Moment brauchten. Natürlich hatte sie die Frage im Hinterkopf, wie die enorme Aufgabe, die man ihm angetragen hatte, sich auf sie und ihre Familie auswirken würde. Ein Anflug von Panik erfasste sie, als sie sich fragte, ob er von ihr erwartete, dass sie ihren Job an den Nagel hängte.

Als sie ihm aus dem Jackett half, verdrängte sie diesen Gedanken und alle anderen, die nicht ihn und seine Lust betrafen.

„Was tust du da, Samantha?", fragte er, als sie vor ihm niederkniete.

„Ich helfe dir aus dem Anzug."

„Das könntest du auch im Stehen."

„Ja", sagte sie, während sie seinen Gürtel öffnete und ihm die Anzughose und die Boxershorts über die muskulösen Beine nach unten streifte. „Aber das nicht."

Er sog scharf die Luft ein, als sie ihn in den Mund nahm und gleichzeitig streichelte. „Samantha ..."

„Mmm." Sie ließ ihre Lippen, die ihn umschlossen, absichtlich vibrieren, während sie ihn weiter mit der Zunge liebkoste.

Er griff in ihr Haar, während sie ihn weiter neckte und quälte. „Babe ... O mein Gott, ist das gut. Hör nicht auf."

Sie liebte das Verlangen, das in seiner Stimme mitschwang, und spürte, wie sich seine Finger fester in ihr Haar krallten. Der leichte Schmerz befeuerte ihren Wunsch nur, ihm mehr, ihm alles zu geben.

„Sam."

Sie hörte die Dringlichkeit in seiner Stimme und intensivierte ihre Bemühungen noch, um ihn zum Orgasmus zu bringen. Dazu reichte es, ihn tief in ihre Kehle aufzunehmen. Er schrie auf und kam heftig, hielt sie fester, während er in ihren Mund stieß. Sie behielt ihn dort, bis seine Beine zu zittern begannen und er die Hände sinken ließ.

„Heilige Scheiße.“

„Hier wird nicht geflucht“, neckte ihn Sam und strich mit der Zunge ein letztes Mal über ihn.

„Der Junge ist nicht da, und ein herzhaftes ,Heilige Scheiße‘ war eben mehr als angebracht. Was ist nur in dich gefahren?“

„Ich habe es dir doch schon gesagt: Macht erregt mich.“

Er streckte die Arme aus, half ihr auf und zog sie an sich. „Du erstaunst mich jeden Tag aufs Neue.“

Sie lächelte und atmete den Geruch ihres gemeinsamen Zuhauses ein: Wäschestärke, Seife und ein Hauch von Zitrusfrüchten.

„Das ist mein Lebenszweck, Senator. Oder soll ich dich jetzt ,Herr Vizepräsident‘ nennen?“

„Noch ist nichts entschieden, und da du mich total aus dem Konzept gebracht hast, bin ich auch nicht sicher, ob ich heute Nacht eine Entscheidung fällen kann.“

Es klingelte.

Sam tätschelte ihm die Brust. „Zieh dich um und entspann dich. Ich bin gleich wieder da.“

An der Tür bezahlte Sam den Pizzaboten, dann packte sie die Lieferung auf ein Tablett, schnappte sich eine Flasche Rotwein und lief wieder nach oben, wo das Schlafzimmerlicht gelöscht, das im Flur aber an war. Lächelnd ging sie weiter zur nächsten Treppe, die zu ihrem Zufluchtsort unter dem Dach führte.

Nick trug inzwischen eine Jogginghose und sein liebstes verwaschenes Harvard-T-Shirt. Er hatte die Duftkerzen angezündet, die sie immer an die beste Woche ihres Lebens erinnerten, an ihre Flitterwochen auf Bora Bora.

Sam stellte das Tablett mit dem Essen auf den Doppelliegestuhl, den er gekauft hatte, weil er dem, den sie dort benutzt hatten, so sehr ähnelte. Sie schnappte sich den Korkenzieher und wollte die Weinflasche öffnen.

„Lass mich das machen, Babe. Du weißt, du kannst das nicht.“

Weil er damit vollkommen recht hatte, reichte sie ihm

widerspruchslos die Flasche. „Dafür kann ich verdammt gut trinken."

„Stimmt." Schwungvoll zog er den Korken heraus und füllte beide Gläser.

Sie setzten sich auf den unteren Teil des großen Liegestuhls und stürzten sich auf ihre Pasta und ihren Salat.

„Reden wir jetzt darüber?", fragte sie, als sie fast aufgegessen hatte.

Er hielt inne, legte die Gabel weg, wischte sich den Mund ab und sah ihr in die Augen. „Du weißt, dass ich dich mehr liebe als alles andere auf der Welt, oder? Wirklich *alles* andere."

Das wusste sie tatsächlich. Dennoch schlug ihr Herz jedes Mal etwas schneller, wenn er sie genau so anschaute und es aussprach. „Ja", erwiderte sie, denn was hätte sie sonst sagen sollen?

„Es ist eine unglaubliche Chance, das möchte ich gar nicht leugnen. Aber ich brauche dieses Amt nicht zu meinem Glück. Es bedeutet nicht die Erfüllung für mich. Wenn wir das nicht beide wollen, lehne ich ab."

Sie schluckte schwer und stellte ihre brennendste Frage. „Müsste ich meinen Job aufgeben?"

„Nein, Babe. Darum würde ich dich niemals bitten." Er erklärte ihr, zu welchen Zugeständnissen der Secret Service bereit war, damit sie weiter arbeiten konnte. „Nur der Präsident, der Vizepräsident, der designierte Präsident und der designierte Vizepräsident müssen Personenschutz haben. Familienmitglieder können ihn ablehnen."

Als Sam das hörte, seufzte sie. „Das war meine zweite Frage."

„Wie lautet die dritte?"

„Müssten wir umziehen? Lebt der Vizepräsident nicht im Naval Observatory?"

„Doch, schon. Sie sind allerdings bereit, in diesem Punkt Zugeständnisse zu machen."

„Wow, klingt, als wollten die dich wirklich unbedingt."

„Sieht so aus. Wir müssen allerdings noch über etwas anderes reden, bevor ich eine Entscheidung treffen kann."

„Nämlich?"

Da sie beide mit dem Essen fertig waren, stellte er das Tablett zu ihren Gläsern auf den Boden und streckte die Arme nach ihr aus. Da sie nirgends lieber war, schmiegte sie sich bereitwillig an ihn. „Darüber, was in vier Jahren sein wird. Wenn ich jetzt Ja sage, verpflichte ich mich zu viel mehr als nur einer vierjährigen Amtszeit als Vizepräsident. Ich werde gleichzeitig zu ihrem nächsten Präsidentschaftskandidaten."

Sie hatte zwar damit gerechnet, doch die Worte von ihm zu hören machte ihr erst richtig deutlich, worüber sie da nachdachten.

„Wenn ich gewählt würde, könnte ich nicht garantieren, dass du deinen Job behalten könntest und sich auch ansonsten nichts verändern würde. Ich würde mir gerne einreden, wir könnten dann einfach neue Wege finden und unser Ding durchziehen, aber wir wissen beide, dass es nicht immer nach unserem Kopf geht. Dein Beruf ..."

„Könnte zum Problem werden."

„Mir ist das egal, Sam, und daran wird sich nie etwas ändern. Das habe ich dir ja schon gesagt. Bedenke bitte ... In solchen Sphären dreht es sich nicht allein darum, was ich will."

„Was willst du denn? Was willst du im Grunde deines Herzens, wenn du mal ausschließlich an deine Karriere und nicht an mich oder Scotty denkst?"

„Es fällt mir sehr schwer, mir zu überlegen, was ich will, ohne dabei dich und Scotty miteinzubeziehen", gestand er und fuhr sich mit den Fingern durchs Haar. „Es ist natürlich eine einmalige Gelegenheit, die allerdings unser aller Leben verändern würde. Irgendwie mag ich das aber so, wie es ist. Unser gemeinsames Leben ist schon komisch genug, ohne dass ich ein noch höheres Amt anstrebe. Außerdem mache ich mir Sorgen darüber, was das wirklich für dich bedeuten würde. Klar, man würde dich weiter arbeiten lassen, aber du bist ja beruflich recht exponiert. Könntest du deine Pflicht sinnvoll erfüllen? Ich weiß es nicht." Er wandte ihr das Gesicht zu. „Was meinst du? Sei ehrlich."

„Ich, äh ... habe keine Ahnung."

„Du musst doch eine Meinung dazu haben."

„Es kommt mir vor wie ein Déjà-vu. Hatten wir ein ähnliches Gespräch nicht vor einem Jahr, als du mir versprochen hast, nur ein Jahr im Senat zu sitzen?"

Sein Mund verzog sich zu dem schiefen Grinsen, das sie so

liebte. „Du meinst, dass ich in solchen Dingen absolut unglaubwürdig bin.“

„Ich erinnere dich daran, dass das gesamte letzte Jahr nicht so gelaufen ist, wie wir es geplant hatten.“

„Eine Sache schon. Der sechsundzwanzigste März lief genau nach Plan.“

„Ja“, sagte Sam und musste bei der Erinnerung an ihren Hochzeitstag lächeln. „Wenigstens präsentierst du mir diesmal einen potenziellen Zwölfjahresplan.“

„Ich bilde mir ein, gelernt zu haben, dich in entscheidenden Phasen besser einzubinden.“

Sie umfasste sein Gesicht mit beiden Händen und drehte es zu sich, um ihm in die Augen schauen zu können. „Ich glaube, du wärst als Vizepräsident wirklich, wirklich, *wirklich* gut.“

„Wirklich?“

„Ja“, lachte sie. „Wirklich, wirklich.“

„Es könnte total furchtbar für dich werden.“

„Damit werde ich fertig. Ich bin jetzt schon ein ganzes Jahr mit einem bedeutenden Politiker zusammen, und meine Karriere hat darunter nicht gelitten. Irgendwie gefällt mir die Vorstellung, als erste Frau weiter arbeiten zu können wie zuvor, nachdem du der zweitmächtigste Mann im Land geworden bist.“

„Die Frauen einiger anderer Vizepräsidenten haben neben ihren Repräsentationspflichten gearbeitet, aber keine davon in einem Beruf wie deinem.“

„Warte, Moment mal. Repräsentationspflichten? Was für Repräsentationspflichten?“

„Als Frau des Vizepräsidenten müsstest du zusammen mit mir und manchmal auch allein öffentliche Auftritte absolvieren. Du könntest dich für Themen engagieren, die dir am Herzen liegen, etwa Adoption, Unterstützung für Menschen mit Querschnittslähmung, öffentliche Sicherheit, Reproduktionsmedizin und Lernbehinderungen. Solche Dinge. Themen eben, auf die du die öffentliche Aufmerksamkeit lenken möchtest.“

„Sie wissen, wie man ein Mädchen rumkriegt, Senator.“

„Ich sage doch nur, dass das eine echte Chance für dich wäre.“

„Wenn ich mir das auch noch aufhalse, komme ich gar nicht mehr zum Schlafen."

„Du hättest dafür natürlich einen eigenen Stab. Bei großen Anlässen müsstest du allerdings persönlich erscheinen. Außerdem müsstest du dich ab und zu echt aufdonnern." Er stützte sich auf einen Ellbogen und sah sie an. „Ich würde dir zu jedem gesellschaftlichen Anlass ein neues Paar Designerschuhe kaufen."

Sam kniff die Augen zusammen. „Das ist Bestechung."

„Nenn es, wie du willst, Liebste. Ich weiß, dass der Weg zum Herzen einer Frau über ihre Schuhe führt."

„Einer der Wege", verbesserte ihn Sam, packte ihn am T-Shirt und zog ihn zu einem Kuss zu sich herunter. „Oh, sorry. Ich hab deine Rippen ganz vergessen. Geht es ihnen schon besser?"

„Sogar viel besser. Mach mit mir, was du willst."

Sie schlang ihm die Arme um den Hals und musterte ihn, auch nach fast einem Jahr noch immer erstaunt darüber, dass er für immer ihr gehören sollte.

„Was?" Er legte die Stirn gegen ihre und blickte ihr tief in die Augen.

„Manchmal kann ich gar nicht glauben, dass ich dich behalten darf."

„Samantha", flüsterte er dicht an ihren Lippen. „Das denke ich in jeder Minute jedes Tages. Wie kann etwas so Unglaubliches real sein?"

„Ist es aber", sagte sie und fuhr mit den Fingern durch sein weiches Haar. „Realer wird es nicht mehr, und wenn wir diese echt große Sache in Angriff nehmen, müssen wir einander versprechen, dass nie etwas dem im Wege stehen wird, was uns am wichtigsten ist."

„Nichts wird mir je wichtiger sein als du. Du und Scotty. Mehr brauche ich nicht zu meinem Glück. Der Rest ist Beiwerk."

Sie zog ihn zu sich herab und verlor sich in den sinnlichen Bewegungen seiner Zunge, der Süße seiner Lippen, in ihrer unleugbaren Verbundenheit, die sich so gut anfühlte.

Er presste sie an sich, hüllte sie in seine Liebe ein und erfüllte sie mit dem überwältigenden Verlangen, seine Haut an ihrer zu spüren.

Sie half ihm, sein T-Shirt abzustreifen, dann strich sie mit den

Fingerspitzen sanft über die blauen Flecken, die seine ansonsten makellose Brust verunzierten. „Meine Lieblingsmännerbrust", murmelte sie, drückte ihn sanft auf den Rücken und küsste sein Sixpack, strich mit der Zunge über seine Brustwarzen und arbeitete sich küssend zu den blauen Flecken vor, die sich langsam lila verfärbten.

Ohne es aufzuknöpfen, zog er ihr das Oberteil über den Kopf und warf es auf den Boden. Ihr BH folgte, und dann lagen sie Brust an Brust, und Sam seufzte beglückt, weil es sich wie immer so gut anfühlte, ihm so nahe zu sein. Plötzlich wollte sie unbedingt mehr. Sie schob seine Jogginghose nach unten, nur um festzustellen, dass er nichts darunter trug, und wandte sich dann ihrer Jeans zu. Mit vor Lust loderndem Blick beobachtete er, wie sie sich aus ihr herausschälte.

Sam liebte es, wenn er sie so anschaute – als wolle er sie verschlingen. Sein Begehren machte sie ganz heiß. Niemand hatte sie je so verzweifelt gewollt, wie er es tat. Sie fragte sich oft, ob ihre Lust aufeinander irgendwann nachlassen und vorhersagbarer werden würde, und wenn ja, wann, aber im Augenblick wuchs sie ständig.

Besonders wenn sie hier waren, an dem Rückzugsort, den er zur Erinnerung an die wundervollen Tage und Nächte ihrer Flitterwochen geschaffen hatte, erschien ihr alles möglich. Früher hatte sie ihre Brüste immer für zu groß gehalten, doch wenn sie ihm zusah, wie er sie mit seinen Händen, seinen Zähnen und seiner Zunge liebkoste, wusste sie, dass sie für ihn genau richtig waren. Seine beharrliche Konzentration auf ihre Brustspitzen machte sie halb wahnsinnig und löste ein unwiderstehliches Pulsieren zwischen ihren Beinen aus.

„Nick ..."

„Was, Baby?"

„Ich brauche dich."

„Ich bin direkt hier." Seine weichen Lippen glitten über ihren Bauch.

„Komm hier rauf."

„Gleich. Oder zumindest bald."

Als sie begriff, was er vorhatte, ließ sie die Arme kapitulierend aufs Kissen fallen. „Das solltest du nicht tun. Du bist verletzt."

„Es geht mir gut." Seine Lippen strichen über die empfindliche Haut an der Innenseite ihres Oberschenkels, als sie die Beine spreizte, um für seinen Kopf und seine Schultern Platz zu machen. „Wir sind ganz allein, also sei laut für mich, Babe", sagte er und berührte sie flüchtig mit seiner Zunge.

Sam stöhnte und bog sich ihm entgegen, versuchte, ihn zur Eile anzutreiben, was er ignorierte.

Mit seinen Fingern öffnete er sie für seine Zunge, konzentrierte sich auf das pochende Zentrum ihres Verlangens und ließ zwei Finger tief in sie gleiten.

Sie keuchte auf und näherte sich viel zu rasch dem Höhepunkt.

Er wusste genau, wie er sie berühren, wo er sie küssen musste. Er krümmte die Finger in ihr, sodass sie am gesamten Körper erbebte. „Komm für mich, Samantha." Hart saugte er an ihr, schob die Finger noch tiefer in sie und trieb sie an, bis sie ihren Höhepunkt herausschrie. Dann schob er sich zwischen ihre Beine, drang in sie ein und bescherte ihr einen zweiten, nicht enden wollenden Orgasmus.

Sie schlang ihm die Beine um die Hüften und krallte sich in seinen Hintern, was ihn, wie sie wusste, völlig verrückt machte.

Ein tiefes Knurren, dann ein rauer Schrei, und er kam tief in ihr. Jedes Mal, wenn sie spürte, wie er sich in ihr ergoss, fragte sie sich, ob sie diesmal vielleicht ein neues Leben gezeugt hatten. Sie klammerte sich an ihn, presste ihn so fest wie möglich an sich, während sie stumm betete, es möge diesmal ... vielleicht ...

„Sam, ich liebe dich", flüsterte er ihr ins Ohr. Sein Atem war von der Anstrengung gepresst und ging stoßweise.

„Ich dich auch."

„Wir haben keine Entscheidung getroffen."

„Nein, aber wir hatten großartigen Sex, die Nacht war so nicht völlig vergeudet." Sie spürte sein Lachen tief in sich, wo er geblieben war, noch immer hart, groß und im Nachbeben seines Höhepunktes zuckend. Sie fuhr ihm wieder mit den Fingern durchs Haar, streichelte ihm mit der anderen Hand über den Rücken und genoss die tiefe Liebe, die sie verband und ihr Leben vervollständigte, und die vollkommene Perfektion, die sie gemeinsam geschaffen hatten.

„Du solltest es tun", flüsterte sie so leise, dass sie für eine Sekunde nicht sicher war, ob sie die Worte laut gesagt oder bloß gedacht hatte.

Als er den Kopf hob, um ihr in die Augen zu sehen, wusste sie, dass sie es tatsächlich ausgesprochen hatte.

„Was meinst du?"

„Du solltest das Angebot des Präsidenten annehmen. Wir kommen schon irgendwie klar, wie immer."

„Sam ... Wenn du so was sagst, solltest du dir wirklich sicher sein."

„Ich weiß nur eins wirklich sicher: dass ich an dich glaube. Ich bin schon immer der Auffassung gewesen, dass du für Großes bestimmt bist. Das beweist lediglich, dass ich wie immer recht hatte."

Er lächelte und schüttelte nur den Kopf.

„Weißt du noch, als man dich gebeten hat, dich zur Wahl zu stellen?", fragte sie. „Da haben wir darüber gesprochen, wer wir sein wollen und ob uns ‚gut' wirklich gut genug ist."

„Ich erinnere mich."

„Wenn du es nicht tust, werden wir uns immer fragen, wie es wohl gewesen wäre. Aber mit dieser Frage möchte ich lieber nicht den Rest meines Lebens verbringen."

„Du weißt, dass das alles deine Schuld ist."

Ihr blieb vor Überraschung der Mund offen stehen. „Wie zum Teufel ist es dir denn gelungen, dir das einzureden?"

„Wenn ich mich nicht auf die sexy, toughe Mordermittlerin eingelassen hätte, würde niemand auch nur einen Gedanken an einen einfachen Senator aus Virginia verschwenden."

„Glaubst du das wirklich?"

„Das *weiß* ich. Neunzig Prozent der Aufmerksamkeit, die ich in meinem Amt kriege, verdanke ich dir."

„Jegliche Aufmerksamkeit, die du im Amt kriegst, verdankst du ausschließlich dir selbst. Du hast tatsächlich keine Ahnung, wie faszinierend, intelligent, dynamisch und ungeheuer attraktiv du bist, oder?"

„Samantha", sagte er mit finsterem Blick. „Halt die Klappe."

„Du merkst nicht mal, wie all die Mütter beim Eishockey dich anschmachten! Du bist das volle Programm, Nick. Du bist smart und engagiert, und die Tatsache, dass du aussiehst wie ein Hollywoodstar, schadet auch nicht gerade."

„Ich kann mir das nicht anhören – so langsam wird's echt hart."

Sie hob ihm die Hüften entgegen. „Ich liebe es, wenn du hart wirst."

Er lachte, während er ihren Hals mit Küssen und kleinen Bissen übersäte, die dazu führten, dass sie sich unter ihm wand. „Wenn wir das durchziehen, musst du mir versprechen, dass du mich nicht hasst, wenn es total schrecklich für dich ist und dich alles fürchterlich nervt."

„Versprochen. Ich bestrafe dich dann möglicherweise mit Sexentzug, werde dich aber nicht aktiv hassen."

„Moment mal. Sexentzug geht gar nicht."

Sie lachte über sein entsetztes Gesicht, küsste ihn auf die Wangen und dann auf die Lippen. „Damit würde ich mir nur selbst schaden. Ich werde mir eine andere Methode einfallen lassen müssen, um Rache zu nehmen."

Dann bewegte er sich wieder in ihr, und das Einzige, was Sam für eine ganze Weile denken konnte, war, wie großartig sich das anfühlte.

KAPITEL 14

Bis Scotty und Shelby zurückkamen, waren sie wieder nach unten umgezogen. Sam döste an Nick geschmiegt vor dem Kamin im Wohnzimmer, als sie hörte, wie Shelby Scotty eine gute Nacht wünschte und ihn ermahnte, direkt ins Bett zu gehen, damit sie keinen Ärger bekäme, weil sie ihm erlaubt hatte, unter der Woche so lange aufzubleiben.

„Mach ich. Danke noch mal, Shelby. Es war echt toll.“

„Fand ich auch.“

„Danke, Shelby“, rief Nick ihr nach.

„War mir ein Vergnügen. Bis morgen.“

„Der Film war super!“, erklärte Scotty, als er sich zu ihnen aufs Sofa setzte. „Schläft Sam?“

„Ich ruhe nur meine Augen aus“, sagte sie. „Schön, dass du Spaß hattest.“

„Es war voll cool, und Agent Hill hat mir für die Weihnachtsferien eine Privatführung durchs FBI-Hauptquartier versprochen. Da darf ich doch hin, oder?“

Sam spürte, wie sich Nick unter ihr anspannte. „Klar. War er mit im Kino?“

„Mhm. Ich gehe duschen. Wisst ihr, ich habe Shelby versprochen, direkt ins Bett zu gehen, damit wir keinen Ärger bekommen.“ Er umarmte Nick und küsste Sam auf die Stirn. „Nacht, Leute.“

„Gute Nacht. Hab dich lieb, Kumpel", verabschiedete ihn Nick.

„Ich dich auch!"

„Nick, ich finde es wunderbar, dass ihr das einander so oft sagt", bemerkte Sam und starrte in die Flammen im Kamin.

„Ich habe das als Kind nie zu hören gekriegt. Ich bin entschlossen, es ihm jeden Tag zu versichern, solange er bei uns wohnt."

„Jetzt hab ich mich gerade wieder neu in dich verliebt."

Er küsste sie auf den Scheitel. „Schlafenszeit."

„Danke für vorhin. Das habe ich gebraucht."

„Dito." Er erhob sich, um die Kohlen zusammenzuschieben, und schloss die Glastüren des Kamins, um zu verhindern, dass Glut herausfiel.

„Was wirst du dem Präsidenten antworten?", fragte Sam, als er ihre Hand nahm und sie nach oben führte, wo sie am anderen Ende des Ganges die Dusche laufen hörten.

In der Tür zum Schlafzimmer drehte er sich zu ihr um. „Hast du einen Vorschlag?"

„Du rufst ihn morgen an und sagst: ‚Mr. President, es ist mir eine Ehre, Ihr großzügiges Angebot, Ihr neuer Vizepräsident zu werden, anzunehmen.'"

„Wirklich? Bist du dir sicher?"

„Nein, verdammt. Sicher bin ich mir nur darin, dass es verrückt wäre, eine derart einmalige Chance auszuschlagen. Ich werde alles in meiner Macht Stehende tun, um dich zu unterstützen. Mehr kann ich nicht versprechen."

„Das ist angesichts dessen, was ich von dir verlange, mehr, als ich verdiene."

„Hattest du mir nicht versprochen, mich immer auf Rosen zu betten?", fragte sie frech grinsend und bezog sich damit auf seinen Heiratsantrag im Rosengarten des Weißen Hauses.

„Schätze schon."

„Dann solltest du mal langsam liefern."

„Versprichst du mir, dass wir damit klarkommen?"

„Versprochen."

Er legte ihr die Arme um die Taille und beugte sich über sie, um sie zu küssen. „Ich verlasse mich darauf."

„O Gott. Knutscht ihr etwa schon wieder?", fragte Scotty, der mit einem Handtuch um die Hüften aus dem Bad kam. „Ich glaube, es hat mir besser gefallen, als ihr euch gestritten habt."

„Ab ins Bett mit dir, du Satansbraten", sagte Sam.

Kichernd verzog er sich in sein Zimmer und knallte die Tür hinter sich zu.

Nick schüttelte lächelnd den Kopf. „Ich kann's kaum erwarten, dass er sich zum ersten Mal verliebt und das Mädchen ständig küssen will. Karma kennt kein Verfallsdatum."

„Dann kriegt er einiges zu hören." Sam putzte sich die Zähne und schlüpfte ins Bett, und sie trafen sich in der Mitte, wo sie jede Nacht eng umschlungen schliefen. „Ja hallo."

„Wie läuft's so?"

„Hast du schon gehört, dass mein wunderbarer Mann der nächste Vizepräsident der Vereinigten Staaten sein wird?"

„Das Memo muss an mir vorbeigegangen sein. Ist er jetzt vollkommen wahnsinnig geworden?"

„Nein", seufzte sie und küsste ihn. „Er ist einfach perfekt."

Nick schlief noch, als Sam kurz nach sechs aus dem Bett schlüpfte. Sie fühlte sich nach dem gemeinsamen Abend regelrecht energiegeladen. Solange sie ab und zu eine solche Nacht hatten, würde sie nichts aus der Bahn werfen, egal, wie verrückt sich ihr Leben gestaltete.

Sie konnte das leichte nervöse Ziehen in ihrem empfindlichen Magen bei dem Gedanken, dass er Vizepräsident werden würde, nicht leugnen. Doch er hatte ihr versichert, dass sich für sie nicht viel ändern würde, und sie hatte beschlossen, ihn beim Wort zu nehmen. Sie war unendlich stolz auf ihn. Nach seiner unglücklichen Kindheit mit einer Großmutter, die ihn nicht hatte um sich haben wollen, und Eltern im Teenageralter, die nicht für ihn da gewesen waren, hatte er alles Gute verdient, was ihm widerfuhr.

Es hatte ihr das Herz gebrochen, als er ihr erzählt hatte, als Kind habe er nie zu hören bekommen, dass ihn jemand lieb habe, und sie hatte beschlossen, dass auch er es ab jetzt jeden Tag hören sollte. Diesen Vorsatz in die Tat umzusetzen würde ihr nicht schwerfallen. Ihre Liebe zu ihm schien mit jedem gemeinsamen Tag, mit jeder Herausforderung, der sie sich stellten, und mit jeder neuen Hürde, die sie überwanden, zu wachsen und stärker zu werden.

Deshalb hatte sie das Gefühl, unbedingt einen Weg finden zu müssen, sich mit seiner neuen Rolle anzufreunden. Das Fundament ihrer Beziehung war stark genug, um die Last weiterer Verantwortung zu tragen.

Nach dem Duschen betrat sie ihren begehbaren Kleiderschrank und zog Jeans und Pulli an. Sie stieg in Sportschuhe und wickelte sich einen gestrickten Schal um den Hals, an dem ihr Mann ein paar Knutschflecke hinterlassen hatte.

Sie wusste zwar, dass sie das eigentlich unmöglich finden sollte, doch insgeheim freute sie sich über diesen Beweis, dass er sich ganz in ihr verloren hatte. Als sie angezogen war, ging sie ins Schlafzimmer, um ihre Waffe, ihre Marke und die Handschellen aus der abschließbaren Schublade des Nachttischs zu holen, dann beugte sie sich zu Nick hinüber, um ihn zu küssen.

Er regte sich nicht, als sie mit den Lippen über die kratzigen Bartstoppeln auf seiner Wange strich. „Ich liebe dich", flüsterte sie. Dann ließ sie ihn schlafen und ging den Flur entlang, um Scotty zu wecken. „Hey, Kumpel."

„Hi. Wie spät ist es?"

„Kurz nach sechs. Zeit, aufzustehen." Er brauchte morgens lange, um sich fertig zu machen, weswegen sie sich angewöhnt hatten, ihn früh zu wecken, mehr als eine Stunde, bevor er zur Schule aufbrechen musste.

„Okay."

„Nick ist noch bewusstlos, und ich glaube, er hat sich keinen Wecker gestellt. Kann ich mich darauf verlassen, dass du nicht wieder einschläfst?"

„Ja, ich bin wach."

„Drück mich mal."

Er gehorchte und umarmte sie stürmisch, wie sie es mochte.

„Sam?"

„Hmm?"

„Was hältst du von dieser Vizepräsidentensache?"

„Ich finde es irgendwie cool. Was meinst du?"

„Das ist total cool. Er hätte das voll drauf.“

„Ist dir klar, dass du dann möglicherweise wieder dauernd Typen vom Secret Service im Schlepptau hättest?“ Während Nicks Wahlkampf hatten er und Scotty Personenschutz genossen, nachdem Arnie Patterson Sams Familie bedroht hatte, weil Sam mitgeholfen hatte, ihn wegen Mordes und anderer Verbrechen hinter Gitter zu bringen.

„Das hat nicht wirklich gestört. Meine Klassenkameraden fanden es ziemlich abgefahren. Vielleicht kriege ich ja wieder eine Agentin.“

Sam lachte und verwuschelte ihm das Haar. „Vielleicht können wir sogar eine anfragen.“

„Dann nimmt er das Amt an? Er wollte es davon abhängig machen, was du sagst.“

„Ich glaube schon. Noch hat er sich nicht entschieden, aber er weiß, dass ich nichts dagegen habe.“

„Ganz schön verrückt, wenn man sich's recht überlegt.“

„Was denn?“

„Vor einem Jahr kannte ich euch noch gar nicht, und jetzt wohne ich bei euch, ihr adoptiert mich, und mein neuer Dad wird vielleicht Vizepräsident des ganzen Landes. Das ist doch Wahnsinn!“

„Ja, und trotzdem bist und bleibst du das Beste, was uns je passiert ist. Du bist das Wichtigste in unserem Leben.“

„Das ist auch ziemlich verrückt“, flüsterte er. Plötzlich setzte er sich auf und umarmte sie erneut.

In solchen Augenblicken konnte sich Sam nicht vorstellen, ein leibliches Kind mehr zu lieben als diesen Jungen, der ihr Herz – und Nicks – so gründlich erobert hatte.

„Ich muss zur Arbeit, um hoffentlich diesen Fall abzuschließen, damit ich mich an die Kuchen machen kann.“

„Willst du wirklich Kuchen backen?“, fragte er mit skeptischem Gesichtsausdruck.

„Zu deiner Information: Ich bin eine hervorragende Bäckerin.“

„Äh, okay. Wenn du es sagst. Ich habe gestern Abend von Laine ein paar Tricks gelernt. Du wirst ja wahrscheinlich meine Hilfe brauchen.“

Sie kitzelte ihn, bis er vor Lachen quiekte. „Ich *brauche* zwar keine Hilfe von dir, Mister, aber ich würde mich trotzdem darüber freuen." Sie küsste ihn auf die Stirn. „Hab einen fantastischen, unübertrefflichen Tag."

„Du auch. Ich hoffe, du fängst den Mörder."

„Oh, das werde ich, mein Freund. Verlass dich darauf. Bis später." Sam zog ihre Jacke an und trat durch die Haustür, vor der ein Meer aus Fotografen auf der Lauer lag. Die Straße war gesäumt von Ü-Wagen und Reportern, die ihr Fragen bezüglich Nick zuriefen.

Sie machte direkt auf dem Absatz kehrt, lief wieder rein und weckte ihren Mann.

„Mmm, hey, Babe. Musst du los?"

„Ich wollte gerade gehen, nur belagert die komplette Hauptstadtpresse unsere Straße und hat Fragen zu deiner Person."

„Scheiße. Woher zum Teufel …?"

„Gibt es ein Leck im Weißen Haus?"

Nick setzte sich auf und fuhr sich mit der Hand über das stoppelige Kinn. „Sieht so aus."

„Ich muss los."

„Dann bring ich dich zum Auto."

„Normalerweise würde ich dieses Angebot dankend ablehnen, aber es sind echt viele."

Er zog sich eine Jogginghose über. „Tut mir leid, dass ich sie hergelockt habe."

„Nicht deine Schuld."

„Was ist denn los?", fragte Scotty von der Tür her. „Ich dachte, du wärst schon weg."

„Ich habe auch versucht zu gehen, allerdings werden wir von Reportern belagert, die das Neueste über den guten alten Wie-heißt-er-doch-gleich hier erfahren wollen." Mit dem Daumen deutete sie auf Nick.

„Du hast dem Präsidenten also zugesagt?", wollte Scotty wissen und riss aufgeregt die Augen auf.

„Noch nicht offiziell."

„Was machen dann die Reporter hier?"

„Eine sehr gute Frage. Lass mich Sam hier rausschaffen, dann finden wir es heraus."

„Das ist total cool", erklärte Scotty.

„Freut mich, dass du das so siehst", erwiderte Nick.

Sam merkte, dass er nicht glücklich darüber war, dass die Presse bereits ihr Lager vor dem Haus aufgeschlagen hatte, bevor er offiziell eine Entscheidung getroffen hatte. Sie hatten das ganze letzte Jahr im Scheinwerferlicht verbracht und wussten deshalb, wie aufdringlich die Medien manchmal sein konnten. Wenn er tatsächlich Vizepräsident wurde, würde das zweifellos nicht besser werden.

Unten zog er seine Jacke an und wandte sich zu ihr um. „Bereit?"

„Auf geht's."

„Bleib hier, Scotty", befahl Nick, dann öffnete er die Tür und stürzte sich ins Getümmel.

„Senator! Stimmt es, dass Sie für eine hochrangige Position in der Regierung von Präsident Nelson vorgesehen sind?"

„Was haben Sie bei Ihrem Treffen mit dem Präsidenten besprochen?"

„Warum war der Direktor des Secret Service anwesend?"

„Was sollen Sie für Nelson tun?"

„Stimmt es, dass Gooding zurücktritt und Sie sein designierter Nachfolger sind?"

„Lieutenant, wann rechnen Sie mit einer Festnahme im Zusammenhang mit den MacArthur-Morden?"

Nick bahnte sich einen Weg durch das Gedränge und verfrachtete Sam in ihr Auto. Erst als er sicher wieder im Haus war, fuhr sie los, und zwar im Schritttempo, um niemanden zu gefährden, sosehr sie auch in Versuchung war, die ganze Bande einfach umzumähen.

Wenn das solche Ausmaße annahm, war Sam nicht sicher, ob sie jetzt, wo die erste Welle des Medieninteresses gerade nachgelassen hatte, schon bereit für eine neue war. Aber für ihn würde sie das ertragen. Natürlich. Bisher hatte sich ihre gesamte Beziehung um ihren verrückten Job und ihre noch verrückteren Fälle gedreht. Wie könnte sie ihn da nicht unterstützen, wenn sich ihm eine solche einmalige Gelegenheit bot?

Sam war nicht überrascht, dass ihr vor dem Hauptquartier eine weitere Reportermeute auflauerte. Sie umrundete das Gebäude und fuhr zum Eingang der Leichenhalle. Vor dem Tag, an dem die Presse von ihrem „Geheimzugang" zu ihrem Arbeitsplatz Wind bekam, hatte sie jetzt schon Angst.

„O mein Gott, Sam." Lindsey stürzte sich auf Sam, kaum dass diese durch die Tür war, und zerrte sie ins Büro der Gerichtsmedizin. „Terry hat mir alles erzählt. Drehst du schon total am Rad?"

„Äh, nein", antwortete Sam, erheitert über die Reaktion ihrer Freundin. „Zumindest nicht so sehr wie du."

„Vizepräsident", flüsterte Lindsey, „der Vereinigten Staaten."

„Nein, echt jetzt? Mir gegenüber hat er behauptet, es ginge um die Vizepräsidentschaft der hiesigen Rotarier-Loge. Jetzt bin ich enttäuscht."

„Wie kannst du darüber scherzen?"

„Wie könnte ich nicht? Das ist alles völlig surreal."

„Terry hat gesagt, letztlich hinge alles von dir ab. Also ... was denkst du?"

„Ich habe ihm geraten, anzunehmen", erwiderte sie achselzuckend und hoffte, mit dieser Geste zum Ausdruck zu bringen, dass sie nicht vorhatte, überzureagieren. „Ich muss nicht umziehen, meinen Job nicht an den Nagel hängen und kriege keinen Personenschutz, für mich ändert sich also nicht viel."

„Bist du völlig verrückt geworden?"

„Ich habe diese Möglichkeit in Betracht gezogen. Jedenfalls hat man mir das schon vorgeworfen, und zwar gar nicht so selten."

„Das ist eine Art Bewältigungsstrategie, oder? Du spielst es herunter, damit du nicht komplett durchdrehst."

„Vielleicht."

„Er wird es also machen?"

„Könnte sein."

„O mein Gott, o mein Gott, o mein Gott. Das ist großartig. Total großartig."

„Freut mich, dass du das so siehst. Darf ich jetzt arbeiten gehen?"

„Ich weiß, du wirst mich dafür hassen, aber ich muss dich zuerst umarmen."

Sam hasste sie nicht dafür. Tatsächlich war sie gerührt von der Zuneigung und Freundschaft, die Lindsey dadurch zum Ausdruck brachte.

„So", sagte diese, nachdem sie Sam wieder losgelassen hatte. „Jetzt darfst du arbeiten gehen."

„Hast du was für mich?"

„Tatsächlich ja. Unser Freund Mr. Mitchell ist ein eiskalter Lügner."

„Ach?", fragte Sam mit zusammengebissenen Zähnen.

„Er ist unser vierter Mann. Er hat nicht nur alles gefilmt, wir haben auf ihrem Bauch und zwischen ihren Beinen sein Sperma gefunden. Allerdings nicht in ihrer Vagina."

„Er hat das Ganze also gefilmt und dann auf sie gewichst?"

„Sieht so aus."

„Wie ekelhaft."

„Das sehe ich ganz genauso."

„Danke, Lindsey. Ich weiß deine Hilfe zu schätzen." Als Sam sich zum Kommissariat aufmachte, war ihr wegen der Dinge, die Brooke widerfahren waren, das Herz schwer. „Wenigstens lebt sie noch", murmelte sie vor sich hin. Es war sehr knapp gewesen …

Im Büro der Detectives war niemand, als sie dort eintraf, also ging sie weiter in den Eingangsbereich, weil sie unbedingt mit dem Polizeichef reden wollte. Als sie näher kam, hörte sie laute Stimmen und beschleunigte ihre Schritte.

Bill Springer schrie gerade Chief Farnsworth an. „Das werden Sie meinem Sohn nicht anhängen!"

„Bill, Sie müssen sich beruhigen und mir zuhören."

„Sagen Sie mir nicht, ich soll mich beruhigen!" Springers Gesicht war knallrot, sein Haar wirr und sein normalerweise makelloses Äußeres komplett derangiert. Plötzlich holte er aus, vor Sams Augen und denen all der anderen Polizisten ringsum.

Sam war sofort klar, was er vorhatte, und sie reagierte, bevor er ihrem Vorgesetzten ins Gesicht schlagen konnte. Sie riss ihn zu Boden und hielt ihn mit dem Knie im Kreuz unten, ehe er wusste, wie ihm geschah. Als sie ihm Handschellen anlegte, schaute sie zum Chief auf, der von den Ereignissen völlig überrumpelt zu sein schien.

„Alles in Ordnung?", erkundigte Sam sich bei ihm.

„Ja, alles bestens. Wie steht es mit Ihnen?"

„Alles klar."

„Sie waren wie immer im richtigen Augenblick zur Stelle, Lieutenant."

Sam lächelte zu ihm empor und zog die Handschellen etwas straffer. Das hatte Springer nun davon, dass er versucht hatte, ihren Vorgesetzten anzugreifen.

„Das wird Ihnen noch sehr leidtun", drohte Springer mit zusammengebissenen Zähnen.

„Wissen Sie was? Ich habe keine Angst vor Ihnen."

„Wenn Sie glauben, Sie könnten gegen meinen Sohn vorgehen und versuchen, ihm einen Massenmord anzuhängen, werden Sie mich kennenlernen."

„War das eine Drohung, Chief?", fragte Sam.

„Klang für mich so."

Sam winkte einen der Streifenpolizisten zu sich. „Buchten Sie ihn wegen versuchten tätlichen Angriffs auf einen Polizeibeamten und Bedrohung einer Polizeibeamtin ein."

„Jawohl, Ma'am."

„Ich kümmere mich um den Papierkram", sagte Sam.

„Danke." Der Streifenpolizist zerrte Springer hoch und davon, wobei dieser die ganze Zeit strampelte und schrie, dafür werde jemand bezahlen müssen.

„Der Typ ist übergeschnappt", meinte Sam, als sie ihm gemeinsam mit dem Polizeichef hinterherblickte.

„Ich bedaure, dass er seinen jüngsten Sohn auf diese Weise verloren hat, aber er muss kapieren, dass er Billy vor dem, was ihn erwartet, nicht schützen kann."

„Woher weiß er denn, was ihn erwartet?"

„Das versuche ich noch herauszufinden. Captain Roback sitzt bereits in meinem Büro, um mit mir zu erörtern, was heute Nacht passiert ist. Möchten Sie dazukommen?"

Mit einem sehr unguten Gefühl nickte Sam und folgte ihm zu seinem Büro. „Wir sollten auch Sergeant Gonzales dazuholen."

„Natürlich", erwiderte der Chief, der immer noch erschüttert wirkte.

„Können Sie ein Glas kaltes Wasser besorgen?", fragte Sam die Sekretärin des Polizeichefs, als sie an ihr vorbeilief.

„Kommt sofort."

„Ach, und bitten Sie Detective Sergeant Gonzales, an dem Gespräch teilzunehmen."

„Mir geht es gut", versicherte ihr der Chief, als sie in seinem Büro waren. „Sie müssen mich nicht so bemuttern."

„Das stimmt so nicht. Sie sind blass und nicht ganz Sie selbst."

„Er hat mich überrumpelt. Das ist alles. Ich bin es nicht mehr gewohnt, dass sich Leute auf mich stürzen – nicht mehr wie früher, als ich noch selbst draußen Dienst getan habe. Ich bin aus der Übung."

„Was ist denn passiert?", fragte Captain Roback.

„Er hatte im Eingangsbereich eine Auseinandersetzung mit Bill Springer", antwortete Sam. Ihr Tonfall war ebenso anklagend wie der Blick, den sie dem Captain zuwarf. „Ich wüsste gerne, wer ihm gesteckt hat, dass wir seinen Sohn Billy der MacArthur-Morde verdächtigen. Wir haben schließlich keine Presseerklärung herausgegeben, in der steht, dass wir ihn heute Morgen festzunehmen gedenken."

„Ich versuche gerade herauszufinden, was letzte Nacht passiert ist. Bisher weiß ich nur, dass Springer meine Jungs abgehängt und sich aus dem Staub gemacht hat. Im Moment versuchen wir, ihn wiederzufinden."

Sam starrte ihn an, schockiert, aber nicht überrascht, dass es genau so gelaufen war, wie sie befürchtet hatte. „Sie haben ihn also entwischen lassen." Sie nickte Gonzo zu, als dieser eintrat und die Tür hinter sich schloss.

„Wir haben ihn nicht entwischen lassen. So war das nicht."

„Wie dann?"

„Habe ich doch gesagt. Ich warte auf den Bericht meines Teams. Für meine Leute hat es zurzeit oberste Priorität, Springer zu finden."

„Genau das hatte ich befürchtet", wandte sich Sam an den Polizeichef, der jetzt hinter seinem Schreibtisch saß. „Dem Auftritt seines Vaters nach zu urteilen hat er erfahren, dass wir ihn der Morde verdächtigen. Wie?"

„Keine Ahnung", entgegnete Farnsworth müde. „Jack, du hast mir versprochen, wenn ich dir noch eine Nacht dafür gebe, deine Operation abzuschließen, könnten wir alles abwickeln. Jetzt hat sich unser wahrscheinlichster Verdächtiger eines Massenmords aus dem Staub gemacht und du kannst mir nicht mal erklären, wie es dazu kommen konnte."

„Ich arbeite daran, weitere Informationen von meinen Leuten zu kriegen", versicherte Roback erneut.

Farnsworth wedelte mit der Hand in seine Richtung. „Geh und lass dich erst wieder hier blicken, wenn du Antworten für mich hast."

Der Captain verabschiedete sich, und Sam ließ sich auf einen Stuhl fallen. „Wir konnten ihn also wegen beidem nicht drankriegen."

„*Noch* nicht."

„Durch die Tatsache, dass er von unseren Absichten weiß, ist er hundertmal gefährlicher geworden", sagte Gonzo und nahm ebenfalls Platz.

„Das ist mir klar, genau wie die Tatsache, dass ich gestern einen großen Fehler begangen habe, als ich das Drogendelikt höher gewichtet habe als die Mordermittlung."

„Ich verstehe nach wie vor nicht, warum."

„Weil ich um jeden Dollar kämpfen muss, den ich von der Stadt will, und dem Drogendezernat zu verbieten, eine sechsmonatige, teure, zeitaufwendige verdeckte Ermittlung abzuschließen, wäre mir bei den Haushaltsplanungen auf die Füße gefallen."

„Es ging um *Geld*?"

„Sam, es geht immer um Geld. Das wissen Sie doch."

„Was passiert, wenn die Presse Wind davon bekommt, dass wir das so gründlich in den Sand gesetzt haben?"

„Ich hoffe, wir kriegen es vorher in den Griff." Er sah sie mit seinem stählernen Blick an, der gleichzeitig einschüchternd und mitfühlend sein konnte. „Hiermit beauftrage ich Sie, ihn zu finden. Nehmen Sie Ihre gesamte Truppe und spüren Sie ihn auf, bevor ich meinen Job verliere."

Weil der Gedanke, jemand anders als er könne auf seinem Stuhl sitzen, ihnen Angst machte, sprangen Sam und Gonzo auf und eilten zur Tür, ehe er ausgeredet hatte. Sam marschierte direkt in Robacks Büro. „Der Chief hat mich beauftragt, Springer zu finden. Ich will alle Mitglieder Ihres Teams, die an seinem Fall gearbeitet haben, in dreißig Minuten im Besprechungsraum sehen."

„Seit wann geben Sie mir Befehle? Muss ich Sie daran erinnern, dass ich Captain bin und Sie nicht?"

„Sie müssen mich an gar nichts erinnern. Sorgen Sie dafür, dass Ihre Leute in dreißig Minuten da sind." Mit Gonzo im Schlepptau verließ sie sein Zimmer, ehe er antworten konnte, und begab sich ins Großraumbüro der Detectives. Freddie, Jeannie und Tyrone hatten sich um Freddies Schreibtisch versammelt, teilten sich eine Schachtel Donuts und besprachen den Tagesplan.

„Neuer Plan, Leute", verkündete Sam und musterte sehnsüchtig die Donuts. Sie teilte ihren Leuten mit, was in der Nacht geschehen war.

„Absurd", murmelte Jeannie. „Warum habe ich nur geahnt, dass das passieren würde?"

„Ja, nicht?", pflichtete ihr Freddie bei. „Gestern Abend erst habe ich zu Elin gesagt, dass uns das auf die Füße fallen würde."

„Uns und der gesamten Abteilung sowie dem Chief. Aber das werden wir nicht zulassen, oder?", fragte Sam.

„Nein", bekräftigte Gonzo. „Was hast du vor?"

„Wir werden ihn ausfindig machen und verhaften, wie wir es schon gestern hätten tun sollen", erwiderte Sam. „Ich habe den Kollegen von der Drogenfahndung eine halbe Stunde dafür gegeben, hier aufzukreuzen und uns zu erklären, wie sie so eine Riesenscheiße bauen konnten. Sobald wir mehr wissen, reden wir mit Springers Vater, der soeben wegen eines tätlichen Angriffs auf den Chief und einer Drohung gegen mich festgenommen worden ist."

„Verdammt", sagte Freddie. „Wann war das denn?"

„Vor etwa zwanzig Minuten. Ich brauche euch alle an Bord", setzte sie hinzu, als Dominguez und Carlucci sich zu ihnen gesellten. „Habt ihr noch die Kraft für ein paar weitere Stunden?"

Die beiden Detectives aus der dritten Schicht nickten. „Klar doch, Lieutenant", antwortete Carlucci.

„Na schön, ich will alles wissen, was wir über William Springer jr. herausfinden können. Er nennt sich Billy und handelt mit Drogen. Ich will alle Vorstrafen, egal wie unbedeutend sie auch sind. Carlucci und Dominguez, darum kümmert ihr euch. Tyrone und Arnold, ihr beleuchtet sein Umfeld – Schule, Arbeit, Freunde und Bekannte. Bis ins kleinste Detail. Ihr habt eine Stunde, Leute." Die vier Detectives machten sich an die Arbeit.

„McBride und Gonzales, ich möchte, dass ihr noch vor der Anklageverlesung heute mit Brody, Hoda und Nico redet und herausfindet, was sie über Billy Springer wissen. Sie waren mit seinem Bruder befreundet – zumindest Hoda und Brody. Nico könnte auch etwas wissen. Das kleinste Detail ist wichtig für uns."

„In Ordnung", sagte Gonzo und begab sich mit Jeannie zu den Arrestzellen.

„Wir reden mit Brooke", wandte sich Sam an ihren Partner. Weil sie noch nicht gefrühstückt hatte, setzte sie hinzu: „Bring mir einen dieser Fettkringel mit, und kein Wort darüber, dass ich ihn gegessen hab. Habe ich mich klar ausgedrückt?"

„Jawohl, Ma'am."

Sie holten ihre Jacken und gingen hinaus zu Sams Auto. Nachdem sie sich angeschnallt hatten, gab ihr Freddie wortlos ihren in eine Serviette gewickelten Donut.

Sam nahm den ersten Bissen und hätte beinahe genüsslich gestöhnt, als Zucker und Fett förmlich auf ihrer Zunge explodierten. Ihr war klar, dass sie dem Leiter der Drogenfahndung nur eine halbe Stunde dafür gegeben hatte, seine Leute zusammenzurufen, deshalb fuhr sie schneller als erlaubt durch die verstopften Straßen der Stadt.

„Ich glaube diesen Mist einfach nicht", schimpfte Freddie.

„Farnsworth meinte, der Grund für all das sei das viele Geld, das in die verdeckte Ermittlung geflossen ist."

„Er hat diesen Typen wegen Kohle entkommen lassen?"

„Die Sache ist komplizierter, als wir beide uns das wahrscheinlich vorstellen. Der Chief steht massiv unter Druck, muss ständig die hohen Ausgaben der Stadt für die Polizei rechtfertigen, und wenn all die Stunden, die diese Ermittlung verschlungen hat, nicht zu einer Festnahme führen, könnte das Auswirkungen auf unser Budget im nächsten Jahr haben."

„Aber der Typ hat neun Jugendliche getötet. Wie kann Geld wichtiger sein als das?"

„Sie wollten bloß eine Nacht, um ihre Ermittlungen abzuschließen."

„Ich wüsste wirklich gern, wie es ihnen gelungen ist, ihn aus den Augen zu verlieren."

„Ja, ich auch. Heute ist vermutlich nicht gerade der beste Tag ihrer Laufbahn."

„Stimmt. Wird das jetzt zu einem Riesenskandal?"

„Nicht, wenn ich es verhindern kann." Sam ging davon aus, dass ihr etwa zwölf Stunden blieben, bis sich die Angelegenheit zu einem handfesten Skandal auswuchs. Zu viele Menschen wussten bereits, dass sie Billy Springer hatten entwischen lassen. Jemand, der Farnsworth loswerden wollte, der noch ein Hühnchen mit ihm zu rupfen hatte oder einfach beruflich weiterkommen wollte, könnte diese Tatsache an die große Glocke hängen. So gern sie es gesehen hätte, wenn die Polizei eine große, glückliche Familie gewesen wäre – sie war in Wirklichkeit eine dysfunktionale Familie, in der jeder sein eigenes Süppchen kochte.

Im Krankenhaus eilten sie zur Intensivstation, wo sie erfuhren, dass man Brooke in ein normales Zimmer verlegt hatte. Als sie sie schließlich fanden, waren fünfundzwanzig der dreißig Minuten um, die sie dem Leiter der Drogenfahndung gegeben hatte.

Sam klopfte an und steckte den Kopf hinein, um die Lage zu peilen. Brooke war wach und starrte die Decke an. Tracy saß am Bett und blickte aus dem Fenster. Oh-oh. „Du wartest besser hier draußen", sagte Sam zu Freddie.

Sie stieß die Tür auf. „Morgen", grüßte sie und begegnete der Anspannung im Raum mit gespielter Unbeschwertheit. „Wie geht es euch heute?"

„Fabelhaft", erklärte Tracy ausdruckslos.

„Super", antwortete Brooke genauso emotionslos.

„Stimmt etwas nicht?", fragte Sam. „Ich meine, außer dem Naheliegenden?"

„Nichts Neues", erwiderte Tracy. „Dieselbe Attitüde wie immer, dasselbe Gehabe. Ich sitze hier und frage mich, was passieren muss, bis dieses Mädchen mal kapiert, dass es sein Leben ändern muss."

„Ich hingegen sitze hier und frage mich, ob mir wohl jemand ein Messer bringen könnte, das ich mir den Hals rammen kann, damit ich mir ihre Gardinenpredigten nicht mehr anhören muss."

„Pass auf, was du sagst", warnte Tracy sie, „sonst landest du in der Psychiatrie – da gehörst du wahrscheinlich sowieso hin."

„Sosehr ich dieses Gespräch genieße", unterbrach Sam den Streit, „ich habe es ein bisschen eilig. Ich muss mit Brooke reden. Über den Fall."

„Was ist damit?", erkundigte sich Brooke.

Sam setzte sich aufs Fußende des Bettes. „Was weißt du über Billy Springer?"

„Das ist Hugos Bruder. Genauer gesagt, er *war* Hugos Bruder. Ich kann immer noch nicht glauben, dass Hugo tot ist."

„Ich weiß, Süße, aber bitte erzähl mir alles, was du über ihn gehört hast, zum Beispiel wer seine Freunde sind oder wo er üblicherweise anzutreffen ist."

„Hat er ... hat er was angestellt?"

„Möglicherweise."

„Hugo hat gemeint, er hätte ein paar ziemlich schräge Freunde."

„Inwiefern schräg?"

„Sie stehen auf Drogen, Waffen und so. Hugo hat erzählt, Billy sei völlig aus der Spur geraten, doch es sei ihm egal, weil sein Vater ihn aus allem rauspauken könne."

„Warum hat Hugo Drogen von ihm geklaut, wenn er das über ihn wusste?"

„Weil seine Eltern weg waren und er eine Hammerparty schmeißen wollte."

„Hatte er keine Angst, dass Billy ihn zur Rechenschaft ziehen würde?"

„Er hat gesagt, Billy würde es nicht wagen, ihn anzufassen, weil seine Eltern ihn sonst umbringen würden."

„Klingt nach einer schrecklich netten Familie."

„Hugo hat immer damit angegeben, dass er das verzogene Nesthäkchen sei. Er konnte tun und lassen, was er wollte."

„Das scheint bei ziemlich vielen deiner Freunde so zu sein, Brooke. Ihre Eltern lassen die Zügel schleifen, und jetzt sind zwei von ihnen tot, und eine weitere sitzt in Untersuchungshaft. Du liegst hier. Ich weiß nicht, worüber du dich mit deiner Mutter gestritten hast, aber denk vielleicht mal daran, was aus deinen Freunden geworden ist. Niemand will, dass dir so was passiert. Es ist auch ohne das schon schlimm genug." Sie beugte sich vor und gab Brooke einen Kuss auf die Wange. „Ich muss jetzt weiter. Ich schaue später noch mal rein."

Tracy begleitete sie nach draußen. „Ich sage mir ständig, ich müsse dankbar sein, dass sie mit dem Leben davongekommen ist. Andererseits frage ich mich, warum sie es einfach nicht kapiert."

„Wo liegt denn das Problem?"

„Sie ist zickig, widerborstig und führt sich auf, als sei das alles nicht ihre Schuld. Der übliche Mist."

„Äh, Mrs. Hogan?"

Tracy wandte sich einem dunkelhaarigen Jungen mit einem Blumenstrauß in der Hand zu, an dem ein Ballon befestigt war. „Hi, Justin." Tracy umarmte ihn. „Das ist Brookes Tante Sam. Sam, ihr alter Freund Justin aus der Grundschule."

„Freut mich, dich kennenzulernen", sagte Sam.

„Mich auch. Wenn's geht, würde ich gern Brooke sehen."

„Ich bin sicher, sie freut sich über den Besuch eines alten Freundes. Aber ich schau mal nach, ob ihr gerade danach ist."

„Bis später, Trace", verabschiedete sich Sam.

„Bye, Sam."

„Gibt's was Neues?", fragte Freddie, als sie sich bei den Aufzügen wieder zu ihm gesellte.

„Nichts Spezifisches. Offenbar wusste in der Familie Springer jeder, dass Billy missraten ist. Er steht auf Drogen und Waffen. Ist überzeugt, dass ihm aufgrund der Stellung seines Vaters niemand was kann."

„Klingt wie ein klassischer Soziopath."

„Wenig überraschend hat er sich auch als solcher erwiesen." Auf dem Rückweg zum Hauptquartier rief Sam den Chief an, um ihn ins Bild zu setzen. „Ich nehme an, wir haben Leute bei ihm in der Wohnung?"

„Im Augenblick ist die Spurensicherung dort zugange."

„Und wir suchen nach seinem Auto und seinem Handy?"

„Wir haben heute Nacht schon eine Fahndung nach seinem Auto rausgegeben, und Archie versucht, das Handy zu orten."

„Flughäfen, Busbahnhöfe, Bahnhof?"

„Werden überwacht."

„Ich habe das Drogendezernat zur Besprechung einbestellt, um herauszufinden, was genau gelaufen ist."

„Das habe ich gehört."

„Roback ist sauer."

„Nur ein bisschen. Die meisten Captains lassen sich nicht gerne von Lieutenants herumkommandieren."

„Es ist nicht meine Schuld, dass seine Leute es vermasselt haben."

„Ich wüsste es trotzdem zu schätzen, wenn du etwas diplomatischer vorgehen könntest."

Freddies Schnauben verriet, dass er die Aufforderung des Polizeichefs gehört hatte.

„Ich versuch's."

„Tu das."

„Wir sind in fünf Minuten wieder da, dann treffen wir uns mit dem Drogendezernat. Es wäre hilfreich, wenn du dabei sein könntest, für den Fall, dass die mauern."

„Für den Fall, dass?"

„Ja, ich bin mir auch ziemlich sicher, dass sie das tun werden."

„Geht klar."

„Jetzt, wo du Stahl los bist", sagte Freddie, „ist es höchste Zeit, dir ein paar neue Feinde zu machen."

„Wir möchten schließlich nicht, dass es langweilig wird."

„Gott behüte!"

„Was hört man eigentlich von Stahl?", fragte sie. „An der Front ist es in letzter Zeit merkwürdig still."

„Ich habe gar nichts über ihn gehört. Das finde ich ziemlich beunruhigend. Er ist nicht der Typ, der sang- und klanglos verschwindet."

Sam gab nicht zu, dass sie dasselbe gedacht hatte, weil sie nicht wollte, dass er sich ihretwegen sorgte. Das würde er aber bestimmt tun. Wenn Sam eines sicher wusste, dann, dass sie ihren Erzfeind nicht zum letzten Mal gesehen hatte. Im Moment jedoch hatte sie andere Sorgen. Sie konnte keine einzige Gehirnzelle für diesen Drecksack erübrigen.

Die Reporter vor dem Hauptquartier verlangten lautstark zu wissen, wann mit einer Festnahme im Zusammenhang mit den MacArthur-Morden zu rechnen sei. Sie schrien Sam und Freddie

Fragen darüber und über Nick entgegen, als sie mit gesenkten Köpfen kommentarlos an ihnen vorbeigingen.

Sam marschierte direkt zum großen Besprechungsraum, der im Augenblick ein siedender Testosteronkessel war. Chief Farnsworth, Deputy Chief Conklin und Detective Captain Malone waren die einzigen freundlichen Gesichter im Raum.

Zwanzig Männer funkelten sie unverhohlen hasserfüllt an, allen voran der Chef der Abteilung.

„Meine Herren", begrüßte Sam sie. „Immer noch keine Frauen im Drogendezernat?"

„Sie verschwenden Zeit, die wir für die Suche nach Billy Springer nutzen könnten", knurrte Roback.

„Ah, apropos", nahm Sam das Stichwort auf. „Wie wäre es, wenn Sie uns erzählen, wie es Ihnen gelungen ist, unseren Hauptverdächtigen bei einem Massenmord aus den Augen zu verlieren?"

„Wenn Sie gestatten, Captain", ließ sich ein muskulöser Beamter vernehmen, trat vor und hielt Sams stählernem Blick locker stand. Er hatte kurzes blondes Haar und eisblaue Augen. „Ich habe die letzten sechs Monate meines Lebens als verdeckter Ermittler gegen Billy Springer zugebracht, das arroganteste, selbstsüchtigste, narzisstischste Arschloch, das mir je untergekommen ist. Diese sechs Monate gibt mir niemand wieder, und Sie werden mir verzeihen müssen, wenn ich zwölf Stunden haben wollte, um dafür zu sorgen, dass sie nicht umsonst waren."

„Wer sind Sie?"

„Cole McDonald. Lieutenant Cole McDonald."

„Lieutenant."

„Es war meine Entscheidung. Ausschließlich."

„Sie haben mir immer noch nicht erzählt, wie er Ihnen durch die Lappen gegangen ist."

Zwei eisblaue Augenpaare fochten ein episches Duell aus. McDonald machte Sam die Freude, zuerst zu blinzeln.

„Er hat gesagt, er wolle unter die Dusche. Wir glauben, er ist durch ein Badezimmerfenster geflohen."

„Hat er Ihre Tarnung durchschaut?"

„Ich bin mir nicht sicher."

„Hat ihm jemand einen Tipp gegeben?"

„Auch das weiß ich nicht."

„Wo war der Rest Ihres Teams, als er durch ein Fenster geflohen ist?"

„Mit der Vorbereitung der Festnahme mehrerer seiner Komplizen beschäftigt, die gestern Nacht eine große Lieferung Molly erwarteten."

„Hat die Übergabe stattgefunden?"

„Nein."

„Er ist also entkommen, und seine Komplizen sind nach wie vor auf freiem Fuß?"

„Im Augenblick ja."

„Was ist mit Ihrer sechsmonatigen Operation?"

„Sie ist geplatzt."

„Haben Sie eine Ahnung, wie es dazu kommen konnte?"

„Bisher nicht, aber Sie können darauf wetten, dass ich es herausfinden werde."

Irgendwie tat der Typ Sam leid. Er hatte viel Arbeit in einen Fall investiert, der ihm jetzt um die Ohren geflogen war. Genau das war ihr auch einmal passiert. Sie hatte ihre Zielperson damals gefasst, doch deren kleiner Sohn war dabei im Kugelhagel gestorben. Die Erinnerung an Quentin Johnson, blutüberströmt und tot in den Armen seines schreienden Vaters, reichte nach wie vor aus, um Sam in ein zitterndes Häufchen Elend zu verwandeln. Sie verdrängte diese verstörenden Gedanken, um sich auf die vor ihr liegende Aufgabe konzentrieren zu können.

„Sie haben in den letzten Monaten viel Zeit mit ihm verbracht", erklärte Sam. „Wohin würde er fliehen?"

„Wir haben schon überall gesucht." Er klang frustriert und erschöpft.

Ein Klopfen an der Tür unterbrach den angespannten Dialog. Lieutenant Archelotta trat ein. „Tut mir leid, wenn ich störe", sagte Archie. „Ich dachte, es interessiert dich vielleicht, dass wir Springers Handy haben orten können." Er gab Sam einen Zettel, den sie überflog, dankbar, dass sie die Worte klar und deutlich entziffern konnte, wo ihr Schrift doch oft so unleserlich vorkam. „Wen kennt er denn in Manor Park?", fragte sie McDonald.

„Seine Großmutter mütterlicherseits."

„Ich vermute, Sie haben sie noch nicht überprüft?"

„Nein, auf sie bin ich nicht gekommen, weil er sie in den sechs Monaten kein einziges Mal besucht hat."

„Ich brauche ein SWAT-Team", verlangte Sam und nannte dem Chief die Adresse, die sie sich bereits eingeprägt hatte.

„Alles klar."

„Diesmal entkommt er uns nicht." Sie wandte sich ab und verließ mit Freddie im Schlepptau den Raum. Im Großraumbüro rief sie: „Alle mal herhören. Wir haben einen Hinweis auf Billy Springers Aufenthaltsort. Schnappt euch eure Schutzwesten, damit wir das SWAT-Team unterstützen können. Zieht euch an, und dann nichts wie los."

KAPITEL 15

Während die anderen umhereilten, um ihren Kram und alle Teile ihrer Körperpanzerung zusammenzusuchen, tat Sam in ihrem Büro dasselbe.

Der Bezirk Manor Park lag östlich des Rock Creek Park am Nordrand der Stadt, Richtung Tacoma. In dem Arbeiterviertel standen viele ältere Häuser aus dem frühen zwanzigsten Jahrhundert. Sam war ewig nicht mehr dort gewesen, da es eine eher ruhige Gegend war.

Gonzo und Jeannie stiegen bei Sam und Freddie mit ein. Alle vier waren in ihre eigenen Gedanken versunken, bis Sam das Schweigen brach: „Ich weiß immer noch nicht, wie Springer mitbekommen hat, dass wir ihn verdächtigen.“

„Glaubst du, jemand aus unseren eigenen Reihen hat es ihm gesteckt?“

„Ich hoffe doch nicht“, sagte sie. „Glaub mir, ich kann es kaum abwarten, ihn dazu zu befragen.“

Während Freddie fuhr, überflog Sam die Informationen, die ihr Team über Billy Springer zusammengetragen hatte: vierundzwanzig, Abschluss an der Wilson High und ein abgebrochenes Studium an der Katholischen Hochschule. Er hatte in den drei Jahren seither eine Installateurlehre gemacht und als Kassierer in einem Supermarkt sowie als Barkeeper gearbeitet. Seine Jugendstrafakte war geschlossen, aber er hatte

Bewährungsstrafen für mehrere Delikte im Zusammenhang mit Drogenbesitz bekommen. Seit er das College abgebrochen hatte, war seine kriminelle Laufbahn eindeutig eskaliert.

Als sie eintrafen, war das SWAT-Team bereits vor Ort, ebenso wie Farnsworth, Conklin und Malone. Das Haus war ein älteres, frei stehendes zweistöckiges Backsteingebäude mit breiter Veranda.

„Alles bereit, Lieutenant?", fragte Farnsworth, nachdem ihr Team eingetroffen war.

„Ja, Sir."

Er hatte gerade sein Funkgerät gehoben, um das Zeichen zur Stürmung zu geben, als aus dem Haus Schüsse abgefeuert wurden. Sie hechteten hinter die Autos, in Deckung. Sam sah sich nach ihren Leuten um und stellte entsetzt fest, dass Gonzo getroffen worden war. Angsterfüllt robbte sie zu ihm, dicht gefolgt von Freddie. Jeannie und Arnold waren schon bei ihm und übten Druck auf eine Wunde an seinem Hals aus.

„Atmet er?", erkundigte sich Sam.

„Sehr schnell", antwortete Arnold, der mit totenbleichem Gesicht die Hand auf Gonzos Hals presste.

„Ruf einen Krankenwagen", befahl Sam Jeannie, die daraufhin mit zitternden Händen an ihrem Funkgerät herumfummelte.

Während das „Polizeibeamter angeschossen" über Funk rausging, beobachtete Sam voller Sorge, wie Gonzo um jeden Atemzug rang. Sie bekam mit, wie das SWAT-Team den Befehl erhielt, das Haus zu stürmen und den Drecksack festzunehmen, aber ihr Blick war starr auf Gonzo und die Blutlache gerichtet, die sich unter ihm bildete.

„Alex", stieß Gonzo mühsam hervor. „Sie soll sich um ihn küm..."

„Sei still", fiel ihm Jeannie ins Wort und blinzelte ihre Tränen weg.

„Christina", keuchte Gonzo. „Richte ihr aus …"

„Das kannst du ihr alles selbst sagen", unterbrach ihn Arnold, in dessen Stimme ein Anflug von Panik mitschwang, den er mühsam vor seinem Partner zu verbergen versuchte. „Du schaffst das."

„Er hat ein ganzes Waffenarsenal da drin", ertönte die Stimme des Leiters des SWAT-Teams über Funk. „Wir gehen davon aus, dass er mindestens eine Geisel hat, wissen aber nicht mit Sicherheit, ob er der einzige Schütze ist. Wir müssen uns neu formieren."

„Wo bleibt der verdammte Krankenwagen?", fragte Sam, deren Angst inzwischen ungeahnte Höhen erreicht hatte.

„Solange der Schütze nicht ausgeschaltet ist, werden sich die Sanitäter nicht herwagen", erklärte Malone.

„Mit dieser Halswunde können wir ihn nicht bewegen", antwortete Sam. „Wir brauchen ein Backboard."

„Ich hole eins", erbot sich Freddie.

„Kommt nicht infrage", widersprach Sam und hielt ihn am Arm zurück. „Du verlässt deine Deckung nicht, solange Springer auf die Einsatzkräfte schießt."

Freddie schüttelte sie ab. „Wenn es keiner macht, stirbt er. Ich bin gleich zurück."

Die Angst pulsierte rhythmisch durch Sams Blutkreislauf, während sie verfolgte, wie Freddie geduckt hinter den Autos entlanglief, bis es keine Fahrzeuge mehr gab, die ihm Deckung hätten bieten können. Jetzt konnten sie nur hoffen, dass der Schütze dem Beamten, der die Straße entlang auf den wartenden Krankenwagen zusprintete, keine Beachtung schenken würde.

„Nehmen wir Verbindung mit ihm auf", sagte Farnsworth. „Rufen Sie ihn auf dem Handy an."

Von dem Zettel, auf dem Archie auch die Geokoordinaten von Springers Aufenthaltsort notiert hatte, las Conklin die Telefonnummer ab, wählte und schaltete sein Handy auf Lautsprecher.

Jemand nahm ab, meldete sich aber nicht. „Billy, hier spricht Deputy Chief Conklin vom Metro PD. Das Haus ist umstellt und wir würden Sie gerne da rausholen, ohne dass noch jemand verletzt wird."

„Ich will mit der Polizistin sprechen, die immer in den Nachrichten ist."

„Lieutenant Holland?"

„Ja. Genau."

Conklin warf Sam einen Blick zu, die nach dem Handy griff, während sie sich umschaute, um zu sehen, ob Freddie zurückkam.

Wenn sie Billy beschäftigt hielt, würde er vielleicht nicht bemerken, wie Gonzo weggeschafft wurde.

„Hier spricht Lieutenant Holland."

Sein Schweigen machte sie nervös, zumal sie sah, wie Freddie mit dem Backboard unter dem Arm zurückkehrte. Sie hielt den Atem an, bis er in der Deckung hinter den Autos angekommen war.

„Billy? Hallo?"

„Alle haben mich angelogen. Cole hat so getan, als wäre er mein Freund, dabei war er ein Bulle. Er war die ganze Zeit über ein Scheißbulle, und jetzt wollen meine echten Freunde mich töten, weil ich auf einen Cop reingefallen bin."

„Mir ist klar, dass Sie eine schwierige Zeit hinter sich haben. Können Sie mir sagen, wer sich außer Ihnen noch im Haus befindet?" Während sie mit ihm sprach, beobachtete sie, wie ihr Team Gonzo auf das Board schob und ihn zu dem wartenden Krankenwagen schaffte.

Arnold hielt die rechte Hand die ganze Zeit auf Gonzos Wunde gepresst. Sam war nie besonders religiös gewesen, aber in diesem Augenblick betete sie für Gonzo und die anderen, die ihr Leben riskierten, um ihm die dringend erforderliche Hilfe zu leisten.

Sie beugte sich zu Conklin hinüber. „Sie sollen wegbleiben, wenn sie ihn im Krankenwagen haben, und auf keinen Fall zurückkommen."

Conklin nickte und gab ihre Anweisungen per Funk weiter.

„Meine Großmutter und zwei meiner Cousins", antwortete Billy.

Sam presste den Handballen gegen den pulsierenden Schmerzpunkt zwischen ihren Augen. „Wie alt sind Ihre Cousins?"

„Sechs und neun."

Sam schloss die Augen und seufzte tief. „Sie haben doch sicher alle drei sehr lieb und möchten nicht, dass ihnen etwas passiert."

„Ich wollte überhaupt nicht, dass irgendjemandem etwas passiert! Das ist alles Hugos Schuld! Er hat das total gegen die Wand gefahren."

Sam beobachtete, wie ihr Team die Reihe der geparkten Autos hinter sich ließ und auf den Krankenwagen zurannte. Sie hielt den

Atem an, bis Gonzo darin in Sicherheit war. Arnold und Cruz stiegen mit hinten ein, während die anderen auf dem Parkplatz eines nahe gelegenen Apartmentkomplexes in Deckung gingen.

„Was hat Hugo denn getan?"

„Er hat mich bestohlen. Hat mir wichtige Sachen geklaut."

„Mussten Sie ihn und seine Freunde deshalb töten?"

„Ich wollte ihm nicht wehtun, aber als ich zu meinen Eltern kam ... war alles weg. Sie hatten sich fast alles genommen, und ich brauchte es doch. Ich schulde Leuten Geld."

„Ja, manchmal gerät eine Situation einfach außer Kontrolle. Dafür habe ich Verständnis. Aber es hat keinen Sinn, alles noch schlimmer zu machen, deshalb darf Ihrer Großmutter und Ihren Cousins nichts passieren. Würden Sie sie gehen lassen?"

„Nein. Dann erschießen Sie mich."

„Ich verspreche Ihnen, dass es dazu nicht kommen wird. Wenn *Sie* nicht schießen, tun *wir* es auch nicht."

Sam bemerkte, dass Farnsworth ihr zustimmend zunickte. Verhandlungen mit Geiselnehmern waren nicht gerade ihre Stärke, und sie versuchte, sich an die entsprechende Unterrichtseinheit an der Polizeischule zu erinnern, die mehr als dreizehn Jahre zurücklag.

„Ich will meinen Vater."

„Er kann jetzt nicht herkommen. Ich habe ihn vor Kurzem gesprochen, er ist sehr beschäftigt." Billy zu verraten, dass sie seinen Vater festgenommen hatten, wäre nicht hilfreich, also behielt sie das für sich. „Ich möchte Ihnen wirklich helfen, Billy. Lassen Sie die anderen frei, damit wir Sie alle sicher da rauskriegen?"

„Nein. So läuft das nicht."

„Warum nicht, Billy?" Sie erinnerte sich, dass es wichtig war, immer wieder seinen Namen zu sagen, damit er merkte, dass sie ihn als Menschen sah. Das bewies Anteilnahme und stellte eine Verbindung zum Geiselnehmer her. Zumindest lautete so die Theorie.

„Weil es keinen Unterschied macht. Ich schulde diesen Typen nach wie vor Geld, und sie werden es sich bei mir holen."

„Auch da lässt sich sicher etwas arrangieren, doch zuerst

müssen *Sie uns* helfen. Lassen Sie die anderen gehen, dann schauen wir mal, was wir für Sie tun können."

„Die Großmutter und die Cousins sind in einem Schlafzimmer auf der Rückseite des Hauses", berichtete der Leiter des SWAT-Teams über die sichere Frequenz, die sie bei Einsätzen nutzten. „Springer läuft im Wohnzimmer auf und ab. Sollen wir stürmen?"

Sam warf einen Blick zu Farnsworth, der stumm die Alternativen abwägte.

„Sind Sie noch da?", fragte Billy, der jetzt eher wie ein verängstigter kleiner Junge als wie der erwachsene Mann klang, dessen zahlreiche falsche Entscheidungen zu dieser Situation geführt hatten.

„Ich bin hier. Ich möchte Ihnen helfen, Billy. Darf ich?"

Alle warteten atemlos auf seine Antwort. „Ich kann sie nicht freilassen", flüsterte er.

„Zugriff", sagte Farnsworth in sein Funkgerät.

SWAT-Beamten stürmten durch alle Türen und Fenster ins Haus. Ein Kugelhagel begrüßte sie, aber sie waren drin.

„Geiseln gesichert."

„Verdächtiger ist tot."

Sam seufzte tief bei dem Gedanken, dass die arme Mrs. Springer jetzt zwei Söhne würde begraben müssen. Sie zückte ihr Handy und rief Freddie an. „Wie geht's ihm?"

„Ich weiß es nicht. Es ist schlimm, Sam. Er hat viel Blut verloren und ist bewusstlos." Ihr Partner klang völlig fertig, deshalb fragte sie nicht nach weiteren Details, sondern nur, wo man Gonzo hinbrachte. „George Washington, Schockraum. Du solltest Christina anrufen."

„Das mache ich jetzt als Nächstes. Ich bin gleich da." Sie hielt sich nicht damit auf, ihm mehr mitzuteilen, denn dafür würde noch ausreichend Zeit bleiben, wenn ihr Freund und Kollege über den Berg war. Ihr Herz raste, und sie war in kalten Schweiß gebadet, als sie Christinas Nummer wählte.

„Hey, Sam, was gibt's?"

„Christina … Ich muss dir leider sagen, dass Tommy angeschossen worden ist."

Der Schrei der anderen Frau zerriss Sam das Herz.

„Hör zu. Er lebt, doch sein Zustand ist kritisch. Sie bringen ihn ins GW. Wo bist du?"

„Ich bin ... ich bin daheim. Mit Alex."

„Okay, ich schicke jemanden vorbei, der dich abholt. Nimm den Kleinen mit, wir treffen uns dort. Ja?"

Conklin hatte mitgehört und schickte einen Streifenwagen los.

„Sam ... Wird er sterben?"

„Ich weiß nicht. Aber ich hoffe nicht."

„O Gott ... Bitte nicht."

„Zieh deine Jacke an, Christina. In ein paar Minuten wird dich ein Streifenwagen abholen, und wir treffen uns im Krankenhaus."

„Okay. Okay."

Als Nächstes rief Sam Nick an. „Gonzo ist angeschossen worden", berichtete sie ihm. „Es sieht nicht gut aus."

„O mein Gott. Weiß Christina Bescheid?"

„Ich habe gerade mit ihr gesprochen. Wir sind beide auf dem Weg zum Krankenhaus. Ich dachte, du möchtest vielleicht bei ihr sein."

„Klar! Ich bin gleich da. Wird er ..."

„Keine Ahnung. Ich weiß nur, dass er in den Hals getroffen wurde und viel Blut verloren hat."

„Mein Gott. Ich komme, Babe. Halt durch."

„Ich liebe dich", flüsterte Sam und wischte sich die Tränen ab, die sie nicht zurückhalten konnte, obwohl sie sich den Menschen zuliebe, die Führung von ihr erwarteten und sie als Vorbild brauchten, zusammenzureißen versuchte. Das Letzte, was sie wollte, war, vor ihren Vorgesetzten und Kollegen zusammenzubrechen, aber immerhin ging es hier um Gonzo.

„Ich dich auch, Baby. Ich bin unterwegs."

Seine sanften Worte hüllten sie ein wie die Umarmung, die sie eigentlich so dringend gebraucht hätte.

„Gehen Sie, Lieutenant", trug ihr der Polizeichef auf, nachdem sie aufgelegt hatte. „Kümmern Sie sich um Ihre Leute. Wir bringen das hier zu Ende."

Sanitäter kümmerten sich um Springers verstörte Großmutter und seine Cousins. Die Gerichtsmedizin war verständigt, die Spurensicherung unterwegs, und für die Leiterin der Mordkommission blieb nichts mehr zu tun, also befolgte sie die

Anweisung ihres Vorgesetzten und machte sich auf in Richtung Streifenwagen.

„Sam?"

Sie drehte sich um und begegnete dem müden Blick des Chiefs. „Gute Arbeit. Du hast dein Bestes gegeben."

„Wird Bill Springer das auch so sehen, wenn er hört, dass ein weiteres seiner Kinder tot ist?"

„Ich glaube, er wusste fast von Anfang an, wer Hugo und die anderen getötet hat, und ist deshalb vorhin so ausgerastet. Es wird ihn nicht komplett überraschen."

„Vielleicht nicht, aber seine Söhne sind trotzdem tot, und das wünsche ich niemandem."

„Dies ist einer von den Fällen, die nicht gut enden können. Wir haben unseren Job erledigt, haben uns alle Mühe gegeben, doch all das bringt diese neun jungen Leute nicht zurück und macht nicht ungeschehen, was Brooke widerfahren ist."

„Ich weiß."

„Halt mich über Sergeant Gonzales' Zustand auf dem Laufenden. Ich komme ins Krankenhaus, wenn wir hier fertig sind."

„Wir müssen die Familien einbestellen und ihnen sagen, was mit ihren Kindern passiert ist."

„Darum kümmere ich mich morgen, und Captain Malone übernimmt die Medien."

„Danke."

„Ich muss dir nicht erklären, dass es Augenblicke wie diese sind, in denen es am schwersten ist, eine Leitungsfunktion zu haben. Aber ich zweifle nicht an deiner Fähigkeit, das mit deinen Leuten zu schaffen."

Sam nickte, weil sie nicht sicher war, ob sie einen klaren Satz herausbringen konnte, drückte seinen Arm und ging zu ihrem Wagen, wobei sie links und rechts Kollegen hörte, die ihr zuriefen, sie solle Gonzo ihre besten Wünsche übermitteln. Sie konnte nur hoffen, dass sie noch Gelegenheit dazu haben würde.

Auf dem Weg zum Krankenhaus rief Sam ihren Vater und Celia an, um sie über die Schießerei und den Ausgang des MacArthur-Falls ins Bild zu setzen, ehe sie in den Nachrichten hörten, dass ein Polizist niedergeschossen worden war, und sich furchtbare Sorgen machten.

„Wir werden für Tommy beten. Und für dich", erwiderte Celia schlicht.

„Danke, Celia."

Die warme Anteilnahme ihrer Stiefmutter ließ bei Sam alle emotionalen Dämme brechen, und sie schluchzte in der privaten Umgebung ihres Autos auf dem ganzen Weg bis zum Krankenhaus. Vor ihrem Eintreffen dort musste sie sich zusammenreißen, aber jetzt, in diesem Moment, konnte sie den Tränen endlich freien Lauf lassen, die sie seit Tagen zurückhielt.

Es war einfach alles zu viel – die Vergewaltigung ihrer Nichte, der Mord an neun Jugendlichen, die Verwicklungen des Falles, Nicks Chance auf die Vizepräsidentschaft und nun auch noch die Verwundung eines ihrer engsten Freunde im Dienst. Sie konnte sich ein Leben ohne Tommy Gonzales nicht vorstellen. Sein charmantes Lächeln, seine lässige Art, sein scharfer Verstand, sein loyales, liebevolles Herz aus Gold ...

Sam parkte vor der Notaufnahme, doch sie fand nicht die Kraft, hineinzugehen. Was, wenn es zum Schlimmsten gekommen war? Wie sollten sie damit fertigwerden? Natürlich war das ein Berufsrisiko, aber man rechnete nie damit, dass so etwas wirklich passierte. Außerdem hatte ihr Team doch wohl wirklich genug Pech gehabt, als Cruz im letzten Winter angeschossen worden war!

Sam legte den Kopf aufs Lenkrad und versuchte, Kraft zu sammeln, um das Krankenhaus zu betreten und sich dem Problem wie immer unerschrocken zu stellen. Ihr Team brauchte sie, und sie durfte sich jetzt nicht gehen lassen.

Ein leises Klopfen am Fenster ließ sie aufschauen – direkt in haselnussbraune Augen, die sie mehr als alle anderen liebte. Er öffnete die Tür und ging in die Hocke. „Komm her, Babe."

Sam schnallte sich ab und warf sich ihm praktisch in die Arme.

„Ganz ruhig. Was auch immer passiert, ich bin bei dir."

Sie klammerte sich an ihn und ließ sich ein paar Minuten lang von ihm festhalten, bis sie wieder normal atmen konnte.

„Bist du bereit?"

„Ich glaube schon." Sam wischte sich die Tränen ab. „Merkt man, dass ich geweint habe?"

„Du siehst aus, als wärst du lange in der Kälte gewesen."

Er sagte immer genau das, was sie im jeweiligen Augenblick hören musste, was ihm ein kleines, dankbares Lächeln eintrug.

Er stand auf und reichte ihr die Hand.

Sie nahm sie, schloss den Wagen ab und betrat mit ihm die Notaufnahme. Ihr gesamtes Team umringte Christina und den kleinen Alex im Wartebereich.

Nick ging direkt auf Christina zu.

Sie klammerte sich an ihn, während Schluchzer ihren Körper schüttelten.

„Wie sieht's aus?", erkundigte sich Sam bei Freddie. Sie hatte beinahe Angst vor seiner Antwort.

„Er ist im OP. Die Kugel hat seine Halsschlagader verletzt. Die Ärzte sagen, wenn Arnold nicht Druck auf die Wunde ausgeübt hätte, hätte er keine Chance gehabt, aber sein Zustand ist nach wie vor kritisch."

Sam schaute zu Gonzos Partner hinüber, der blutverschmiert und geschockt allein in einer Ecke saß. Sie drückte Freddie kurz an sich und setzte sich dann neben Arnold. „Gute Arbeit da draußen, Detective."

Er stieß ein zitterndes Seufzen aus. „Viel Blut. So viel Blut."

„Du hast ihm vermutlich das Leben gerettet."

„Was, wenn es nicht gereicht hat? Was, wenn er stirbt? Er darf nicht sterben."

Sam umarmte den jungen Detective und tröstete ihn, so gut sie konnte. „Er wird nicht sterben. Er ist im besten Traumazentrum weit und breit und erhält die optimale Versorgung."

Arnold schien plötzlich zu begreifen, dass er seinen Lieutenant vollheulte. Er wich zurück und Sam bemerkte dabei, dass seine Hände voller Blut waren.

„Warum ziehst du dich nicht für ein paar Minuten zurück und machst dich sauber?"

„Komm, Arnold", sagte Freddie. „Ich begleite dich."

Arnold ließ sich widerspruchslos von Freddie aus dem Wartebereich führen.

„Der arme Kerl ist völlig geschockt", murmelte Jeannie und ließ sich neben Sam nieder.

Will Tyrone, Jeannies Partner, setzte sich auf den gerade frei gewordenen Platz. „Gonzo kommt durch, oder?", fragte er Sam, als könne sie auf magische Weise dafür sorgen, dass alles gut wurde.

„Wenn du an irgendeine höhere Macht glaubst, wäre jetzt ein guter Zeitpunkt, zu ihr zu beten", antwortete Sam. Das war nicht, was sie hatten hören wollen, aber etwas Besseres fiel ihr in diesem Augenblick nicht ein. Sie hielt sich an ihren eigenen Rat, schloss die Augen und betete für ihren Freund.

Stunden später trafen Gonzos Eltern und Schwestern, die außerhalb der Stadt wohnten, ein, und die Medien veröffentlichten den Namen des angeschossenen Beamten – und den Ausgang des MacArthur-Falls –, während sie alle auf Nachricht aus dem OP warteten.

Scotty hatte angerufen, um sich nach Gonzo zu erkundigen, und Shelby hatte angeboten, so lange wie nötig bei ihm zu bleiben. Sams Kopf ruhte an Nicks einer Schulter, Christinas an der anderen. Alex war in den Armen seiner Großmutter eingeschlafen, was Gonzos Mutter tröstete, während sie auf Neuigkeiten über den Zustand ihres Sohns wartete.

Der Rest des Teams war noch immer da, und Sam wusste, dass niemand gehen würde, ehe klar war, dass Gonzo nicht mehr in unmittelbarer Lebensgefahr schwebte. Elin hatte sich zu Freddie gesellt, und Jeannies Verlobter Michael war ebenfalls eingetroffen. Lindsey und Terry waren gekommen, sobald die Nachricht sie erreicht hatte, und Farnsworth, Conklin und Malone harrten ebenfalls mit ihnen aus. Sam und Nick hatten Anrufe von Sams Vater, ihren Schwestern, den O'Connors, Nicks Vater und Agent Hill erhalten, die sich alle um Gonzo sorgten. Sie hoffte, er könne irgendwie spüren, wie viele Menschen in Gedanken bei ihm waren.

Sam fand es tröstlich, dass die OP so lange dauerte. Das

bedeutete, dass es etwas zu retten gab und die Ärzte daran arbeiteten. Er hatte nicht so viel Blut verloren, dass er es nicht schaffen konnte. Gonzo würde überleben. Sie betete inständig, dass er nach dieser Verwundung immer noch der großartige Ermittler, liebende Vater, Freund und Partner sein würde, der er davor gewesen war.

Dann betrat eine Frau den Wartebereich vor dem OP und ging direkt auf Mrs. Gonzales zu. „Bitte geben Sie mir meinen Sohn."

„Wie bitte?", antwortete Mrs. Gonzales, überrascht durch das plötzliche Auftauchen der Frau.

„Das ist mein Sohn, und da sein Vater außer Gefecht ist, werde ich ihn mit nach Hause nehmen."

Christina sprang auf. „Das kommt überhaupt nicht infrage. Sie haben kein Recht, hier zu sein, Lori."

„Ich habe jedes Recht dazu! Er ist mein Sohn, und sein Vater kann sich nicht um ihn kümmern, deshalb sollte er von Rechts wegen bei mir sein."

Nick erhob sich und legte Christina den Arm um die Schultern. „Ist das Ihr Ernst?", fragte er Lori. „Ist Ihnen der Vater Ihres Kindes so egal, dass Sie herkommen und Leuten Kummer bereiten, die gerade genug um die Ohren haben?"

Lori hatte den Anstand, zumindest rot zu werden, aber sie schien sich nicht so sehr zu schämen, dass sie wieder ging. „Ich will meinen Sohn, und Sie alle haben kein Recht, ihn mir vorzuenthalten."

Nick zückte sein Handy. „Das werden wir ja sehen. Im Augenblick befinden Sie sich übrigens in einem Raum voller Polizisten, und ich würde Ihnen empfehlen, nichts zu tun, was Sie später bereuen könnten."

Sam vermutete, dass er seinen Freund Andy anrief, der Gonzo bei dem Sorgerechtsstreit vertreten hatte. Stolz und voller Bewunderung beobachtete sie, wie er für Christina – und Gonzo – eintrat. Er entfernte sich ein Stück, um mit Andy zu reden.

Lori stand verloren inmitten des Teams und beobachtete mühsam beherrscht ihren schlafenden Sohn.

Sam behielt sie genau im Auge. Sie traute ihr zu, ihre Wünsche notfalls mit Waffengewalt durchzusetzen. Möglicherweise würde nicht einmal die Tatsache, dass die meisten der Leute um Mr. und Mrs. Gonzales herum Polizisten waren, sie davon abhalten.

Einige Minuten später kam Nick zurück und setzte sich neben Sam. „Andy ist mit allem, was wir brauchen, um sie loszuwerden, auf dem Weg hierher. Offenbar hat Gonzo eine solche Situation kommen sehen und Vorkehrungen getroffen.“

„Gott sei Dank“, seufzte Sam erleichtert. Loris Anwesenheit steigerte die Anspannung im Wartebereich noch, weil alle versuchten, sie zu ignorieren, während sie auf Nachrichten über Gonzo warteten. Sam hatte keinen Zweifel, dass all ihre Kollegen bereit waren, sich in den Kampf zu stürzen, damit Gonzos Sohn blieb, wo er hingehörte. Niemand unternahm etwas oder sagte ein Wort, aber alle behielten Lori genau im Auge.

Sam lächelte in sich hinein. Die arme Frau hatte keine Ahnung, auf was für Widerstände sie sich gefasst machen konnte, wenn Gonzos gesamtes Team über ihn wachte. Sam glaubte nicht, dass es im Interesse des Kindes war, seine Mutter ganz aus seinem Leben herauszuhalten, doch Lori hatte bei ihnen allen jede Menge Minuspunkte gesammelt, als sie hier hereingestürmt war, um die Tatsache auszunutzen, dass Gonzo schwer verletzt und außer Gefecht gesetzt war.

Bald darauf traf Andy ein, zeitgleich mit der Sozialarbeiterin, die vor Gericht als Gutachterin in dem Sorgerechtsstreit aufgetreten war. Andy legte Dokumente vor, die die juristischen Verfügungen enthielten, die Gonzo für den Fall getroffen hatte, dass er verletzt wurde oder sich anderweitig nicht um Alex kümmern konnte, und Lori las sie an Ort und Stelle, während alle Anwesenden auf ihre Reaktion warteten.

„Wie Sie sehen, hat Sergeant Gonzales ganz klar geregelt, wer sich im Notfall um seinen Sohn kümmern soll.“

„Das kann er nicht einfach entscheiden! Ich bin Alex' Mutter!“

„Das stimmt. Dennoch hat er das alleinige Sorgerecht und darf diese Entscheidung deshalb treffen. Er hat für diesen Fall das Sorgerecht für Alex Ms. Billings und seinen Eltern übertragen. Tut mir leid, Ms. Miller, Sie haben da keinerlei Anspruch.“

Lori blickte zu der Sozialarbeiterin. „Würden Sie ihm bitte bestätigen, dass das nicht stimmt? Sagen Sie ihm, dass ich die Mutter bin. Ich habe sehr wohl Rechte!“

„Lori, das Gericht hat Alex' Vater das alleinige Sorgerecht zugesprochen. Er darf entscheiden, wer sich in seiner Abwesenheit um Alex kümmert."

„Das ist ungerecht", rief Lori und brach dann völlig zusammen.

„Sie müssen jetzt wirklich aufbrechen", beharrte Andy.

„Kommen Sie, Lori", drängte die Sozialarbeiterin und ergriff Loris Arm. „Lassen Sie uns gehen."

Dankenswerterweise entfernte sich Lori ohne ein weiteres Wort, und Sam atmete erleichtert auf.

Andy setzte sich zu ihr und Nick. „Unglaublich", murmelte er.

„Absolut", bestätigte Nick. „Dass sie es wagt, hierherzukommen und zu versuchen, Kapital aus der Tatsache zu schlagen, dass er verletzt ist …"

„Dazu braucht man schon einen sehr speziellen Charakter", stimmte ihm Sam zu.

„Tommy hat sich große Sorgen darüber gemacht, dass so was passieren könnte, deshalb hat er mich sofort Schriftstücke aufsetzen lassen, die das seinen Wünschen entsprechend regeln", erklärte Andy. „Ich habe allerdings nicht geahnt, dass wir sie so bald brauchen würden. Was sagen die Ärzte? Er wird doch wieder, oder?"

„Wir wissen es noch nicht", entgegnete Sam. Genau dieses Nichtwissen zehrte langsam an ihr.

„Ich wollte dich wegen Scottys Adoption anrufen, bevor diese Woche komplett aus dem Ruder gelaufen ist", wechselte Nick das Thema. „Gibt es da etwas Neues?"

„Wie du weißt, versucht dieser Privatdetektiv, seinen leiblichen Vater aufzuspüren. Wir müssen uns alle Mühe geben, ihn zu finden, dann sollte der Rest nur Formsache sein."

„Was, wenn wir ihn nicht finden?", erkundigte sich Sam.

„Dann machen wir ohne ihn weiter. Wir müssen lediglich unsere Bemühungen unter Beweis stellen, ihn aufzuspüren. Keine Sorge. Selbst wenn wir seinen Vater finden, hatte er nie etwas mit dem Jungen zu tun. Ich kann mir also nicht vorstellen, dass er plötzlich ein gesteigertes Interesse an ihm entwickelt."

Allein dass sie sich damit beschäftigen musste, reichte, um

Sams Angst noch weiter zu steigern, also beschloss sie, nicht darüber nachzudenken.

Nach einer gefühlten Ewigkeit kam der Chirurg schließlich, um mit Gonzos Eltern und Christina zu reden.

„Sie können offen sprechen", erklärte Mrs. Gonzales, während sich das gesamte Team hinter ihr und ihrem Mann versammelte. „Diese Leute gehören praktisch zur Familie. Sie können ruhig hören, was Sie zu sagen haben."

„Wir konnten die Wunde an der Halsschlagader schließen, und er erholt sich jetzt von der Operation. Er hat viel Blut verloren, und sein Zustand ist nach wie vor kritisch. Wir sind allerdings zuversichtlich, dass er vollständig genesen wird."

Sam sank gegen Nick, weil ihr vor Erleichterung die Knie weich wurden. Nur sein starker Arm um ihre Schultern verhinderte, dass sie einfach zu Boden glitt.

„Wann können wir ihn sehen?", erkundigte sich Christina.

„Er muss noch ein paar Stunden im Aufwachraum verbringen und kommt dann auf die Intensivstation. Wir geben Ihnen Bescheid, sobald er Besuch empfangen darf."

„Vielen Dank, dass Sie ihm das Leben gerettet haben", schluchzte Christina. „Er bedeutet uns allen so viel."

„Er ist ein Kämpfer", sagte der Chirurg. „Es war knapp, aber er hat sich ans Leben geklammert. Sein eigentlicher Lebensretter ist derjenige, der während des Einsatzes so geistesgegenwärtig Druck auf die Wunde ausgeübt hat."

Das gesamte Team deutete auf Arnold, dem seit der Nachricht, dass sein Partner überleben würde, Tränen über die Wangen rannen. „Gute Arbeit, Detective", lobte der Chirurg, dann ging er und ließ sie die guten Nachrichten feiern.

Nick umarmte Christina, die sich von ihren Emotionen übermannt an ihn klammerte.

„Ihr solltet alle nach Hause fahren und ein wenig schlafen", wandte sich Sam an ihr Team. „Das war eine harte Woche. Ich hoffe, ihr schaut alle irgendwann an Thanksgiving bei uns vorbei. Wir sind zu Hause."

Beim Verlassen des Wartebereichs umarmten ihre Detectives sie der Reihe nach.

„Ich bin wirklich stolz auf dich", lobte Sam Arnold. „Du hast heute Großes geleistet und ihm das Leben gerettet."

„Danke, Lieutenant", antwortete Arnold, ehe er sich rasch zurückzog.

Als Letzter kam Freddie.

„Du hast heute etwas sehr Mutiges getan." Sam legte ihm die Hände auf die Arme. „Danke, dass du dabei nicht draufgegangen bist."

Freddies charmantes Grinsen konnte die Erleichterung in seinem Blick nicht verbergen. Gonzo war auch einer seiner engsten Freunde. „Ich weiß, wie sehr du den Papierkram hasst. Ich werde also mal schauen, wie viel ich schon erledigen kann." Er umarmte sie und hielt sie lange fest. „Wir sehen uns an Thanksgiving. Dieses Jahr haben wir viele gute Gründe, dankbar zu sein."

„In der Tat. Bring deine Eltern mit, wenn sie wollen."

„Sie werden begeistert sein."

Elin überraschte Sam, indem sie sie auf dem Weg nach draußen flüchtig umarmte.

Christina hatte mit Gonzos Eltern abgesprochen, dass diese Alex mit zu sich nach Hause nehmen würden, während sie im Krankenhaus blieb. Mr. und Mrs. Gonzales umarmten Sam und dankten ihr dafür, dass sie ihrem Sohn eine so gute Freundin und Chefin war. Ihr Überschwang dabei brachte Sam beinahe wieder zum Weinen. „Wir lieben ihn sehr", brachte sie irgendwie heraus.

Als Sam, Nick und Christina allein waren, wandte er sich an seine langjährige Freundin und Kollegin. „Bist du sicher, dass du allein zurechtkommst? Ich kann gern bleiben."

„Ja, ich leihe ihn dir für heute Nacht gerne aus", setzte Sam hinzu.

Christina lächelte schwach. „Ich weiß das Angebot zu schätzen, aber das ist nicht nötig. Jetzt, wo ich weiß, dass er über den Berg ist, geht es mir schon besser. Ich werde wahrscheinlich im Wartebereich der Intensivstation kampieren, bis ich ihn sehen darf."

„Rufst du mich an, wenn du es dir anders überlegst?", erkundigte sich Nick.

„Klar", antwortete sie und umarmte ihn erneut. „Danke, dass du mir heute Nacht eine starke Schulter geboten hast."

„Immer gern."

Sam umarmte sie auch. „Lass uns wissen, was wir für dich und Alex tun können. Egal, was es ist."

„Danke, Sam. Ich bin sicher, darauf werden wir noch zurückkommen."

„Das Angebot steht."

„Ich rufe dich morgen früh an und teile euch mit, wie es ihm geht", versprach Christina.

„Unbedingt."

Damit entfernte sie sich Richtung Intensivstation.

„Hast du was dagegen, wenn wir noch kurz nach Brooke schauen?", fragte Sam ihren Mann.

„Überhaupt nicht. Komm."

„Wir sollten unsere Familie wissen lassen, dass Gonzo die OP überstanden hat und wieder ganz gesund wird", sagte Sam, während sie auf den Aufzug warteten.

Nick zückte sein Handy. „Gruppen-SMS."

„Ich glaube, ich muss mir wirklich mal so ein Smartphone besorgen."

„Du wärst schockiert, was es alles kann. Bleib vielleicht besser bei deinem alten Klapphandy."

„Machst du dich über mich lustig?" Nach dem schrecklichen Nachmittag und Abend, den sie damit verbracht hatten, auf Neuigkeiten von Gonzo zu warten, war das übliche Geplänkel mit ihrem Mann eine enorme Erleichterung.

„Glaubst du, ich wäre so dumm, mich über dich lustig zu machen, Liebste?"

„Ja. Schließlich stehst du total auf Versöhnungssex."

Lachend legte Nick den Arm um sie, und so gingen sie zu Brookes Zimmer, in dem die junge Frau in ihrem eigenen Bademantel und flauschigen Häschenhausschuhen auf und ab lief.

„Sieht aus, als würde sich da jemand besser fühlen", stellte Sam fest und umarmte ihre Nichte.

„Viel besser, ich darf morgen heim."

„Das sind ja großartige Neuigkeiten. Wie schön, dass du an Thanksgiving zu Hause sein wirst."

„Ich freue mich auch. Thanksgiving ist mein liebster Feiertag."

„Wo sind deine Eltern?"

„Sie sind kurz nach Hause gefahren, um zu duschen, sich umzuziehen und nach Abby und Ethan zu schauen."

„Komm, setz dich zu mir", bat Sam, nahm ihre Hand und führte sie zum Bett, wo sie nebeneinander Platz nahmen. Dann erzählte Sam ihr vom Abschluss des Falls.

„Billy ist also tot?", fragte Brooke mit leiser Stimme.

„Leider ja."

„Das ist wirklich schlimm für seine Eltern, nachdem sie doch schon Hugo verloren haben."

„Es ist in der Tat sehr traurig. Billy hatte eine ausgezeichnete Ausgangssituation – eine liebende Familie, die notwendigen Ressourcen, um aufs College zu gehen, und eine vielversprechende Zukunft. Das Ende des heutigen Tages ist das Ergebnis seiner Fehlentscheidungen. Ist dir das klar?"

Brooke nickte. „Ja, und ich verstehe auch, was du mir damit sagen willst."

„Du hast Furchtbares durchgemacht und wirst lange brauchen, um zu verarbeiten, was in diesem Keller passiert ist, aber am Ende wird dir das gelingen. Du hast sehr, sehr großes Glück gehabt, da lebend rauszukommen, und ich hoffe, du wirst deine zweite Chance zu nutzen wissen."

„Das werde ich, Sam. Ich verspreche, in Zukunft bessere Entscheidungen zu treffen. Darf ich mal mit Hoda reden? Ich weiß, meine Mutter will nicht, dass ich sie wiedersehe. Trotzdem würde ich ihr gerne für das, was sie für mich getan hat, danken."

„Das lässt sich sicher einrichten, wenn du wieder daheim bist und dich im Alltag zurechtgefunden hast. Letztlich entscheiden das deine Eltern."

„Kriegt sie Ärger mit euch?"

„Sie hat mit einer Anklage zu rechnen, weil sie auf uns geschossen hat. Andererseits hat sie uns den entscheidenden Hinweis auf Billy geliefert, was die Staatsanwaltschaft wahrscheinlich als strafmildernd werten wird. Aber die Entscheidung liegt nicht in meinen Händen."

„Wie sieht es mit ihrem Freund Nico aus? Was wird aus ihm?"

„Er kriegt eine Anzeige wegen unerlaubten Waffenbesitzes und darf heute wieder nach Hause."

„Was ist mit Brody?"

„Wir haben herausgefunden, dass er unser mysteriöser vierter Mann war. Seine Mittäterschaft ist allerdings eingeschränkt."

„Was heißt das?"

Sam erklärte, was sie aus den DNA-Spuren abgeleitet hatten. Brooke verzog angewidert das Gesicht und schüttelte sich vor Abscheu. „Wie konnte er mir das antun? Wir kennen uns doch schon ewig."

„Ich weiß es nicht, Süße. Du musst bedenken, dass ihr alle unter Drogen und Alkohol gestanden habt – da tut man Dinge, die man normalerweise nicht tun würde."

„Vermutlich. Was wird jetzt aus ihm?"

„Ich hoffe, er bekennt sich schuldig. Trotzdem steht ihm ein längerer Gefängnisaufenthalt bevor, weil er die Vergewaltigung gefilmt hat, statt dir zu Hilfe zu kommen, von seiner eigenen Beteiligung ganz zu schweigen ..."

Brooke schien das alles erst verarbeiten zu müssen, und Sam war froh, dass ihre Nichte endlich die Fragen gestellt hatte, die ihr eindeutig im Kopf herumgespukt hatten. „Danke, dass du herausgefunden hast, was mit mir und den anderen passiert ist."

„Ich bin froh, dass wir dir die Antworten besorgen konnten, die du brauchst. Jetzt möchte ich, dass du im Gegenzug auch etwas für mich tust."

„Was denn?"

„Ich möchte, dass du nett zu deiner Mutter bist. Du musst ihr nicht immer recht geben, aber behandle sie bitte mit Respekt. Du hast keine Ahnung, was sie alles für dich getan hat."

„Doch ..."

„Kannst du gar nicht, Süße. Du warst zu jung, um zu begreifen, wie es für sie war, dich ohne deinen leiblichen Vater zur Welt zu bringen. Das war für sie eine sehr schwierige, einsame Zeit, und sie hat das alles auf sich genommen, weil sie dich schon vor deiner Geburt geliebt hat. Dann tauchte Mike auf und hat sich ebenso in dich verliebt wie in deine Mutter. Er hat alles für dich getan, was er konnte, ist regelrecht über sich hinausgewachsen. Du trägst seinen Namen, und er war dir in jeder Hinsicht ein Vater. Bitte, Brooke ... Bitte. Sei nett zu ihnen. Respektiere die Opfer, die sie beide gebracht haben, um dafür zu sorgen, dass du alles hattest, was du gebraucht hast."

Brooke nickte und wischte sich Tränen aus dem Gesicht. „Ich werde mir alle Mühe geben, mit ihnen auszukommen." Sie sah Sam an. „Muss ich zurück auf dieses Internat in Virginia?"

„Das musst du deine Eltern fragen."

„Eigentlich möchte ich das sogar. Ich wette, dort weiß niemand, was hier passiert ist."

„Das müssen wir nicht heute entscheiden. Konzentrier dich erst einmal darauf, dich zu erholen."

„Danke, dass du deine Freundin Jeannie gebeten hast, mit mir zu reden. Das hat mir sehr geholfen."

„Das freut mich. Jeannie ist genau wie du eine Überlebenskünstlerin." Sam umarmte sie erneut, deckte sie zu und küsste sie auf die Stirn. „Bis morgen."

„Danke noch mal für alles, was du getan hast, um herauszufinden, was mit Todd und den anderen passiert ist."

„Ich wünschte, ich könnte sagen, es wäre mir ein Vergnügen gewesen ..." Sam zuckte die Achseln. „Schlaf jetzt, Süße. Ich habe dich lieb."

„Ich dich auch."

Nick, der während Sams Besuch bei Brooke an der Tür gewartet hatte, hielt sie ihr auf, als sie den Raum verließ. „Gut gemacht, Babe."

„Hoffen wir, dass die Botschaft angekommen ist."

„Ich denke schon."

Er hatte im Aufzug und auf dem gesamten Weg zum Parkplatz, wo sie beschlossen, ihren Wagen stehen zu lassen und am nächsten Tag abzuholen, den Arm um ihre Schultern liegen. Als er ihr die Beifahrertür seines Autos aufhielt, drehte sich Sam zu ihm um und schlang ihm die Arme um den Hals.

„Ich muss morgen den Familien erklären, wie ihre Kinder gestorben sind und was sie zum Tatzeitpunkt gerade getan haben. Wie wäre es mit einem halben Urlaub, wenn ich diese schöne

Aufgabe und jede Menge Papierkram zu dieser ganzen Affäre erledigt habe?“

„Mit dir, Liebste“, sagte er und besiegelte seine Worte mit einem Kuss, „nehme ich, was immer ich kriegen kann.“

EPILOG

Sam hatte die Nase so richtig voll von Krankenhäusern. Vor allem vom George Washington University Hospital, wo sie in jüngster Vergangenheit viel zu viel Zeit verbracht hatte. Jetzt, wo Brooke zu Hause war und Gonzo mit jedem Tag mehr zu Kräften kam, hätte Sam das Gebäude am liebsten eine ganze Weile nicht mehr gesehen. Aber daraus wurde nichts.

Ihrem Vater wurde gerade die Kugel herausoperiert, die ihn vor fast drei Jahren getroffen und der er seine Querschnittslähmung zu verdanken hatte. Damals hatten die Ärzte gesagt, es sei viel zu riskant, die Kugel zu entfernen. Doch in den zurückliegenden Monaten hatte sie zu wandern begonnen. Jetzt vertraten die Ärzte die Auffassung, die Kugel müsse herausgeholt werden, bevor sie noch mehr Schaden anrichtete. Also saß Sam wieder in dem Krankenhaus, in dem sie genauso gut dauerhaft ihr Lager hätte aufschlagen können, und wartete erneut auf Operationsergebnisse.

Weil sie ohnehin nichts weiter tun konnten, war Nick auf ihr Drängen hin zur Arbeit gefahren. Der Kongress tagte wieder und bereitete sich auf eine größere Haushaltsdebatte vor, bei der alle Mann gebraucht wurden. Vizepräsident Gooding war am vergangenen Freitag zurückgetreten, und jetzt wurde wild spekuliert, wer sein Nachfolger werden würde, wobei viele auf

Nick tippten, obwohl Nelson dessen Ernennung bisher nicht offiziell bekannt gegeben hatte.

Wenn der Kongress zustimmte, woran angeblich kein Zweifel bestand, würde ihr Mann Vizepräsident der Vereinigten Staaten werden. Man hatte ihr zwar mehrfach versichert, ihr Leben werde sich dadurch nicht dramatisch verändern, doch das bezweifelte sie. Aber sie hatte beschlossen, sich darauf einzulassen, so wie er es immer für sie tat, und Probleme dann zu lösen, wenn sie auftauchten. Was sollte sie auch sonst tun? Solange sie nicht ihren Job an den Nagel hängen oder ihre Persönlichkeit umkrempeln musste, konnte sie damit umgehen, die Gattin des Vizepräsidenten zu sein. Oder?

„Ich denke besser gar nicht darüber nach", murmelte sie vor sich hin, während sie mit dem Aufzug nach oben fuhr, um Gonzo einen Besuch abzustatten, solange die OP ihres Vaters noch andauerte.

Sie klopfte an die Tür zu seinem Zimmer und steckte den Kopf hinein. „Du wirst nicht gerade gewaschen, oder?"

„Schon erledigt", antwortete er. Seine Stimme war schwächer als sonst, aber bereits kräftiger als am Vortag. „Ich habe es sehr genossen."

„Igitt." Sam trat ein und schloss die Tür hinter sich. „Ich sehe, du bist entschlossen, das Beste aus der Situation zu machen."

„O ja." Bis auf den Verband an seinem Hals und die ungewöhnliche Blässe sah er gut aus. Er fuhr das Kopfteil des Bettes ein wenig hoch, um Sam besser anschauen zu können. „Woanders als hier im Krankenhaus hat man vor dir Sklaventreiberin ja keine Ruhe."

„Das stimmt wohl."

„Wird Skip gerade operiert?"

„Ja."

„Klar, dass du ausflippst."

„Was? Wer flippt hier aus?"

„Er schafft das, Sam. Skip ist fast so zäh wie seine Tochter."

„Wenn du das sagst." Sie setzte sich auf den Besucherstuhl und legte die Füße auf das Unterbettgestell. „Wo ist Christina?"

„Ich habe sie heimgeschickt, damit sie mal ein bisschen in einem richtigen Bett schläft. Sie pfeift auf dem letzten Loch."

„Sie hat sich wahnsinnig tapfer geschlagen. Möglicherweise liebt sie dich wirklich."

Ein Lächeln breitete sich auf seinem Gesicht aus. „Sieht so aus, was?" Er versuchte, sich bequemer hinzulegen, und verzog das Gesicht.

„Soll ich dir das Kissen aufschütteln oder so?"

„So verzweifelt bin ich noch nicht."

„Gott sei Dank."

„Dein Auftreten am Krankenbett ist wirklich unter aller Kanone."

„Nick hat sich darüber noch nie beschwert." Um ihre Worte zu unterstreichen, hob und senkte Sam anzüglich die Brauen.

„So genau wollte ich es gar nicht wissen. Apropos Nick ... Ich habe da vielleicht so ein, zwei Gerüchte über ihn gehört."

„Er ist nicht der Vater."

„Sehr witzig. Aber wo wir gerade dabei sind – du als Frau des Vizepräsidenten ... das ist wirklich witzig."

„Freut mich, dass du das so siehst. Mir macht der Gedanke schreckliche Angst."

„Es stimmt also?"

„Offenbar. Im Moment befinde ich mich in der Phase des Leugnens."

„Das ist unglaublich, Sam. Dass er das wird, nicht dass du es leugnest – das ist eher saukomisch."

„Du bist ein echter Freund, weißt du das?"

„Ja, das sagen alle. Musst du deinen Job an den Nagel hängen?"

„Nein! Es wird so geregelt, dass ich weiter arbeiten kann und keinen Personenschutz vom Secret Service kriege."

„Wow. Cool."

„Sie wollten ihn unbedingt. Die haben gewusst, welche Knöpfe sie drücken müssen."

„Wann wird es bekannt gegeben?"

„Morgen. Im Weißen Haus."

„Heilige Scheiße. Musst du dahin?"

„Ja klar. Mein Mann wird offiziell zum designierten Vizepräsidenten der Vereinigten Staaten erklärt. Ich vermute mal, er erwartet, dass ich mich da blicken lasse."

„Du musst mich ja nicht gleich anfahren, nur weil dich das reizbar macht."

„Ich bin nicht reizbar."

Er lachte laut auf, bereute das aber sofort. „Bring mich nicht zum Lachen. Das tut weh."

„Red kein dummes Zeug, dann muss auch niemand lachen."

„Die meisten Leute, die mich besuchen kommen, sind nett."

„Ich bin nicht die meisten Leute."

„Nein, definitiv nicht."

„Nelsons Leute sagen, der Bestätigungsprozess könnte hässlich werden."

„Wie denkst du darüber?"

„Ich habe schon die Schnauze voll, bevor er überhaupt angefangen hat. Man wird Nick und mich genau in Augenschein nehmen, und ich hatte bisher nicht gerade ein ruhiges, unauffälliges Leben."

Er biss sich unübersehbar auf die Lippe, um nicht wieder zu lachen, was ihr ein Lächeln entlockte.

„Ich bin wirklich froh, dass du nicht gestorben bist, Gonzo. Das wäre echt großer Mist gewesen."

„Oh, herzlichen Dank."

„Du weißt, dass ich das ernst meine."

„Ja. Die Ärzte behaupten, einen Millimeter weiter links, und ich wäre erledigt gewesen."

Sam fröstelte bei dem Gedanken, dass sie ihn tatsächlich hätte verlieren können. „In letzter Zeit war es zu oft knapp. Ich hoffe, wir haben unser Glück in den letzten paar Wochen nicht komplett aufgebraucht."

„Nein. Für deinen Vater ist noch genug da."

„Hoffen wir's." Sie warfen einander eine weitere Stunde lang fröhlich versteckte und weniger verhohlene Beleidigungen an den Kopf, dann kam Christina wieder, und Sam kehrte in den Wartebereich vor der Chirurgie zurück und hoffte auf Neuigkeiten von ihrem Vater.

„Noch nichts", verkündete Celia bei Sams Eintreten. Sams Stiefmutter war wie erstarrt vor Sorge, was Sam große Angst einjagte. Denn Celia war Krankenschwester, und wenn die sich Sorgen machte, mussten es alle anderen auch tun. Oder?

„Lasst uns ein bisschen frische Luft schnappen", schlug sie Angela und Tracy vor. Zu Celia sagte sie: „Wir sind bald zurück."

„Ich bleibe hier."

Die Schwestern fuhren mit dem Aufzug in den Eingangsbereich hinunter und traten hinaus in die frostige Kälte der letzten Novemberwoche.

„Das ist nicht auszuhalten", verkündete Angela stellvertretend für alle drei.

„Ich brauche eine Kippe", seufzte Tracy. „Hat jemand eine?"

Angela und Sam schüttelten den Kopf.

„Warum haben wir das Rauchen überhaupt aufgegeben?", fragte Tracy. „Wessen tolle Idee war das eigentlich?"

„Äh, ich glaube, die des Gesundheitsministers", erwiderte Angela.

„Es war jedenfalls eine blöde Idee."

„Total blöd", bestätigte Sam. Sie hatte schon Jahre zuvor aufgehört und seither nur gelegentlich mal an der Zigarette einer ihrer Schwestern gezogen. Es fehlte ihr nicht. Zumindest meistens. Im Augenblick musste sie Tracy allerdings recht geben – eine Zigarette wäre jetzt genau das Richtige gewesen.

„Er kommt doch durch, oder?", fragte Angela.

„Ich weiß nicht", antwortete Tracy. „Ich weiß es einfach nicht."

„Gut, dass wir so ein schönes Thanksgiving mit ihm hatten", sagte Sam. „Egal was heute passiert, als er in diesen OP geschoben wurde, wusste er, wie sehr wir ihn alle lieben." Während des ganzen Feiertages hatten derzeitige und frühere Mitarbeiter des MPD bei ihnen zu Hause vorbeigeschaut, um Skip einen Besuch abzustatten und ihm alles Gute für die OP zu wünschen.

„Es wäre noch schöner gewesen, wenn es sich nicht angefühlt hätte wie eine Trauerfeier", gestand Angela.

„Es war keine Trauerfeier", fuhr Sam ihre Schwester an und bedauerte ihren scharfen Ton sofort. „Es war keine Trauerfeier, Ang. Lediglich ein paar Freunde, die vorbeigekommen sind, um ihm Glück zu wünschen. Das ist alles."

„Sorry", flüsterte Angela. „Ich bin wirklich durch den Wind, und ich weiß, euch geht es genauso."

Tracy umarmte Angela und streckte dann die Arme nach Sam aus.

„Das wird schon", versuchte Sam ihre Schwestern zu trösten. „Es muss." Sie war nicht bereit, sich der Alternative zu stellen, und würde das vermutlich auch niemals sein.

Der Tag verging langsam, so langsam, dass Sam sich fragte, ob die Uhr tatsächlich rückwärts lief.

Nick kam direkt von der Arbeit, um nach ihnen zu sehen, und brachte vier große Becher Kaffee mit, die Sam, ihre Schwestern und ihre Stiefmutter dankend annahmen, froh, für fünf Minuten etwas anderes zu tun zu haben, als sich Sorgen darüber zu machen, was denn da in Gottes Namen so lange dauerte.

Man hatte ihnen gesagt, sie müssten mit fünf Stunden Operationsdauer rechnen, und hatte ihnen nach zwei Stunden einen Zwischenstand gemeldet. Jetzt, in der siebten Stunde, gingen sie langsam auf dem Zahnfleisch.

Nick ergriff Sams Hand, stellte ihren Kaffee auf einen Tisch und geleitete sie aus dem Wartebereich und um die Ecke, dann legte er die Arme um sie.

Sie schob die Hände unter sein Jackett und hielt sich an ihm fest. „Genau das habe ich gebraucht."

„Das dachte ich mir."

Sam atmete Nicks Geruch aus Wäschestärke und Aftershave ein und versuchte, sich ein wenig zu entspannen. Egal, was aus ihrem Vater werden würde, sie würde damit fertigwerden, und Nick würde sie dabei unterstützen. Das war das Einzige, was sie an diesem Tag sicher wusste.

„Sam." Dieses eine Wort von Tracy klang unglaublich bedeutungsschwer.

Sam nahm Nicks Hand und folgte ihrer Schwester in den Wartebereich, entschlossen, dem, was ihr dort bevorstand, mit dem Mut und dem Anstand zu begegnen, die ihr Vater sie gelehrt hatte.

Der Neurochirurg wartete mit seinem Bericht, bis alle versammelt waren. „Es lief den Umständen entsprechend, aber es war eine komplizierte Operation, und wir können noch nicht vorhersagen, wie gut er sich erholen wird."

„Von der OP oder von der Lähmung?", fragte Sam.

„Von beidem."

„Er ist also nicht außer Lebensgefahr?", hakte Angela nach.

„Er hat die OP überstanden, das ist jetzt erst mal das Wichtigste. Der Rest liegt nicht mehr in meiner Hand."

„Danke, Doktor", antwortete Celia. „Wir wissen zu schätzen, was Sie für ihn getan haben."

„Ich informiere Sie, sobald wir ihn auf ein Zimmer verlegt haben."

Sam folgte dem Arzt, als er sich entfernte. „Doc, was die Kugel angeht …"

„Ja, die haben wir in einen Beweissicherungsbeutel getan. Was sollen wir damit machen?"

„Ich lasse sie so schnell wie möglich abholen. Sie würden mir einen großen Gefallen tun, wenn Sie dafür sorgen könnten, dass sie bis dahin niemand anfasst."

„Dann behalte ich sie bei mir." Er reichte ihr seine Karte. „Rufen Sie mich an, wenn jemand da ist, dem ich sie geben soll."

„Danke." Er wandte sich ab, und Sam wählte die Nummer von Agent Hill, der nach dem ersten Klingeln abnahm. Sie versuchte, sich einzureden, dass das nicht unbedingt heißen musste, dass er auf ihren Anruf gewartet hatte. „Mein Vater hat die OP hinter sich."

„Ich bin schon auf dem Weg."

„Danke."

Avery stieß bald darauf im Wartebereich zu ihnen. Sobald Sam ihn sah, rief sie den Arzt an, der versprach, die Kugel gleich zu bringen.

„Vielen Dank, dass Sie gekommen sind", wandte sich Sam dann an Avery.

„Nichts zu danken. Wie geht es ihm?"

„Er hat die OP überstanden. Das ist erst mal das Wichtigste, meint sein Arzt."

„Freut mich, dass alles gut verlaufen ist." Zu Nick sagte er: „Senator, ich habe gehört, man darf Ihnen gratulieren."

„Danke. Irgendwie vermutlich schon."

Alle lachten über Nicks Antwort, was die allgemeine Anspannung etwas löste.

Einige Minuten später betrat der Arzt den Raum mit einem Plastikbeutel, in dem sich das Metallstück befand, das ihrer aller Leben drei Jahre zuvor so tiefgreifend verändert hatte. Sam musterte die Kugel mit unverhohlenem Interesse, streckte aber nicht die Hand nach dem Beutel aus. Irgendwann würde die Beweiskette wichtig sein, und sie wollte nichts tun, was die entscheidendste Spur, die sie im ungelösten Fall des Anschlags auf ihren Vater hatten, infrage stellen konnte.

„Das ist der leitende Special Agent Avery Hill vom FBI", stellte Sam dem Arzt ihren Kollegen vor. „Er wird sich um die Kugel kümmern."

„Sie müssen ein paar Formulare unterzeichnen, Doc", verkündete Hill.

„Natürlich."

Avery zog die Papiere aus der Tasche, die der Arzt unterschrieb und ihm zurückreichte, zusammen mit dem Beutel mit der Kugel.

„Ich schaffe sie ins Labor und mache Dampf", versprach Hill. „Um diese Jahreszeit wird es allerdings trotzdem ein paar Wochen dauern."

„Verstehe. Danke noch mal."

„Gern. Grüßen Sie Ihren Vater von mir."

„Ja, mach ich."

Er ging, und Sam musste darauf vertrauen, dass er – und das forensische Labor des FBI – ihnen Antworten auf die Fragen verschaffen würde, die sie seit drei langen Jahren beschäftigten.

„Was nun?", fragte Nick und legte den Arm um Sam.

„Nun warten wir."

MR. VICE PRESIDENT – EINE SAM-HOLLAND-KURZGESCHICHTE

Der Wecker klingelte um sechs, aber Sam tat, als hätte sie es nicht gehört. Sie wühlte sich tiefer unter die Decke und wünschte sich einen Zauberstab, mit dem sie Nick, Scotty und sich auf eine einsame Insel transportieren könnte, wo sie zu dritt ungestört Zeit miteinander verbringen konnten. Die Lippen ihres Mannes auf ihrer Schulter erinnerten sie daran, dass sie keinen solchen Zauberstab besaß und dass für diesen Tag keine einsamen Inseln und keine ungestörte gemeinsame Zeit auf dem Plan standen. An diesem Tag gehörte er mehr als dreihundert Millionen anderen Menschen.

Bei diesem Gedanken brannten ihr plötzlich Tränen in den Augen. Als sie seine Hände auf ihren Brüsten spürte, wusste sie, dass er sie auf diese Weise wissen ließ, dass er zumindest für den Moment ausschließlich ihr gehörte. Sie drehte sich zu ihm um.

Er legte die Arme um sie, während seine Lippen ihren Hals fanden und sie vor Begierde erzitterte. Die Berührung seiner Zunge, das Kratzen seiner Bartstoppeln und der Druck seiner Erektion ließen sie alles andere vergessen.

In den chaotischen letzten vier Wochen hatten sie sich aneinandergeklammert, während um sie herum ein Sturm getobt hatte. Die Republikaner hatten heftigen Widerstand gegen Präsident Nelsons Entscheidung für einen Vizepräsidenten geleistet, der „zu jung und unerfahren" sei, um im Fall von Nelsons Tod oder sonstiger Amtsunfähigkeit dessen Nachfolger zu werden.

Die Medien hatten das Thema wie im Rausch von allen möglichen Seiten beleuchtet und dabei Nicks und Sams gesamtes Leben an die Öffentlichkeit gezerrt. Sie hatte von Frauen aus seiner Vergangenheit erfahren, von denen sie nie zuvor etwas gehört hatte, und die Welt hatte tiefe Einblicke in ihre erste, katastrophale Ehe erhalten, während sie versucht hatte, weiterzuarbeiten und ihren Beitrag zur Pflege ihres Vaters zu leisten, der sich zu Hause von seiner OP erholte. Gleichzeitig musste sie die ganze Zeit so tun, als gäbe es diesen Sturm gar nicht.

Kurz gesagt, es war ein Albtraum gewesen, den das ständige Warten auf die Ergebnisse aus dem Labor, das die Kugel analysierte, die die Ärzte aus der Wirbelsäule ihres Vaters entfernt hatten, noch verschlimmert hatte. Die Forensiker schienen ewig zu brauchen.

Sam hatte Nick gegenüber kein Wort darüber verloren, wie furchtbar das für sie gewesen war. Das musste sie auch gar nicht. Es war ihm völlig klar, und er war schrecklich zerknirscht. Mehr als einmal hatte er mit dem Gedanken gespielt, seine Bereitschaftserklärung zurückzunehmen, damit sie ihr früheres Leben weiterführen konnten, das schon kompliziert und hektisch genug gewesen war. Aber sie hatte ihm nicht gestattet, auf halber Strecke aufzugeben, und zwar unabhängig davon, wie der Kampf ausgehen würde.

Am Vorabend war dann spät die Nachricht aus dem Weißen Haus gekommen: Sie hatten die notwendigen Stimmen beisammen. Nick hatte ihr erklärt, dass aufgrund des fünfundzwanzigsten Verfassungszusatzes eine Mehrheit des Abgeordnetenhauses und des Senats seiner Ernennung zustimmen musste. Der Senat war kein Problem gewesen. Nick stand mit Kollegen aus beiden politischen Lagern gut, und fünfundsiebzig der hundert Senatoren hatten seine Nominierung unterstützt.

Im Abgeordnetenhaus hatte es ganz anders ausgesehen, denn es wurde von den Republikanern dominiert, die sich weigerten, dem demokratischen Präsidenten einen leichten Sieg zuzugestehen. Es war wie ein Hundekampf unter der Leitung des Weißen Hauses und des Präsidenten persönlich gewesen. Nelson hatte sich nicht davon abbringen lassen, seinen Kandidaten durchzusetzen.

Nick hatte versucht, sich herauszuhalten, doch da alle fünf Minuten eine Kamera auf ihn gerichtet war und sein Telefon unablässig klingelte, konnte er nur die Füße still halten und sich ausschweigen, bis die politischen Mühlen Washingtons gemahlen hatten.

Letztlich hing alles von diesem Tag ab. Die Abstimmung des Kongresses um neun würde die letzte Tat vor den Ferien und vor der Wahl des nächsten Kongresses sein. Nick würde unmittelbar danach für den Zeitraum bis zu seinem offiziellen Amtsantritt vereidigt werden und dann ein weiteres Mal. Bis spät in die Nacht hatten sie herumtelefoniert, um dafür zu sorgen, dass Menschen, die ihm wichtig waren, bei diesem Augenblick, in dem er offiziell der zweitjüngste Vizepräsident aller Zeiten der Nation wurde, dabei waren.

Nick legte sich auf sie und sah sie aus diesen haselnussbraunen Augen, die sie so liebte, eindringlich an. „Es tut mir so leid, dass du das durchmachen musstest. Wenn ich das geahnt hätte, hätte ich nie …“

Sam zog ihn an sich und küsste ihn auf eine Weise, die hoffentlich alle Gedanken außer dem, wie sehr sie ihn liebte, aus seinem Kopf vertreiben würde. Sie hob die Hüften und nahm ihn in sich auf, ohne den Kuss zu unterbrechen.

„Samantha … Ich muss mich bei dir entschuldigen.“

„Ich fände es viel besser, wenn du mich einfach liebst.“

„Ach, ich kann beides“, erklärte er und stieß tiefer in sie. „Du behauptest doch selbst immer, ich sei so multitaskingfähig.“

Dass er sie zum Lachen bringen konnte, während er gleichzeitig dafür sorgte, dass sie in Flammen stand, war Beweis genug dafür, dass er tatsächlich ein Meister des Multitaskings war.

Er küsste sie zärtlich, während er sich auf und in ihr bewegte. „Wenn das überhaupt geht, liebe ich dich noch mehr als vor einem Monat.“

„Mmm.“ Seine tief empfundenen Worte rissen sie ebenso mit wie die fast schon schmerzhafte Anspannung, die mit jedem Stoß wuchs, sich vervielfältigte. Sam grub ihm die Fingernägel in den Rücken und krallte sich an ihn, während seine Bewegungen schneller wurden. „Ich liebe dich auch. So sehr. Du hast keine Ahnung ...“

„Doch“, flüsterte er, und sein Atem an ihrer Kehle jagte ihr Schauer über die Haut. „Doch, hab ich. Ich spüre es jetzt seit einem Jahr jeden Tag.“

Es war die höchste Ironie, dass er seinen Amtseid auf den Tag genau ein Jahr nach der Ermordung John O'Connors leisten würde – der Tag, an dem sie sich wiedergetroffen hatten. Aber Sam konnte sich nur auf die unglaubliche Hitze des Körpers ihres Mannes auf ihrem konzentrieren, auf ihre Brustspitzen, die sich an seiner Brust rieben, auf das Kratzen seiner Bartstoppeln auf ihrer Haut, auf die Flut von Liebe und Lust, die sie aufschreien ließ, als sie plötzlich und fast ohne Vorwarnung den Höhepunkt erreichte.

„O Gott“, stöhnte er, als er mit ihr kam und dann in ihren Armen zusammensackte.

Sam fuhr mit den Fingern in sein Haar und schmiegte sich an ihn, wollte ihn eine weitere Minute lang ganz für sich ...

„Wir waren laut“, sagte er nach einem langen Schweigen.

„Er schläft noch.“

„Hoffst du zumindest.“

„Hoffe ich zumindest. Das Leben mit uns wird ihn für immer schädigen.“

„Nein, wird es nicht. Er wird mitbekommen, was wahre Liebe ist, und dadurch wissen, wonach er selbst im Leben streben muss.“

„Sie sind mit Worten wirklich sehr geschickt, Senator.“ Sie biss ihn in die Schulter, einfach, weil sie sich direkt vor ihrem Mund befand und so verlockend aussah. „Wie soll ich dich denn jetzt nennen?“

Der Biss ließ ihn zusammenzucken, was ihr vor Augen führte, dass er nach wie vor in ihr war – als ob sie das wirklich hätte vergessen können. „Äh, wie wäre es mit ‚Nick‘?“

„Ich dachte an ‚Mr. Vice President‘ oder vielleicht einfach nur ‚Sir‘.“

Er hob den Kopf, schaute ihr in die Augen und zog spöttisch eine Braue hoch. „Sir? Das hat was.“

Sie lachte. „Geh besser von mir runter und lass mich mich hübsch machen, es sei denn, du willst, dass eine hässliche Hexe heute die Bibel für dich hält. Im Übrigen sollte ich eine Aufwandsentschädigung bekommen, wenn ich jetzt jedes Jahr zweimal eine Bibel halten muss.“

„Ich habe gerade eine Stiftung dafür gegründet.“

Lachend drückte sie gegen seine Schulter, bis er nachgab, sich von ihr löste und sie aufstehen ließ. Bei einem Blick über die Schulter stellte sie fest, dass er noch immer genauso hart war wie vor dem Sex. „Dagegen solltest du etwas unternehmen, bevor dich die Medien als den ,notgeilen Vizepräsidenten‘ bezeichnen oder dir einen ähnlich unschönen Spitznamen verpassen.“

Er musterte sie anzüglich und folgte ihr. Unter der Dusche brachte er sie dazu, ihm zu helfen, das „Problem“ zu lösen.

Sie weckten Scotty und legten ihm seine „Arbeitskleidung“ heraus – so bezeichnete er seinen marineblauen Blazer, die khakifarbene Hose, das Hemd, die Krawatte und die Bootsschuhe, die sie ihm gekauft hatten, als er Nick vor seiner Wiederwahl auf Wahlkampftour begleitet hatte.

Sam hatte sich für den Anlass ein neues, rotes Kostüm gekauft, achtete jedoch darauf, dass ihr üppiges Dekolleté diesmal züchtig bedeckt war, nicht wie bei Nicks Vereidigung für das letzte Jahr von John O'Connors Wahlperiode, bei der sie Angst gehabt hatte, dem Obersten Bundesrichter mit ihrem Aufzug, der sexyer ausgefallen war als beabsichtigt, allzu tiefe Einblicke zu gewähren.

An diesem Tag wollte sie sich konservativ zeigen. Sie entschied sich für eine elegante Hochsteckfrisur, die sie mit mehreren Haarklammern befestigte. Dann legte sie die Halskette mit dem Diamantanhänger in Form eines Schlüssels um, die ihr Nick zur Hochzeit geschenkt hatte. Sie musterte sich im Standspiegel hinter der Schlafzimmertür und beschloss, dass er sich so bei der landesweit übertragenen Vereidigung mit ihr sehen lassen konnte.

Er betrat den Raum voll angekleidet – bis auf sein Jackett, das er ans Fußende des Bettes gelegt hatte, als er für sie beide Kaffee holen gegangen war. „Wow“, sagte er, als er sie erblickte. „Heiß, heiß, heiß.“

„Aber nicht *zu* heiß, oder?“

Er stellte die Kaffeebecher auf den Nachttisch und trat zu ihr. „‚Zu heiß‘ gibt es gar nicht. Wenn ich es mir aussuchen könnte, würdest du allerdings dein Haar offen tragen.“

„Echt? Das wird im Fernsehen furchtbar aussehen.“

„Nein“, widersprach er und entfernte die von ihr strategisch platzierten Haarklammern, „wird es nicht.“ Das Haar fiel ihr auf die Schultern, und er nickte. „Perfekt.“

„Ich lasse dir das durchgehen, aber nur, weil heute dein großer Tag ist und du alles kriegst, was du willst.“

Wieder hob er anzüglich die Augenbraue. „Alles?“

„*Das* hattest du doch schon zwei Mal, und jetzt sind wir deswegen spät dran.“

„Wir sind nicht spät dran. Vielmehr sind wir genau im Zeitplan, und ‚alles‘ lässt viele Möglichkeiten für unsere private Feier später offen.“

„Kriegst du eigentlich nie genug?“

„Nein.“ Er bedeckte ihren Mund mit seinem, grub die Finger in ihre Hüften, zog sie an sich und küsste sie.

„Mein Gott, Leute“, sagte Scotty, der eingetreten war und sich jetzt die Augen zuhielt. „Es sind Kinder im Haus.“

Sie lösten sich voneinander und lachten über den angewiderten Tonfall ihres frischgebackenen Teenagers. Er war vier Tage vor Nicks siebenunddreißigstem Geburtstag dreizehn geworden, und die gemeinsame Geburtstagsfeier war eine willkommene Ablenkung inmitten des Medienrummels gewesen.

„Dieses ‚Kind‘ da ist jetzt ein Teenager, der dringend mal erwachsen werden und lernen muss, anzuklopfen“, grinste Nick.

„Die Tür war offen. Haltet euch mal an die Regeln!“

„Apropos Regeln, hast du dir die Zähne geputzt?“, fragte ihn Sam.

„Na schön, ich mach das jetzt, weil ich es vergessen habe, aber fangt nicht wieder mit der Knutscherei an. Ich bin gleich wieder da.“

„Wie kann man vergessen, sich die Zähne zu putzen?“, wunderte sich Sam. „Das ist so was von eklig.“

„Scotty ist dreizehn. Er kann nichts dafür. Das Eklige ist genetisch so vorgesehen.“

„Ist draußen viel los?“, fragte sie und stellte sich eine von Übertragungswagen und Kameras gesäumte Straße vor, voller Reporter, die versuchten, Bilder von ihrem Aufbruch zum Kapitol zu erhaschen.

„Darum kümmert sich der Secret Service.“

„Mein Vater würde uns gerne noch mal sehen, bevor wir gehen. Wie stellen wir das an?“

„Ich habe mir das schon gedacht und habe einen Plan. Bist du so weit?“

Sam trank ihren Kaffee aus. „Absolut.“

<hr>

Mithilfe mehrerer der für ihn zuständigen Beamten des Secret Service verließ Nick ihr Stadthaus durch die Hintertür und eilte über den schmalen Weg hinter den Häusern zu Skip hinüber, wobei er Sam und Scotty vor sich herscheuchte.

Celia, die am Tisch saß und Zeitung las, blickte überrascht auf, als sie eintraten. „Oh, seht ihr alle hübsch aus! Lasst mich ein Foto machen!“

Sie hatten zwar wenig Zeit, zogen aber ihre Mäntel aus und stellten sich für Celia auf. „Ich bin so aufgeregt. Kaum zu glauben, dass das in unserer Familie passiert.“

„Wir können es auch kaum glauben“, bemerkte Sam trocken, was die anderen zum Lachen brachte. „Ist Dad wach?“

„Ja. Er schaut gerade Nachrichten, geht ruhig rein.“ Dank der Vollzeitpflegekräfte, die Celia unterstützten, konnte Skip sich zu Hause erholen und genesen.

„Was sehe ich denn da?“, fragte er, als sie das ehemalige Esszimmer betraten, das ihm jetzt als Schlafzimmer diente. „Könnte das der Vizepräsident unserer Nation samt Familie sein? Dein Name ist heute Morgen in aller Munde, Nick. Oder sollte ich sagen: ‚Mr. Vice President‘?“

„‚Nick‘ reicht.“

Skips rechte Gesichtshälfte verzog sich zu einem strahlenden Lächeln. Sam konnte nicht leugnen, dass die OP ihn viel Kraft gekostet hatte. Er wirkte seither kleiner, grauer und älter. Sie redete sich ein, er würde schon wieder werden, wie er vor der eigentlichen Verletzung gewesen war, fragte sich aber auch, wie viel Trauma ein Körper ertragen konnte, ehe ihm der Treibstoff ausging.

Am schlimmsten war, dass er Schmerzen hatte. Nerven, die aufgrund von Dauerdruck durch die Kugel drei Jahre lang inaktiv gewesen waren, erwachten wieder zum Leben. Nicht so weit, dass er sich wieder wie gewohnt bewegen konnte, sondern gerade genug, dass er ständig Schmerzen hatte.

Die Ärzte hatten versichert, es würde irgendwann besser werden, waren jedoch nicht ganz sicher gewesen, weil es dafür keinen wirklichen Präzedenzfall gab. Trotz seiner Schmerzen sah Sam einen Anflug des alten Funkelns in seinen Augen, als er seinen Schwiegersohn musterte.

„Wir sind so stolz auf dich, Nick", erklärte er. „Ich hoffe bloß, du weißt, wie gerne ich dabei wäre."

„Natürlich weiß ich das", antwortete Nick und drückte gewohnheitsmäßig Skips rechte Hand. Er trat beiseite, damit sich Sam über das Bett beugen und ihren Vater küssen konnte.

„Mach jede Menge Bilder für mich", bat Skip Scotty.

„Na klar. Ich zeige sie dir, wenn wir heimkommen."

„Ich kann's kaum erwarten."

„Wir müssen los", drängte Nick. „Die Abstimmung ist um neun. Es wirkt vermutlich besser, wenn ich dabei vor Ort bin."

„Danke, dass ihr vorher noch mal reingeschaut habt. Das bedeutet mir viel."

„Bis später, Skippy", verabschiedete sich Sam. „Danke", sagte sie zu Nick, als sie Celia kurz zugewinkt hatten und zur Haustür gingen, wo der Secret Service auf sie wartete.

„Das war mir auch wichtig", erwiderte Nick. „Er bedeutet mir genauso viel wie dir."

Während sie auf die Agenten mit dem schwarzen SUV warteten, legte Sam die Hände um Nicks Arm und den Kopf an seine Schulter. Dies war ein großer Tag – ein sehr, sehr großer Tag, an dessen Ende sie in seinen Armen einschlafen würde. Solange sie sich auf diese Belohnung freuen konnte, konnte sie alles ertragen.

Am Ende fiel die Wahl erwartungsgemäß aus – fünfundsiebzig zu fünfundzwanzig im Senat und zweihundertzwanzig zu zweihundertfünfzehn im Repräsentantenhaus. Tatsächlich gab es dort also sogar eine Stimme, mit der sie nicht gerechnet hatten. Nick hätte ein klareres Votum bevorzugt, war jedoch Realist genug, um zu wissen, dass er das in dem politischen Klima, in dem sie arbeiteten, nicht erwarten durfte. Die einfache Mehrheit reichte, und die hatten sie.

Eine Stunde nach der Abstimmung beraumte der Sprecher des Abgeordnetenhauses eine gemeinsame Sitzung beider Häuser des Kongresses an, bei der das Wahlergebnis bekannt gegeben und Nick vereidigt werden sollte.

„Gratulation", sagte Präsident Nelson, während sie auf das Signal warteten, die Bühne zu betreten.

Nick schüttelte dem Präsidenten die Hand. „Danke, Sir, dass Sie an mich glauben und sich in den letzten Wochen für mich eingesetzt haben. Ich weiß das zu schätzen."

„Was ist schon ein kleiner politischer Schlagabtausch unter Freunden?", fragte Nelson mit einem amüsierten Lächeln, das über den Grabenkrieg hinwegtäuschte, den er hatte führen müssen, um den Vizepräsidenten seiner Wahl zu bekommen. „Ich hoffe, Sie wissen, warum die republikanische Führung so sehr gegen Sie war – weil sie weiß, dass die Wahl in vier Jahren gerade eben deutlich problematischer für sie geworden ist. Nehmen Sie das nicht persönlich."

„Ich verstehe. Ich bin zwar erst ein Jahr im Amt, aber schon lange im Geschäft, deshalb weiß ich, dass so etwas meistens nicht persönlich gemeint ist. Ich habe allerdings von einem Freund, der für Stenhouse arbeitet, gehört, dass die Republikaner total durchgedreht sind, als sie gehört haben, dass Sie sich für mich entschieden haben."

„Darauf wette ich", antwortete Nelson lachend. „Deshalb haben wir ja so hart für Sie gekämpft. Die haben furchtbare Angst vor Ihnen. Sie gehören zu der seltenen Sorte Politiker, die ohne Leichen im Keller antritt. Kein Ballast, und glauben Sie mir, die haben vier Wochen lang gründlich gesucht. Sie machen denen eine Heidenangst, und deshalb lieben wir Sie so."

Als Richard Claiborne, der Sprecher des Repräsentantenhauses, die gemeinsame Sitzung eröffnete, betraten Nick, Sam, Scotty und der Präsident die Bühne unterhalb seines Sitzes. Claiborne verkündete das Ergebnis der Abstimmung, die nach den Maßgaben des fünfundzwanzigsten Verfassungszusatzes stattgefunden hatte. Er gab ebenfalls bekannt, dass Nick Gouverneur Zorn gemäß den Gesetzen des Staates Virginia informiert habe, dass er sein Senatorenamt niederlege.

„Kraft meines Amtes fordere ich den Obersten Bundesrichter der Vereinigten Staaten, Chief Justice Byron Riley, auf, dem Vizepräsidenten den Amtseid abzunehmen", schloss Claiborne.

Während Sam und Scotty die Familienbibel der O'Connors hielten und Präsident Nelson neben Nick stand, sprach der Oberste Bundesrichter feierlich: „Heben Sie die rechte Hand, Mr. Cappuano, legen Sie die linke auf die Bibel und sprechen Sie mir nach: Ich, Nicholas Cappuano, schwöre feierlich, dass ich die Verfassung der Vereinigten Staaten von Amerika nach besten Kräften gegen innere und äußere Feinde bewahren, schützen und verteidigen werde, dass ich sie in Ehren halten und mein Amt nach ihr ausrichten werde, dass ich dieses Amt aus freiem Willen, ohne Vorbehalte oder Hintergedanken antrete und dass ich meine Amtspflichten nach bestem Wissen und Gewissen erfüllen werde, so wahr mir Gott helfe."

Mit einem wachsenden Gefühl von Unwirklichkeit wiederholte Nick Rileys Worte und wurde dadurch zum neunundvierzigsten Vizepräsidenten der Vereinigten Staaten. Tosender Applaus der Kongressmitglieder übertönte die Gratulation des Präsidenten und des Obersten Bundesrichters.

Der Jubel wurde noch lauter, als Nick Sam küsste, Scotty umarmte und sich dann unter dem Jubel der Anwesenden den Vertretern beider Kammern sowie seinen geladenen Gästen zuwandte. Der Jubel galt ihm – Nick Cappuano aus Lowell, Massachusetts, dem neuen Vizepräsidenten der Vereinigten Staaten. Er sah hoch zur Empore, wo Graham und Laine O'Connor ihm applaudierten.

Graham fing Nicks Blick auf und hob aufmunternd die Faust.

An einem ansonsten traurigen Tag hatte Nick ihrer Familie Grund zum Feiern gegeben. Auf der Empore standen außerdem Nicks Vater und seine Stiefmutter, Sams Schwestern mit ihren Männern und Kindern, Shelby, Freddie, Elin, Christina, Gonzo, Terry, Lindsey, Derek, Andy, Harry und die übrigen Freunde und Kollegen von Nick und Sam.

Als der Beifall schließlich leiser wurde, ließ Nick Sams Hand los und wartete, bis sie, Scotty und der Präsident auf den für sie vorgesehenen Stühlen am Rande des Podiums Platz genommen hatten.

Claiborne, der Sprecher des Repräsentantenhauses, sagte: „Mr. President, Mitglieder des Kongresses und verehrte Gäste, der Vizepräsident der Vereinigten Staaten." Unter neuerlichem tosendem Applaus trat Nick ans Mikrofon und wartete, bis sich Ruhe über den dicht gefüllten Raum senkte. Er stand genau an der Stelle, von der aus der Präsident seine jährliche Ansprache zur Lage der Nation hielt. So viel zum Thema „surreal" ... „Mr. President, verehrter Sprecher des Repräsentantenhauses, verehrter Oberster Bundesrichter, verehrter Herr Interimspräsident, verehrte Kongressabgeordnete, liebe Freunde, heute haben wir erlebt, wie unsere Verfassung funktioniert, und meine Familie und ich sind zusammen mit ganz Amerika stolz, dass wir der Welt erneut bewiesen haben, warum wir die großartigste Nation auf Erden sind."

Während einer weiteren Runde ohrenbetäubenden Beifalls versuchte Nick zu vergessen, dass die Augen der gesamten Nation – ja, der gesamten Welt – auf ihm ruhten.

„Übrigens, Mr. Chief Justice, wir müssen wirklich aufhören, uns auf diese Weise zu treffen."

Das löste Gelächter und weiteren Applaus aus.

„Danke, dass Sie mir heute und vor einem Jahr den Amtseid abgenommen haben. Den anderen Richtern danke ich, dass sie mich heute hier mit ihrer Anwesenheit beehren. Meinen früheren Kollegen im Kongress sage ich: Ob Sie für oder gegen mich gestimmt haben, ob Sie Demokrat oder Republikaner sind, heute sind wir alle Amerikaner, und unsere Nation sowie unsere Regierung gehen den Weg weiter, den unsere Gründerväter vor über zweihundertdreißig Jahren vorgezeichnet haben. Mr.

President, Ihnen gilt mein tief empfundener Dank für das in mich gesetzte Vertrauen. Ihre Freundlichkeit beschämt mich, und ich werde mich bemühen, dem Vorbild, das Sie uns allen geben, nachzueifern. Es wäre allerdings auch ein unverzeihliches Versäumnis, wenn ich mir nicht einen Augenblick Zeit nähme, um die großartigen Leistungen meines Amtsvorgängers, Vizepräsident Joe Gooding, zu erwähnen. Ich hätte größte Schwierigkeiten, ein besseres Beispiel für den Begriff ‚Staatsdiener' zu finden als Vizepräsident Gooding, der den Menschen von Michigan und dem amerikanischen Volk über zwanzig Jahre lang treu gedient hat. Mr. Vice President, wir wünschen Ihnen und Ihrer Familie in diesen schwierigen Zeiten alles Gute. Wir werden an Sie denken und Sie in unsere Gebete einschließen."

Alle erhoben sich, um Gooding zu applaudieren, genau wie Nick es sich erhofft hatte.

Als das Klatschen wieder abebbte, fuhr Nick fort: „Es wäre ein ebenso unverzeihliches Versäumnis, heute nicht öffentlich zu erwähnen, wie froh ich bin, eine so wunderbare Frau geheiratet zu haben."

Der donnernde Beifall, der diesen Worten folgte, zeigte ihm, dass seine Kollegen in diesem Punkt seine Auffassung teilten. Wie auch nicht? Er warf Sam einen Seitenblick zu. Sie sah großartig aus, und dem schmallippigen Lächeln nach zu urteilen, das sie ihm schenkte, schäumte sie innerlich. Für diese Worte würde er später bezahlen müssen, aber das bereitete ihm keine Sorgen.

„Samantha, danke für die anhaltende Unterstützung im Laufe des letzten Jahres und dafür, dass du dich mit mir auf diese unglaubliche Reise begeben hast. Unserem Sohn Scotty sage ich: Du hast unsere Familie erst komplett gemacht und bereicherst unser Leben jeden Tag – und ja, du musst nacharbeiten, was du heute in der Schule versäumst." Es folgten weiteres Gelächter und Applaus für Scotty, der wegen all der Aufmerksamkeit strahlte.

„Ich möchte anmerken, dass sich mein Leben mit diesem Datum nicht zum ersten Mal fundamental verändert. Auf den Tag genau vor einem Jahr haben wir Senator John O'Connor verloren, meinen besten Freund und Chef."

Alle klatschten ausdauernd und lang anhaltend für John, was Nick sehr freute.

„Ich werde nie vergessen, in welch mannigfaltiger Weise Johns Tod mein Leben und das seiner Familie und seiner Freunde verändert hat. Wir vermissen ihn und denken jeden Tag an ihn, während wir ohne ihn weiterleben und versuchen, ihn mit allem, was wir tun, mit Stolz zu erfüllen. Ich schulde Johns Eltern tiefen Dank, Senator und Mrs. O'Connor, die mich von unserer ersten Begegnung an, als ich gerade mit dem College begonnen hatte und John mich auf ihre Farm mitnahm, um mir die wahre Bedeutung des Wortes ,Familie' zu zeigen, zu einem Teil der ihren gemacht haben. Ein paar Wochenenden an Graham O'Connors Tisch haben meine Lebensplanung verändert – ich habe mich vom Finanzwesen ab- und der Politik zugewandt, und ich habe diese Entscheidung keine Sekunde lang bereut. Ich schwöre, mich als Ihr Vizepräsident weiter für die amerikanischen Familien einzusetzen, Präsident Nelson auf jede mir mögliche Weise zu unterstützen und denen eine Stimme zu verleihen, die noch immer darum kämpfen, den amerikanischen Traum für sich zu verwirklichen. Danke für Ihre Unterstützung. Lassen Sie uns gemeinsam weiter daran arbeiten, dieses Land zum großartigsten in der Geschichte der gesamten Welt zu machen."

Während die Menge nach seinen Ausführungen aufstand und stürmisch klatschte, trat Sam zu ihm, legte den Arm um ihn und schmiegte sich an ihn, während sie mit ihm zusammen dem Applaus lauschte.

„Ich bring dich um", sagte sie, ohne dass ihr Lächeln verrutschte.

Der Jubel der Menge übertönte sein Lachen. „Versuch's nur, Babe. Ich kann es kaum erwarten."

WEITERE TITEL VON MARIE FORCE

Die Fatal Serie

One Night With You – Wie alles begann (Fatal Serie Novelle)

Fatal Affair – Nur mit dir (Fatal Serie 1)

Fatal Justice – Wenn du mich liebst (Fatal Serie 2)

Fatal Consequences – Halt mich fest (Fatal Serie 3)

Fatal Destiny – Die Liebe in uns (Fatal Serie 3.5)

Fatal Flaw – Für immer die Deine (Fatal Serie 4)

Fatal Deception – Verlasse mich nicht (Fatal Serie 5)

Fatal Mistake – Dein und mein Herz (Fatal Serie 6)

Fatal Jeopardy – Lass mich nicht los (Fatal Serie 7)

Fatal Scandal – Du an meiner Seite (Fatal Serie 8)

Fatal Frenzy – Liebe mich jetzt (Fatal Serie 9)

Fatal Identity – Nichts kann uns trennen (Fatal Serie 10)

Fatal Threat – Ich glaub an dich (Fatal Serie 11)

Fatal Chaos – Allein unsere Liebe (Fatal Series 12)

Fatal Invasion – Wir gehören zusammen (Fatal Serie 13)

Fatal Reckoning – Solange wir uns lieben (Fatal Serie 14)

Fatal Accusation – Mein Glück bist du (Fatal Serie 15)

Fatal Fraud – Nur in deinen Armen (Fatal Serie 16)

Fatal Serie Bände 1-6

Fatal Serie Bände 7-11

First Family

State of Affairs – Liebe in Gefahr, Band 1

State of Grace – Für alle Ewigkeit, Band 2

State of the Union – Du und ich gemeinsam, Band 3

State of Shock - Meine Liebe, mein Leben, Band 4

State of Denial – Riskantes Spiel mit dir, Band 5

State of Bliss – Unser Traum von Liebe, Band 6

Wild Widows

Someone like you – Neues Glück mit dir

Someone to hold – Nur mit deiner Liebe

Someone to love – Du mein Ein und Alles

Miami Nights

Bis du mich küsst

Bis du mich berührst

Bis du mich liebst

Bis du mich verzauberst

Bis du mit mir träumst

Die McCarthys

Liebe auf Gansett Island (Die McCarthys 1)

Mac & Maddie

Sehnsucht auf Gansett Island (Die McCarthys 2)

Joe & Janey

Hoffnung auf Gansett Island (Die McCarthys 3)

Luke & Sydney

Glück auf Gansett Island (Die McCarthys 4)

Grant & Stephanie

Träume auf Gansett Island (Die McCarthys 5)

Evan & Grace

Küsse auf Gansett Island (Die McCarthys 6)

Owen & Laura

Herzklopfen auf Gansett Island (Die McCarthys 7)

Blaine & Tiffany

Rückkehr nach Gansett Island (Die McCarthys 8)

Wohin das Herz mich führt (Neuengland-Reihe 2)

Wenn das Glück uns findet (Neuengland-Reihe 3)

Und wenn es Liebe ist (Neuengland-Reihe 4)

Für immer und ewig du (Neuengland-Reihe 5)

Die Quantum Serie

Tugendhaft (Quantum-Serie 1)

Furchtlos (Quantum-Serie 2)

Vereint (Quantum-Serie 3)

Befreit (Quantum-Serie 4)

Verlockend (Quantum-Serie 5)

Überwältigend (Quantum-Serie 6)

Unfassbar (Quantum-Serie 7)

Berühmt (Quantum-Serie 8)

Andere Bücher

Sex Machine – Blake und Honey

Sex God – Garrett und Lauren

Five Years Gone – Ein Traum von Liebe

One Year Home – Ein Traum von Glück

Mein Herz für dich

Nicht nur für eine Nacht

Take-off ins Glück

The Fall – Du und keine andere

Dieses Mal für immer

Helden küsst man nicht

Küsse für den Quarterback

Gilded Serie

Die getäuschte Herzogin

Eine betörende Braut

ÜBER DIE AUTORIN

Marie Force ist New-York-Times-Bestseller-Autorin von zeitgenössischen Liebesromanen und Romantic Suspense. Zu ihren Büchern gehören unter anderem die beliebten Reihen „Fatal", „First Family", „Gansett Island", „Butler Vermont", „Neuengland", „Miami Nights" und „Wild Widows" sowie die erotische „Quantum"-Serie. Ihre Bücher haben sich weltweit bislang mehr als zehn Millionen Mal verkauft, wurden in ein Dutzend Sprachen übersetzt und standen über dreißigmal auf der New-York-Times-Bestseller-Liste. Außerdem ist sie USA-Today- und #1-Wall-Street-Journal-Bestseller-Autorin und in Deutschland Spiegel-Bestseller-Autorin.

Ihre Ziele im Leben sind einfach: Bücher zu schreiben, solange sie kann, ihre beiden Kinder weiter dabei zu unterstützen, glückliche, gesunde und produktive junge Erwachsene zu werden, und niemals in einem Flugzeug zu sitzen, das Schlagzeilen macht.

Tragen Sie sich in Maries Mailingliste ein, um alles Wichtige über neue Bücher und Veranstaltungen zu erfahren. Folgen Sie ihr auf Facebook und auf Instagram.